Robin Schone

Auteure célèbre, elle incarne l'excellence dans la romance historique érotique. Traduite dans une trentaine de pays, elle a reçu le prix du *Romantic Times* qui récompense les œuvres les plus innovantes en matière de romances historiques. Elle entraîne ses lecteurs au cœur d'un univers de sensualité et de passion.

La femme de Gabriel

Du même auteur
aux Éditions J'ai lu

Délices interdites
N° 7460

Extases
N° 7522

Voyage au jardin des sens
N° 9287

LES ANGES

1 – L'amant de mes songes
N° 9557

Robin
SCHONE

LES ANGES – 2

La femme de Gabriel

Traduit de l'anglais (États-Unis)
par Agathe Nabet

J'AI LU

POUR elle

Si vous souhaitez être informée en avant-première
de nos parutions et tout savoir sur vos auteures préférées,
retrouvez-nous ici :

www.jailupourelle.com

Abonnez-vous à notre newsletter
et rejoignez-nous sur Facebook !

Titre original
GABRIEL'S WOMAN

Éditeur original
Brava Books published by Kensington Publishing Corp.

1

Gabriel connaissait cette femme, enveloppée d'une cape sombre.

Il la connaissait pour s'être un jour trouvé dans sa peau.

Frigorifié. Affamé.

Tout à la fois proie idéale et redoutable prédateur.

Elle venait tuer un ange.

Elle ne verrait pas l'aube se lever.

Un brouhaha s'éleva parmi les rubans de fumée grise.

Éclairés par la flamme palpitante des chandelles, des hommes en habit noir et gilet blanc et des femmes parées de toilettes chatoyantes et de joyaux étincelants se mouvaient parmi le labyrinthe des tables – se levant, s'asseyant, prenant des poses alanguies sur des bancs d'acajou, ployant le buste au-dessus des nappes de soie blanche.

Aucun d'eux, qu'il fasse partie du gratin de la haute société en quête de plaisirs illicites ou de la horde des bas-fonds de Londres tirant perpétuellement le diable par la queue, n'avait conscience de ce qui se passait.

Ils ignoraient qu'un drame se préparait, alors que Gabriel le ressentait dans toutes les fibres de son être.

Le plaisir et l'argent.

La vie et la mort.

En rouvrant La Maison de Gabriel – une taverne où tous les désirs charnels pouvaient être satisfaits – Gabriel favorisait la rencontre des clients et des prostituées.

Du sexe et du crime.

Depuis la salle en contrebas, un homme captura son regard.

Sa chevelure était aussi sombre que celle de Gabriel était claire.

Un homme dont les yeux violets plongèrent dans l'éclat argenté des siens.

Sa joue droite était grêlée de cicatrices.

Vingt-sept ans de souvenirs s'élevèrent entre eux. Des images de la France en guerre ravagée par la famine, si loin de l'Angleterre alors préservée, et de deux gamins de treize ans à moitié morts de faim, si loin des deux messieurs de quarante ans en habit noir et gilet blanc qu'ils étaient devenus…

— Mes deux anges, avait dit la tenancière de maison close qui les avait tirés du ruisseau. Le brun pour les femmes. Le blond pour les hommes.

Elle les avait formés pour en faire des prostitués et ils avaient excellé dans leur profession ; elle leur avait enseigné le huitième péché mortel et ils en avaient brisé le pouvoir.

Gabriel serra le pistolet qui pesait dans sa main gauche.

Michael, l'ange défiguré, était venu protéger Gabriel, l'ange intouchable.

La vengeance ne serait pas possible sans lui.

Sans lui, toute vengeance serait inutile.

Cette femme allait mourir parce qu'un ange brun vivait.

Aimait.

Les pulsations de son cœur transmettaient à la rampe de bois de rose un rythme implacable : *hommes*, femmes ; *mal*, bien ; *vie*, mort.

Le revolver Adams était équipé d'un double percuteur – automatique pour un tir rapide, et manuel pour la précision.

Une simple pression sur la détente lui aurait permis de tuer Michael à coup sûr, d'une seule balle.

Gabriel ne pressa pas la détente.

Il ne pouvait pas tuer Michael.

Le deuxième homme avait chargé une femme d'accomplir la tâche à laquelle Gabriel avait failli six mois plus tôt.

Le souvenir d'une détonation se répercuta le long de sa moelle épinière.

La femme s'arrêta au bord du cercle de lumière, Michael demeurant dans son champ de vision.

Du coin de l'œil, Gabriel aperçut un serveur vêtu d'une veste noire et d'un gilet blanc se pencher pour ramasser une serviette de soie blanche sur une table. Juste audessous de lui, deux autres serveurs se rapprochèrent de Michael.

Ils gardaient les mains le long du corps – ils ne s'apprêtaient pas à tirer sur la femme qui venait de faire son entrée.

Quatre tables plus loin, un garçon versait du champagne d'une bouteille dont il venait de faire sauter le bouchon – éclat de cristal, pétillement de bulles.

Toujours pas le moindre signe du deuxième homme. Mais il était là, en bas, se fondant tel un caméléon parmi les habits noirs et les gilets blancs. Déguisé en micheton ou en tapin. Adossé à un fauteuil d'acajou ou accoudé à une table.

Durci. Tendu.

Frémissant de tension sexuelle, excité par l'imminence du meurtre.

Le temps ralentit, épousa le rythme des battements de cœur de Gabriel.

La femme à la cape ramena ses mains devant elle pour serrer un objet, sombre et terne.

Un pistolet d'acier trempé ne reflète pas la lumière. Gabriel le savait car c'était le cas du sien.

Le bourdonnement des pourparlers sexuels s'atténua.

Gabriel ne pouvait distinguer les traits de la femme, dissimulés par sa capuche.

Un regret déchirant le saisit.

Pour les hommes et les femmes qui étaient morts, et pour ceux qui mourraient encore.

Car cette femme allait mourir.

Proie idéale, redoutable prédateur.

Gabriel visa la forme pâle et floue de son visage.

Au même instant, une voix claire et féminine s'éleva :

— Messieurs, je vous offre ma virginité !

Gabriel se figea.

La femme était vêtue comme une arpenteuse des rues, mais s'exprimait comme une aristocrate.

Les uns après les autres, les rires policés du gratin et les gloussements des tapins s'éteignirent.

Quelques rares bruissements de soie subsistèrent. Et le vacillement des flammes.

Les serveurs s'étaient immobilisés. Le devoir leur conseillait d'expulser cette femme, enveloppée d'une pauvre cape, mais l'expérience leur soufflait qu'il était trop tard – elle avait déjà attiré l'attention de clients fortunés.

La chair vierge était un produit de premier choix. Le personnel n'interviendrait pas.

— Celui qui remportera l'enchère recevra sa récompense ce soir même, reprit la femme, droite comme un I, formant une cible parfaite. Je déclare les enchères ouvertes à cent cinq livres !

Cent cinq livres... La somme se propagea de table en table à travers la fumée.

Dans les rues de Londres, un hymen – fût-il réel ou reconstitué – se monnayait pour cinq livres, pas *cent cinq*.

Un souvenir ressurgit dans l'esprit de Gabriel – celui d'une *maison de rendez-vous*[1] et d'une femme vêtue de satin pourpre.

Il y avait vingt-sept ans de cela, une mère maquerelle avait vendu la virginité de Gabriel deux mille six cent soixante-quatre francs.

Cent cinq livres sterling était l'équivalent exact de deux mille six cent soixante-quatre francs.

La femme ne pouvait avoir obtenu cette information que de deux personnes : Michael ou le deuxième homme.

---

1. Les termes en italique suivis d'un astérisque indiqueront les termes en français dans le texte tout au long de l'ouvrage. *(N.d.T.)*

Gabriel ne douta pas un instant de qui elle l'avait obtenue.

Son pouce arma manuellement le revolver.

— Dis donc voir, ma jolie ! lança une voix goguenarde, trahissant les origines populaires de la prostituée à qui elle appartenait. Quel gogo donnerait cent cinq livres pour une vessie de poisson ?

Grave ou léger, un même éclat de rire secoua l'assemblée des clients.

La femme à la cape ne rit pas.

Le rire du deuxième homme s'était-il joint à celui de la foule ?

Visait-il Michael de son arme tandis que Gabriel pointait la sienne sur la femme, et celle-ci pressait-elle lentement la détente d'un revolver à travers son réticule, ignorant tout de son destin ?

Était-elle venue tuer un ange… ou en distraire un autre ?

— Je vous certifie, madame, que mon hymen ne provient pas de l'étal d'un poissonnier, rétorqua-t-elle froidement. Je suis une vierge authentique.

La chose était possible.

Les vicissitudes jetaient aussi bien à la rue des femmes pures et bien nées que de pauvres créatures sans éducation.

Et, fût-il brandi par une vierge ou une tapineuse, un revolver demeurait tout aussi mortel.

Le doigt de Gabriel nichait au creux de la détente.

— Allons, ôte donc ta cape, ma fille, et montre-nous ce que tu as à vendre, la défia sans ambages lord James Ward Hunt, comte de Goulburn et ministre de l'Intérieur.

Gabriel lui jeta à peine un coup d'œil.

À la lumière des bougies, les cheveux pommadés de l'homme luisaient comme une huile noire.

Dans la pénombre, le rouge paraît noir. Le sang de la femme brillerait autant que la chevelure du ministre.

— Je ne vois aucune raison de m'exhiber, monsieur, répondit-elle posément. Ce n'est pas mon corps qui a de la valeur, mais ma virginité.

Cette déclaration eut raison des derniers ricanements.

Les prostituées ne refusent jamais d'exhiber la marchandise. Gabriel le savait pour s'être prostitué pendant plus de douze ans.

On s'habille… et puis on se déshabille… pour attirer… et finalement séduire.

La contrepartie sexuelle était longtemps apparue à Gabriel comme un faible prix à payer pour se nourrir, se vêtir et dormir dans un lit.

Il avait fini par l'accepter, dans l'espoir de prouver qu'il n'était pas celui qu'on l'avait forcé à devenir.

Le deuxième homme lui avait montré la vanité de cet espoir.

— Par Dieu, elle a du cran ! Je te donne vingt livres, qu'est-ce que tu en dis ?

Gabriel concentra son attention sur la femme plutôt que sur le membre du Parlement récemment élu qui venait de parler.

— La virginité d'une femme constitue sa dot, répliqua tranquillement la femme à la cape, se détournant de Michael pour faire face au membre du Parlement.

Ce changement de position révéla l'objet qu'elle serrait entre ses mains – un réticule, pas un revolver. Elle enchaîna :

— Est-ce là toute la valeur que vous accordez à l'hymen d'une femme, monsieur ? Vingt livres ? Donneriez-vous votre fille ou votre sœur en mariage pour une somme aussi dérisoire ?

Un murmure de désapprobation accompagna le regain d'intérêt des hommes présents dans la salle.

Les catins – hommes ou femmes – ne s'avisent jamais de comparer leur valeur à celle des gens du monde, quel que soit le prix exigé pour leurs services.

Le trille d'un rire s'éleva, trouant la pénombre. Un gentilhomme et une prostituée gravissaient avec empressement l'escalier garni d'un tapis rouge qui bordait la salle – claquement des basques de l'habit de l'homme, bruissement de la soie des jupons de la femme.

Parvenus à un accord en sirotant du champagne millésimé, ils s'apprêtaient à sceller leur marché dans l'une des chambres situées à l'étage.

La chaleur du corps de Gabriel gagna le métal du revolver Adams.

Ce n'était pas sa propre mort qu'il redoutait ce soir.

Celle-ci viendrait plus tard.

Voir mourir Michael serait son châtiment ; la mort serait alors la récompense de Gabriel.

Pour la souffrance, *pour le plaisir*...

— Je veux bien donner cent cinq livres, mademoiselle, pour votre... innocence, offrit suavement une voix masculine.

Un courant électrique parcourut le crâne de Gabriel.

La dernière fois qu'il avait entendu cette voix, elle s'était exprimée dans un français irréprochable, non cet anglais entaché d'accent. L'identité de son propriétaire ne faisait aucun doute : le deuxième homme venait d'ouvrir les enchères.

Un mouvement noir et blanc surgit à la périphérie de son champ de vision. Instinctivement, il tourna la tête, le cœur battant, mais sa main gauche demeura ferme – l'attente avait pris fin.

Un homme en habit noir se penchait au-dessus d'une nappe blanche. Une lueur bleue bordée d'orangé passa entre le bout d'un cigare et la flamme d'une chandelle. Le jeu de lumière éclaira des cheveux gris qui disparurent derrière un nuage de fumée.

Cet homme n'était pas celui qui venait d'enchérir.

Cet homme n'était pas celui que tuerait Gabriel, ou par qui il serait tué.

Un lointain son de cloche traversa le bois, le verre, l'atmosphère de sexe et de mort dont était constituée La Maison de Gabriel. Big Ben sonnait une, deux, trois heures...

— Cent vingt livres.

L'enchère provenait d'un crâne largement dégarni, aussi brillant que les petites boucles d'oreilles en or qu'il surmontait.

— Cent cinquante.

Des larmes de feu ricochèrent sur le cristal, faisant étinceler des cheveux bruns.

— *Mein Gott !* beugla le baron Strathgar depuis le milieu de la salle, le visage congestionné par l'alcool, l'excitation accentuant son accent. Ch'offre deux cents lifres !

Les murmures enflèrent jusqu'à former une étourdissante cacophonie, deux cents voix se mêlant pour conjecturer de la suite des événements. Aucune enchère ne s'était encore jamais tenue dans La Maison de Gabriel.

Et aucun homme n'avait encore jamais offert deux cents livres pour percer l'hymen d'une femme.

Gabriel se prépara pour l'enchère suivante.

Et se souvint…

… de la première fois où il avait lu son nom, tracé de la main de Michael tandis qu'ils attendaient que la nuit cède au jour.

… du premier mot qu'il avait écrit, *Michael*, et de ses exercices d'écriture, parmi ces femmes qui achetaient les faveurs du garçon brun et ces hommes qui achetaient celles du garçon blond.

Il se demanda…

… combien de temps s'écoulerait encore avant que ses besoins sexuels disparaissent et qu'il cesse enfin de désirer ce qu'il ne pouvait avoir.

… pourquoi il ne parvenait pas à oublier la bénédiction de la femme qui lui avait souhaité d'en trouver une, un jour, qui lui donnerait du plaisir. *Et abolirait tout ce qu'il avait enduré.*

Un mouvement au centre de la salle mit fin à son attente.

Le baron allemand avait repoussé sa chaise et s'était levé pour prendre possession de son bien.

— Cinq cents livres.

L'homme aux cheveux gris avait surenchéri.

Gabriel détacha son regard du dos de l'homme aux cheveux gris, le fit glisser sur la femme blonde qui lui faisait face et l'arrêta sur l'homme assis derrière eux. Des reflets bleus étincelaient dans ses cheveux noirs.

Gabriel n'eut pas besoin de voir ses yeux pour savoir de quelle couleur ils étaient – il les voyait chaque fois qu'il fermait les siens pour s'endormir.

La salle s'anima soudain. Les enchères se succédèrent rapidement. Cinq cent vingt-cinq. Cinq cent soixante-quinze. Six cents. Six cent cinquante. Sept cents...

Un grincement s'éleva derrière lui – une porte s'ouvrait. Un rai de lumière troua l'obscurité.

Un homme s'immobilisa à deux pas de lui. Depuis la salle en contrebas, Michael riva son regard au sien.

— Mille livres.

La somme érafla la peau tendue de Gabriel.

Elle avait fusé de la bouche du deuxième homme.

Un murmure incrédule parcourut la salle.

Deux personnes seulement avaient jamais exigé pareille somme. Michel des Anges, *Michael of the Angels*, qui tenait son nom de son talent à mener les femmes à l'orgasme – et celui qui, depuis vingt-sept ans, se faisait simplement appeler Gabriel.

Gabriel, l'homme à louer.

Gabriel, le propriétaire des lieux.

Gabriel, l'ange intouchable.

Il pointa le revolver Adams en direction des cheveux noirs aux reflets bleus.

Michael reconnaîtrait-il les traits du deuxième homme une fois qu'une balle aurait perforé l'arrière de son crâne et serait ressortie au beau milieu de son visage ?

— *Monsieur** ?

L'homme qui se tenait derrière lui demeura à sa place – Gaston était au service de Gabriel depuis trop longtemps pour commettre l'erreur d'approcher.

— Il est venu, *monsieur**, comme vous l'aviez prédit.

Tous ceux qui travaillaient pour Gabriel s'attendaient à la venue du deuxième homme. C'était pour lui qu'il avait fait reconstruire La Maison de Gabriel, pour l'attirer avec l'odeur du sexe… et du sang.

Mais ils ne savaient pas à quoi il ressemblait.

Ils ne connaissaient pas son odeur.

Ils ne pouvaient pas sentir sa présence comme Gabriel – celle d'un cancer qui dévorait espoir et désespoir, amour et haine.

— Comment savez-vous qu'il est ici, Gaston ? demanda-t-il d'un ton neutre, son pistolet restant ferme dans sa main.

— Il a écrit *un message** pour vous, monsieur, répondit Gaston avec son fort accent français.

Michael parlait français comme un Français alors qu'il était anglais. Gabriel parlait anglais comme un Anglais alors qu'il était français. Il ne savait pas quel était le pays d'origine du deuxième homme. Il avait tué le seul homme qui aurait pu le lui dire.

Peu importait. Il n'est pas nécessaire de connaître la nationalité d'un homme pour l'abattre.

Gabriel pressa légèrement la détente…

L'homme aux cheveux gris se leva soudain, son corps faisant écran au deuxième homme, pour offrir le bras à sa voisine la femme blonde. Elle était plus grande que lui et élégante, comme seule peut l'être une prostituée qui a réussi. Des diamants étincelaient à son cou et ses oreilles. Des rubans de fumée s'enroulaient autour de ses cheveux. Des cheveux aussi clairs que ceux de Gabriel.

Il réalisa soudain qu'il avait déjà vu l'homme aux cheveux gris quelque part… Mais où ?

— Quand t'a-t-il donné ce message, Gaston ? s'enquit-il sèchement.

Le deuxième homme avait soudoyé ses deux portiers, sans quoi la femme à la cape n'aurait jamais été autorisée à entrer.

La Maison de Gabriel n'admettait pas les indigents.

Il se demanda si le deuxième homme avait également soudoyé Gaston.

C'était tout à fait possible.

Chacun des hommes et des femmes de sa maison avait un prix.

Autrement, ils n'auraient pas été à son service.

L'homme aux cheveux gris et la blonde se frayèrent posément un chemin parmi les tables, suivis par un ruban de fumée grise.

La femme à la cape demeurait aussi immobile qu'une statue au centre de la salle. Insensible au danger qui crépitait autour d'elle.

— C'est un serveur qui l'a trouvé par terre, répondit Gaston d'un ton très digne, clairement blessé par la suspicion de Gabriel à son endroit. Il a été rédigé sur *une serviette**.

Gabriel se souvint d'avoir vu un serveur se pencher pour ramasser une serviette.

Un frisson d'appréhension parcourut sa chair.

Ce serveur ne s'était pas trouvé à proximité de l'homme aux cheveux d'un noir bleuté.

Il eut envie de presser la détente.

De tuer le deuxième homme.

De ressentir l'œuvre purificatrice de la mort.

Gabriel ne pressa pas la détente.

Il se contenta de regarder l'homme aux cheveux gris et la blonde qui s'attardaient devant la porte.

Derrière Gabriel, Gaston attendait, tendu. Au-dessous, la femme blonde se retourna gracieusement dans un tourbillon de soie pâle.

L'homme aux cheveux gris franchit le seuil.

Il suffit qu'il disparaisse pour que Gabriel se rappelle où il l'avait vu et qui il était. C'était un des membres du club des Cent Guinées, un établissement dont la clientèle se composait exclusivement d'homosexuels travestis.

La blonde captura le regard de Gabriel.

Il la reconnut alors, elle aussi, et eut l'impression de recevoir un coup.

Ce n'étaient pas les yeux d'une femme qui se levaient vers lui. C'étaient les yeux du deuxième homme.

Déguisé en prostituée plutôt qu'en client.

Une femme au lieu d'un homme.

Le deuxième homme n'avait pas fait venir la femme à la cape pour tuer Michael, l'ange brun ; il l'avait fait venir pour lui, Gabriel, l'ange blond.

Le deuxième homme sourit, lui souffla un baiser et s'éclipsa. Hors d'atteinte.

Il s'était montré à lui, et Gabriel avait été incapable de le retenir.

Tout comme il avait été incapable de le retenir quand il s'était retrouvé enchaîné dans un grenier après que le deuxième homme lui eut enseigné ce que la mère maquerelle elle-même n'aurait jamais pu lui enseigner.

La rage contracta ses muscles.

Il n'avait tendu un piège que pour s'y piéger lui-même.

Le deuxième homme ne tuerait pas ce soir, mais il tuerait forcément. Et ne laisserait derrière lui personne qui puisse l'identifier.

Personne… excepté la femme à la cape… si Gabriel s'emparait d'elle.

— Que dit le message ? demanda-t-il.

— Il dit… (Gaston s'éclaircit la gorge.) « Gabriel, laisse-moi te citer Shakespeare, un homme qui aurait sans nul doute été inspiré par ta beauté et ton talent : "Le monde entier est un théâtre, et les hommes et les femmes ne sont que des acteurs." Tu as planté le décor, *mon ange**, je t'apporte à présent une femme. Accorde-lui un rôle principal, je te prie. *Que le jeu commence**. »

Juste au-dessous de Gabriel, Michael passait la salle au crible de son regard pour tenter de localiser le deuxième homme.

Sa naïveté noua l'estomac de Gabriel.

Michael n'avait jamais voulu qu'aimer une femme.

Gabriel n'avait jamais voulu que ressembler à Michael.

Un homme de passion ; un homme naïf.

Un homme qui avait encore une âme.

La femme à la cape restait immobile, apparemment insensible à l'agitation qu'elle avait déchaînée.

La peur saisit Gabriel.

Je t'apporte une femme. La phrase vibra en lui. *Que le jeu commence…*

Les rues de Londres grouillaient de femmes perdues dormant sur le seuil des maisons.

Pourtant, le deuxième homme avait choisi celle-ci.

Une vierge. À moins qu'elle ne fût une putain.

Elle avait été recrutée pour tuer Gabriel. À moins qu'elle ne l'eût été pour être tuée par lui.

C'était le seul lien vivant entre lui et le deuxième homme.

Gabriel ne reculerait devant rien pour la retenir.

Et l'homme le savait.

— J'offre deux mille livres, entendit-on soudain au-dessus du feu roulant des propos animés de la salle.

La voix qui avait prononcé ces mots était celle de Gabriel.

L'impact de deux cents paires d'yeux l'atteignit.

Gabriel n'avait pas touché une femme depuis quatorze ans, huit mois, deux semaines et six jours.

Les clients le savaient.

Les tapins.

L'homme qui l'avait sauvé.

Celui qui tuerait deux anges.

Le visage de la femme à la cape demeurait plongé dans la pénombre.

Gabriel ne savait pas ce qu'elle savait. Pas encore.

Mais avant que la nuit s'achève, il saurait tout d'elle.

Il espérait, pour le bien de cette femme, qu'elle était venue pour le tuer.

Mieux valait pour elle qu'elle fût une meurtrière.

Car si Gabriel ne la tuait pas, le deuxième homme s'en chargerait.

Et sa mort serait alors mille fois plus cruelle que celle que Gabriel lui infligerait.

Que le jeu commence…

2

La passion.

Victoria plongea le regard dans des yeux d'argent, et comprit pourquoi tant d'hommes et de femmes respectables venaient à La Maison de Gabriel.

Ils venaient y chercher la passion.

— Tu peux nous laisser, Gaston.

La douce voix masculine transperça la fumée. L'étoffe. La chair. Les os.

Un chuintement passa sur la peau de Victoria – le bruit de la porte qui se refermait derrière elle, l'enfermant dans une bibliothèque au lieu de la chambre à laquelle elle s'était attendue.

Ce qui ne changerait en rien l'issue de cette nuit.

Victoria savait qu'un homme n'avait pas besoin d'un lit pour s'accoupler avec une femme – souvent, l'ombre d'un porche ou d'une ruelle suffisait.

La lumière d'un lustre électrique se déversait sur elle ; un bureau à dessus de marbre noir veiné d'argent et un fauteuil tendu de cuir bleu pâle la séparaient de l'homme aux cheveux blonds.

Sa capuche bloquait sa vision latérale, mais ne l'empêchait pas de sentir le danger qui crépitait autour d'elle. Et ne la mettait pas à l'abri du fait qu'elle venait de vendre son corps au plus offrant.

L'homme qui avait fait l'acquisition de sa virginité était aussi immobile qu'un marbre grec. Ses cheveux blond pâle luisaient comme de l'or en fusion.

Une vive douleur transperça sa poitrine.

Il était si beau que le regarder était douloureux.

Victoria baissa les yeux, le cœur battant, les pensées en déroute.

Elle avait l'impression d'avoir déjà vu ce visage auparavant – ces pommettes hautes, cette bouche ciselée, ces yeux qui devinaient tout...

La paume de sa main gauche reposait sur le plateau de marbre noir, ainsi que ses longs doigts, souples et pâles, ornés d'ongles courts et polis. Son petit doigt effleurait une serviette de soie blanche.

Victoria n'entretenait aucune illusion sur ce que les hommes font aux femmes. La main qui les caressait pouvait aussi leur faire du mal. Les défigurer.

Les tuer.

Elle releva le menton.

Les yeux d'argent attendaient les siens.

Son estomac se contracta.

De faim, se dit-elle.

Tout en sachant que c'était un mensonge.

Elle avait peur.

Mais elle ne pouvait pas se permettre d'avoir peur.

— Vous avez offert deux mille livres pour ma virginité, dit-elle abruptement.

— J'ai offert deux mille livres, acquiesça-t-il d'un ton neutre, ses yeux gris demeurant impénétrables.

Mais la virginité d'une femme ne vaut pas deux mille livres ! eut envie de crier Victoria.

Elle n'en fit rien.

— Je n'ai aucune expérience en la matière, dit-elle, ses mains se crispant sur son réticule de lainage. Comment entendez-vous me payer ?

— C'est à vous qu'il revient d'en décider, mademoiselle.

Mademoiselle.

Le serveur qui l'avait conduite jusqu'à cet homme l'avait lui aussi appelée « mademoiselle ». Et s'était exprimé avec un accent français très prononcé.

L'homme qui avait placé une enchère de mille livres l'avait également appelée ainsi. Et avait lui aussi un accent français.

L'envie de connaître la nationalité de l'homme qui allait prendre sa virginité la saisit.

Victoria la ravala.

Les prostituées ne posent pas de questions à leurs clients. Et ce qu'elle avait accompli ce soir l'avait ravalée du rang de gouvernante sans emploi à celui de prostituée.

Délibérément, elle leva les mains et rabattit sa capuche en arrière.

L'atmosphère se chargea d'électricité.

Victoria se figea, les mains suspendues en l'air.

Le petit doigt de l'homme s'était glissé sous la serviette de soie blanche.

— Ôtez votre cape.

L'ordre était sec, tranchant.

Elle leva les yeux vers lui.

Son visage et son regard étaient dénués de désir.

Les six derniers mois avaient appris à Victoria qu'un homme n'a pas besoin de désirer une femme pour la posséder. Certains prennent plaisir à exercer leur domination tandis que d'autres cherchent seulement à infliger la souffrance.

La sueur afflua sous sa poitrine, rampa vers son ventre.

Où cet homme puisait-il son plaisir ? se demanda-t-elle. Dans la domination… ou la souffrance ?

Pourquoi un homme – un homme qui pouvait sans doute posséder tout ce qu'il désirait – paierait-il deux mille livres pour la virginité d'une femme ?

Les yeux d'argent ne cillèrent pas, les longs doigts pâles ne s'éloignèrent pas de la serviette de soie.

Bientôt, ces doigts la toucheraient, se dit Victoria sans parvenir à se persuader de la réalité de la chose. Ils pétriraient ses seins, tâteraient sa vulve.

L'homme la prendrait peut-être debout contre un mur ou bien la ferait ployer au-dessus du bureau de marbre sans le moindre baiser préliminaire. Sans la moindre caresse. Leur contact se limitant aux parties génitales.

La voix d'une femme hurla en elle, lui ordonna de prendre la fuite.

La raison lui rappela qu'elle n'avait nulle part où aller.

Une braise éclata dans l'âtre, comme pour souligner cette évidence.

Ce qui se passerait cette nuit, avec cet homme, relevait du seul choix de Victoria.

Elle ne reculerait pas.

Gauchement, elle libéra les boutons de bois de sa cape, les lèvres plissées de résolution, son réticule oscillant à son bras. Elle dégagea son bras gauche, passa le réticule dans sa main gauche et fit glisser sa cape sur son épaule droite. Elle drapa soigneusement le lainage mangé aux mites sur son avant-bras comme s'il s'agissait d'un vêtement de valeur.

Il n'en avait aucune.

Au cours des six derniers mois, elle avait vendu tout ce qu'elle possédait.

Et cela n'avait pas suffi à assurer sa survie.

L'homme aux yeux d'argent jeta un bref coup d'œil à l'ourlet de sa robe de lainage brun. Ses cils sombres creusaient sur ses joues des ombres plus obscures encore.

Elle savait ce qu'il voyait.

Son jupon godaillait à ses pieds. Cela faisait deux mois que Victoria avait vendu son corset.

Lentement, les paupières du masque d'albâtre se soulevèrent.

Et Victoria se vit telle qu'il la voyait. Son visage émacié par le froid, la peur et la faim. Ses cheveux châtains ternis à force de les laver à l'eau glacée.

Elle n'était pas belle, mais elle ne lui avait pas offert la beauté ; elle lui avait offert son hymen.

Victoria redressa les épaules.

— Quel est votre nom, mademoiselle ? s'enquit-il d'un ton plaisant et impersonnel – comme s'ils s'étaient rencontrés à un bal plutôt que dans une taverne malfamée.

Plusieurs noms vinrent à l'esprit de Victoria : Chastity. Prudence.

Aucun ne convenait.

Une femme chaste ou prudente ne se serait pas trouvée dans sa situation.

— Mary, mentit-elle.

Elle comprit aussitôt qu'il savait qu'elle mentait.

— Posez votre cape et votre réticule sur le fauteuil.

Victoria aspira ses lèvres contre ses dents pour réprimer une vague de colère. Cet homme distingué pouvait fort bien la rejeter. Sans se soucier le moins du monde de l'enfer auquel son rejet la condamnerait.

Sur sa gauche, elle percevait le chatoiement des dorures sur le mur de livres reliés de cuir. Au-dessus d'elle, le lustre de cristal répandait lumière et chaleur. Sur sa droite, des flammes orange et bleu dansaient dans l'âtre d'une cheminée de marbre noir.

L'espace d'une fraction de seconde, elle détesta cet homme pour l'aisance dont il jouissait et pour la virilité qu'il manifestait. Elle avait été réduite à *cela* – vendre sa virginité – uniquement à cause de son sexe et du pouvoir que recherchent les hommes.

Victoria s'avança et déposa sa pauvre cape sur le dossier du fauteuil de cuir bleu pâle. À regret, elle laissa tomber son réticule sur l'assise du fauteuil et se moqua intérieurement de sa réticence à s'en séparer – la seule chose de valeur qui lui restât était son hymen.

Bientôt, il ne lui resterait même plus cela.

— Écartez-vous du fauteuil, ordonna-t-il d'un ton tranchant.

Victoria leva les yeux et se sentit comme épinglée par ses yeux d'argent.

Son cœur bondit dans sa gorge.

La colère qui frémissait en elle le fit refluer.

Elle ne serait pas une victime.

Pas la victime de cet homme-là.

Pas plus qu'elle n'avait accepté de devenir la victime de celui qui s'était systématiquement appliqué à détruire sa vie, au prétexte qu'il voulait obtenir gratuitement ce que l'homme aux cheveux d'or pâle venait d'acheter.

Victoria fit un pas de côté.

— Dois-je ôter ma robe ? s'enquit-elle effrontément, les battements de son cœur tambourinant à ses tempes. Ou dois-je simplement soulever mon jupon et m'appuyer au mur ?

— Vous arrive-t-il souvent de soulever votre jupon, mademoiselle ? demanda-t-il d'un ton poli sans cesser de la scruter de son regard d'argent.

Victoria releva la tête.

— Je ne suis pas une putain, répliqua-t-elle sèchement.

Une ombre passa dans les yeux de l'homme, et l'argent vira au gris.

— Vous avez mis votre corps aux enchères, mademoiselle. Je puis vous assurer que cela fait de vous une putain.

— Et vous avez acheté mon corps, monsieur, riposta-t-elle. Qu'êtes-vous alors ?

— Une putain, mademoiselle, répondit-il platement, son visage formant un admirable masque de pâleur. Êtes-vous aussi moite que vous êtes tendue ?

Un choc puissant ébranla Victoria.

— Je vous demande pardon ?

— Vos pointes de seins sont tendues, mademoiselle. Je me demandais simplement si vous êtes également moite de désir.

Victoria, les bras plaqués le long du corps, eut soudain une conscience aiguë de la façon dont sa robe effleurait ses seins à chacune de ses respirations. L'épais tapis brun, le haut plafond blanc et les murs laqués de bleu pâle étouffaient les bruits des clients et des prostituées qui s'accouplaient autour d'eux, mais ils n'avaient pas le pouvoir d'effacer les images que ses mots avaient fait naître.

Des images d'hommes et de femmes.

Enlacés.

S'embrassant.

Se caressant.
De corps nus ondulant.
Donnant et prenant du plaisir.
Se livrant à toutes sortes d'actes auxquels une femme respectable ne souhaite pas se livrer. Du moins avait-elle voulu le croire.
Les six derniers mois lui avaient révélé autre chose.
— Mes pointes de seins sont tendues, répondit-elle sèchement, parce qu'il fait froid dehors.
— Mais ici, il ne fait pas froid. La peur, mademoiselle, est un puissant aphrodisiaque. Auriez-vous peur ?
— Je suis vierge, monsieur.
Elle redressa l'échine et ses mamelons pointèrent nettement sous le corsage de sa robe.
— Je n'ai encore jamais accueilli un homme dans mon corps, reprit-elle. Oui, j'ai de l'appréhension.
— Quel âge avez-vous ?
Le cœur de Victoria manqua un battement. Paraissait-elle plus âgée ou plus jeune qu'elle ne l'était ?
Devait-elle mentir ou dire la vérité ?
Qu'est-ce qu'un homme comme celui-ci recherchait chez une femme ?
— J'ai trente-quatre ans, avoua-t-elle finalement.
— Vous n'êtes pas une jeune fille.
— Vous n'êtes pas un jeune homme, monsieur.
Victoria pinça les lèvres dès que l'écho de sa réplique s'éleva entre eux. Trop tard.
— Non, je ne suis pas un jeune homme, mademoiselle, admit-il imperturbablement. Mais je suis curieux d'apprendre pourquoi vous avez décidé de vous défaire de votre virginité ce soir, à La Maison de Gabriel.
Poussée par la faim.
Par le désespoir.
Mais un homme tel que lui ne comprendrait pas.
Victoria tenta la flatterie.
— Peut-être parce que je savais que vous seriez ici. Vous êtes très beau, vous savez. Une femme mérite de connaître sa première fois avec un homme tel que vous.

Le compliment tomba à plat. Victoria n'avait jamais été douée pour la flatterie.

— Je pourrais vous faire du mal, menaça-t-il suavement.

Son regard ne reflétait rien de tendre.

— J'ai bien conscience de ce qu'un homme peut faire à une femme.

— Je pourrais vous tuer, mademoiselle.

Le cœur de Victoria s'emballa.

— Êtes-vous si puissant que cela, monsieur ? s'enquit-elle poliment.

Mourant d'envie de s'enfuir.

Mourant d'envie de se battre.

Mourant d'envie de se trouver au-delà de cette nuit, à rassembler les morceaux de ce qui resterait de sa vie.

— Oui, mademoiselle, je le suis, répondit-il lentement, la soumettant au regard attentif de ses yeux d'argent. Ma puissance mesure plus de vingt-deux centimètres de long. Pourquoi avez-vous refusé de vous défaire de votre cape dans la salle ?

Une bûche craqua dans l'âtre.

Plus de vingt-deux centimètres... L'écho de ses mots palpita entre ses cuisses.

L'image du membre d'un homme – veines sombres et saillantes, gland écarlate et turgescent – jaillit devant les yeux de Victoria. Aussitôt remplacée en surimpression par celle de lord James Ward Hunt, comte de Goulburn, ministre de l'Intérieur...

— *Allons, ôte donc cette cape, ma fille, et montre-nous ce que tu as à vendre.*

Le comte de Goulburn avait autrefois coutume de dîner avec son père le dimanche ; durant la semaine, il vilipendait les femmes déchues devant la Chambre des lords, s'efforçant sans relâche de débarrasser les rues de Londres du fléau de la prostitution.

Victoria se demanda si son père était au courant des activités nocturnes de son ami.

Elle se demanda aussi s'il ne les partageait pas.

Rien n'était tel qu'elle l'avait cru six mois auparavant : ni les lords et ladies prétendument respectables, ni le peuple prétendument vil des rues de Londres, ni – et encore moins – Victoria elle-même.

Toute sa vie durant, elle s'était tenue à l'écart du désir. Désormais, elle ne pouvait plus lui échapper.

— Je n'ai vu aucun intérêt à m'afficher en public, rétorqua-t-elle durement. Ma virginité a de la valeur, pas mon apparence.

— Craigniez-vous qu'on ne vous trouve pas attirante ?

Elle avait craint qu'on puisse la reconnaître.

— Je n'ai pas offert la beauté, répliqua-t-elle, avant de se mordre les lèvres pour avoir livré une réponse dictée par l'émotion.

Une lady ne doit jamais manifester aucune émotion. Une prostituée, au même titre qu'une gouvernante, n'est pas censée en ressentir, encore moins en manifester.

— Vous ne pensez pas être belle ? demanda-t-il, son regard inquisiteur la mettant mal à l'aise.

— Non, je ne le pense pas, répondit-elle, aussi sèchement qu'honnêtement.

— Et pourtant vous estimez valoir deux mille livres.

— J'ai demandé cent cinq livres, monsieur, riposta-t-elle. C'est vous qui en avez offert deux mille.

— L'argent est important pour vous, avança-t-il.

Victoria serra les dents.

— L'argent permet d'acheter du charbon. De quoi manger. Un toit. L'argent est aussi important pour moi que pour tout un chacun.

La somme que cet homme avait dépensée pour louer la pièce dans laquelle ils se trouvaient aurait certainement permis à Victoria de subsister plusieurs semaines.

— Jusqu'où iriez-vous pour de l'argent, mademoiselle ?

Un frisson remonta l'échine de Victoria.

Lui demandait-il quels actes sexuels elle était disposée à accomplir ?

— Je ferai tout ce que vous voudrez.

— Vous me laisseriez vous faire mal.

Ce n'était pas une question.

— Je préférerais que vous vous en absteniez.

— À quand remonte votre dernier repas ?

Un sursaut de colère l'assaillit. Il se moquait d'elle.

— Je ne suis pas ici pour discuter de mon appétit, monsieur.

— Il n'empêche que vous avez faim.

Son estomac émit un assentiment.

— Non, mentit-elle. Je n'ai pas faim.

— Mais vous savez ce que c'est qu'avoir faim.

Il était hors de question qu'elle avoue la moindre faiblesse face à un homme dont la beauté interpellait tous les instincts féminins qu'elle s'était toujours appliquée à réprimer.

— Il a pu m'arriver de sauter un repas…

— Pourriez-vous tuer pour de l'argent, mademoiselle ?

Les arpenteuses de rues volaient et tuaient parfois leurs clients.

La prenait-il pour l'une d'elles ?

Un ongle mal taillé s'enfonça dans la paume de sa main droite.

— Je me prostitue peut-être ce soir, monsieur, mais je ne suis ni une voleuse ni une meurtrière. Vous n'avez rien à craindre de moi.

— Vous n'avez jamais tué ? insista-t-il.

— Non, répondit-elle, horrifiée.

L'envie ne lui en avait pourtant pas manqué.

Quand elle avait vu ses maigres économies réduire jour après jour, elle avait eu envie de faire souffrir celui qui était responsable de sa situation autant qu'elle souffrait à cause de lui.

— Irez-vous jusqu'à me supplier, mademoiselle ?

Un courant glacé parcourut les vertèbres de Victoria, puis se logea au creux de sa poitrine.

— Non, répliqua-t-elle fermement, soutenant son regard. Non, je ne vous supplierai pas.

Elle ne supplierait jamais aucun homme.

Une bûche se brisa dans l'âtre et une gerbe d'étincelles s'éleva dans le conduit de la cheminée.

— Ôtez votre robe.

L'estomac de Victoria gronda, comme pour lui rappeler sa condition de mortelle.

Si cet homme la prenait, elle risquait la mort.

S'il ne la prenait pas, sa mort était certaine.

De froid. De faim.

À moins qu'elle ne se fasse tuer pour sa cape et ses souliers, qui permettraient à un autre miséreux de survivre dans les rues de Londres une nuit, une semaine ou un mois de plus.

Victoria approcha les mains de son corsage en ayant l'impression de se retrouver à l'extérieur de son corps. Elle observait ses propres gestes à travers des yeux d'argent.

De ses doigts rougis et crevassés, elle libéra un bouton, puis deux, trois… Sa peau très pâle se révéla dans l'encolure du corsage de lainage brun. La base de sa gorge… le sillon de sa poitrine… la courbe de son ventre, concave plutôt qu'arrondie…

Victoria prit une longue inspiration et frissonna. L'étoffe rugueuse glissa le long de son dos et atterrit à ses pieds.

Elle n'avait ni chemise, ni corset, ni combinaison derrière lesquels se cacher.

Ceux-là aussi avaient été vendus sur St. Giles Street.

Elle carra les épaules, plus consciente de sa culotte qui godaillait sur ses hanches, de ses bas de laine qui pochaient aux genoux et des bottines éculées qui frottaient contre ses chevilles que de son propre souffle.

Elle s'efforça de faire le vide dans son esprit.

Paradoxalement, la froideur du regard qui parcourut son corps l'enveloppa d'un voile de chaleur. Ses épaules. Sa poitrine. La fourche de ses cuisses.

Il remonta jusqu'à ses épaules, sa poitrine.

S'attarda sur ses pointes de seins.

Effectivement tendues.

De froid, se dit-elle.

Sachant une fois de plus que c'était un mensonge.

Victoria avait envie de sentir le contact d'une main d'homme sur son corps.

La main de cet homme.

Elle voulait se débarrasser une fois pour toutes de sa virginité, tout à la fois trésor tenu en haute estime et instrument de la chute de la femme.

Elle approcha les mains du lien coulissant de sa culotte, et celle-ci se perdit à ses pieds dans le cercle de sa robe.

Un voile de chair de poule recouvrit ses fesses nues.

Elle n'eut pas besoin de le suivre pour savoir sur quoi son regard se posait. Entre ses cuisses, sa toison était bouclée, contrairement à sa chevelure.

Le chemin que suivit son regard déclencha une nouvelle onde de chaleur.

Aucun homme ne l'avait contemplée nue.

Mais cet homme-là avait certainement vu des centaines de femmes nues.

Des femmes à la peau douce, aux hanches pleines. Des femmes dont les côtes ne saillaient pas comme les baleines d'un corset.

Des femmes qui savaient comment se comporter face à un homme tel que lui.

Victoria s'empressa de se pencher pour défaire la jarretière de fortune ceignant le haut de sa cuisse droite, n'ayant que trop conscience de ses seins qui oscillaient.

— Redressez-vous.

Elle sursauta sous la sécheresse de l'ordre et s'exécuta.

La pâleur des joues de l'homme durcissait la perfection ciselée de ses traits.

— Approchez.

Le ventre noué, Victoria enjamba gauchement la forteresse affaissée de sa robe. Les liens qui maintenaient ses bas mordirent sa chair quand elle plia les genoux. Ses pieds s'enfoncèrent dans le marécage brun du tapis.

— Lâchez vos cheveux.

Sa voix était toujours dure ; ses mots un peu moins secs, cependant. La trace d'accent français demeurait.

La poitrine de Victoria se soulevait au rythme des battements de son cœur. Elle se demanda fugitivement s'il les percevait.

Elle leva les bras et chercha à tâtons une épingle à cheveux. Ses sens s'aiguisèrent, sa poitrine se souleva, son ventre se contracta…

— Tournez-vous.

Victoria s'immobilisa, palpitante d'appréhension.

— Je vous demande pardon ?

— Tournez-vous et lâchez vos cheveux en me présentant votre dos.

Si elle lui tournait le dos, elle ne pourrait plus se défendre.

Elle n'avait pas pu se défendre six mois plus tôt, prisonnière d'un corset, réfugiée derrière sa vertu.

Victoria se retourna.

Un divan tendu de cuir bleu pâle occupait la plus grande partie du mur. Au-dessus, une mer bleue léchait un coucher de soleil orange.

Victoria reconnut confusément une peinture de l'école des impressionnistes, créateurs de la lumière dansante et de la couleur chatoyante.

Elle défit soigneusement ses épingles. Dans son dos, le regard de l'homme la scrutait, aussi palpable qu'un contact.

Ses fesses. Sa nuque. Ses épaules. Ses fesses, encore.

Sur la peinture, la sombre silhouette d'un homme s'inclinait dans un petit bateau ; il ramait sur le miroitement de l'eau, face au soleil mourant.

Personne ne connaîtrait jamais son nom.

Peut-être n'en avait-il aucun. Peut-être était-il seulement le fruit de l'imagination de l'artiste.

Un homme qui n'avait pas de vie en dehors de la toile.

Une émotion inexplicable s'éleva en elle – humiliation, excitation, colère, frayeur.

Ses cheveux retombèrent le long de son dos telle une lourde tenture, dissimulant sa nudité jusqu'au sillon de ses fesses.

Sans occulter pour autant la réalité.

— Maintenant, tournez-vous vers moi.

Les épingles à cheveux mordirent la paume de sa main droite quand elle pivota lentement.

La chaleur de la pièce ne se reflétait aucunement dans les yeux d'argent qui l'observaient.

Voilà, se dit-elle. Cet instant était celui qui précédait la perte de l'ultime vestige de son enfance.

Cet instant était celui vers lequel ces six derniers mois avaient tendu, inéluctablement. L'aboutissement de l'enchère endiablée qui s'était déroulée à l'étage en dessous.

La gueule béante de l'avenir s'ouvrait devant elle.

Elle ignorait ce qui l'attendait au-delà de cet instant.

Elle ignorait dans quelle peau elle se réveillerait au matin – celle de Victoria, simple femme, ou celle de Victoria, femme déchue.

La peur qu'elle avait contenue durant l'enchère la submergea, vague noire de pure panique.

Elle s'était menti à elle-même en prétendant qu'une femme qui vend son corps maîtrise la situation – Victoria ne maîtrisait plus rien, c'était l'homme aux yeux d'argent qui avait désormais le contrôle de la situation.

Et il le savait.

— Je ne connais pas votre nom, laissa-t-elle échapper, sa chevelure lui donnant l'impression d'alourdir son corps autant qu'une enclume.

— Vraiment, mademoiselle ? répliqua-t-il d'un ton caressant.

Victoria ouvrit la bouche pour lui répondre qu'elle ne pouvait pas connaître son nom, pour la simple et bonne raison qu'une femme comme elle ne frayait pas dans les mêmes cercles que lui.

— Me trouvez-vous désirable ? demanda-t-elle au lieu de cela.

Demain, elle serait horrifiée en repensant à sa question. Mais pas maintenant.

Aucun homme ne lui avait jamais dit qu'elle était désirable.

Pendant dix-huit ans, elle s'était appliquée à se vêtir et se coiffer de façon sobre afin d'éviter que les attentions d'un homme ne lui fassent perdre son emploi.

Et elle l'avait finalement perdu.

Son emploi. Son indépendance.

Son estime de soi.

Même s'il avait payé pour l'avoir, elle allait faire don de sa virginité à cet homme.

Elle avait *besoin* de l'entendre dire qu'il la trouvait désirable.

Elle avait besoin de savoir qu'une femme possède une valeur inhérente à son sexe autant qu'à sa vertu.

La lumière du lustre palpita et fit briller les yeux d'argent, miroirs de la désolation de son âme.

Les battements de cœur de Victoria égrenèrent les secondes.

S'il s'avisait de la dénigrer…

— Oui, je vous trouve désirable, lâcha-t-il finalement.

Il mentait.

D'abord douloureuse, l'onde de choc s'épanouit en elle – corolle écarlate d'une fleur de colère.

— Vous n'en pensez pas un mot, cracha-t-elle.

Il voulait ce que l'autre avait voulu : un tas de chair vivante, pas une femme.

La lueur qui dansait dans ses yeux se figea soudain.

— Comment pouvez-vous savoir ce que je pense, mademoiselle ?

— Si vous me désiriez, monsieur, vous ne resteriez pas à me regarder comme si j'étais infestée de vermine. Je suis aussi propre que vous l'êtes.

Elle *valait* autant que lui.

— Pourquoi aurais-je enchéri si je ne vous désirais pas ? demanda-t-il doucement.

— Vous ne m'aviez pas encore vue, releva Victoria, s'efforçant vainement de reprendre le contrôle de ses émotions. Comment peut-on désirer ce que l'on ne voit même pas ?

Et elle, comment avait-elle pu désirer ce qu'elle ne connaissait pas ?

C'était pourtant ce qui lui était arrivé.

Elle avait secrètement rêvé qu'un homme aimerait la femme qu'elle était, et non le parangon de vertu qu'elle avait feint d'incarner. Et ce rêve venait d'être englouti.

Aucun homme ne l'aimerait jamais – les hommes n'aiment pas les prostituées.

L'homme qui lui faisait face était aussi figé qu'une statue, le regard fixe. Avait-il jamais aimé ? Quelqu'un l'avait-il aimé ?

— Pourquoi aurais-je enchéri pour vous, si ce n'est par désir ? insista-t-il d'une voix faussement caressante.

Ses yeux ne reflétaient aucune tendresse.

Or Victoria avait besoin de lire de la tendresse dans ce regard. Elle voulait qu'il se *soucie* d'elle.

Elle ne serait plus la même au terme de cette nuit, et elle tenait à ce que quelqu'un porte le deuil de la défunte Victoria Childers.

— On prétend que la syphilis peut être guérie par la fréquentation d'une vierge, répondit-elle audacieusement, soucieuse de déclencher une réaction – une réponse, n'importe laquelle.

Son élan fut récompensé.

Les yeux d'argent se plissèrent.

— Je n'ai pas la syphilis, mademoiselle.

La menace contenue dans sa voix ne fit pas reculer Victoria.

— Moi non plus, monsieur, affirma-t-elle.

Le danger vibra dans l'air.

— Que voulez-vous, mademoiselle ? demanda-t-il doucement.

Elle voulait ce que veut toute femme.

— Je veux qu'un homme me désire, *moi*, pas ma virginité, répondit-elle d'une voix rauque.

— Vous voulez que je vous désire, *vous*, plutôt que votre virginité, répéta-t-il comme si l'idée lui paraissait farfelue.

Le temps des mensonges était révolu.

— Oui, affirma-t-elle.

Lumière. Obscurité.

Argent. Gris.

Victoria résista à l'envie de détourner le regard de ces yeux qui reflétaient alternativement l'ombre et la lumière, le vif-argent et le gris terne de la cendre.

— Comment voudriez-vous que je manifeste mon désir ? s'enquit-il.

— Vous avez offert deux mille livres pour avoir le privilège de me toucher.

— Vous voudriez que je vous touche ? demanda-t-il, plus dangereusement suave et séducteur que jamais.

— Je ne veux pas être prise comme une fille des rues.

La vérité résonna brutalement aux oreilles en feu de Victoria.

Et, l'espace d'un instant troublant, la souffrance qu'elle ressentait fit briller les yeux de l'homme.

Presque aussitôt, l'éclat de ses yeux s'évanouit.

La souffrance de Victoria, elle, demeura.

— Pourtant vous êtes venue ici, vendre votre virginité comme une fille des rues, remarqua-t-il d'un ton dénué d'émotion.

Victoria ne pouvait nier l'évidence.

— Oui.

— Comment souhaitez-vous être prise, mademoiselle ? questionna-t-il à brûle-pourpoint.

D'un ton passionné. Tendre.

Mais ils savaient tous deux qu'elle avait vendu ce droit.

La puissance des battements de son cœur fit tressaillir sa poitrine. L'acier d'une épingle à cheveux perça la paume de sa main.

— Avec respect, répondit-elle du bout des lèvres. J'entends être prise avec respect *parce que* je suis une femme.

Pas parce qu'elle était vierge. Elle voulait être respectée en tant que femme.

La tension qui grandissait entre eux lui coupa le souffle.

— « Le monde entier est un théâtre, et les hommes et les femmes ne sont que des acteurs », récita-t-il soudain sans la quitter du regard, ses yeux d'argent se faisant plus perçants que l'acier qui mordait sa main. Êtes-vous une admiratrice de Shakespeare, mademoiselle ?

Ce brutal changement de conversation lui tira un battement de cils.

— Je ne raffole pas particulièrement de cette pièce de M. Shakespeare, parvint-elle à répondre.

— De quelle pièce parlez-vous ?

— *Comme il vous plaira.* Celle que vous venez de citer.

L'air vibra soudain – une porte qui s'ouvrait dans la maison, sans doute. Ou qui se refermait.

— Aimez-vous le théâtre ? s'enquit-il d'une voix si séduisante qu'aucun homme n'aurait dû être autorisé à posséder un tel instrument vocal.

Sa voix semblait danser sur sa peau comme un feu de Saint-Elme, la charmait au point de lui faire désirer des choses qu'elle ne pouvait avoir.

Victoria s'efforça de se concentrer sur sa question.

Elle n'avait jamais assisté qu'à une seule représentation théâtrale.

— Oui, dit-elle. J'aime le théâtre.

L'étrange vibration se produisit à nouveau, tel un écho.

— Approchez, mademoiselle.

Il allait la posséder. Là, maintenant. Tout habillé, alors qu'elle ne portait que ses vieux bas et ses bottines éculées.

Comme une fille des rues.

Victoria eut soudain conscience du ridicule de son apparence – une ex-gouvernante sans élégance dont la seule vertu était son hymen. Il devait trouver hautement comique son exigence à être traitée avec respect, alors que le plus miséreux des vagabonds aurait dénigré ses haillons.

— Mes souliers… avança-t-elle pour gagner du temps.

— Gardez-les.

— Ce n'est pas…

Elle n'eut pas la force d'achever sa phrase.

— Digne ? suggéra-t-il avec un sourire dont le cynisme clamait qu'il avait connu bien des femmes avant elle.

Combien de fois avait-il accompli ce rituel ?

Combien de vierges effarouchées avait-il subjuguées ?

— J'allais dire… pratique, précisa Victoria.

— Je puis vous assurer, mademoiselle, que vos souliers ne sauraient constituer une gêne.

L'épais tapis parut absorber ses pieds ; elle chancela, son bassin basculant vers l'avant.

Ses cuisses frottèrent l'une contre l'autre ; la friction qui dansa entre ses lèvres, au plus secret de sa chair, fit briller les yeux d'argent – des yeux qui n'ignoraient rien du désir qu'ils suscitaient.

Il était conscient de la moiteur de son vagin, de la chaleur de ses pointes de seins tendues.

Il en savait déjà plus que quiconque à son sujet.

La cheville gauche de Victoria la trahit.

Sa chevelure oscillant comme un pendule, elle se redressa, rouge d'embarras.

L'homme aux yeux d'argent ne manifesta ni approbation ni dérision, son visage demeurant de marbre.

Victoria s'immobilisa quand elle atteignit le bureau. Derrière elle, le feu crépitait.

Assis dans son fauteuil, l'homme sentait le savon de luxe. Elle perçut aussi sur lui le subtil mélange de tabac et de parfum qui imprégnait la salle du rez-de-chaussée.

Le haut de sa tête arrivait au niveau de sa poitrine ; ses souliers bicolores, cuir noir et daim, n'étaient qu'à quelques centimètres du bout usé de ses bottines.

Se trouver au-dessus de lui ne constituait que l'illusion d'un avantage. Victoria savait qui était le plus fort. Le plus rapide.

Le plus dangereux.

Il observa sa poitrine durant de longues secondes, attardant son regard sur un sein qui saillait à travers le rideau de sa chevelure.

Ses cils étaient longs. Fournis. Aussi noirs que de la suie. Ils projetaient une ombre dentelée sur ses joues pâles et lisses.

Pas si pâles que cela, cependant. Un léger voile rose teintait le haut de ses pommettes.

Victoria sentit ses pointes de seins durcir sous l'intensité de son regard.

Il releva lentement les cils et riva son regard d'argent au sien.

— Je n'ai pas envie de ressentir de désir... murmura-t-elle, farouche, ineffablement gagnée par le sentiment de sa vulnérabilité.

— Le désir est une composante de tout être humain, mademoiselle.

La gorge de Victoria se serra.

— Vous ne semblez pas... affligé... par ce désir.

Un regret fugitif glissa sur son visage, la noirceur de ses pupilles l'engloutit.

— Le désir n'est pas toujours considéré comme une affliction.

Mais il le considérait comme tel, réalisa-t-elle aussitôt. Cet homme réprimait ses désirs autant qu'elle-même.

— Est-ce pour cette raison que vous êtes venu ce soir à La Maison de Gabriel... pour y trouver une femme qui ne réprime pas ses désirs ? questionna-t-elle d'un ton hésitant.

Une pulsation s'éleva au fond de son vagin, une, deux, trois fois ; une pulsation identique fit frémir la joue de l'homme, une, deux, trois fois...

— Jusqu'où pousserez-vous ce jeu, mademoiselle ? demanda-t-il d'une voix dont la dureté la surprit.

— Quand une femme donne sa virginité à un homme, elle ne le fait pas par jeu, répondit-elle.

— Qui vous dit que je désire seulement votre virginité ?

Des mèches de cheveux éparses auréolaient sa tête d'un halo d'or pâle.

Victoria se souvint alors de l'endroit où elle avait vu ce visage ; elle l'avait déjà vu sur des vitraux d'église. Il avait le visage d'un ange.

D'un ange apportant le salut d'une main, la destruction de l'autre.

Des larmes picotèrent ses yeux.

— Je n'ai rien d'autre à offrir.

— Vous avez déjà vu des hommes en compagnie de femmes.

Les images que Victoria avait surprises au cours des six derniers mois – accouplements furtifs, pelotages indécents – se reflétèrent dans les yeux de l'homme.

— Oui, dit-elle.

— Dans ce cas, vous savez qu'un homme peut désirer une femme de bien des façons.

Un courant chaud et froid remonta le long de son échine. Il ne prenait pas la peine de mâcher ses mots.

— Oui.

— Avez-vous déjà pris un homme en bouche, mademoiselle ?

Le souffle tiède qui passait sur sa peau lui parut soudain glacé, par contraste avec la chaleur qui saisit sa gorge.

— Non.

L'ombre et la lumière s'affrontèrent au fond de ses yeux.

— Seriez-vous prête à le faire… pour moi ?

Victoria réprima toute une vie d'inhibitions.

— Oui.

Rien qu'une fois…

Rien qu'avec lui…

— Parlez-vous français ?

— *Un petit peu**, avoua-t-elle.

Assez pour en enseigner la grammaire à des enfants. Mais la profession qu'elle avait exercée n'intéressait pas cet homme. Au terme de cette nuit, ils ne se reverraient plus.

La piqûre des épingles au creux de sa main droite remonta le long de son bras.

— Les Français ont un mot d'argot, *empétarder**, dit-il. Ce terme vous est-il familier ?

— Je connais le mot *pétarader**, répondit-elle d'une voix tremblante.

— *Empétarder** s'emploie dans un contexte sexuel, murmura-t-il, jaugeant sa réaction. Il signifie recevoir quelque chose par-derrière.

Par… derrière.

Le souffle de Victoria se bloqua dans sa gorge.

Sa compréhension se refléta dans les pupilles dilatées de l'homme.

— M'autoriserez-vous cet accès, mademoiselle ? s'enquit-il d'un ton délibérément provocant. Partagerez-vous votre corps avec moi… de toutes les façons que j'exigerai ?

Instinctivement, Victoria se rétracta.

Non.

— Oui. Si c'est ce que vous désirez.

— Mais prendrez-vous plaisir à la chose ?

— Je…

… ne sais pas. Victoria déglutit et ses seins se soulevèrent. Des seins qu'il n'avait pas même effleurés.

— Le plaisir est toujours préférable à la douleur.

— Il y a toujours une part de douleur dans le plaisir, déclara-t-il d'une voix étrangement lointaine. Les Français nomment l'orgasme *la petite mort**. Partagerez-vous votre douleur… autant que votre plaisir ?

La petite mort…

Il n'y avait pas de *petite* mort dans les rues de Londres ; chacune d'elles était définitive.

— J'essaierai, dit-elle.

— Vous m'autoriserez à vous étreindre, nos corps ruisselants de sueur, le parfum de nos sexes emplissant nos poumons, déclara-t-il.

Ces mots l'électrifièrent.

— Personne ne m'a jamais étreinte, répliqua-t-elle spontanément.

Personne, sauf un enfant…

Mais Victoria ne voulait pas penser à cela. Pas ce soir.

— Mais vous me laisserez vous étreindre, insista-t-il.

Ruisselants de sueur. Le parfum de leurs sexes emplissant leurs poumons.

Elle prit une longue inspiration et perçut le subtil parfum, frais et viril, qui n'appartenait qu'à lui.

— Oui.

— Et vous me serrerez contre vous.

La nudité de son regard lui fendit le cœur. Il ne croyait pas qu'une femme puisse vouloir le serrer dans ses bras.

À moins qu'il ne croie qu'une *prostituée* ne pouvait pas avoir envie de le serrer dans ses bras.

— Oui, fit Victoria.

Ce n'était pas pour deux mille livres qu'elle accepterait de prêter son corps à cet homme, mais parce qu'il avait su la toucher avec ses mots – même s'il ne l'avait pas fait physiquement.

Les cheveux de l'homme, plus longs que ne le préconisait la mode, bouclaient sur son col.

Se sentant tout à la fois étrangement faible et forte dans sa féminité, elle approcha une main tremblante d'une boucle d'or pâle.

Il n'y eut aucun avertissement, aucun craquement de bois trahissant son mouvement, mais la distance qui les sépara s'accentua soudain.

— Rhabillez-vous, mademoiselle, dit-il d'une voix sans timbre. Et donnez-moi le nom de l'homme qui vous a recrutée.

3

Rhabillez-vous. L'ordre vibrait encore à ses oreilles.

Elle prit conscience du feu qui réchauffait ses fesses, et ses seins lui parurent glacés.

Lourds.

Encombrants.

Indésirables.

Elle ne comprenait pas le mouvement de recul de l'homme blond. Elle n'en avait pas besoin. Le rejet est le même dans toutes les langues, qu'il s'agisse d'un langage articulé ou du langage du corps.

Victoria recula, se raccrochant à sa douleur.

Son talon gauche pivota et elle saisit vivement… la serviette blanche.

Une pluie d'épingles à cheveux se répandit sur le plateau de marbre noir.

Elle garda le regard fixé, entre les pans du rideau de ses cheveux, sur le pistolet qu'avait jusqu'alors dissimulé la serviette. La crosse était en bois de rose, le canon en métal, d'un noir bleuté. De la même couleur que les cheveux de son père, pensa-t-elle de façon absurde.

Des doigts longs et élégants se refermèrent sur la crosse, et la seule partie de l'arme qui demeura visible fut le canon.

Victoria releva la tête, lâcha la serviette et recula.

Les pupilles de l'homme ne formaient plus que deux têtes d'épingles, ses iris flamboyaient comme de l'argent en fusion. Ses yeux ne reflétaient aucune passion. Aucune compassion.

On n'y décelait plus la moindre trace des paroles intimes qu'il venait de lui susurrer.

L'image d'un cadavre seulement vêtu de bas déformés et de bottines éculées surgit dans l'esprit de Victoria. Cette pensée la révulsa.

Des mots se bousculèrent dans sa gorge – elle les ravala.

— Allez-vous me tuer ? demanda-t-elle sobrement.

Elle n'obtint pour toute réponse qu'un craquement de bois. L'homme aux yeux d'argent se leva souplement et glissa le pistolet sous le revers de son habit, révélant brièvement le holster de cuir qui pendait sous son bras. Il contourna le bureau et franchit le tapis brun, la queue de son habit battant ses cuisses.

Quand il se pencha pour ramasser les vêtements de Victoria, la soie noire de son pantalon se tendit sur ses fesses fermes.

Il les lança vers elle. Instinctivement, Victoria referma les bras sur ses habits.

Ses yeux gris et froids rejetaient sa nudité ainsi que sa valeur en tant que femme, vierge ou pas.

— Devrais-je vous tuer ? rétorqua-t-il, imperturbable.

Victoria refusa de lui laisser voir sa peur.

Elle enfila résolument sa robe de lainage. Se pencha pour enfiler sa culotte. Des heures passèrent tandis qu'elle bataillait contre les minuscules boutons de sa culotte de soie. Puis tandis qu'elle finissait de loger les boutons de bois de sa robe dans leurs boutonnières.

Les yeux gris attendaient les siens.

— Je suis vierge, déclara-t-elle tranquillement. Et je n'ai pas de souteneur.

Six mois plus tôt, elle ignorait encore le mot désignant les hommes qui vivaient des revenus de la chair des femmes.

Une lueur glacée passa dans les yeux gris.

— J'ai parfaitement conscience de votre innocence, mademoiselle.

Victoria aspira une bouffée d'air qui n'apaisa pas les battements de son cœur.

Le désir qui avait comprimé sa poitrine et éveillé une étrange moiteur au creux de ses cuisses, s'obstinait à la tarauder, tel un animal tardant à accepter qu'il est en train de mourir.

— Dans ce cas, je crains de ne pas comprendre votre question.

— Je veux savoir pourquoi vous êtes ici.

— La chose me semble évidente.

— Un homme vous a envoyée ici, mademoiselle. Je veux son nom.

— Aucun homme ne m'a envoyée.

Pas directement, en tout cas. Mais il était vrai qu'elle se trouvait là par la faute d'un homme.

— Alors, c'était une femme.

— Je n'ai pas été envoyée ici par une femme.

— Qui vous a donné de quoi soudoyer les portiers ? interrogea-t-il d'un ton plus dur.

Elle ne céderait pas à la panique.

— Je n'ai pas soudoyé les portiers.

— Ma maison n'est pas un pub quelconque, mademoiselle. Comment avez-vous pu entrer autrement qu'en soudoyant mes portiers ?

Ma maison. *Mes* portiers.

Un doute affreux se mêla dans son esprit à la peur.

— Êtes-vous le propriétaire de cet établissement ?

Ses yeux gris ne reflétèrent pas l'ombre d'une émotion.

— Je suis Gabriel.

Gabriel. *La Maison de Gabriel.*

Dieu du ciel. Victoria avait prétendu être venue à La Maison de Gabriel dans l'espoir qu'il y serait.

— *Une femme mérite de connaître sa première fois avec un homme tel que vous*, avait-elle dit.

Croyait-il qu'elle était délibérément venue chez lui dans l'intention d'éveiller son intérêt ?

— Êtes-vous français ? demanda-t-elle à brûle-pourpoint.

Quelle importance pouvait bien avoir sa nationalité ? Un Français était tout aussi susceptible de la tuer qu'un Anglais.

— Je suis français, admit-il froidement. Pour la dernière fois, mademoiselle, comment avez-vous franchi le rempart de mes deux portiers ?

Victoria se souvint des deux hommes qui gardaient la porte d'entrée. L'un avait des cheveux aussi dorés que le soleil, l'autre une chevelure aussi brillante que l'acajou.

— Je leur ai dit que j'étais en quête d'un protecteur, répondit-elle.

— Et ils vous ont laissée entrer ? répliqua-t-il d'un ton narquois, une lueur d'avertissement animant ses yeux d'argent.

— Je n'ai pas pour habitude de mentir, monsieur.

— Vraiment ? fit-il mine de s'étonner d'une voix chargée de cynisme.

— Absolument, confirma-t-elle avec force.

— Le prix de la rue pour la virginité d'une femme n'excède pas cinq livres.

Elle s'accrocha à sa fierté – une émotion bien plus confortable que la peur.

— J'ai parfaitement conscience de la valeur de la virginité d'une femme.

Sa réputation. Sa situation.

Sa vie…

— Dans ce cas, pourquoi avez-vous demandé cent cinq livres ?

Parce qu'elle ne s'était pas attendue à les recevoir.

— Estimez-vous la virginité d'une femme en deçà de ce prix, monsieur ? répliqua-t-elle d'un ton de défi.

— J'estime la valeur d'un être humain bien au-delà de cette somme, répondit-il de façon énigmatique.

Ce n'était pas la réponse à laquelle Victoria s'était attendue.

— Parce que vous aimez déflorer les femmes, lança-t-elle avec dédain.

— Non, mademoiselle, parce que j'ai moi-même été vendu pour cette somme. Mais vous le saviez déjà, n'est-ce pas ?

Des mots s'entrechoquèrent dans sa tête.

— *Vous avez mis votre corps aux enchères, mademoiselle. Je puis vous assurer que cela fait de vous une putain.*

— *Et vous avez acheté mon corps, monsieur. Qu'êtes-vous alors ?*

— *Une putain...*

Victoria réalisa soudain qu'elle avait déjà vu ces yeux-là. Elle les avait vus quand elle arpentait les rues de Londres, en quête d'un travail respectable. Les crève-la-faim avaient tous ce même regard vide.

Des hommes, des femmes et des enfants qui se prostituaient, volaient et tuaient pour survivre.

Son cœur se mit à cogner contre ses côtes.

— Qui êtes-vous ? murmura-t-elle.

— Je vous l'ai dit, je suis Gabriel.

Le propriétaire des lieux.

Une putain. Un prostitué.

Mais pas par choix.

La pauvreté privait les hommes – tout autant que les femmes – de tout choix.

— Je suis désolée, fit Victoria, avant de réaliser que ce n'était pas la chose à dire.

Il avait survécu à un destin effroyable et ne devait guère priser la pitié.

Elle en eut aussitôt confirmation.

Il lui barra la route, son pantalon de soie noire frôlant l'accoudoir du fauteuil de cuir bleu pâle.

— Qu'est-ce qui vous désole, mademoiselle ? demanda-t-il si doucement qu'elle dut tendre l'oreille pour l'entendre.

Victoria se refusa à battre en retraite.

— Je suis désolée qu'on vous ait vendu contre votre gré.

— Mais ce n'était pas contre mon gré, mademoiselle, répondit-il d'une voix suave. L'homme a-t-il omis de vous en informer ?

— Nous faisons ce que nous avons à faire pour survivre, soupira-t-elle, ignorant son allusion à « l'homme ». Ce n'est pas une question de volonté.

Ses narines frémirent légèrement.

— Avez-vous fait ce que vous aviez à faire, ce soir ?

— Oui, j'ai fait ce que j'avais à faire, monsieur, répliqua-t-elle fermement.

— Vous avez accepté de venir dans ma maison pour mettre votre virginité aux enchères.

Un flot de colère la parcourut – elle le réprima.

— Je n'ai pas « accepté », mais oui, je suis venue chez vous à cette fin.

— Vous êtes donc une complice involontaire...

— Je ne suis la complice de personne.

— Mais vous êtes ici à cause d'un homme.

Oui.

Victoria redressa l'échine et le lainage de sa robe effleura la pointe durcie de ses seins.

— Je vous l'ai dit. Je ne connais pas l'homme auquel vous faites allusion.

— Dans ce cas, qui vous a envoyée chez moi, mademoiselle ?

— Une p...

Non, Victoria ne pouvait pas traiter de prostituée la femme qui s'était liée d'amitié avec elle.

— Une connaissance m'a fait savoir que votre clientèle serait plus... généreuse qu'un homme de la rue.

— Et cette... connaissance, reprit-il en singeant son hésitation, est-ce un homme ou une femme ?

Victoria eut envie de lui répondre que cela ne le regardait pas, mais la raison lui dicta la prudence.

— Une femme, répliqua-t-elle sèchement.

— Et c'est cette femme qui vous a conseillé d'ouvrir les enchères à cent cinq livres ?

Victoria refusa de détourner les yeux face à l'intensité du regard auquel il la soumettait.

— Je suis désolée que vous pensiez que je me moquais de vous en ouvrant les enchères à cent cinq livres. Je vous assure que ni mon amie ni moi n'étions au courant de ce fait. Pour tout vous dire, j'ignorais jusqu'à votre existence avant ce soir.

L'homme aux yeux d'argent demeura impassible.

— Répondez à ma question, mademoiselle.

— Oui, lâcha-t-elle. C'est mon amie qui a suggéré que je commence par cette somme.

— Quelle taille fait votre amie ? questionna-t-il en plissant les yeux.

— Elle est plus petite que moi, dit Victoria en se redressant de toute la hauteur de son mètre soixante-dix. Si vous voulez bien m'excuser, monsieur, je vais prendre congé.

Il ne s'écarta pas de son chemin.

— Vous ne pouvez pas prendre congé, mademoiselle.

Le cœur de Victoria manqua un battement.

— Je vous demande pardon ?

La formule de politesse résonna de façon discordante.

— Vous vous exprimez convenablement, biaisa-t-il, sa main se tendant vers l'accoudoir du fauteuil, ses doigts effleurant une ride du cuir.

La ride formait un léger renflement en son centre.

Victoria trouva à cette ride une ressemblance avec la vulve d'une femme – les lèvres entrouvertes, le creux sombre évoquant le vagin…

Elle redressa brusquement la tête.

— C'est une qualité requise chez une gouvernante, répliqua-t-elle, avant de réaliser qu'elle venait involontairement de lui révéler une information personnelle.

Elle se mordit la lèvre.

L'éclat de ses yeux gris indiqua qu'il notait son embarras.

— Combien de temps avez-vous été gouvernante ?

Victoria ne se laissa pas duper par la soudaine aisance de son ton. L'homme qui prétendait s'appeler Gabriel était pareil à un chat. Un grand et beau félin qui jouait avec sa proie avant de lui trancher la gorge sans crier gare.

— Cela ne vous concerne en rien, monsieur, répondit-elle en relevant le menton d'un air de défi.

— Mais si, mademoiselle, ronronna-t-il doucement. Vous vous êtes vendue à moi pour deux mille livres.

— Je vous ai vendu ma virginité, monsieur, protesta-t-elle aigrement. Pas ma personne.

Et il ne voulait pas de sa virginité.

Ses longs cils voilèrent ses yeux. Instinctivement, Victoria suivit son regard... Il caressait la ride de cuir bleu.

— Depuis combien de temps vous trouvez-vous sans emploi ?

Une vision de son propre corps nu, les jambes écartées devant lui, surgit dans son esprit. Elle fut chassée par l'image d'un long doigt souple la caressant...

Elle détacha vivement les yeux du doigt qui caressait le cuir, la honte empourprant ses joues.

— Six mois.

Son regard d'argent fouailla le sien.

— Combien de temps avez-vous été gouvernante ?

— Dix-huit ans, lâcha-t-elle du bout des lèvres.

— Vous êtes devenue gouvernante à seize ans ?

Victoria baissa les yeux pour fuir les souvenirs de ce qui avait déterminé sa profession.

Son doigt caressait le creux plus sombre du cuir.

Une sensation brûlante s'éleva au creux de ses cuisses.

— Oui. À seize ans.

— Et après dix-huit ans d'exercice, vous avez subitement réalisé que la prostitution rapportait davantage ?

Victoria leva les yeux.

Oui, fut-elle tentée de répondre.

— J'ai été congédiée, avoua-t-elle.

Congédiée sans références, mais elle n'eut aucun besoin de le préciser. Elle lisait dans ses yeux qu'il avait déjà compris.

Personne ne voulait confier ses enfants à une gouvernante congédiée sans références. Et les agences de placement ne recrutaient pas.

Bien des femmes se retrouvaient dans la situation de Victoria. Ce qui ne la rendait pas plus facile à supporter.

— La fille qui vous a envoyée ici, dit-il, une ombre dansant dans son regard, vous la tenez pour une amie ?

— Oui, répliqua-t-elle sans hésiter.

— Vous la protégeriez de moi ?

Dolly avait empêché un homme de la violer quand personne d'autre n'avait levé le petit doigt. Elle lui avait parlé. S'était confiée à elle. L'avait conseillée. S'était montrée amicale lorsque Victoria avait eu désespérément besoin d'amitié.

— Oui, répondit-elle en redressant fièrement les épaules. Oui, je la protégerais si c'était en mon pouvoir.

Sans prévenir, le long doigt pâle qui agaçait nonchalamment la ride de cuir bleu glissa sur l'accoudoir et agrippa les boucles de laine de son réticule.

Durant une seconde, Victoria contempla la beauté de sa main lisse et le petit sac sans grâce qu'elle soulevait du fauteuil.

La signification de son geste la frappa alors.

Il s'était emparé de son réticule !

Tout ce que possédait Victoria s'y trouvait. Il n'avait pas le droit. Elle s'élança pour récupérer son bien. Sa vie. *Sa dignité*.

Il plongea la main dans l'ouverture du sac et en sortit un petit paquet de papier brun soigneusement plié.

— Qu'est-ce donc que cela ?

Victoria s'immobilisa au souvenir du pistolet dissimulé sous son habit.

— C'est… un remède pour prévenir la conception. Je vous en prie, rendez-moi mon sac.

— C'est votre amie qui vous a donné ce contraceptif ? demanda-t-il sans manifester l'intention de le lui rendre.

Certains hommes considéraient comme relevant de leur droit de féconder toutes les femmes sans discrimination, parce qu'ils étaient des mâles.

Gabriel faisait-il partie de ces hommes-là ?

— Oui, c'est elle qui me l'a donné, acquiesça-t-elle, la main résolument tendue vers lui. Rendez-le-moi, je vous prie.

Il passa les poignées du sac autour de son poignet et défit le paquet brun, le réticule se balançant à son bras. Deux comprimés blancs glissèrent au creux de sa main.

— Votre amie vous a-t-elle dit de quoi il s'agit ?

Le silence de Victoria fut plus éloquent que des mots.

— C'est un sublimé corrosif, mademoiselle, enchaîna-t-il, rivant sur elle un regard impitoyable. Votre amie vous a-t-elle dit comment il convient d'administrer ces comprimés ?

— Puisque vous semblez aussi bien informé au sujet de ce produit, monsieur, pourquoi ne pas me le dire vous-même ? répondit Victoria en laissant retomber sa main le long de son corps, ses ongles mordant la chair de sa paume.

— Chacun de ces comprimés contient 56 milligrammes de sublimé corrosif. Un seul comprimé provoque de violentes convulsions, souvent suivies de mort. Deux comprimés insérés dans votre vagin, mademoiselle, provoqueraient votre mort certaine.

Victoria sentit le sang refluer de son visage. Dolly lui avait dit d'insérer deux comprimés en elle pour empêcher la conception.

Elle n'avait pas parlé de leur composition.

Ne lui avait pas révélé qu'ils risquaient de lui faire du mal… de la *tuer*.

— Vous mentez, l'accusa-t-elle sans parvenir à s'en persuader.

L'homme aux yeux gris ne fit aucun commentaire.

Ce n'était pas nécessaire.

Il remit les comprimés dans le sachet et le referma.

— Elle m'a dit que beaucoup de femmes mariées les utilisaient, persista Victoria.

— Celles qui le font doivent rarement avoir l'occasion de renouveler l'expérience. Et si l'une d'elles y survivait, il ne lui viendrait pas à l'idée de les recommander pour leurs propriétés contraceptives. Votre amie était-elle jeune et inexpérimentée, mademoiselle ?

Dolly, qui lui avait confié être « une putain à trois sous » et pratiquer la chose depuis qu'elle avait dix ans, avait les cheveux grisonnants et plus une seule dent de devant.

C'était elle qui avait incité Victoria à se faufiler en douce dans La Maison de Gabriel. Personne ne la remarquerait au milieu des allées et venues, lui avait-elle assuré. On n'y acceptait que des messieurs riches et puissants qui offriraient bien plus pour sa virginité que les michetons des rues, avait-elle ajouté.

Poussant ainsi Victoria vers une mort certaine.

Dans l'espoir, sans doute, de la dépouiller de son argent, une fois que son cadavre refroidirait dans une ruelle.

L'élégante bibliothèque lui parut soudain étouffante. Le lustre trop lumineux. Le feu de l'âtre trop chaud. Et trop lourds, les cheveux qui pendaient dans son dos.

Elle aurait voulu pouvoir échapper au regard perçant des yeux d'argent.

Elle contourna prudemment Gabriel et récupéra sa cape sur le dossier du fauteuil de cuir bleu pâle.

Elle n'avait pas besoin de son réticule – il pouvait le garder. Il n'avait contenu que le poison. Sa brosse à dents. Son peigne. Et...

Il ne chercha pas à l'arrêter.

La porte était faite d'un bois brillant, que la gouvernante en elle identifia comme du bois de citronnier, une essence rare provenant d'Inde.

La porte n'était pas verrouillée.

Ce n'était pas nécessaire.

L'homme qui l'avait accompagnée jusqu'à la bibliothèque montait la garde de l'autre côté. Victoria se douta qu'il devait lui aussi cacher un pistolet sous sa veste noire.

— Apportez le thé, Gaston. Mademoiselle reste avec nous.

La voix désormais familière glissa le long de son dos, aussi douce que du satin.

— Bien, monsieur.

Gaston referma lentement la porte en bois de citronnier au nez de Victoria.

Elle se retourna, sa robe s'enroulant autour de ses chevilles, son cœur remontant dans sa gorge.

— Vous ne pouvez pas me retenir contre mon gré !

— *Au contraire**, répliqua-t-il. Si votre vie était indispensable, mademoiselle, vous ne seriez pas ici.

Ce mépris brutal la laissa un instant sans voix.

— Vous ne me désirez pas, dit-elle, s'agrippant à sa cape comme à une ultime planche de salut.

— Vous seriez surprise d'apprendre ce que je désire, répondit-il mystérieusement.

Il l'observait comme si c'était elle qui constituait un danger.

— Vous n'avez jamais eu l'intention de coucher avec moi, l'accusa-t-elle audacieusement.

— Non, admit-il. Je n'en ai pas eu l'intention.

— Vous m'avez fait me déshabiller, dit-elle.

Pour rien, n'eut-elle pas besoin d'ajouter.

Il l'avait vue dans sa pitoyable nudité, avec ses jarretières de fortune, ses bas qui pochaient aux genoux, sa culotte élimée et ses souliers éculés.

Son regard gris demeura froid. Insensible.

— Pourquoi ?

Le cri de Victoria se répercuta contre le plafond et les murs bleu pâle.

— Pourquoi m'avez-vous menti ?

Pourquoi l'avait-il séduite avec des images de corps enchevêtrés, ruisselants de sueur dans l'extase qui suit le plaisir partagé ?

Pourquoi avait-il dit qu'il la trouvait désirable ?

— J'avais besoin de savoir, répondit-il simplement.

Elle avait pris les ombres qui hantaient son regard pour du regret. Mais elle ne commettrait plus cette erreur.

— Qu'aviez-vous besoin de savoir ? Jusqu'où peut aller une vierge pour gagner de l'argent ? gronda-t-elle, s'efforçant d'empêcher sa voix de trop grimper dans les aigus. Je vous assure, monsieur, que je ne me serais pas contentée de rester au-dessus de vous, les seins ballottants devant votre nez.

Elle referma brusquement la bouche quand l'écho de ses mots heurta ses oreilles.

Les murs bleu pâle se rapprochèrent au point qu'elle crut les sentir presser contre son dos, sa poitrine, ses flancs.

Elle l'aurait pris en bouche.

Elle l'aurait accueilli de toutes les façons possibles, par tous les orifices.

Et il le savait.

Il était clair que sa virginité n'avait aucune valeur à ses yeux. Mais c'était tout ce qui lui restait.

Il le savait aussi.

— J'avais besoin de découvrir si vous possédiez une arme, mademoiselle, se contenta-t-il de répliquer.

— Vous m'avez fait ôter ma culotte pour vous assurer que je n'y cachais pas une arme ? souffla-t-elle.

— Oui.

— Et où aurais-je bien pu la cacher – dans mon *vagin* ?

— C'est possible.

Victoria le contempla.

— Le sexe des femmes est si dangereux, il est vrai ! Nous n'avons pas besoin de holster, notre vagin nous suffit pour dégainer !

Le rire qui était remonté dans sa gorge ne se refléta pas dans les yeux de Gabriel.

— Les hommes possèdent également des cavités, mademoiselle, répondit-il platement.

Victoria se souvint… *Empétarder**… recevoir quelque chose par-derrière.

Ses joues devinrent brûlantes.

— Je doute fort que les orifices d'une femme ou d'un homme soient conçus pour qu'on y loge un pistolet, monsieur.

— Il existe des pistolets de toutes formes et de toutes tailles.

Il était en effet très à la mode pour une femme de porter des colliers ou même des boucles d'oreilles ornés de pistolets miniatures.

— Prenez-vous la peine de soumettre à la fouille toutes les femmes que vous achetez ? s'enquit-elle sèchement.

— Je n'achète pas les services sexuels des femmes.

— Dans ce cas, je ne comprends vraiment pas ce qui vous a incité à enchérir pour moi.

— Vous possédez quelque chose que je veux.

— Vous avez dit ne pas vouloir de ma virginité.

— Je veux le nom de la personne qui vous a envoyée à moi.

— Je vous ai dit que personne ne m'a envoyée ici, rétorqua-t-elle, l'irritation prenant le pas sur sa peur.

Victoria avait librement choisi de se vendre au plus offrant.

— Dans ce cas, donnez-moi le nom de la femme qui vous a fourni le sublimé corrosif.

L'acier le plus pur affleurait sous le vernis policé de sa voix.

— Que se passera-t-il si je le fais ?

— Je trouverai cette personne.

— Et si je ne le fais pas ?

— Cette personne mourra.

Victoria résista à la bouffée d'hystérie qui menaçait de la submerger.

— Admettons que vous la trouviez : que lui ferez-vous ?

— Ce qu'il faudra pour obtenir d'elle l'information dont j'ai besoin.

Il lui ferait du mal. Il…

Victoria écarquilla les yeux.

— Vous croyez que… qu'elle m'a délibérément envoyée ici ? Vers vous ?

Il ne répondit pas.

— Vous croyez que je suis venue ici pour vous nuire ? enchaîna-t-elle, stupéfaite.

Son regard gris soutint le sien.

— Puis-je vous rappeler, monsieur, que c'est *vous* qui avez enchéri pour *moi* ? Pourquoi l'avoir fait si vous pensiez que j'étais susceptible de vous agresser ?

— Si je ne l'avais pas fait, mademoiselle, votre mort aurait été plus affreuse que celle causée par le sublimé corrosif.

Victoria repensa à l'homme qui avait ouvert les enchères.

— J'offre cent cinq livres pour votre... innocence, mademoiselle.

Un frisson glacé la parcourut.

Avait-il eu l'intention d'acheter sa virginité ou sa vie ?

Elle repoussa le flot de panique qui bouillonnait en elle.

— Et maintenant ?

— Vous risquez toujours de mourir.

— Vous avez menacé de me tirer dessus, monsieur, déclara-t-elle, serrant sa cape contre elle. Je suis prête à courir ma chance avec un autre homme.

Ses yeux reflétèrent clairement le refus.

Victoria eut soudain du mal à respirer.

— S'il vous plaît, laissez-moi partir.

— M'en suppliez-vous, mademoiselle ?

Elle recula.

— Non.

Jamais.

Les paupières de l'homme s'abaissèrent et une ombre dentelée ternit ses joues de marbre. Il ouvrit tout grand son réticule et y plongea la main.

Un nœud se forma dans l'estomac de Victoria.

— Rendez-moi mon réticule.

Il en sortit une fine liasse de lettres.

Chacun des mots qu'elles comportaient était imprimé dans l'esprit de Victoria. Sa peau devint soudain brûlante, puis glacée.

— Un admirateur ? suggéra-t-il en la regardant à travers ses cils.

Ce n'était pas un admirateur qui avait écrit ces lettres.

L'idée que Gabriel s'avise de les lire horrifia Victoria. Elle s'approcha, la main tendue.

— Je ne vous autorise pas à lire ces lettres, monsieur. Je vous prie de me les rendre. Leur contenu est personnel.

— « Je n'ai pas demandé votre congé », lut-il avant de relever vivement les yeux vers elle. « Victoria » ?

Il faisait dix centimètres de plus qu'elle. Jamais encore Victoria ne s'était sentie aussi petite et vulnérable.

— Laissez-moi partir, répéta-t-elle.

— Je ne le puis.

Le désespoir la guettait.

— Vous avez connu la faim, lâcha-t-elle imprudemment.

— Il existe bien des façons d'avoir faim, mademoiselle. La faim du corps. La faim de l'âme. La faim de la chair.

Victoria s'empressa de chasser cette dernière pensée. Il ne devait pas lire ces lettres !

— Vous avez connu la rue.

— Je suis né dans le ruisseau, à Calais.

Avait-il été vendu en France ou en Angleterre ? songea-t-elle.

— J'ignore tout du crime dont vous m'accusez, monsieur, dit-elle en s'efforçant d'adopter son ton raisonnable de gouvernante. Mais les rues de Londres m'infligeront une punition bien plus redoutable que vous. Je vous le demande encore une fois : laissez-moi partir.

La froideur de son regard lui coupa le souffle.

— Vous avez peur de ce que je vais trouver dans ces lettres.

Elle avait peur de ce qu'*elle* avait trouvé dans ces lettres.

— Je ne vous plais pas, insista-t-elle.

— Mais si, mademoiselle, répliqua-t-il, faisant peser sur elle son regard.

Il ne la désirait pas mais savait qu'elle, en revanche, le désirait.

Avait-il deviné, quand il avait caressé cette ride de cuir, qu'elle sentait le contact de son doigt à l'intérieur de son corps ?

Évidemment qu'il l'avait deviné. Chacun de ses gestes, chaque mot qu'il prononçait, relevait d'un calcul.

— Si je vous plaisais, monsieur, vous m'auriez déjà prise.

Gabriel se figea dans une immobilité qui lui était désormais familière.

Le visage de Victoria se reflétait à l'intérieur de ses pupilles.

— Je ne peux pas vous prendre, mademoiselle.

— Pourquoi ?

Le mot ricocha contre les murs bleus.

— Parce que si je vous prends, vous mourrez.

La menace s'insinua le long de sa colonne vertébrale.

— Je risque la mort en restant avec vous, je risque la mort en vous quittant... Il me semble, monsieur, que tant qu'à faire, je préfère encore ne pas mourir vierge.

Cette déclaration audacieuse resta suspendue entre eux.

Le regard de Gabriel était brûlant.

Comment la glace peut-elle brûler ? se demanda Victoria.

— Je ne vous laisserai pas mourir, dit-il.

— Mais vous avez déjà affirmé que vous ne pouviez pas garantir cela, riposta Victoria.

Il ne répondit pas.

— Si vous m'obligez à rester, monsieur, je m'emploierai à vous séduire, déclara-t-elle.

Pure bravade de sa part, étant donné qu'elle n'avait pas la moindre idée de la façon de séduire un homme.

— Dans ce cas, vous en paierez les conséquences, mademoiselle, répliqua-t-il, le regard assombri. Autant que moi.

L'obscurité se referma autour d'elle.

— Pourquoi pensez-vous que je veuille vous nuire ? insista-t-elle, incapable de maîtriser l'accent désespéré de sa voix.

— Pourquoi redoutez-vous que je lise vos lettres ? rétorqua-t-il.

— Peut-être, monsieur, parce que nous partageons la même peur.

Un filet d'argent cerna le noir de ses pupilles.

— De quoi pensez-vous que je puisse avoir peur, mademoiselle ? s'enquit-il poliment.

La mort hantait son regard et sa voix.

Victoria n'avait jamais tué personne, mais cet homme l'avait fait. Et il n'hésiterait pas à recommencer.

— Je pense que vous avez peur d'être touché par une personne du sexe opposé, monsieur.

Il la fixa en hochant la tête.

— Vous pensez que j'ai peur d'être touché par une personne du sexe opposé… répéta-t-il lentement, savourant chacun de ses mots. Par une femme. Avez-vous peur d'être touchée par une femme, mademoiselle ?

Touchée par une femme… comme il avait été touché par les hommes ?

Victoria déglutit.

— Non, cela ne me fait pas peur.

— Dans ce cas, de quoi avez-vous peur, mademoiselle, puisque vous supposez que nous partageons la même peur ?

— J'ai peur d'être touchée par un homme, répondit franchement Victoria.

L'argent qui encerclait ses pupilles étincela plus vivement que le lustre au-dessus d'eux.

— J'ai peur… d'aimer cela, précisa-t-elle bravement.

Avouer la vérité accéléra les battements de son cœur, et elle ajouta :

— J'ai peur d'être une catin, tant par mes actes que par nature.

4

La voix de Victoria ricocha entre eux.

L'homme aux yeux d'argent semblait stupéfié par ses mots – *peur d'être touchée... peur d'aimer cela... peur d'être une catin, tant par mes actes que par nature...*

La honte qui aurait dû s'emparer d'elle après une telle confession ne vint pas.

Elle releva le menton, le défiant de la juger, lui qui avait vendu son corps. Comme elle.

— Ces lettres m'ont fait comprendre ce que je suis, expliqua-t-elle. Oui, tout à l'heure, j'étais bel et bien *moite* de désir. Parce que j'avais envie que vous me caressiez. Alors que vous êtes pour moi un parfait inconnu.

Une douleur transperça sa poitrine.

— Ce n'est pas le fait de vendre son corps qui fait de quelqu'un une prostituée, n'est-ce pas ? ajouta-t-elle, feignant une légèreté qu'elle était loin de ressentir. C'est le plaisir qu'on en tire. J'ai désiré vos caresses, ce qui fait de moi une prostituée. Je ne pensais pas que cette soirée m'affecterait autant, conclut-elle, refoulant ses larmes.

Les secondes égrenèrent une vie entière. Seuls les yeux de Gabriel étaient vivants. Balises argentées reflétant le besoin.

De toucher... d'être touché. D'enlacer... d'être enlacé.

Une autre bûche s'affaissa dans l'âtre et le réel reprit ses droits.

Gabriel n'avait pas plus envie de la toucher que d'être touché par elle.

— Je ne peux pas vous laisser partir, mademoiselle, dit-il, son visage exprimant fugitivement un regret.

Mais, une fois de plus, l'homme qui se tenait devant elle se mua en statue de chair dont la beauté n'était entachée d'aucune émotion.

— Gabriel était l'ange messager de Dieu, dit-elle sans réfléchir.

— Oui. Et Michel était son élu, répondit-il.

Victoria s'arma de courage.

— Qu'allez-vous faire de moi ?

— Je vais tenter de vous sauver.

Mais elle risquait malgré cela de mourir.

— J'ai du mal à croire que la femme qui m'a donné ces… ces comprimés puisse constituer une réelle menace, avança-t-elle. Elle comptait sans doute me voler. Mais je n'aurai pas assez d'argent pour qu'elle se donne cette peine.

Et Victoria n'aurait pas assez d'argent pour s'échapper.

La faim. Le froid.

L'homme qui avait écrit ces lettres.

— Oh, elle ne vous causera plus aucun souci, assura-t-il.

Victoria eut un soupir de soulagement.

— Vous voyez bien que…

— Elle ne vous causera plus aucun souci, mademoiselle, l'interrompit-il, parce qu'elle est déjà morte. Ou que cela ne tardera guère à se produire.

Dolly avait promis de l'accompagner à La Maison de Gabriel. Victoria l'avait attendue jusqu'à ce que Big Ben annonce le dernier quart avant minuit.

Dolly ne s'était pas montrée.

La nausée la saisit.

— Comment le savez-vous ?

L'homme aux yeux d'argent se retourna, puis pivota à nouveau vers elle, tenant à la main la serviette de soie blanche sous laquelle s'était trouvé le pistolet.

— Je le sais à cause de ceci, mademoiselle.

Victoria tendit instinctivement la main ; la serviette de soie blanche y retomba, et elle contempla avec perplexité le simple carré d'étoffe.

— Retournez-la.

De l'encre tachait le revers de la serviette. Petit à petit, les veinules noires prirent forme sous ses yeux.

Des lettres. Dont le tracé audacieux révélait une main masculine.

On avait tracé un message sur la soie.

Victoria le lut. Une fois. Deux fois. Trois fois. Elle s'attarda sur la fin :

Tu as planté le décor, mon ange, je t'apporte à présent une femme. Accorde-lui un rôle principal, je te prie. Que le jeu commence*.*

Avec un calme qu'elle était loin de ressentir, elle replia soigneusement la serviette et la lui tendit.

Gabriel ne la prit pas.

La main de Victoria retomba gauchement le long de son corps, ses doigts froissant la soie.

— Mon… La femme qui m'a donné les comprimés n'a pas écrit ceci.

Même si Dolly avait su écrire – et imiter l'écriture d'un homme – elle n'aurait pas été capable de citer Shakespeare.

— Non, elle ne l'a pas écrit.

Le monde entier est un théâtre, et les hommes et les femmes ne sont que des acteurs.

Victoria avait identifié l'auteur et la pièce dont était issue cette citation. Gabriel ne pensait tout de même pas… ?

— Je suis gouvernante, tenta-t-elle de se justifier, sur la défensive.

— Oui… dit-il d'un ton qui n'augurait rien de bon.

— Mon métier exige une certaine connaissance des œuvres de Shakespeare.

Cette explication ne recueillit que le silence.

Victoria s'humecta les lèvres.

— Qu'entend-il par : « vous avez planté le décor » ?

— Le décor pour accueillir un homme, mademoiselle.

— Celui qui a écrit ce message ?

— Oui.

— Et vous pensez que cet homme… que c'est à cause de lui que je suis ici.

— Oui.

— C'est absurde. Comment pourrait-il savoir…

Son souffle se bloqua dans sa gorge.

Six mois plus tôt, le mari de sa patronne avait accusé Victoria de flirter avec lui.

Un pur mensonge.

Sa patronne ne s'était nullement souciée de la vérité. Elle avait congédié Victoria sans la moindre référence.

Trois mois plus tard, les lettres avaient commencé à lui parvenir, glissées le matin sous la porte de la mansarde qu'elle louait. Des lettres qui affirmaient que quelqu'un la surveillait. Que quelqu'un l'attendait.

Des lettres qui décrivaient de façon détaillée les plaisirs qu'elle n'allait pas tarder à découvrir.

Sous les lèvres d'un homme. Les mains d'un homme.

Le sexe d'un homme…

— Ce n'est pas possible, trancha-t-elle.

Elle savait qui était l'auteur de ces lettres ; elles venaient du mari de son ancienne patronne. Or son écriture ne ressemblait pas à celle de la serviette.

En outre, cet homme ne fréquentait pas des établissements comme La Maison de Gabriel. S'il l'avait fait, il se serait contenté de payer une femme et ne se serait pas donné la peine de souiller la réputation de Victoria.

— J'aimerais récupérer mon sac, s'il vous plaît.

— Bientôt, mademoiselle.

Une fois qu'il aurait lu les lettres.

— Je puis vous assurer, monsieur, que l'écriture de ce message ne ressemble pas à celle des lettres.

— Dans ce cas, vous n'avez rien à craindre.

La lumière électrique répandit une sensation de brûlure sur sa peau.

— J'ignorais jusqu'à votre existence avant ce soir, raisonna Victoria.

— C'est ce que vous affirmez, en effet.

— Je n'ai aucune intention de vous nuire.

— Pas plus que je n'en ai l'intention vis-à-vis de vous.

— Pour quelle raison cet homme m'aurait-il envoyée vers vous ? explosa-t-elle.

Elle ne savait pas qui, de Gabriel ou de l'auteur du message, cherchait à la tuer.

Ce n'était pas *rationnel*.

Les cils de Gabriel s'abaissèrent quand il laissa tomber les lettres dans son réticule.

Lorsqu'ils se relevèrent, son expression la laissa interdite – une expression d'effroi.

Si *lui* avait peur...

— Je ne sais pas, mademoiselle, dit-il, toute frayeur désertant son regard. Le thé va bientôt être servi. Souhaitez-vous vous rafraîchir ?

Non.

— Oui, je vous remercie.

La salle de bains disposerait peut-être d'une fenêtre par laquelle elle pourrait s'échapper.

Silencieusement, il se retourna.

Victoria résista à l'envie de récupérer son réticule.

Si elle le ramassait, il risquait de le lui reprendre.

Elle ne savait pas ce qu'elle ferait s'il recourait à l'usage de la force. Hurler ? S'évanouir ? Riposter ?

Il ouvrit une porte, que Victoria avait cru être celle d'un placard. Le cœur de la jeune femme tambourina contre ses côtes.

La lumière provenant de la bibliothèque révéla un plancher nu et l'éclat d'un lit de cuivre. Une odeur de cire d'abeille et de linge frais parvint à ses narines.

Serrant la serviette de soie d'une main et sa cape de l'autre, elle le suivit dans l'obscurité parfumée.

Le pas de Gabriel était léger, discret ; celui de Victoria lourd et invasif.

Il n'y avait aucune fenêtre dans la pièce.

Le craquement ténu de la seconde porte qu'il ouvrit lui parut assourdissant. Puis un flot de lumière l'aveugla.

Gabriel regagna l'ombre de la chambre, la lumière qu'il venait d'allumer éclairant à contre-jour ses cheveux d'or pâle.

— Vous pourrez me rejoindre lorsque vous aurez terminé, mademoiselle.

Victoria pénétra d'un pas résolu dans le cabinet de toilette, et la porte se referma derrière elle.

La première chose qui frappa son regard fut la grande baignoire de cuivre sertie de bois de citronnier, surmontée à l'une de ses extrémités d'un impressionnant baldaquin formant une cabine fermée sur trois côtés.

Victoria avait eu l'occasion d'admirer toutes sortes de modèles de baignoires au palais des expositions de Crystal Palace, mais jamais elle n'avait travaillé dans une maison équipée d'un aussi luxueux appareil.

Face à la porte d'entrée, une citerne, gainée elle aussi de bois de citronnier, surmontait une cuvette d'aisance de porcelaine ivoire. Une boîte garnie de mouchoirs dissimulait le tuyau reliant la citerne à la cuvette.

L'étiquette voulait que les mouchoirs personnels fussent dissimulés à la vue en toutes circonstances et interdisait qu'on fasse allusion à l'usage auquel ils étaient réservés.

À l'évidence, Gabriel ne s'en souciait guère.

Victoria eut du mal à se souvenir de l'époque où un tel manquement à l'étiquette l'aurait choquée.

À l'autre bout de la salle de bains, une femme très pâle, le visage encadré par de longs cheveux sombres et ternes, l'observait.

L'étincelle de plaisir qui avait jailli en elle à la vue de la somptueuse baignoire disparut.

La femme qu'elle voyait était son reflet dans le miroir situé au-dessus d'un lavabo de marbre blanc.

Cette déconvenue en amena une autre : il n'y avait aucune fenêtre dans ce cabinet de toilette.

Victoria était piégée.

Gabriel actionna l'interrupteur de bois. La lumière jaillit du plafonnier.

Une armoire occupait l'un des murs de la chambre, un lit de cuivre recouvert d'une courtepointe de soie bleu pâle celui du fond.

La tenancière de bordel qui l'avait vu grandir préférait les fanfreluches à la simplicité, l'opulence à l'élégance, le parfum à la propreté.

La chambre de Gabriel ne lui aurait pas plu.

Plairait-elle à Victoria ?

Il prit une allumette dans l'urne d'obsidienne du manteau de la cheminée et s'accroupit pour allumer le lit de petit bois placé sous les bûches, à l'assaut desquelles des flammes jaune et bleu s'élancèrent aussitôt.

Il garda l'allumette allumée à la main durant de longues secondes et repensa aux années où il avait vécu sans avoir de quoi manger. Sans abri.

Dans l'insécurité permanente.

— *Irez-vous jusqu'à me supplier, mademoiselle ?*

— *Non. Non, je ne vous supplierai pas.*

Elle avait tenu parole.

Victoria ne l'avait pas supplié pour obtenir de la nourriture ou de l'argent.

Elle ne l'avait pas supplié pour sa vie.

Elle ne l'avait pas non plus supplié de satisfaire l'évident désir que lui inspirait l'ange intouchable.

Au contraire, cette vierge avait menacé de le séduire, lui, un homme qui douze années durant avait été un séducteur professionnel.

Victoria l'aurait accueilli dans sa bouche. Elle aurait accepté qu'il la prenne de toutes les façons.

Et elle accepterait encore, sachant ce qu'il était.

La trémulation de son sexe lui rappela le frais parfum du désir de Victoria. Mais ne ralentit pas le cours des pensées qui se bousculaient dans son esprit.

Six mois plus tôt, Victoria avait été congédiée de son emploi de gouvernante.

Six mois plus tôt, Gabriel avait tué le premier homme.

... je t'apporte à présent une femme.

Une femme qui avait assez longtemps vécu dans la rue pour comprendre les règles élémentaires de survie, mais qui risquait encore d'être détruite par ce que cela impliquait.

Une femme qui ne jugeait pas son passé.

— *Nous faisons ce que nous avons à faire pour survivre.*

Une langue de chaleur passa sur sa peau.

Gabriel baissa les yeux sur l'allumette qu'il tenait entre le pouce et l'index.

La flamme bleue racornissait le bois.

Les yeux de Victoria étaient du même bleu vif et candide que cette flamme.

Le deuxième homme espérait-il le distraire par un badinage amoureux ?

Victoria avait menti sur son prénom. Mentait-elle à propos du deuxième homme ?

Le souvenir du regard profondément choqué de la jeune femme, quand il lui avait expliqué les effets du sublimé corrosif, l'assaillit.

Une putain avait cherché à la tuer, et pourtant Victoria avait persisté à la protéger.

Jusqu'où irait-elle pour protéger un amant ?

Où et comment le deuxième homme l'avait-il dénichée ?

Gabriel lança l'allumette dans l'âtre et se redressa.

Un Colt Derringer et un couteau de chasse se trouvaient dans le tiroir de la table de chevet.

Elle était venue à lui sans armes. Elle ne trouverait aucune arme dans sa chambre.

Il récupéra le Colt et le couteau, puis traversa silencieusement la chambre qui serait désormais celle de Victoria.

L'arôme du thé fraîchement infusé filtra par l'entrebâillement de la porte.

Gabriel s'immobilisa.

Ce n'était pas Gaston qui l'attendait dans son bureau.

5

Michael était perché sur le bureau de marbre, sa tête penchée en avant accentuant les reflets de sa chevelure noire. Un plateau d'argent était posé près de lui et des filets de vapeur grise s'enroulaient au-dessus d'une théière, elle aussi d'argent. D'une main, il tenait un pot de grès brun ; de l'autre, un morceau de pain débarrassé de sa croûte.

Ses deux mains formaient une masse de vilaines cicatrices rouges.

Tandis que Gabriel l'observait, il plongea le pain dans le petit pot de grès.

Et l'en ressortit couvert de chocolat.

Gabriel affermit la prise de sa main droite sur la poignée du couteau de chasse, celle de sa main gauche sur la crosse du Colt Derringer.

Il n'était pas préparé à affronter Michael. Pas quand le parfum du désir de Victoria flottait encore à ses narines, et que la voix du deuxième homme retentissait encore à ses oreilles.

Mais peu importait.

Le désir de Gabriel ; le désir de Victoria.

La mort.

Que le jeu commence.

Gabriel avait planté le décor et devait tenir son rôle.

Il avança silencieusement et referma la porte de la chambre derrière lui.

Michael ne détacha pas les yeux de son morceau de pain, mais Gabriel sentit qu'il avait perçu sa présence.

— J'avais demandé à Gaston de te barrer ma porte, déclara posément Gabriel.

Michael releva lentement la tête, révélant ses yeux violets, froidement calculateurs. Les cicatrices de brûlure bordaient également sa joue droite, formant un contraste saisissant avec la perfection de ses traits.

— Pensais-tu vraiment que je m'en irais sans t'avoir vu, Gabriel ? s'enquit-il doucement.

La voix de Michael était grave, sensuelle, séduisante. La voix d'un homme qui avait établi sa fortune en se prostituant.

Non, Gabriel n'avait pas pensé que Michael s'en irait sans l'avoir revu. Mais il l'avait espéré.

Les années avaient beau passer, il cherchait toujours à protéger l'ange aux cheveux noirs et aux yeux violets.

Le regard de Gabriel se posa sur le pain couvert de chocolat.

Un douloureux élan comprima sa poitrine.

Vingt-sept ans plus tôt, Michael avait été incapable de supporter ne fût-ce que l'odeur du chocolat…

— Depuis quand apprécies-tu le chocolat, *mon frère** ? s'enquit-il d'un ton neutre.

Gabriel savait que sa voix avait le même accent cultivé que celle de Michael – tous deux avaient été formés à charmer, flatter, séduire.

— Depuis six mois, répondit Michael avant d'enfourner le pain dans sa bouche.

Le souvenir surgit dans l'esprit de Gabriel. Six mois plus tôt, il avait embrassé la joue brûlée de Michael. Après quoi, il avait tué le premier homme.

Comme il aurait été facile, alors, de presser la détente pour tuer Michael.

Et ce soir…

— Comment va Anne ? demanda Gabriel.

La chaleur qui emplit le regard de Michael et le sourire qui illumina son visage firent tressaillir Gabriel.

En une seconde, l'homme qu'il avait en face de lui s'était métamorphosé.

Gabriel avait connu Michael à demi mort de faim et de peur. Par la suite, il l'avait vu affligé de douleur et de chagrin.

Il n'avait encore jamais vu Michael heureux.

Mais il l'était, désormais.

Michael avait trouvé ce que Gabriel ne trouverait jamais : l'amour.

L'acceptation.

La paix.

Avec une femme qui préférait les yeux violets aux yeux gris. Un ange brun à un ange blond. Un homme qui accordait du prix à la vie, plutôt qu'un homme qui supprimait des vies.

Le regard violet de Michael redevint calculateur.

— Pourquoi ne nous rendrais-tu pas visite afin d'en juger par toi-même, Gabriel ?

— Te manquerais-je, *mon frère** ? répliqua Gabriel d'un ton moqueur.

— Oui.

Le temps d'articuler cette seule syllabe, Michael avait laissé tomber le masque.

Un poing invisible serra l'estomac de Gabriel.

Michael l'aimait, et Gabriel ne savait pas pourquoi.

Michael ne l'avait jamais jugé pour son comportement odieux, ni pour les choix qu'il avait faits.

Gabriel aurait préféré qu'il le méprise, qu'il le condamne.

Il détourna les yeux du regard violet de Michael.

Un regard qui n'avait pas changé depuis vingt-sept ans que Gabriel le connaissait – toujours aussi affamé.

Le regard de Victoria était tout aussi affamé.

Des yeux bleus et candides, affamés de sexe.

D'amour.

D'acceptation.

Le deuxième homme avait envoyé Victoria vers lui parce qu'elle nourrissait la même faim que Michael.

Victoria *désirait*. Alors que Gabriel était incapable de désir.

— Tu m'as appris à lire et à écrire, dit Gabriel. Pourquoi ?

— Tu m'avais appris à voler, j'ai vu cela comme un échange de savoirs. Qui est le deuxième homme, Gabriel ? ajouta-t-il, sa voix se faisant incisive.

— Tu le sais peut-être, répondit-il sans ciller.

C'était Michael qui l'avait trouvé, enchaîné comme un chien dans un grenier, baignant dans sa crasse, priant pour une mort prochaine.

Mais Michael ne l'avait pas laissé mourir.

Gabriel aurait préféré qu'il le fît.

— Il y a six mois, tu m'as dit qu'il était le deuxième à t'avoir violé, reprit Michael.

Deux hommes avaient violé Gabriel, en effet ; il avait tué le premier, le deuxième vivait toujours.

Gabriel soutint le regard de son ami.

— Oui, c'est ce que j'ai dit, répliqua-t-il d'un ton égal.

— Pourtant, avant cela, tu n'avais jamais mentionné de deuxième homme.

— J'ignorais que tu t'intéressais aux détails. Pardonne-moi, *mon vieux**, le railla-t-il. Je pensais que tes intérêts résidaient ailleurs.

Michael ne mordit pas à l'hameçon. Gabriel savait très bien qu'il préférait les femmes.

— Ce que je pensais, moi, Gabriel, c'est que tu étais la seule personne de mon passé qui n'ait pas été détruite.

Les longs cils noirs de Michael voilèrent son regard quand il posa le pot de chocolat sur le plateau d'argent.

Une douleur familière se fraya un chemin en Gabriel.

Michael finirait inévitablement par rassembler les morceaux du puzzle.

Et Gabriel aurait préféré lui éviter cela.

Lentement, Michael releva les yeux et son regard violet se riva au regard d'argent.

— Mais je me trompais, n'est-ce pas, *mon frère** ?

— Personne n'échappe au passé, Michael.

Celui-ci glissa silencieusement du bureau, la cicatrice bordant sa joue blanche de tension, le regard intense.

Il fit un pas vers lui…

— Pourquoi cette femme a-t-elle mis son corps aux enchères chez toi, Gabriel ?

Deux pas…

— Pourquoi vend-on son corps ? rétorqua-t-il.

Gabriel se demanda jusqu'où pousserait Michael dans sa quête de vérité. Et jusqu'où le deuxième homme le pousserait dans son jeu mortel.

Il se demanda aussi ce qu'il ferait si Victoria tentait de le séduire.

Trois pas…

— Tu n'avais encore jamais autorisé d'enchères, insista Michael.

Quatre pas…

— C'était la soirée de réouverture de ma maison, répondit-il. J'ai jugé la chose appropriée.

Cinq pas…

Michael haussa un sourcil sceptique.

— Et tu as jugé également approprié de surenchérir sur tes clients, Gabriel ?

Six pas…

— Peut-être que je me sens seul, Michael. Que j'ai envie d'avoir une femme à moi.

Gabriel n'aurait su dire s'il mentait ou s'il disait la vérité.

Sept pas…

— Et le deuxième homme, crois-tu qu'il se sente seul ? répliqua Michael, rivant sur lui son regard implacable. Est-ce lui qui a enchéri pour avoir ta femme ?

Ta femme. Les mots ricochèrent contre le plafond blanc.

La voix de Victoria résonna dans son esprit :

— *J'ai peur d'être touchée par un homme… J'ai peur d'aimer cela… J'ai peur d'être une catin, tant par mes actes que par nature.*

Gabriel sentit la chaleur du corps de Michael, trop proche. Il se retint de reculer. Tout comme il s'était retenu de sursauter quand Victoria s'était approchée de lui…

Elle l'avait presque touché. Et, l'espace d'un instant, il avait failli la laisser faire.

Victoria ignorait les conséquences qu'il y avait à le toucher ; Gabriel, lui, les connaissait.

Ainsi que Michael.

— Peut-être, répondit Gabriel, jugulant la tension qu'il ressentait.

Si Michael avançait encore…

Huit pas…

Gabriel se raidit, sa main gauche épousant le manche du couteau, l'index de sa main droite se crispant sur la détente du Colt.

Michael s'immobilisa. L'arôme chocolaté de son haleine effleura la joue de Gabriel.

Deux anges se tenaient face à face, l'un brun, l'autre blond. Le brun pour les femmes, le blond pour les hommes…

Les yeux d'argent se reflétaient dans les yeux violets, les yeux violets dans les yeux d'argent, regards fixes de deux hommes piégés par un passé qu'ils n'avaient pas choisi.

— Pourquoi ne l'as-tu pas tué, Gabriel ? Je sais qu'il était là. Tu étais prêt à tirer sur cette femme ; pourquoi pas le deuxième homme ?

Michael avait donc vu le pistolet d'acier.

Avait-il conscience d'avoir frôlé la mort ?

De la frôler encore à cet instant précis ?

— L'as-tu vu, Michael ? répliqua-t-il tranquillement.

— Non, mais tu te tenais au-dessus de nous, Gabriel. Tu l'as forcément repéré.

Gabriel se concentra sur l'odeur de chocolat fondu plutôt que sur les yeux violets qui aspiraient son âme.

— Je n'y vois peut-être pas aussi clair.

Il ne s'était pas attendu à ce qu'une complice du deuxième homme pénètre chez lui sous prétexte de mettre son hymen aux enchères.

Il ne s'était pas attendu à rencontrer une femme qui ne le jugerait pas.

Et qui abolirait tout ce qu'il avait enduré.

— Cette femme est-elle encore en vie ? s'enquit Michael, le regard perçant.

— Elle l'était quand je l'ai quittée il y a quelques minutes, oui.

Mais pour combien de temps ?

— C'est une prostituée ?

Gabriel dut réprimer un élan de colère.

— Non.

Victoria n'était pas une prostituée. Les prostituées n'offraient jamais tout – leur vie, leur souffrance, leur plaisir.

— Est-elle réellement vierge ?

— Oui. Elle est vierge.

— Et comment sais-tu cela, Gabriel ? questionna Michael d'un ton cinglant. L'as-tu touchée ?

Douleur… Gabriel n'avait pas envie de ressentir la douleur.

Je n'ai pas envie de ressentir le désir… songea-t-il.

— Tu sais bien que non, Michael, répondit-il avec un calme délibéré. Tu sais très bien à quand remonte la dernière fois que j'ai touché quelqu'un.

Victoria risquait d'ouvrir la porte d'un instant à l'autre…

Préférerait-elle, elle aussi, les yeux violets aux yeux gris ? se demanda-t-il, surpris par le pincement de jalousie que suscita cette idée.

Le deuxième homme l'avait envoyée vers Gabriel, pas vers Michael. Il ne voulait pas qu'elle lui préfère l'ange brun.

Gabriel aurait voulu avoir ce que Michael avait : une femme qui acceptait son passé et les besoins d'un homme qui s'était prostitué.

Un muscle de sa mâchoire se crispa.

Si Michael ne se décidait pas à reculer…

Il ne recula pas.

— Elle sait que tu as été vendu pour deux mille six cent soixante-quatre francs, insista-t-il.

— Oui, elle le sait, acquiesça Gabriel, bandant ses muscles, prêt à agir.

À tuer ou à fuir.

Mais il n'y avait nulle part où fuir.

— Le deuxième homme l'a envoyée vers toi.

— Oui, admit Gabriel.

— Pourquoi veut-il te tuer ? le provoqua délibérément Michael.

Il usait des mêmes ressorts que la femme – agression, séduction.

Gabriel demeura parfaitement immobile.

Piégé par la vérité.

— Il veut me tuer, répondit-il froidement, parce qu'il sait que s'il ne le fait pas, c'est moi qui le tuerai.

C'était vrai, mais ce n'était pas l'entière vérité.

— Cette femme t'a-t-elle touché, Gabriel ?

Il se raidit, ne sachant que trop bien vers quoi tendait l'interrogatoire de Michael.

— Non.

— Il y a six mois, tu m'as touché.

Un souvenir commun palpita entre eux. Chair couverte de cicatrices. Lèvres froides. Sang écarlate.

— Que ferais-tu, Gabriel, si *je* te touchais ? demanda doucement Michael.

Gabriel volerait en éclats si Michael le touchait.

Et l'un d'eux mourrait peut-être.

Le fait que Michael n'ait jamais tué ne signifiait pas qu'il en était incapable.

— Ne joue pas à ce jeu, *mon frère**, répliqua-t-il sèchement.

— Mais *c'est* un jeu, *mon ami**, repartit Michael d'une voix caressante. Tu cherches le deuxième homme depuis près de quinze ans. Et tu ne l'as jamais retrouvé. Pourquoi te traquerait-il maintenant, s'il craint de mourir ?

— Il est peut-être fatigué de courir.

Tout comme Gabriel l'était.

Les secondes s'égrenaient en lui, physiquement, dans ses joues, dans ses mains. Il comptait les secondes le séparant de l'instant où la femme surgirait dans la pièce et choisirait l'ange brun plutôt que l'ange blond.

Le séparant de l'instant où Michael le toucherait.

Où il tuerait Michael.

Et où il volerait en éclats.

— Je ne pense pas qu'il soit fatigué de courir, répondit Michael, ses yeux violets reflétant une trop grande sagacité. Je ne pense pas qu'il ait même jamais cherché à t'échapper, Gabriel.

— Dans ce cas, dis-moi pourquoi il est venu ce soir, modula celui-ci d'un ton narquois, jouant le jeu.

Il s'était toujours agi d'un jeu – le premier homme, le deuxième homme.

— Mon oncle a détruit tous ceux qui m'étaient chers, déclara doucement Michael, l'intensité de son regard violet s'accentuant.

Tous sauf Anne.

Une autre femme.

Un autre *pion*.

— J'ai tué ton oncle, Michael.

Le premier homme. Le premier violeur.

Et Gabriel n'aurait pas hésité à le refaire.

Un éclair de colère passa dans les yeux violets – Michael n'avait toujours pas pardonné à Gabriel d'avoir tué son oncle avant lui, afin de lui éviter d'être sali par ce meurtre.

— Tu as dit que mon oncle connaissait le nom du deuxième homme qui t'a violé.

— Ton oncle savait beaucoup de choses, biaisa Gabriel.

— Il connaissait son nom, Gabriel, persista Michael, parce que c'était lui qui l'avait recruté.

Gabriel lutta contre la chaîne infinie des souvenirs de la souffrance se muant en plaisir, un plaisir qui vous dépouille de toute envie de survivre et qui ne peut générer qu'une nouvelle souffrance…

Michael ne pourrait pas supporter la vérité.

— Comment sais-tu cela, Michael ?

— Je sais cela, Gabriel, parce que tu me hais depuis que tu t'es fait violer.

Le parfum chocolaté de l'haleine de Michael enveloppa Gabriel.

— La réparation, murmura Michael, faisant écho au terme employé par Gabriel six mois auparavant.

— *Pour quoi ?* avait demandé Michael.

— *Le plaisir. La douleur.*

— Tu avais envie de me tuer quand tu as pointé ce pistolet sur ma tempe, poursuivit Michael. Tu as envie de me tuer en ce moment même. Mais pas à cause des femmes qui m'ont préféré à toi.

Gabriel plongea son regard dans le sien.

— Vraiment, Michael ? répondit-il d'un ton de parfait désintérêt, tenant son rôle.

Incapable de lutter. Incapable de fuir.

— Tu n'as jamais été jaloux de moi, *mon frère**, déclara Michael.

La vérité se frayait inexorablement sa voie.

— J'ai *toujours* été jaloux de toi, Michael.

Gabriel l'avait envié quand il n'était qu'un gamin de treize ans, pour son besoin d'amour. Et il en voulait toujours à Michael parce qu'il avait le courage d'aimer.

Les yeux violets ne cillèrent pas en lisant la vérité dans le regard de Gabriel.

L'amour. La haine.

— Il y a six mois, je ne comprenais pas encore, Gabriel. Mais Anne et toi m'avez amené à la vérité. Tu m'aimais, et c'est cet amour qui t'a fait souffrir. Outre ton amour, tu t'es acharné à me protéger. Je suis certain que mon oncle puisait un plaisir infini dans la noblesse de tes sentiments et dans mon ignorance.

Une note d'ironie était passée dans la voix de Michael.

— Tout comme je suis certain qu'il se serait délecté d'arranger ta mort, au cas où il viendrait à mourir avant toi. À seule fin de me faire souffrir. Et je puis t'assurer, Gabriel, que ta mort me ferait souffrir.

— Tu penses donc que ton oncle aurait laissé des instructions au deuxième homme, lui dictant de me tuer au cas où lui-même serait tué, pour te faire souffrir ?

— C'est exactement ce qu'il a fait, Gabriel, acquiesça Michael, imperturbable.

— Si tel était le cas, Michael, à ta place, j'éviterais de laisser Anne sans protection. Sa mort te causerait une souffrance bien plus grande que la mienne. Un fait dont je puis t'assurer que ton oncle était très conscient.

La vision du défunt comte apparut devant Gabriel – ses jambes tordues sur sa chaise roulante, son regard d'un violet délavé par l'âge, brillant de haine.

Une lueur de doute palpita dans celui de Michael.

— Anne n'est pas seule. Je l'ai laissée sous bonne garde, en plus des hommes que tu as chargés de veiller sur elle.

Les hommes de Gabriel étaient des voleurs et des assassins professionnels. Michael n'aurait pas dû remarquer leur présence.

— N'importe quel homme peut se laisser soudoyer.

— Tu ne permettrais jamais qu'il arrive quoi que ce soit à Anne, rétorqua Michael avec assurance.

Trois heures plus tôt, Gabriel avait ressenti cette même assurance.

Mais trois heures s'étaient écoulées depuis lors.

Il avait cru que le deuxième homme tuerait l'ange brun, et il n'en avait rien fait. Au lieu de cela, il avait adressé une femme à l'ange blond.

Une femme censée tenir un premier rôle alors qu'elle ne possédait aucune arme, aucune information, aucune ruse. Et Gabriel ignorait pourquoi.

— Je ne serais peut-être pas en mesure de l'empêcher, déclara-t-il franchement.

— Et la femme, sera-t-elle capable de le faire ? avança Michael.

— Je ne sais pas.

— Que comptes-tu faire d'elle ?

Qu'allait-il bien pouvoir faire d'une femme qui le désirait – d'une femme qui l'acceptait tel qu'il était ?

D'une femme qu'il désirait.

— Je ne sais pas.

— Comptes-tu la baiser ?

— *Comment souhaitez-vous être prise, mademoiselle ?*

— *J'entends être prise avec respect…* parce que *je suis une femme.*

Une vive pulsation remonta le long de ses bras avant de se loger dans sa poitrine, son aine, ses bourses.

— Ou la tuer ? insista Michael.

Une bûche s'écroula dans l'âtre, rappelant le principe des cendres qui s'en retournent aux cendres.

Michael avait subi l'outrage du feu, mais n'avait toujours pas compris la leçon…

— Que préférerais-tu que je fasse ? demanda Gabriel sèchement. Que je la baise ou que je la tue ?

Les pupilles de Michael se dilatèrent à tel point que Gabriel ne vit plus dans ses yeux qu'un filet violet.

— Il y a six mois, tu voulais m'aider, répondit-il.

— Et je m'y suis employé du mieux que j'ai pu.

Nouveau mensonge lové au creux de la vérité. Gabriel aurait dû tuer le premier homme sans tergiverser, au lieu d'entrer dans son jeu.

— Laisse-moi m'occuper de la femme, proposa Michael.

Six mois plus tôt, Gabriel avait offert de s'occuper de la femme de Michael. Pour la sauver du premier homme.

L'histoire se répétait.

— Je ne peux pas faire ça, *mon vieux**. C'est à moi qu'on l'a adressée, pas à toi.

Il n'y avait pas plus de regret dans la voix de Gabriel qu'il n'y en avait eu dans celle de Michael lorsqu'il avait repoussé son offre six mois plus tôt.

Une femme pour l'ange intouchable…

— Tu as déjà vu ce jeu se jouer, Gabriel.

— Tu crois que ton oncle s'est arrangé pour qu'on m'envoie cette femme afin d'orchestrer ma mort ? demanda Gabriel.

La chose était possible. Son oncle, le premier homme, pouvait avoir provoqué le renvoi de Victoria. Il était puissant. Il avait tué tous ceux qui étaient chers à Michael.

— Je crois que tu es bien plus vulnérable que tu ne le penses. Et je crois aussi que mon oncle le savait.

Gabriel n'en doutait pas un instant.

— Le sexe était ton plaisir, Michael, pas le mien, répliqua-t-il sobrement.

— Tu mens, Gabriel.

Celui-ci se raidit.

— Je te déconseille de traiter de menteur un homme qui se trouve en possession d'un couteau et d'un pistolet, répondit-il. Surtout s'il sait s'en servir.

Il ne lut aucune peur dans les yeux de Michael.

— Dans ce cas, dis-moi que tu n'en as pas envie.

— Je n'ai pas envie de ça, Michael, répliqua-t-il d'une voix vibrante de sincérité.

— Dis-moi que tu ne te souviens pas du plaisir qu'il y a à savourer une femme et caresser sa chair, poursuivit Michael sans ciller. Dis-moi que tu n'as pas envie de te perdre dans le corps d'une femme qui jouit.

Big Ben sonna au loin.

Gabriel se souvint des hommes qu'il avait pris contre de l'argent. Des femmes qu'il s'était octroyées en guise de récompense.

— Dis-moi que tu n'as pas envie d'une femme, Gabriel. Dis-le, et fais en sorte que je te croie.

Gabriel ne pouvait pas le nier.

Pas plus qu'il ne pouvait l'admettre.

Je n'ai pas envie de ressentir le désir…

— Rentre chez toi, Michael, dit-il. Va retrouver Anne.

Pars avant que le souvenir du plaisir l'emporte sur celui de la douleur…

Anne avec ses cheveux brun clair et ses yeux bleu pâle.

Anne qui lui avait souhaité de trouver une femme. Pour effacer tout ce qu'il avait subi.

— Pourquoi ? le défia Michael.

Prêt à rester. Prêt à mourir. Pour l'amour d'un homme qui avait par deux fois pointé une arme vers sa tête.

— Tant que tu m'éviteras, *mon vieux**, je survivrai.

Et Michael aussi.

Aucun d'eux ne cilla, ne respira, ne bougea.

La chaleur du corps de Michael enveloppa Gabriel. S'il ne reculait pas…

Gabriel équilibra le manche du couteau dans sa main gauche, l'ivoire réchauffant sa peau…

Vif comme l'éclair, Michael recula.

Gabriel prit une longue inspiration et retrouva l'arôme du thé et du feu de bois, plutôt que celui du chocolat.

— Est-ce pour cette raison que je n'avais pas reçu d'invitation pour ce soir ? demanda Michael.

— Peut-être.

Gabriel n'avait pas rédigé d'invitation à l'intention de Michael pour la réouverture de La Maison de Gabriel.

— As-tu attaché cette femme ? questionna Michael.

Victoria avait désiré Gabriel, mais elle ne lui avait pas fait confiance. Elle avait pensé qu'il pouvait la tuer. Et il aurait pu le faire.

— Non. Je ne l'ai pas attachée.

Était-elle en train de fouiller sa chambre dans l'espoir d'y trouver une arme pour se défendre ?

Gabriel en avait retiré les plus évidentes, mais n'importe quel objet pouvait devenir une arme. Une brosse à dents. Un vase. Une cravate.

Il se souvint de la canne qui se trouvait dans son armoire. Une fois dévissé, son pommeau d'argent devenait le manche d'une courte épée.

Michael possédait une canne identique surmontée d'un pommeau d'or au lieu d'argent – toutes deux avaient été conçues par le même artisan à seule fin de tuer.

— Te plairait-il de la rencontrer ? proposa Gabriel sur un ton de feinte politesse, tout en se demandant ce qu'il ferait si Michael acceptait.

Celui-ci vit clair dans son jeu. Et l'accepta. Comme il avait toujours accepté Gabriel.

Son passé. Ses choix…

— Je ne te laisserai pas mourir, Gabriel, dit-il simplement. Souviens-t'en.

Alors que Gabriel n'avait pas hésité à mettre la vie de Michael en péril.

Avant que Gabriel puisse répondre – par une demi-vérité ou un demi-mensonge – Michael se retourna. Et s'arrêta devant le bureau.

Il replia le bras droit, son mouvement tendant l'étoffe de son habit entre ses larges épaules.

Comme s'il s'apprêtait à saisir une arme dans sa veste.

Gabriel s'efforça de ne pas relever le canon du Derringer pour tirer avant lui, se sachant trop à cran.

Michael était la seule bonne chose qui lui soit jamais arrivée.

Une enveloppe blanche trancha l'air et atterrit sur le plateau d'argent.

— C'est une invitation, Gabriel, dit Michael sans se retourner, conscient du danger qui le guettait. Anne et moi allons nous marier.

Michael. Anne.

Mariés.

Pendant une seconde, Gabriel ne put respirer.

— Et quel nom vas-tu lui donner, Michael ? s'enquit-il d'un ton cinglant. Feras-tu d'elle Mme des Anges ou lady Anne Sturges Bourne ? Sera-t-elle l'épouse d'un gigolo ou la comtesse de Granville ?

Il était trop tard pour reprendre ces paroles blessantes.

Michael n'avait pas réclamé le titre qui lui revenait de droit à la mort de son oncle. Il ne méritait pas le mépris de Gabriel.

Ses paroles réussirent cependant ce que Gabriel avait été incapable d'accomplir jusqu'alors : elles incitèrent Michael à quitter le bureau. À sortir de La Maison de Gabriel.

De la vie de Gabriel.

Le parfum du chocolat s'attarda dans ses narines.

Michael survivrait sans lui, mais Gabriel y parviendrait-il ?

Son regard se fixa sur le réticule posé sur le fauteuil de cuir bleu pâle.

Un accessoire tellement usé que personne ne se serait donné la peine de le voler. Personne n'en aurait donné un penny, pas même sur St. Giles Street, où le moindre haillon était mis en pièces pour en revendre le fil.

Victoria avait faim, mais elle gardait sa fierté.

Il avait fallu de la patience pour la réduire au point de vendre sa vertu.

Son renvoi avait aussi bien pu être orchestré par le premier homme que par le deuxième.

Quand elle avait nié qu'un inconnu puisse avoir arrangé la mise aux enchères de son hymen, sa protestation s'était coincée dans sa gorge.

Ces lettres établiraient si Victoria avait dit la vérité.

Elles permettraient à Gabriel de savoir à quoi s'attendre quand il ouvrirait la porte de la chambre. Affronterait-il une actrice ou une meurtrière ? Une femme susceptible d'aimer un homme tel que lui, ou une femme prête à tuer pour échapper à la pauvreté ?

Ces lettres lui permettraient de savoir si elle méritait de vivre ou de mourir.

6

Victoria ne savait pas ce qu'elle cherchait. Elle savait seulement qu'elle devait trouver quelque chose – un moyen de s'échapper, une arme pour se protéger.

Une clef pour fermer la porte de la chambre.

Gabriel ne la laisserait pas seule bien longtemps. Chaque battement de cœur mesurait les secondes qui passaient.

Lui rappelait qu'il risquait d'arriver à tout instant. Et qu'elle ne pourrait *rien* faire.

Victoria ouvrit brutalement le tiroir du bas de la commode.

Ses cheveux se dressèrent sur sa nuque quand elle perçut sa présence.

— « Je vous connais, Victoria Childers. »

Elle se figea.

— « Vous voulez ce que toute femme désire secrètement. »

Les lettres.

Il les avait lues.

— « Vous voulez être embrassée, caressée. »

Victoria se retourna, ses genoux protégés par sa robe glissant sur le parquet ciré. Elle plaqua les mains sur le sol pour éviter de tomber et ses cheveux oscillèrent de part et d'autre de sa tête.

Gabriel se tenait sur le seuil. Ses yeux et le halo de sa chevelure avaient le même éclat métallique que le pistolet à canon court et le couteau effrayant qu'il tenait dans ses mains.

Victoria contempla le couteau. L'extrémité de la lame, longue et large, était dentelée. Elle n'en avait encore jamais vu de pareil.

— « Vos seins souffrent de ne pas être caressés et sucés par un homme, poursuivit-il. Car tel est l'éternel désir de la femme. »

Sa voix suave donnait vie au fantasme des mots, déjà si séduisants lorsqu'ils étaient lus en silence.

— « Je saurai apaiser la souffrance de votre chair. Je saurai satisfaire ses appétits. Sous vos culottes de soie. »

Victoria sentit son cœur faiblir.

L'homme aux yeux d'argent donnait l'impression de n'avoir jamais connu la souffrance des appétits de la chair.

— « Bientôt, votre souffrance cessera et vous connaîtrez le plaisir dans les bras d'un homme, continua-t-il de réciter. Vous découvrirez le plaisir entre *mes* bras, Victoria Childers. Je prendrai soin de vous, vous réconforterai, vous soulagerai du fardeau de votre pauvreté... Pour cela, ma très chère gouvernante, il vous suffit de me faire don de votre hymen, et vous n'aurez plus jamais besoin de souffrir. »

— Vous avez une excellente mémoire, monsieur, déclara-t-elle d'un ton égal, elle-même surprise par la maîtrise dont elle faisait preuve.

— Je le confesse, Victoria Childers, répondit-il en surgissant soudain devant elle pour la couver d'un regard énigmatique. Était-ce cela que vous cherchiez ? ajouta-t-il en exhibant son couteau et son pistolet.

Il semblait calme – il ne l'était pas.

Victoria pouvait sentir l'énergie qui émanait de lui.

Il n'appréciait visiblement pas qu'on fouille dans ses tiroirs, et la jeune femme ne pouvait l'en blâmer.

Allait-il la tuer ou lui laisserait-il la vie sauve ?

Quelle que soit l'issue, elle ne s'abaisserait pas à le supplier.

— Je ne sais pas, répliqua-t-elle franchement.

Il s'approcha du tiroir ouvert de la commode. Elle le suivit des yeux, méfiante.

Ne sachant à quoi s'attendre de sa part.

Gabriel lâcha le couteau et le pistolet.

Instinctivement, son regard suivit la chute du métal. Les deux armes atterrirent dans le tiroir, sur une pile de chemises empesées et soigneusement pliées. La crosse du pistolet et le manche d'ivoire du couteau s'enfoncèrent plus profondément dans le linge que le canon et la lame de métal.

— Il n'était pas nécessaire de fouiller ma chambre, mademoiselle, déclara-t-il d'une voix caressante. Vous auriez pu trouver des armes dans la salle de bains.

Victoria ne répondit pas.

— Appliquée avec la force nécessaire, une simple brosse à dents suffit à percer une gorge.

Victoria avait vu toutes sortes de façons de mourir, au cours des six derniers mois. Pas celle-ci.

Résolument, elle leva les yeux vers lui.

— Une brosse à dents ne m'apparaît pas comme une arme très efficace.

— Dans ce cas, je vous recommande le revolver.

Bruissement de soie. Craquement du cuir de ses bottines. Gabriel avait fléchi les genoux, ses jambes formant un V, et plaqué les mains sur ses cuisses.

— Son tir est précis à un mètre de distance. Et si un couteau est plus acéré qu'une brosse à dents, son emploi requiert, lui aussi, une certaine force physique et comporte plus de risques qu'un revolver. Il faut s'approcher de sa victime, et celle-ci peut fort bien s'en emparer et le retourner contre vous. À moins, bien sûr, que vous soyez rompue à l'art du lancer de couteau, ce dont je doute. Quoi qu'il en soit, je vous laisse le choix des armes.

Victoria écarquilla les yeux.

— M'invitez-vous à vous tuer, monsieur ?

— Oui, répondit-il en ramassant le pistolet pour le lui tendre, la crosse tournée vers elle. Prenez-le, mademoiselle.

Prenez-le... L'écho de ses mots retentit au-dessus des craquements du feu.

Victoria venait de fouiller dans ses sous-vêtements – chaussettes de soie, mouchoirs brodés, fins caleçons de lainage plus doux que le duvet.

Cette scène ne pouvait pas avoir lieu.

Un homme qui portait des chaussettes de soie, des mouchoirs brodés et de fins caleçons ne demandait pas à une femme de le tuer.

Victoria saisit mollement le pistolet qu'il tendait vers elle – la crosse de bois était encore imprégnée de la chaleur de sa main.

Son regard d'argent n'était ni encourageant ni décourageant. Neutre.

Victoria humecta ses lèvres gercées.

— Si je tire sur vous, l'homme qui monte la garde derrière la porte m'appréhendera.

— Probablement.

Les lèvres de Gabriel semblaient aussi douces que des pétales de rose.

Le pistolet glissa de ses doigts gourds ; un son étouffé parvint à ses oreilles quand il retomba sur les chemises empesées.

— Dans ce cas, vous m'excuserez de refuser votre proposition.

Il se pencha en avant, tendit le bras...

Victoria ne lâcha pas son regard.

Lentement, il éleva le couteau devant elle.

La lumière joua sur la lame dentelée, conçue pour tuer en infligeant le plus de souffrance possible.

Gabriel savait se servir d'un couteau, se dit Victoria, son souffle s'altérant. Pour faire mal.

Pour tuer.

Il posa expertement le manche d'ivoire en équilibre sur la paume de sa main, et ses cils reflétèrent l'éclat argenté de ses yeux.

— Je ne vous donne pas le choix, mademoiselle.

Ses cils se relevèrent, révélant une expression parfaitement tranquille.

— Si vous ne me tuez pas, c'est moi qui vous tuerai.

Victoria jeta un coup d'œil au pistolet à demi enfoui dans la pile de chemises amidonnées. Puis reporta son regard sur le couteau qui reposait sur sa main gauche.

Elle prit une longue inspiration et affronta son regard.

— Alors, je préfère que vous me tiriez dessus, monsieur. J'imagine que ce sera moins douloureux que de périr sous la lame d'un couteau. À moins, bien sûr, que votre intention soit d'infliger la souffrance.

— Cela ne fait pas partie du jeu.

Le cœur de Victoria cessa momentanément de battre, avant de rattraper le battement qu'il avait manqué.

— Je crains fort de ne pas être familiarisée à un tel jeu.

— Vous ne pensez pas que je vais vous tuer, énonça platement Gabriel.

— Au contraire, monsieur, répondit Victoria, craignant que son cœur, s'il s'avisait de continuer à ce rythme, ne s'arrête subitement. Vous avez eu la bonté de m'indiquer laquelle de ces deux armes serait la plus efficace entre des mains inexpertes. Je me contente de vous indiquer ma préférence quant à l'arme que je souhaiterais voir utilisée contre moi.

— Avez-vous peur de mourir, mademoiselle ?

Oui.

— J'ai vécu avec la pensée de la mort ces derniers mois, répliqua-t-elle avec un calme qu'elle était loin de ressentir. Je suis lasse d'avoir peur de mourir.

— Mais vous avez peur.

— La peur est une réponse naturelle face à ce qu'on ne connaît pas. Et je ne suis encore jamais morte.

La petite mort.

La mort *définitive*.

— Le désir est tout aussi naturel, mademoiselle. Et pourtant, vous en avez peur également.

La colère s'insinua en elle.

— Je refuse d'être la victime du désir d'un homme.

— Tout comme vous refusez de supplier.

— Absolument, rétorqua-t-elle en pinçant les lèvres.

— Un homme peut obliger une femme à le supplier, mademoiselle.

De lui donner du plaisir, n'eut-il pas besoin d'ajouter.

Un afflux de sang brûlant monta aux joues de Victoria.

— Certaines femmes, peut-être. Mais pas moi, répliqua-t-elle en redressant fièrement le menton.

— Tout le monde est susceptible de supplier.

— Les hommes ne supplient pas pour obtenir le soulagement sexuel, contra-t-elle.

Son père le lui avait enseigné. Les femmes sont faibles, pas les hommes.

Les femmes paient les conséquences de leurs désirs. Pas les hommes.

— Il m'est arrivé de supplier pour qu'on m'accorde ce soulagement, mademoiselle.

Victoria le contempla.

Le regard de Gabriel s'était assombri.

Elle se souvint de son mouvement de recul quand elle avait voulu caresser ses cheveux.

— *Si je n'avais pas enchéri, mademoiselle, votre mort aurait été plus affreuse que celle causée par le sublimé corrosif.*

— L'homme que vous tenez pour responsable de ma venue à la Maison de – chez vous, en fait…

Gabriel attendit silencieusement que Victoria achève sa phrase.

— … c'est lui que vous avez supplié, conclut-elle.

— Oui, admit-il sans ambages.

S'attendant à ce que Victoria le condamne.

Peut-être l'aurait-elle fait six mois plus tôt.

— Et vous pensez que cet homme pourrait faire… des *choses*… qui m'obligeraient à le supplier ?

— Si vous quittez cette maison, oui.

— Pourquoi ?

Pourquoi un homme dont elle ignorait tout voudrait-il lui faire du mal ?

— Les hommes tuent pour bien des raisons. Certains tuent pour de l'argent. D'autres par jeu. D'autres encore tuent simplement parce qu'ils peuvent se le permettre, mademoiselle.

Victoria sentit le sang refluer de son visage.

Au cours des six derniers mois, elle avait vu des hommes respectables abuser de mendiants, des femmes bien nées invectiver des filles des rues, et des enfants se moquer d'autres enfants au prétexte qu'ils n'avaient pas de chaussures et étaient vêtus de haillons.

Uniquement parce qu'ils pouvaient se le permettre.

— Vous avez dit qu'il pourrait me tuer, monsieur, reprit Victoria, pas qu'il pourrait me violer pour s'amuser.

— Ce qu'il fait ne relève ni de l'amusement ni du plaisir, répondit Gabriel. Et au bout du compte, il vous tuerait.

Que pouvait bien lui avoir fait cet homme ?

— Il ne *vous* a pas tué.

— Cela ne faisait pas partie de son projet.

Que le jeu commence.

Où s'achèverait-il ?

Victoria tâcha d'adopter la froide logique de Gabriel.

— Mais ma mort, elle, ferait partie de son projet ?

— Oui.

— Parce que je n'ai aucune valeur, avança-t-elle.

La lame argentée du couteau étincela quand Gabriel acquiesça.

Des flammes d'un jaune orangé s'élevèrent dans l'âtre de la cheminée.

Victoria n'aurait jamais cru que des bûches enflammées puissent répandre un tel froid.

— Avez-vous l'intention de me tuer pour m'épargner la mort qu'il m'infligerait ?

— Vous m'en seriez reconnaissante, au bout du compte.

La colère se mit à bouillonner en elle.

— Celui qui a écrit ces lettres prétendait qu'une fois que je lui aurais fait don de ma virginité, je comprendrais le « mal nécessaire » d'avoir perdu tout ce que je possédais. Quant à vous, vous prétendez que je vous serais reconnaissante de m'avoir tuée. Vous voudrez bien m'excuser, monsieur, mais je ne puis approuver aucun de vous deux.

— L'homme qui a écrit ces lettres ne vous offre pas le choix. Moi, si.

— Le choix de quoi ? s'emporta Victoria d'un ton frisant l'hystérie. De décider de quelle façon vous vous débarrasserez de moi ?

— Je vous offre le choix de vivre, mademoiselle.

— Et que devrai-je faire pour avoir la vie sauve ?

— Accepter d'être mon hôte.

— Je vous demande pardon ?

Combien de fois avait-elle répété cette phrase ? songea absurdement Victoria. Quatre ? Cinq ? Plus encore ?

— Restez ici, dans mes appartements, jusqu'à ce que tout danger soit écarté. Mes hommes se chargeront d'assurer votre sécurité.

— Vous m'avez pourtant dit que vous ne pouviez pas garantir ma sécurité, répliqua-t-elle.

— Pas plus que je ne puis garantir la mienne.

Le lit de cuivre étincelait.

Le regard de Gabriel ne reflétait pas la moindre invitation à le partager.

Elle pensa aux rues de Londres qui l'attendaient. Et, par esprit de contradiction, les jugea préférables à cette chambre.

— Je ne puis rester dans vos appartements privés, déclara-t-elle, retrouvant le ton de vieille fille dont elle usait souvent lorsqu'elle était gouvernante.

— Vous êtes venue ici préparée à faire bien plus que dormir dans mon lit, mademoiselle.

Le souvenir cuisant de son rejet, quand elle avait tenté de le toucher, assaillit Victoria.

— Mais vous ne voulez pas de moi de cette façon-là.

Ses dents claquèrent lorsqu'elle referma la bouche. Pourquoi avait-elle dit cela ?

— Quand cette affaire sera terminée, je vous donnerai deux mille livres, offrit-il.

Avec deux mille livres, Victoria pourrait vivre confortablement jusqu'à la fin de ses jours. Sans craindre la faim. Ni le froid.

Ni l'homme qui avait voulu lui ravir sa virginité…

— L'argent qui n'est pas le fruit de mon travail ne m'attire aucunement.

Elle eut aussitôt conscience de l'idiotie de cette déclaration et en conçut de la honte.

— Dans ce cas, je vous trouverai un emploi, rétorqua posément l'homme aux yeux d'argent.

— Un emploi de gouvernante ? s'enquit-elle, tout en se demandant pourquoi elle ne ressentait pas plus d'enthousiasme à l'idée de retrouver son métier.

— Oui.

— Aucun père de famille ne voudra engager une gouvernante qui sera passée par La Maison de Gabriel.

— Mademoiselle, mes clients préféreraient cent fois engager une gouvernante sur mon conseil, plutôt que de voir leurs préférences sexuelles rendues publiques.

Victoria, que cette réponse n'aurait pas dû surprendre, se sentit pourtant étrangement désarçonnée.

— Ce serait du chantage, avança-t-elle d'un ton hésitant.

— Le chantage est le prix du péché.

— Vous m'offrez votre protection, dit-elle lentement, tâchant de comprendre, de raisonner, de ne pas céder à la panique.

— Je vous offre ma protection.

Le sursaut de soulagement qui la saisit lui inspira aussitôt du mépris pour elle-même.

Elle ne voulait pas dépendre d'un homme.

Ni pour le toit et le couvert.

Ni pour la satisfaction sexuelle.

— Combien de temps ? s'enquit-elle sèchement.

— Le temps qu'il faudra.

Le temps qu'il faudrait pour traquer un homme, comprit-elle.

Et le tuer.

— Qu'est-ce qui vous dit que je ne suis pas la complice de votre ennemi ?

Un frisson d'horreur s'insinua en elle. Elle n'aurait jamais dû proférer une chose pareille.

— Qu'est-ce qui vous dit que je ne vous fais pas cette offre afin de vous tuer quand vos hurlements ne risqueront pas de perturber ma clientèle ? répliqua-t-il le plus posément du monde.

Victoria s'appliqua à soutenir son regard et se retint de baisser les yeux vers le couteau qu'il tenait toujours.

— Est-ce là votre intention ? s'enquit-elle bravement.

— Je tiens un club de nuit, mademoiselle. Si on vous entendait hurler, vos cris passeraient pour des cris de passion.

Victoria avait parfois surpris les grognements émis par les hommes s'accouplant furtivement dans les ruelles, tels ceux des porcs fouissant la terre de leur groin, tandis que leurs partenaires enduraient silencieusement leur sort.

— Est-il courant d'entendre des femmes crier dans votre établissement, monsieur ?

— Les murs sont capitonnés, biaisa Gabriel. Nul n'est censé les entendre.

— Ceux qui… s'accouplent dans les rues – je ne les ai jamais entendus pousser des cris de passion, avoua franchement Victoria.

Gabriel soutint un instant son regard, et elle y vit défiler le passé qui avait été le sien. La faim. Le froid. Les coïts furtifs. La volonté de survivre.

À n'importe quel prix.

Qu'est-ce qui avait bien pu pousser un homme tel que lui à s'humilier au point de *supplier* ?

— Les gens des rues s'accouplent comme ils vivent, mademoiselle, répondit Gabriel d'un ton indifférent. Ils chapardent un instant de plaisir comme ils chapardent une bourse, au gré du hasard.

La doublure de la robe de Victoria était si mince que ses genoux la faisaient souffrir. Les paumes de ses mains étaient moites. Elle les frotta sur ses cuisses pour les sécher.

La laine lui parut rugueuse, abrasive.

— Je ne peux pas vous donner le nom de… la fille, reprit-elle.

Victoria ne pouvait plus prétendre que Dolly était son amie, mais elle ne voulait pas être responsable de sa mort. Dolly aussi avait été victime des circonstances.

— Je vous ai dit que si elle n'est pas encore morte, elle le sera bientôt, répliqua-t-il, la lame du couteau étincelant entre ses doigts longs et élégants. Son nom ne m'est d'aucune utilité.

Victoria scruta son regard.

Ses yeux d'argent attendaient les siens.

Il ne demandait pas d'aide de sa part. Pourquoi se crut-elle obligée de la lui offrir ?

— L'homme qui a écrit ces lettres… dit-elle avant d'humecter ses lèvres sèches. Il ne peut rien savoir de celui qui… a abusé de vous.

— Comment pouvez-vous prétendre cela, mademoiselle ?

— Je le sais parce qu'il ne vous connaît pas, monsieur, assura-t-elle.

— Beaucoup d'hommes me connaissent, mademoiselle, répondit-il, ouvertement cynique.

— S'il avait connu l'existence de votre maison, monsieur, il n'aurait pas persécuté la gouvernante de ses enfants.

La phrase qu'elle venait de prononcer résonna étrangement à ses oreilles, puis elle se sentit pâlir.

Le regard d'argent se fit dur, intransigeant.

— Qui est-ce, mademoiselle ?

Victoria soupira.

— Je ne puis vous aider, monsieur.

Si elle lui donnait le nom de l'homme qui avait écrit ces lettres, Gabriel le traquerait.

Victoria ne voulait pas que Gabriel découvre son passé.

Elle ne voulait pas qu'il découvre qui était son père.

— Je ne puis vous aider, répéta-t-elle.

— Mais moi, je le peux, répondit-il d'une voix douce.

En lui fournissant le gîte et le couvert.

Libre à elle de décider.

La vie.

Ou la mort.

Mais à quel prix ?

Des larmes picotèrent ses yeux.

Des larmes d'épuisement, se dit-elle.

Un mensonge, une fois de plus.

— Pourquoi vouloir m'aider alors que je ne puis vous être d'aucun secours ? s'enquit-elle, faussement tranquille.

Il se redressa, un craquement de cuir accompagnant son mouvement.

Les yeux de Victoria se retrouvèrent au niveau de son entrejambe. Le contour de son sexe, sous la soie noire du pantalon, ne laissait aucune place au doute.

— *Êtes-vous si puissant que cela, monsieur ?*

— *Oui, mademoiselle, ma puissance mesure plus de vingt-deux centimètres de long.*

Victoria releva la tête.

Les yeux d'argent étincelaient.

— Peut-être, mademoiselle, parce que moi aussi, j'ai dit un jour que je ne supplierais jamais personne. Peut-être parviendrai-je à vous éviter cela.

Il y avait trop de souffrance dans ses yeux. Trop de mort.

Avait-il jamais ri, cet homme né dans le ruisseau, à Calais ?

— Avez-vous déjà supplié une femme de vous soulager sexuellement ? demanda-t-elle sur un coup de tête.

— Je suis Gabriel, mademoiselle. Je me prostituais avec des hommes, non avec des femmes.

— Pour manger, affirma Victoria.

— Pour m'enrichir, rectifia-t-il avec douceur. Comment pensez-vous que j'aie pu faire construire cet établissement ?

Le père de Victoria lui avait enseigné que le péché était laid.

Victoria avait vu la laideur.

Il n'y avait rien de laid chez Gabriel.

La jeune femme réalisa qu'elle était bien plus en danger que lorsqu'il l'avait surprise à fouiller dans ses tiroirs. Gabriel pouvait pardonner qu'on fouille dans ses affaires, mais il ne pardonnerait pas qu'on s'avise de fouiller dans son passé.

Il pouvait la tuer avec un couteau, un revolver, ou même une brosse à dents…

Personne ne pleurerait la disparition de Victoria Childers, une vieille fille encore vierge.

Et qui pleurerait la disparition de Gabriel ?

— Vous n'avez pas répondu à ma question, monsieur, dit-elle, sa propre voix lui parvenant comme de très loin. Si vous n'y répondez pas, vous ne pouvez pas espérer que je réponde aux vôtres.

Elle crut un instant qu'il esquiverait, mais…

— Non, mademoiselle, je n'ai jamais supplié une femme de me soulager sexuellement.

— Une femme vous a-t-elle jamais supplié ? insista-t-elle, le cœur battant.

Guidée par le puissant attrait du sexe.

— Oui.

— Cela vous a-t-il plu ?

— Oui.

— Avez-vous… crié de plaisir ? enchaîna-t-elle, incapable de cesser de le questionner.

Désireuse d'en apprendre plus…

Sur les choses du sexe.

Sur Gabriel et… sur elle-même.

Désireuse d'apprendre pourquoi c'était elle qu'on avait envoyée vers lui, et non une autre.

Les secondes passèrent au rythme des battements de son cœur. Une, trois, six… neuf…

— Non, mademoiselle, je n'ai pas crié de plaisir.

Mais il en avait donné.

Du plaisir pour se faire pardonner de ne pas en ressentir.

Le craquement du feu était le seul bruit perceptible dans la pièce. Elle entendit aussi les battements de son cœur.

— Ces femmes qui vous ont supplié, l'ont-elles fait avant ou après que vous… ayez trouvé votre soulagement ?

— Avant.

Victoria fut fascinée par la sévérité de son regard, gris terne plutôt qu'argenté.

La vérité se fit lentement jour en elle.

Il était trop tard pour retirer ses questions, mais elle aurait aimé pouvoir le faire.

Elle avait voulu connaître la vérité et celle-ci la regardait droit dans les yeux.

— Voilà quatorze ans, huit mois, deux semaines et six jours que j'ai supplié pour la dernière fois d'être soulagé, mademoiselle.

L'homme qui se dissimulait derrière le masque de marbre s'anima soudain – celui qui avait envie de toucher, d'être touché, d'étreindre et d'être étreint – mais Victoria eut à peine le temps de l'entrevoir qu'il s'était déjà replié derrière son beau rempart.

— Depuis, je n'ai plus jamais touché une femme.

7

— Pourquoi ?

La voix de Gabriel résonna lugubrement dans la grande salle vide. Des chandelles agonisantes luttaient péniblement contre l'obscurité.

L'heure des comptes avait sonné.

Ses deux portiers se tenaient devant lui, bien droits. L'ombre et la lumière jouaient sur leurs visages ; les cheveux blonds de l'un avaient des reflets d'or, les cheveux bruns de l'autre, ceux du bronze.

Ni l'un ni l'autre n'osait affronter le regard de Gabriel.

Ni l'un ni l'autre n'exprimait la crainte ou le regret.

Gabriel crut un instant qu'ils n'allaient pas répondre, puis…

— C'est… C'était ses yeux, monsieur.

Gabriel tourna la tête vers Stephen. Un reflet rouge passa dans ses cheveux bruns.

— *Je leur ai dit que j'étais en quête d'un protecteur*, avait prétendu Victoria Childers.

— Vous avez outrepassé mes ordres pour une paire de beaux yeux ? releva-t-il d'un ton mordant.

— Non, monsieur, répliqua Stephen, ses yeux d'ambre soutenant sans ciller le regard d'argent de Gabriel. J'ai enfreint vos règles parce que je me suis rappelé ce que c'est que d'avoir faim et de n'avoir rien d'autre à vendre que soi-même.

— La mémoire te faisait pourtant défaut, autrefois.

Stephen était au service de Gabriel depuis cinq ans. Il n'avait jamais autorisé une fille des rues à franchir le seuil de son établissement. Jusqu'à ce soir.

Mais Victoria n'était pas une fille des rues. C'était un appât. Envoyé par le deuxième homme.

Des yeux d'un bleu céruléen se rivèrent à ceux de Gabriel.

— Si nous lui avions refusé l'entrée, elle n'aurait pas passé la nuit, monsieur.

John était un brave garçon du Lancashire venu faire fortune à Londres. Comme les milliers de gens qui affluaient chaque année vers la capitale.

Sa beauté était la seule chose qui le distinguait du lot des crève-la-faim.

John était destiné à devenir un simple fermier, honnête et travailleur. Se prostituer allait contre tous ses principes.

Mais il l'avait fait.

John avait vendu son corps cinq années durant.

Et avait bien failli y laisser sa peau.

Gabriel l'avait sorti de la rue, nourri, vêtu, lui avait donné un emploi et l'avait éduqué. Il était à son service depuis dix ans. Six mois plus tôt, Gabriel l'avait chargé en toute confiance de protéger Michael et sa femme.

L'aube naissante lui parut soudain pesante.

— Tu connais le prix de la trahison, John.

Il ne lut aucun remords dans les prunelles de John. Aucune protestation.

John et Stephen savaient aussi bien l'un que l'autre ce qu'il leur en coûterait d'avoir enfreint les règles.

Et pourtant, ils avaient laissé entrer Victoria.

Pourquoi ?

Une lueur amusée passa dans les yeux de John, puis mourut, au même instant qu'une des chandelles.

— Elle a produit un gros effet, n'est-ce pas, monsieur ?

— Oui, admit Gabriel. Elle a fait un tabac.

Les clients avaient été choqués qu'une prostituée prétende avoir autant de valeur que leurs épouses, leurs sœurs ou leurs filles.

— Stephen et moi allons ranger nos effets avant le réveil du personnel de jour, monsieur, déclara John comme si la chose allait de soi.

Gabriel ne pouvait les garder à son service, maintenant que le deuxième homme avait refait surface.

En laissant entrer cette femme chez lui – une femme qui aurait tout aussi bien pu être une meurtrière – John et Stephen avaient apporté la preuve qu'ils n'étaient pas fiables.

Il ne pourrait plus jamais leur faire confiance.

— Gaston vous remettra deux mois de salaire à titre d'indemnités, dit-il.

— Merci, monsieur, fit Stephen, avant de s'éloigner.

— John ?

— Monsieur ? répondit celui-ci alors qu'il s'apprêtait à imiter son compagnon.

Gabriel plissa les yeux et l'étudia, guettant le moindre signe de tension de sa part.

— La femme était-elle accompagnée lorsqu'elle s'est présentée ?

— Non, monsieur, répliqua John, le regard fixé par-delà l'épaule de Gabriel. Elle est venue seule.

Il pouvait mentir. Ou dire la vérité.

Gabriel n'en saurait jamais rien.

John s'immobilisa, puis se retourna.

Instinctivement, Gabriel glissa la main sous sa veste pour saisir la crosse de son revolver.

John, comme tous les serveurs et les portiers de Gabriel, était armé. Il garda cependant les bras le long du corps.

— Le brouillard était aussi épais que de la purée de pois, monsieur, déclara-t-il. À dire vrai, je ne sais pas si la femme est venue seule ou non. Il aurait fort bien pu y avoir quelqu'un non loin. Tout ce que je peux dire avec certitude, c'est que je n'ai vu personne.

Gabriel sentit son cœur se serrer.

John disait la vérité. Mais Stephen ?

— Pourquoi l'avoir laissée entrer, John ?

— Elle m'a rappelé M. Michael.

Les mêmes yeux affamés.

— Et elle m'a fait penser à vous, aussi. Je me suis demandé où j'en serais aujourd'hui, si quelqu'un m'avait donné assez d'argent pour me sortir du ruisseau, la première fois que je me suis vendu.

— Avec tes indemnités, tu auras de quoi t'acheter des terres, John, répondit-il.

— C'est trop tard, maintenant.

Les gens de Gabriel. C'était ainsi que Michael appelait ses employés. Les êtres à la dérive que Gabriel avait recueillis.

L'image d'un homme aux cheveux gris surgit dans son esprit. Suivie d'images du club des Cent Guinées.

John avait travaillé dans ce club d'homosexuels travestis pour échapper à la misère. Il avait raison, il ne pourrait jamais redevenir un brave garçon du Lancashire.

— As-tu confiance en Stephen, John ? demanda-t-il sous le coup d'une impulsion.

Tout en se détestant pour le plan que son esprit élaborait déjà. Mais il n'avait pas le choix.

— Je fais confiance à tout le monde ici, monsieur, répondit John en se raidissant.

Encore une faute.

Quand on se prostitue, on ne peut pas se permettre le luxe de la confiance.

De l'espoir.

De l'amour.

— Me fais-tu confiance ? enchaîna Gabriel d'une voix douce.

— Oui, monsieur.

Victoria Childers n'avait-elle pas fini par lui accorder sa confiance, elle aussi ?

Elle avait mangé la nourriture qu'il lui offrait et dormait à présent dans son lit. Persuadée d'être son hôte.

Ce qu'elle n'était pas.

Victoria était prisonnière, tout autant que Gabriel.

— Dois-je te faire confiance ? questionna-t-il.

— J'ai fait ce que j'ai estimé juste, biaisa John.

Et il recommencerait.

Une proie idéale.

Gabriel devait faire un choix. Laisser partir John et Stephen – parce qu'ils avaient fait ce qu'ils estimaient juste. Ou bien les garder.

Le deuxième homme leur avait peut-être graissé la patte.

S'ils étaient coupables, le deuxième homme les tuerait.

S'ils étaient innocents, le renvoi de Gabriel les tuerait.

Leur mort serait plus lente, alors. Plus douloureuse. Tout Londres saurait que Gabriel les avait renvoyés et personne ne voudrait employer les rebuts de l'ange intouchable. John et Stephen n'auraient pas d'autre choix que de renouer avec la prostitution.

Un sort largement préférable à celui qui serait le leur si Gabriel leur proposait de rester.

Nul n'était en droit de demander à un homme de faire ce qu'il s'apprêtait à exiger d'eux.

— Ils ne méritaient pas le renvoi, monsieur.

Gabriel contempla la tache de vin qui souillait la nappe et vit émerger un délicat profil de femme, le nez bien droit, le front bombé, le menton volontaire…

Victoria ne pensait pas qu'elle était belle alors qu'elle l'était.

Gabriel n'avait rencontré ce type de beauté que chez une seule autre femme – Anne Aimes, la femme que Michael allait bientôt épouser.

— Vous les aviez prévenus qu'un homme chercherait à tuer M. Michael ; vous ne les avez pas mis en garde contre une femme, s'insurgea Gaston. John et Stephen ne pensaient pas à mal en lui permettant d'entrer.

Gabriel avait pris sa décision. Il ne pouvait s'autoriser ni regret ni compassion.

L'image de Victoria se brouilla, son profil linéaire reprenant l'aspect d'une simple tache de vin.

— Me trouves-tu trop dur, Gaston ? demanda-t-il en levant les yeux de la nappe. Ils ont désobéi à mes ordres. Aurais-je dû augmenter leur salaire au lieu de les renvoyer ?

— Ils vous aiment, monsieur.

Des bruits leur parvinrent depuis les cuisines situées au sous-sol – casseroles s'entrechoquant, jurons fleuris.

Pierre préparait un petit-déjeuner tardif.

Bientôt, le personnel de jour arriverait pour nettoyer la salle. Gabriel se souvenait précisément de l'embauche de chacun d'eux.

Ce n'était pas leur amour qu'il voulait, mais leur loyauté.

— L'amour a un prix, Gaston, répondit-il froidement. Il revient à celui qui fait la meilleure offre.

L'amour d'une prostituée change à chaque client.

— Les hommes sont inquiets, monsieur.

— Ils ne risquent rien tant qu'ils s'en tiennent aux règles de la maison.

— Ils vous ont cru mort, il y a six mois.

Gabriel se figea. Gaston n'avait encore jamais fait allusion aux événements qui avaient eu lieu six mois plus tôt.

— Comme ils peuvent le constater, je suis toujours en vie.

— Vous avez mis le feu à l'établissement, ajouta Gaston.

Après quoi, Gabriel l'avait fait reconstruire.

D'abord pour sauver un ange, puis pour piéger un monstre.

— Je leur ai remboursé tout ce qu'ils ont perdu.

— Là n'est pas le problème, monsieur. Vous ne leur avez pas dit la vérité. Ils ne savent pas s'ils peuvent encore vous faire confiance.

À droite de Gaston, une chandelle crachota et mourut, plongeant dans l'ombre une partie de son visage.

La vérité. La confiance.

Un arôme de café supplanta l'âcre relent de vin et de fumée de cigares refroidie.

— Serais-tu en train de me dire qu'aucun de mes employés n'est fiable, Gaston ? s'enquit-il d'un ton prudent.

— Personne dans cette maison ne vous trahira jamais, répliqua fièrement Gaston.

— Contrairement à mes instructions, tu n'as pas barré l'accès de mes appartements à M. Michael, dit-il sèchement. Je pourrais considérer cela comme une trahison.

Un souvenir douloureux hanta le regard de Gaston.

— M. Michael ne voulait pas lâcher votre corps, monsieur, dit-il d'une voix chargée d'émotion.

— Ce n'était pas mon corps, répondit Gabriel.

Le corps que Michael avait serré contre lui était celui d'un mendiant – pas celui de Gabriel. Ce dernier avait disposé le cadavre du mendiant dans son lit afin de faire croire à sa mort.

Et le stratagème avait fonctionné.

Gabriel avait fait ce qui était nécessaire pour sauver Michael. Pour qu'il puisse vivre une vie digne de ce nom, au lieu du cauchemar dans lequel il se débattait.

Tout cela pour découvrir que le cauchemar ne faisait que commencer.

— Il croyait que c'était le vôtre, monsieur, insista Gaston. Il vous aime. M. Michael fait partie de cette famille. Je ne pourrais jamais lui barrer votre porte. *Jamais**. Il a pris soin de nous quand nous n'avions nulle part où aller.

Deux mots atteignirent Gabriel comme un coup de poing.

*Jamais**.

Famille.

Ses employés avaient été des prostitués, des souteneurs, des mendiants, des assassins, des voleurs, avant d'atterrir chez lui.

Leur passé ne changerait *jamais*.

Ils ne se seraient pas retrouvés chez Gabriel s'ils avaient eu une *famille*.

Gaston porta son regard au-dessus de la tête de Gabriel.

— Dois-je me payer mes deux mois d'indemnités, monsieur ?

Le fantôme d'un sourire passa sur les lèvres de Gabriel.

Gaston était à son service depuis quatorze ans. Gabriel l'avait trouvé, gisant dans son propre sang, dans une ruelle du quartier de Seven Dials.

La Maison de Gabriel n'aurait su fonctionner sans Gaston. Il gérait l'établissement et le personnel.

— Pour que tu ailles chercher un emploi auprès de M. Michael ? répliqua Gabriel d'un ton badin. Je ne crois pas, *mon ami**. Il ouvrirait avec toi une maison concurrente à la mienne, et que deviendrais-je alors ?

Sa plaisanterie ne suffit pas à détendre Gaston.

— Les hommes sont vraiment inquiets, monsieur.

Tout amusement déserta brusquement Gabriel.

— Paie-les davantage, rétorqua-t-il.

— Ils veulent savoir qui ils sont censés tuer, monsieur. Ils sont fatigués de sursauter chaque fois qu'un bouchon de champagne saute. Si vous pouviez au moins décrire l'homme qui en a après vous…

Gabriel ouvrit la bouche pour répondre.

La requête de Gaston était raisonnable. Ses hommes mettaient leur vie en péril pour veiller sur lui.

Les mots se refusèrent à lui.

— Il y avait un homme ici, hier soir, dit-il.

— Il y avait plusieurs centaines d'hommes ici, hier soir, monsieur.

Gabriel ignora le sarcasme.

— Un homme aux cheveux gris, d'une cinquantaine d'années. Il s'appelle Gerald Fitzjohn. Je veux connaître son adresse à Londres. Envoie Jeremy faire des recherches.

— Jeremy vient de se coucher, monsieur.

— Dans ce cas, je te conseille de le réveiller.

— Très bien, monsieur, acquiesça Gaston, glacial.

— Envoie Jacques faire un tour au *Times* et aux *News*.

Gaston s'apprêta à protester – Jacques venait lui aussi de se coucher. Il referma la bouche.

— Je veux qu'il vérifie les annonces d'emploi parues depuis un an et demi.

Gabriel s'était souvenu de la phrase de Victoria :

— *S'il avait connu l'existence de votre maison, monsieur, il n'aurait pas persécuté la gouvernante de ses enfants.*

— Dis-lui de chercher les propositions d'embauche de gouvernante, publiées plusieurs fois par le même demandeur. Qu'il note les noms et adresses.

Victoria avait beau croire qu'elle était la victime d'un employeur lubrique, Gabriel, lui, avait une autre idée.

— Très bien, fit Gaston.

— Envoie aussi David faire un tour dans les agences de placement. Qu'il dise qu'une gouvernante nommée Victoria Childers s'est présentée pour un emploi, mais qu'il a égaré son adresse.

Le charme de David opérait aussi bien sur les hommes que sur les femmes, quel que soit leur âge.

Gaston avait écarquillé les yeux quand Gabriel avait révélé le nom et la profession de la femme à la cape.

— Une fois que Jeremy aura trouvé l'adresse de Fitzjohn, dis-lui de chercher le nom de Childers dans les archives. S'il trouve une famille Childers recensant une fille prénommée Victoria, qu'il note les noms et adresses.

— *Très bien**.

— Je veux ces informations pour midi au plus tard, précisa Gabriel. Qu'une femme de chambre me réveille dès leur retour.

Gabriel se sentit soudain mort de fatigue.

Et l'idée de dormir sur un divan de cuir ne lui souriait guère.

Vingt-sept ans plus tôt, elle lui serait pourtant apparue comme le comble du luxe. Mais il n'était plus un gamin. Il était devenu un homme qui connaissait le prix de la vie.

— J'ai chargé Evan, Julien et Allen de veiller sur la femme, dit Gaston. Ils se relaieront toutes les huit heures.

— Merci.

Gabriel se demanda si Victoria dormait…

— *Personne ne m'a jamais étreinte*, avait-elle avoué.

Mais elle se serait laissé étreindre par lui…

— Nombre de vos hommes compatissent au sort de cette femme, laissa échapper Gaston en se tordant les mains.

Gabriel sentit ses cheveux se dresser sur sa nuque.

— Je tuerai de mes propres mains celui qui la laissera s'échapper, répondit-il doucement. Dis-le de ma part à ceux qui compatissent à son sort.

— Il leur déplairait de penser que vous la punissez.

— Pourquoi penseraient-ils une chose pareille, Gaston ? demanda-t-il d'un ton nettement plus incisif.

— Marcel n'a parlé à personne du message qu'il a trouvé, monsieur, répliqua Gaston, sur la défensive. Mais les hommes sentent que quelque chose ne tourne pas rond. Vous auriez pu interdire l'enchère, et pourtant vous ne l'avez pas fait.

Gabriel l'avait même remportée et, désormais, Victoria lui appartenait.

Quand midi sonnerait, l'histoire de la femme à la cape qui avait séduit l'ange intouchable se serait répandue dans toute la capitale.

— Dis-leur que l'homme qui cherche à me tuer n'hésitera pas à la tuer, elle aussi, fit Gabriel. Si elle sort de chez moi, sa mort est garantie.

Gaston scruta le regard de Gabriel. Ses yeux bruns n'exprimaient qu'une seule question : pourquoi ?

Pourquoi Gabriel avait-il rouvert La Maison de Gabriel ? À seule fin de piéger un assassin ?

Pourquoi cet assassin viendrait-il se jeter dans la gueule du loup ? Par désir de tuer Gabriel et Michael ?

Pourquoi Gabriel ne supportait-il plus le moindre contact ? À cause de ce que lui avait fait subir le deuxième homme ? Après que Gabriel se fut prostitué pendant douze ans ?

Gaston s'abstint de poser ces questions.

Mais Gabriel savait que Victoria n'aurait pas sa retenue.

Il lui en avait déjà dit plus qu'il n'en avait jamais dit à quiconque.

Il lui avait avoué avoir supplié – sans révéler le motif de cette supplication.

Il savait qu'elle lui en demanderait la raison. D'ici un jour ou deux.

Oui, Victoria lui demanderait de quoi il avait supplié le deuxième homme. Et Gabriel le lui dirait.

Elle méritait cet aveu.

— Nous sommes tous disposés à mourir pour vous, monsieur, déclara simplement Gaston. Personne n'agira contre votre gré. Et pour ce que j'ai dit à propos de M. Michael… ajouta-t-il en détournant les yeux.

Gabriel repensa aux paroles blessantes qui lui avaient permis d'obtenir le départ de Michael.

— Je ne pense pas que nous ayons à nous soucier de M. Michael, assura-t-il, refoulant sa douleur.

Il repensa à la pauvre robe de lainage de Victoria, à sa culotte de soie élimée et à ses bas déformés.

— *Ma virginité est tout ce qu'il me reste*, avait-elle dit.

Mais il lui restait autre chose.

La passion.

— *J'ai désiré vos caresses, ce qui fait de moi une putain*, avait-elle dit.

Et Gabriel le lui avait laissé croire.

Mais ce n'était pas la passion qui faisait d'une femme – ou d'un homme – une putain. C'était le fait d'accomplir un acte sexuel sans passion.

— Tu adresseras un message à Mme Renée, déclara soudain Gabriel. Qu'elle fasse venir une de ses couturières.

8

L'obscurité s'abattit sur ses yeux. Une main d'homme…

Affolée, Victoria lutta pour se redresser, entravée par ses cheveux, le cœur battant…

Et découvrit qu'aucune main ne bloquait sa vision. Elle s'était simplement réveillée dans une pièce obscure.

Elle prit conscience de la fermeté du matelas et de la douceur des draps.

Ce n'était pas son lit.

Dans la mansarde que louait Victoria, le matelas formait cuvette et il n'y avait pas de draps. La fenêtre couverte de suie ne laissait pénétrer aucune lumière – ni la lueur grisâtre du jour, ni le halo doré des réverbères.

Une saveur riche et sucrée imprégnait sa bouche.

Du chocolat.

La mémoire lui revint alors.

Victoria avait dormi dans la chambre à coucher de l'homme aux yeux d'argent. Et la saveur sucrée qui restait sur sa langue venait du pot de chocolat qui avait ponctué son souper.

Souper qu'elle avait pris seule.

Au-delà de l'odeur de savon à lessive et d'amidon, elle perçut un léger effluve… *d'homme* – le parfum frais et musqué de la chair masculine.

Victoria avait dormi entre les draps de l'homme qui disait s'appeler Gabriel. Son parfum avait bercé son sommeil.

Était-ce déjà le matin ?

Elle tendit l'oreille… et ne perçut aucun bruit.

— *Je tiens un club de nuit, mademoiselle… Les murs sont capitonnés.*

Un flot de chaleur la saisit.

Les pensées qu'elle avait exprimées et les questions qu'elle avait posées à l'homme aux yeux d'argent la submergèrent comme une vague.

— *Avez-vous jamais supplié une femme de vous soulager sexuellement ?*

— *Non, mademoiselle, je n'ai jamais supplié une femme de me soulager sexuellement.*

— *Une femme vous a-t-elle jamais supplié ?*

— *Oui.*

— *Cela vous a-t-il plu ?*

— *Oui.*

— *Avez-vous… crié de plaisir ?*

— *Non, mademoiselle, je n'ai pas crié de plaisir.*

Et la fin :

— *Voilà quatorze ans, huit mois, deux semaines et six jours que j'ai supplié pour la dernière fois d'être soulagé, mademoiselle. Depuis, je n'ai plus jamais touché une femme.*

L'obscurité oppressa Victoria.

Elle avait compté les jours, les semaines et les mois depuis qu'elle avait perdu sa place. Mais les humiliations qu'elle avait subies paraissaient bien futiles en regard de ce que Gabriel avait vécu.

Il niait les besoins de sa chair à cause d'un acte sur lequel il n'avait pu exercer aucun contrôle. Et il avait compté chaque minute, chaque heure de chaque année depuis lors.

Le souvenir de Dolly, la prostituée édentée, et du petit paquet qu'elle avait pressé dans sa main, ressurgit à sa mémoire.

— Pour te protéger, avait-elle assuré à Victoria.

Mensonge.

Victoria rabattit les couvertures et se leva.

Le parquet était glacé sous ses pieds nus et le courant d'air qui passa sur sa peau nue la fit frissonner.

Plus aucune braise ne rougeoyait dans l'âtre, ce qui expliquait le froid et l'obscurité de la chambre.

Gabriel pouvait surgir à tout instant et actionner l'interrupteur du plafonnier.

— *J'étais bel et bien moite de désir. Parce que j'avais envie que vous me caressiez. Alors que vous êtes pour moi un parfait inconnu.*

Elle n'avait ressenti aucune honte quand elle avait lâché cette confession, et n'en ressentit pas davantage lorsque ce souvenir l'assaillit.

Victoria referma résolument le robinet de ses souvenirs.

Elle ne pouvait pas se permettre d'entretenir ses peurs. Ses espoirs. Ses désirs…

L'éternel désir de la femme.

Les bras tendus devant elle, Victoria avança à tâtons… et se heurta à un mur. Le claquement sec de sa chair contre le bois troua le silence.

Ce n'était pas un mur… Elle s'était cognée à l'armoire.

Victoria se figea, le cœur battant.

L'avait-il entendue ?

Il risquait de venir vérifier ce qu'était ce bruit.

Elle était nue, sans même une paire de bas sur elle.

Où avait-elle mis sa robe ?

Où se trouvait la salle de bains ?

Victoria fit glisser ses mains jusqu'à trouver le côté de l'armoire, le mur… Parcourut le mur d'une main en étendant l'autre devant elle pour prévenir un nouveau choc… Ses doigts dépassèrent un montant de bois, puis plongèrent dans le vide.

Elle avait trouvé la salle de bains.

Elle franchit le seuil, parcourut le mur du bout des doigts en formant des cercles… laque lisse… métal glacé…

Un interrupteur de bois.

La lumière l'aveugla. L'immense baignoire de cuivre se matérialisa... le bloc de marbre du lavabo... Une femme nue aux cheveux emmêlés.

Victoria détourna les yeux de l'image que lui renvoyait le miroir du lavabo.

Sa culotte de soie, jaunie d'usure, reposait sur un porte-serviette, près des deux tubes informes de ses bas couleur chair. Comme chaque soir, elle avait rincé ses sous-vêtements avant de se coucher.

Était-il entré dans la salle de bains pendant qu'elle dormait ? Avait-il vu ce qu'aucun homme ne devait voir – les futiles efforts d'une femme pour conserver un semblant de dignité ?

Ses yeux se reportèrent vers le miroir.

La femme nue lui retourna son regard.

Ses seins blancs pointant à travers le rideau de ses cheveux entortillés, elle offrait l'aspect d'une créature dépouillée de toutes ses possessions et de toute fierté.

Je vous connais, Victoria Childers, prétendait l'auteur des lettres qui lui étaient parvenues.

Victoria, elle, ne connaissait pas la femme du miroir.

Pas plus qu'elle ne connaissait la femme qui s'était dévêtue devant un inconnu.

Ses seins haut perchés proclamaient fièrement son sexe.

Un symbole de faiblesse et de vulnérabilité.

Le péché de la femme.

— *Le désir est une composante de tout être humain...*

Victoria repensa aux membres de la haute société qui avaient assisté à la vente aux enchères de son hymen.

Des hommes qui servaient au Parlement, dont les épouses régissaient le bon ton.

Avaient-ils trouvé la passion qui leur manquait ?

Une main pâle et souple s'éleva dans le miroir.

Vous avez envie d'être embrassée... murmura dans sa tête une voix masculine, provocante et familière.

La femme du miroir effleura ses lèvres rougies.

Aucun homme ne l'avait jamais embrassée sur les lèvres.

Les hommes n'embrassent pas les filles des rues, ils se contentent de s'accoupler avec elles.

Victoria comprenait pourquoi, à présent.

Les filles des rues ont les lèvres sèches et gercées – comme les siennes.

Six mois plus tôt, ses lèvres étaient encore douces et pleines.

Vos seins… murmura la voix masculine.

Dans le miroir, la main glissa sur le menton pointu, le cou tendu, le creux du pouls. Disparut sous les cheveux sombres…

Sous le couvert des cheveux, des doigts calleux moulèrent l'arrondi d'un sein, doux et galbé.

Une pointe de sein émergea du rideau de cheveux emmêlés – rose en bouton.

Elle était dure. Composée de grains minuscules – aussi petits que des grains de chair de poule. Un léger creux en couronnait le sommet.

Avant de recevoir les lettres, Victoria n'avait jamais contemplé son corps nu, ne s'était jamais touchée qu'à travers un gant de toilette. N'avait jamais eu conscience de la sensualité qui sommeillait sous ses robes de lainage terne.

À présent, l'homme aux yeux d'argent avait lu les lettres. Et il savait…

Vous voulez ce que toute femme désire secrètement, disait une lettre.

Mais elle n'avait pas envie de ressentir le désir.

D'être embrassée. Caressée. Sucée.

Elle ne voulait pas souffrir.

Elle ne voulait pas se languir…

De la chaleur d'une caresse.

De l'union des corps.

Elle ne voulait pas espérer les doigts d'un homme… son sexe… sa langue.

Victoria se retourna et laissa retomber sa main le long de son corps, ses cheveux virevoltant autour d'elle.

Depuis six mois, elle s'accroupissait chaque matin au-dessus d'un pot de chambre ébréché. Le luxe de s'asseoir sur la lunette de bois lisse de la cuvette d'aisance lui apparut comme une plaisante diversion.

Elle repensa aux commodités qu'elle avait un jour tenues pour acquises, au confort dont on l'avait spoliée.

Un confort qu'elle ne connaîtrait sans doute plus jamais.

Disparu.

Tout avait disparu.

Ses bibelots de porcelaine. Le collier de perles d'eau douce et les pendants d'oreilles en corail qu'elle n'avait jamais osé porter. La montre d'argent gravée – cadeau de son premier employeur. Ses vêtements…

Elle tendit la main vers la boîte de mouchoirs située derrière elle.

L'eau de la citerne se déversa dans la cuvette avec un élégant clapotis, bien différent du bruyant déluge que produisait l'antique plomberie dans la dernière maison qui l'avait employée.

Elle pouvait retourner se coucher ou bien s'habiller.

Elle pouvait feindre d'être l'hôte de Gabriel ou bien accepter son sort de prisonnière.

Elle avait le choix…

La luxueuse baignoire de cuivre lui parut accueillante.

Victoria tâcha de se souvenir de la dernière fois où elle avait agi uniquement par plaisir… et s'en révéla incapable.

Enfant, elle avait craint son père, redouté ses cris et ses injures. Qu'il n'avait pas manqué de déverser sur elle.

Une fois devenue gouvernante, elle avait craint ses employeurs, vécu dans l'angoisse permanente d'un renvoi. Qui n'avait pas manqué de se produire.

Mais Victoria était désormais une femme qui n'avait plus rien à perdre.

Ni l'amour d'un père ni le salaire d'un patron.

Elle franchit le carrelage froid d'un pas déterminé.

Au-dessus de la baignoire, se trouvait une rangée de six robinets de cuivre. Chacun d'eux était surmonté d'une petite plaque émaillée – *Chaud, Froid, Baignoire, Jet intense, Jet hépatique* et *Douche*.

Victoria tourna le robinet marqué *Douche* avec appréhension. Rien ne se produisit. Elle s'empressa de le refermer. L'avait-elle cassé ?

Plusieurs secondes passèrent avant qu'elle parvienne à se raisonner et se hasarde à tourner lentement le robinet marqué *Froid*.

Le rugissement d'eau qui en résulta ne provenait ni de la buse de la baignoire, ni du large disque de cuivre perforé situé à l'intérieur de la cabine de douche.

Un petit thermomètre placé au-dessus des six robinets attira son attention. Elle comprit alors que l'eau froide passait par une cuve de mélange.

Elle tourna le robinet d'eau chaude.

Le thermomètre enregistra instantanément une hausse de température. Près du thermomètre, une jauge permettait d'évaluer le niveau de remplissage de la cuve de mélange. Au quart pleine, à demi pleine, aux trois quarts pleine… *pleine*.

Victoria se dépêcha de refermer les deux robinets.

L'excitation lui échauffait le sang.

Il n'y avait aucun loquet à la porte de la salle de bains, mais cette pensée ne parvint pas à l'effrayer.

Elle entra dans la baignoire, ses doigts de pieds se recroquevillant au contact glacé du métal, et se plaça prudemment sous l'imposante coupole de cuivre.

Les parois incurvées de la cabine lui donnèrent l'impression de pénétrer dans une grotte de cuivre. Deux petits disques perforés situés à hauteur de ses hanches s'inclinaient vers le bas, et des tuyaux perforés sur toute leur longueur garnissaient les parois de la cabine.

Victoria tourna le robinet *Jet intense*.

Aussitôt, des jets d'eau tiède, aussi piquants que des aiguilles, assaillirent sa poitrine, son derrière, ses hanches, ses chevilles, son visage, son ventre, son dos… L'eau qui jaillissait des tuyaux perforés l'atteignait absolument partout.

Ses cheveux se plaquèrent sur ses épaules et le long de son dos ; la vapeur emplit ses poumons.

Elle referma le robinet et, instantanément, l'eau cessa de couler. Elle tourna alors le robinet marqué *Douche*.

Une averse se déversa sur sa tête.

Victoria n'avait encore jamais rien ressenti de tel. L'eau déclenchait une double sensation de picotement et de caresse, comme si elle s'était laissé surprendre par une pluie d'été.

Instinctivement, elle renversa la tête en arrière.

Une niche logée dans la paroi contenait une savonnette ainsi qu'un flacon de – Victoria inspecta l'étiquette embuée de vapeur – shampoing. Elle reconnut l'odeur du savon : c'était *son* savon.

Celui de l'homme qui avait promis de la protéger.

Victoria utilisa le savon et le shampoing de Gabriel, puis tourna son visage vers l'averse d'été et, durant un bref instant, retrouva la joie qui va de pair avec l'innocence. Cela aussi avait disparu.

Sa joie.

Son innocence.

L'eau cessa de couler – la cuve s'était vidée.

Victoria rouvrit les yeux et contempla le reflet de la femme à la peau de cuivre devant elle – ses cheveux étaient noirs et luisants. Les parois de cuivre étaient aussi emperlées d'eau qu'une vitre battue par la pluie. Les gouttelettes argentées ruisselaient le long du corps de la femme à la peau de cuivre ; ses traits étaient flous, irréels, sensuels.

La femme avant la condamnation de l'homme.

Contempler cette femme éveilla en elle une étrange sensation de puissance. Une illusion qui perdura après qu'elle eut émergé de la grotte de cuivre.

La serviette bleu pâle qu'elle trouva sur le porte-serviette était douce, épaisse, moelleuse.

Le miroir du lavabo de marbre était si embué qu'aucun reflet ne vint remplacer l'image cuivrée de la douche.

Victoria Childers, pendant quelques instants, cessa d'exister.

Un cheveu blond argenté était retenu entre les dents d'un peigne d'ivoire.

Une vive douleur transperça sa poitrine.

— *Vous ne me désirez pas*, avait-elle reproché à Gabriel.

— *Vous seriez surprise d'apprendre ce que je désire*, avait-il répondu.

Victoria utilisa le peigne de Gabriel. De nombreux cheveux noircis par l'eau rejoignirent l'unique cheveu argenté entre les dents du peigne.

Des larmes brûlantes vinrent piquer ses yeux.

Victoria ouvrit le premier tiroir placé sous le lavabo. Son regard se posa sur une brosse à dents à manche d'ivoire.

La brosse à dents de Gabriel.

Celle de Victoria se trouvait dans son réticule, avec les lettres et son petit peigne aux dents irrégulières.

Dans le tiroir, elle trouva une autre brosse à dents, identique à celle de Gabriel, qui semblait ne jamais avoir servi. Elle l'utilisa, puis se rinça la bouche à l'aide du gobelet à dents.

Victoria, qui ne s'était pas sentie aussi propre depuis plusieurs mois, se sentit soudain revigorée.

Sa culotte était toujours humide. Elle ne pouvait rien faire d'autre qu'enfiler sa robe d'une propreté douteuse, en dépit des précautions qu'elle prenait pour éviter de la salir.

L'air humide qui s'accrochait à son dos la fit frissonner. Elle ouvrit la porte de la salle de bains.

Une vive lumière électrique inondait la chambre.

Une petite femme aux cheveux d'un roux flamboyant se tenait près du valet de nuit sur lequel Victoria avait déposé sa robe avant de se coucher. Un chapeau bleu orné d'une plume de paon surmontait crânement l'élégante coiffure de la femme.

La femme tenait dédaigneusement la robe de Victoria à bout de bras – comme si elle craignait d'être contaminée par la vermine. Son visage ridé aux joues rehaussées de rouge reflétait une vive expression de dégoût.

L'esprit de Victoria eut à peine le temps d'enregistrer la présence de l'intruse que celle-ci leva les yeux vers elle. Elles s'évaluèrent en silence, l'une d'un œil stupéfait, l'autre d'un air critique.

La femme rousse la jaugeait comme les clients de La Maison de Gabriel lors de la vente aux enchères.

En Victoria, la colère succéda au choc. Cette femme n'avait aucun droit de la juger.

Un collier de perles brillait sur sa gorge. À lui seul, ce collier aurait suffi à nourrir tous les sans-abri de Londres.

Victoria avait le choix entre se réfugier dans la salle de bains ou se cacher derrière ses mains.

À moins qu'elle ne choisisse de reprendre ce qui était à elle.

Sa fierté.

Sa dignité.

Sa robe.

Elle se dirigea vers la femme d'un pas résolu et lui arracha la robe des mains. La femme n'opposa aucune résistance.

Elle était vraiment très petite – guère plus d'un mètre cinquante. Victoria, qui la dépassait d'une tête, dut baisser les yeux pour croiser son regard.

Plaquant la robe sur sa poitrine de façon à dissimuler sa nudité, Victoria recula d'un pas.

— Je crains que vous ne vous soyez trompée de chambre, madame, dit-elle d'un ton glacial.

— Madame Renée, si cela ne vous fait rien, rectifia la femme d'un ton impérieux.

Elle avait prononcé ces mots comme si elle était attachée à la royale famille de France ou comme si Victoria était censée connaître son nom.

— Il n'en demeure pas moins que vous vous trouvez dans ma chambre, répliqua Victoria. Ayez la bonté de sortir.

— Cette *chambre à coucher**, mademoiselle, est celle de M. Gabriel, non la vôtre. Nous n'avons pas coutume de faire des visites à domicile. *Allons**... le temps presse. Des clients m'attendent.

Des clients ?

Cette vieille femme était-elle une prostituée ?

Révélant une force surprenante, la femme s'empara de la robe de Victoria, puis se mit à marcher autour d'elle.

Victoria pivota sur elle-même, dans l'intention de récupérer sa robe.

Deux mains tièdes enveloppèrent ses seins et les soulevèrent en les rapprochant l'un de l'autre.

— Vous avez une poitrine passable, mademoiselle, déclara Mme Renée avant de lâcher ses seins, plongeant la main dans une poche intérieure pour en tirer un mètre de couturière enroulé sur lui-même.

Elle l'étira expertement entre ses petites mains souples, le mouvement de ses doigts faisant étinceler l'imposant solitaire qu'elle portait à l'index de la main droite.

— Mais en ce qui concerne les hanches et le postérieur, c'est plutôt maigre, ajouta-t-elle. En conséquence, nous nous emploierons à concevoir des robes qui mettront votre poitrine en valeur, *n'est-ce pas** ? Et nous amplifierons le reste par un rembourrage discret.

Victoria demeura stupéfaite. Un homme pouvait s'aviser de tripoter les seins d'une femme ; une femme, *jamais*.

La robe de lainage s'affaissa et tomba entre elles.

Victoria s'était tenue nue devant Gabriel, mais il était hors de question qu'elle parade dans le plus simple appareil devant une femme qui s'arrogeait le droit de tripoter ses seins.

Elle se pencha pour ramasser la robe.

Un petit pied gainé de cuir écarta la robe, qui glissa sur le plancher.

— Vous êtes sous ma responsabilité désormais, mademoiselle, décréta la femme. Je ne souffrirai pas qu'une de mes femmes revête de tels haillons.

Une de ses femmes.

Gabriel avait-il l'intention de faire d'elle une prostituée ?

Victoria serra les poings.

— Madame Renée, je n'ai nul besoin des conseils d'une catin.

La vieille dame se redressa de toute sa petite taille.

— Je suis *couturière**, mademoiselle.

Une modiste.

Que venait faire une modiste à La Maison de Gabriel ?

— Madame, il s'agit à l'évidence d'un malentendu. Je n'ai jamais demandé les services d'une couturière.

Les yeux mordorés se plissèrent, spéculatifs.

— C'est donc vrai, dit-elle.

— Qu'est-ce qui est vrai ? répliqua Victoria.

— M. Gabriel ne peut pas… comment dites-vous cela, vous autres… *bander* pour une femme.

Une vision du pantalon de soie noire de Gabriel moulant son entrejambe surgit dans l'esprit de Victoria.

Comment se permettait-elle de le juger ?

Le regard acéré que la femme faisait peser sur elle tempéra cependant sa colère.

— C'est M. Gabriel qui vous a fait demander, devina Victoria.

— Il a fait demander une de mes couturières, oui.

— Et vous êtes venue en personne parce que vous vouliez voir de près la femme dont il a acheté l'hymen, ajouta Victoria.

— Tout Londres veut voir la femme pour laquelle M. Gabriel a enchéri, mademoiselle.

Tout Londres voulait la jauger. Comme Gabriel l'avait jaugée lui-même.

— Votre curiosité étant satisfaite, vous pouvez vous retirer, madame Renée, dit sèchement Victoria. Et vous pourrez dire aux gens que M. Gabriel n'éprouve aucune difficulté à *bander* pour une femme.

Et que Victoria avait une poitrine passable, mais les hanches et le fessier trop maigres.

La curiosité fit étinceler le regard fauve de la modiste.

— Vous êtes fâchée.

Victoria ne vit pas l'utilité de nier.

— Je n'ai aucun goût pour les cancans, madame.

— Les cancans ne peuvent pas nuire à quelqu'un qui n'a pas de nom, mademoiselle, rétorqua Mme Renée avec désinvolture.

— M. Gabriel en a un, lui.

La façon dont la modiste inclina la tête sur le côté rappela à Victoria la posture d'un oiseau vif et curieux… d'un oiseau de proie.

— Et vous pensez que des cancans pourraient lui nuire ? s'enquit-elle.

— Je crois, madame, que n'importe quel homme serait affligé par l'étalage de sa vie privée.

— Mais M. Gabriel n'est pas n'importe quel homme, *n'est-ce pas** ?

— Certes, répondit Victoria d'une voix aussi glacée que sa peau nue. S'il l'était, il ne serait plus de ce monde.

Mme Renée redressa la tête ; la plume de paon frissonna.

— En effet, approuva-t-elle d'un ton bref.

Victoria vit passer une lueur d'approbation dans les yeux de la modiste, aussitôt remplacée par la condescendance.

— Vous avez de la chance, mademoiselle. M. Gabriel est très riche. Il n'est pas donné à n'importe qui de s'offrir mes robes.

Gabriel avait fait venir une couturière pour qu'elle lui confectionne des toilettes…

Une vision frivole de soie et de satin tourbillonna dans l'esprit de Victoria, et l'envie de posséder une robe neuve la transperça aussi douloureusement qu'un coup de couteau.

La robe de lainage brun qui gisait par terre la ramena brutalement à la réalité de sa condition.

Elle ne voulait pas qu'on lui fît la charité.

— Je n'ai nul besoin de nouvelles robes, je vous remercie, dit-elle froidement. Si vous voulez bien m'excuser…

Un éclair de sagacité étincela dans les yeux fauves.

— Me congédier ne fera qu'accroître les spéculations sur les compétences de M. Gabriel.

Victoria durcit son cœur contre la tentative de manipulation de la modiste.

— *Le chantage est le prix du péché*, avait dit Gabriel.

— Tenteriez-vous d'exercer sur moi un chantage, madame Renée ?

— Vous êtes toujours vierge, mademoiselle, déclara la modiste.

Victoria tressaillit.

— Vous vous trompez, madame.

— Si M. Gabriel vous avait prise, mademoiselle, vos yeux brilleraient. Votre bouche, vos seins et les lèvres de votre sexe seraient enflés. Je peux certifier qu'il ne vous a pas touchée.

Les mots « lèvres de votre sexe » tintèrent étrangement aux oreilles de Victoria.

Instinctivement, elle serra les jambes.

— Et vous vous ferez fort de répandre ces observations, évidemment, dit-elle, tranchante.

— C'était un prostitué, mademoiselle.

— Je sais ce qu'il était, répliqua Victoria.

— Mais savez-vous ce qu'il est aujourd'hui ? questionna la modiste.

Combien de temps encore Victoria allait-elle devoir se tenir devant cette femme, l'éclairage impitoyable de la lumière électrique révélant le moindre de ses défauts ?

— C'est le propriétaire de cette maison.

— C'est l'ange intouchable, mademoiselle, corrigea Mme Renée. Et il emploie des gens comme nous. Tous n'ont pas cette chance.

Des gens comme nous…

Le regard de Victoria se porta vers le collier de perles de la modiste.

— Une chance éclatante, en ce qui vous concerne, répliqua-t-elle insolemment.

— Oui, j'ai eu beaucoup de chance. La plupart des prostituées meurent de maladie ou de pauvreté. Vous avez connu la pauvreté, mademoiselle, elle se lit dans vos yeux. Peu d'hommes seraient disposés à payer la somme que M. Gabriel a misée sur vous hier soir.

Mais Gabriel n'avait pas misé deux mille livres pour avoir un rapport sexuel avec elle.

Le froid qui pénétra Victoria n'était en rien lié à l'absence de feu dans la cheminée, ni à ses cheveux mouillés, plaqués contre son dos.

L'homme qui avait offert mille livres avait-il désiré sa virginité… ou sa vie ?

— Les services de M. Gabriel étaient-ils également requis par des femmes ? demanda Victoria sans réfléchir.

— Oui, acquiesça Mme Renée, le regard brillant de souvenirs. Lui et M. Michael étaient la coqueluche de Londres. Les deux anges.

— *Gabriel était le messager de Dieu*, avait dit Victoria.

— *Et Michel était son élu*, avait répondu Gabriel.

Ce Michael ou Michel était-il celui qui avait meurtri Gabriel ?

Était-il celui qui avait enchéri à mille livres ?

— Michael était-il… le rival de M. Gabriel ?

— Ils étaient amis.

— Et aujourd'hui ?

— Certains liens, mademoiselle, ne peuvent jamais être défaits, répliqua la modiste, demeurant volontairement énigmatique.

— Je crois que vous m'avez assez vue, madame, déclara Victoria d'un ton teinté d'ironie. Vous pouvez disposer.

— Vous me décevez beaucoup, mademoiselle, rétorqua Mme Renée sans manifester l'intention de partir.

— Vous m'en voyez navrée.

— Je m'étais attendue à rencontrer une femme courageuse.

— On a souvent tendance à confondre désespoir et héroïsme.

— Seule une femme courageuse pourrait aimer quelqu'un comme M. Gabriel.

— Dans ce cas, il est heureux que M. Gabriel n'ait pas enchéri pour moi à cette fin.

Mme Renée plissa les yeux.

— M. Michael doit son nom à son talent pour satisfaire les femmes.

Le cœur de Victoria manqua un battement.

— Comment pourrait-il devoir son nom à cela ?

— On l'appelait autrefois Michel des Anges.

— Je vous rappelle que les anges n'ont pas de sexe, madame.

Le cynisme de Victoria ne parut pas l'affecter.

— En français, nous disons *voir les anges** pour nous référer à l'orgasme.

Gabriel, lui, avait utilisé le terme de petite mort.

La modiste dardait sur elle un œil aussi fixe que celui de sa plume de paon. Aussi fixe et… curieux. Mais de quoi ?

— Certaines femmes, mademoiselle, avança-t-elle d'un ton désinvolte, prétendent que l'expertise de M. Gabriel est bien supérieure à celle de son ami…

Le froid qui enveloppait Victoria fut soudain remplacé par une puissante bouffée de chaleur.

— Vous voudrez bien m'excuser, madame, mais je n'ai pas pour habitude de tenir une conversation dans le plus simple appareil.

— Nous sommes des femmes, mademoiselle. Et la vue d'un corps de femme ne saurait offenser M. Gabriel.

— Il y a bien longtemps qu'il n'a pas connu de femme.

Pourquoi Victoria s'était-elle avisée de dire cela ?

— En effet.

— Je ne sais pas comment séduire un homme…

Cet aveu se répercuta entre les murs froids de la chambre tandis qu'un éclair de satisfaction passait dans les yeux de Mme Renée.

— Tournez-vous vers le miroir, mademoiselle, et je vous montrerai comment faire.

Victoria sentit son ventre se nouer sous le regard de la modiste qui la mettait silencieusement au défi de révéler sa féminité.

D'aimer un homme qui repoussait l'amour.

Victoria se retourna pour affronter son reflet dans la psyché.

Et y croisa le regard d'argent de Gabriel.

9

Victoria ne l'avait pas entendu entrer.

Elle n'avait pas senti sa présence, mais la percevait à présent dans toutes les parties de son corps – sa poitrine passable, ses hanches et son derrière trop maigres…

Trois personnes observaient Victoria – Mme Renée, robe bleu cobalt, chevelure flamboyante surmontée d'un bibi à plume de paon ; Victoria elle-même, cheveux mouillés plaqués sur son corps nu ; et Gabriel, masque d'albâtre creusé d'ombres et chemise blanche à col ouvert.

— Levez les bras, mademoiselle, que je prenne vos mesures, ordonna Mme Renée.

Ses intentions étaient on ne peut plus claires.

Elle voulait que Victoria pose devant Gabriel.

Elle voulait que Victoria séduise ce séducteur chevronné – un homme qui n'avait pas touché une femme depuis quatorze ans, huit mois, deux semaines et six jours.

Victoria pensa à toutes les années qu'elle avait passées chez d'autres femmes, à veiller sur leurs enfants, payée par leurs époux.

Elle n'avait ni maison, ni enfants, ni époux.

Le foyer de Gabriel était une taverne, ses employés des prostitués moins chanceux que lui, et il n'avait personne pour le serrer dans ses bras.

Dans le miroir, la femme aux cheveux noirs leva les bras. Victoria sentit ses seins se soulever et ses mamelons durcir.

Le reflet des yeux d'argent évalua ses seins, jaugea la plénitude de leur galbe. Le désir qu'ils étaient susceptibles d'éveiller.

Jugeait-il sa poitrine passable, lui aussi ?

Mme Renée s'avança et passa ses bras gainés de bleu cobalt autour du buste de Victoria.

L'encerclant.

L'effleurant.

Quand le mètre de couturière ceignit ses seins, un voile de chaleur enveloppa sa peau.

L'embarras de Victoria se refléta dans les yeux de Gabriel.

Depuis combien de temps se tenait-il sur le seuil, à écouter et observer ? se demanda-t-elle.

Pourquoi n'avait-il pas fait connaître sa présence ?

Pourquoi n'avait-il pas protesté en les entendant parler de lui ?

Victoria inspira pour se calmer.

Elle n'avait jamais été courageuse, mais…

— Madame Renée, vous disiez que si M. Gabriel m'avait prise, ma bouche, mes seins et… les lèvres de mon sexe seraient enflées.

Le mètre de couturière retomba ; les pointes de seins de Victoria se tendirent. Le crissement d'une mine de crayon courant sur le papier déclencha un frisson le long de sa colonne vertébrale.

— Avez-vous déjà vu… des femmes… nues… après qu'elles ont passé la nuit avec lui ? ajouta-t-elle, enhardie par la soudaine fixité des yeux d'argent.

L'extrémité gainée de métal du mètre de couturière se logea au creux de son aisselle gauche, et le reflet des yeux d'argent s'y concentra.

Puis Mme Renée étira son mètre jusqu'au poignet de Victoria, le lissant de ses doigts experts.

Les yeux gris suivirent la main de la modiste.

Les seins nus du miroir se soulevaient au rythme de la respiration de Victoria.

— Est-il… Était-il… tendre avec les femmes ? demanda Victoria.

Elle ne reconnut pas sa propre voix, altérée par le désir.

Ou par la peur.

Le mètre de couturière retomba.

Les yeux gris croisèrent ceux de Victoria.

— Un homme qui se prostitue, mademoiselle, répondit Mme Renée d'un ton sérieux, est aussi tendre ou aussi violent que le désire le client.

Le crissement de crayon reprit.

Victoria sentit plus qu'elle ne vit Mme Renée passer derrière elle pour se placer du côté de son flanc droit ; elle concentrait toute son attention sur les yeux gris.

La patte métallique du mètre se logea sous son aisselle droite. Les yeux d'argent plongèrent au creux de la chair tendre, s'attardèrent sur la touffe de poils sombres.

Victoria passa sa langue sur ses lèvres gercées.

— J'imagine qu'une femme n'apprécie guère qu'un homme se montre violent avec elle, observa-t-elle, la gorge irritée par son propre souffle.

Les yeux d'argent surveillaient la palpitation de son pouls, à la base de sa gorge.

— L'excitation ne se nourrit pas de tendresse, mademoiselle.

Un frisson de soulagement succéda au froid du métal quand la couturière écarta son mètre.

— Un homme expérimenté sait à quel moment une petite douleur accentuera le plaisir, ajouta la modiste.

Douleur. Plaisir.

— *Il y a toujours une part de douleur dans le plaisir.*

— Et M. Gabriel sait comment accentuer le plaisir ? questionna Victoria.

— Il le sait, mademoiselle.

Les yeux d'argent ne confirmèrent ni n'infirmèrent l'assertion de Mme Renée.

Victoria sentit sa gorge se contracter.

L'homme qui avait violé Gabriel avait-il su, lui aussi, à quel moment la douleur pouvait accroître le plaisir ?

— Vous pouvez baisser les bras, mademoiselle.

Victoria s'exécuta.

Dans le miroir, les yeux d'argent suivirent le mouvement de sa poitrine.

Mme Renée s'interposa soudain entre Victoria et son reflet, puis disparut dans un bruissement de soie.

La jeune femme baissa les yeux.

La modiste s'était agenouillée devant elle. Son visage se trouvait à la hauteur du triangle couronnant ses cuisses. La plume de paon oscilla.

— Écartez les jambes, mademoiselle.

Victoria scruta les yeux d'argent et y puisa le courage dont elle avait besoin ; elle écarta les jambes.

Un courant d'air glacé l'envahit.

Quelque chose de plus substantiel que l'air palpita contre son ventre – la plume de paon. Au même instant, le métal du mètre de couturière se plaqua en haut de sa cuisse droite, tout près – trop près – du secret de sa chair.

Victoria eut un sursaut involontaire.

Des doigts tièdes maintinrent le mètre en place. À moins que ce ne fût la puissance du regard d'argent.

Ce regard brûlait… la bouche, les seins, *les lèvres du sexe* de Victoria. Elle s'efforça de trouver quelque chose à dire pour éviter de se noyer dans ce regard et la chaleur qu'il engendrait.

— Quel genre de femme M. Gabriel préfère-t-il ?

— M. Gabriel préfère… ce que tous les hommes préfèrent, répondit la modiste en lissant habilement son mètre le long de la cuisse de Victoria.

En dépit de son apparente désinvolture, Mme Renée savait très bien ce qu'elle faisait. À Victoria.

À Gabriel.

Ses doigts s'écartèrent soudain de la cuisse et de la cheville de Victoria. Le crissement de la mine de crayon tira un nouveau frisson à la jeune femme.

Dans le miroir, les yeux d'argent la mettaient au défi de poursuivre son interrogatoire.

Jusqu'où pousserez-vous ce jeu, mademoiselle ?

Un peu plus loin, se dit Victoria.

— Et que préfèrent-ils donc, madame Renée ? demanda-t-elle d'une voix chancelante.

Le métal du mètre pressa en haut de sa jambe gauche. Il lui parut glacé.

— Les hommes aiment se sentir désirés.

Les yeux d'argent suivirent les doigts de Mme Renée – l'intérieur de la cuisse de Victoria, le galbe du mollet.

— Se sentir désirés autant pour ce qu'ils sont que pour leur sexe, expliqua Mme Renée. Les hommes, mademoiselle, veulent être aimés. Tout comme nous autres femmes souhaitons l'être, *n'est-ce pas** ?

La modiste se releva aussi souplement qu'elle s'était agenouillée.

— Maintenant, relevez vos cheveux, *s'il vous plaît**.

Victoria éleva lentement les bras et souleva ses cheveux afin de les empiler sur sa tête.

Ils étaient froids, lourds et mouillés.

Ses seins étaient froids, lourds et enflés.

Le regard qui la suivait était froid, pesant et… mortel.

Je suis le propriétaire, affirmait ce regard. Un prostitué, mettait-il en garde. Un tueur.

— Comment une femme aime-t-elle un homme, madame ? L'embrasse-t-elle, pour lui montrer qu'elle le désire ?

L'air crépita d'électricité.

— Suce-t-elle ses tétons pour lui donner du plaisir ? L'accueille-t-elle dans son corps pour lui prouver qu'il n'est pas seul au monde ?

— Le corps d'un homme n'est pas si différent de celui d'une femme, mademoiselle, répliqua Mme Renée. Ils apprécient autant les attentions que nous.

Victoria eut l'impression que l'air se raréfiait dans la pièce.

— Une femme, mademoiselle, ne doit pas craindre d'explorer le corps d'un homme pour découvrir ce qui lui plaît.

Michael et Gabriel avaient été amis.

La clef de Gabriel, se dit Victoria, résidait dans cette amitié.

— M. Michael est-il aussi bien pourvu par la nature que Gabriel ? s'enquit-elle audacieusement.

Elle allait trop loin, l'avertirent les yeux d'argent.

Tous les nerfs de Victoria acquiescèrent.

— On prétend qu'ils sont tous deux montés comme des étalons.

Le mètre ruban se déploya le long de sa colonne vertébrale jusqu'à sa taille, puis la chaleur des doigts de la modiste disparut.

Les battements de cœur de Victoria étaient si puissants qu'ils faisaient frémir ses seins.

Il n'y avait rien que Gabriel ne puisse voir, d'où il était – le soulèvement de sa poitrine, ses aisselles découvertes, ses côtes trop saillantes, les os pointus de son bassin, le sombre triangle entre ses cuisses.

Les lèvres d'un rose poudré, juste en dessous.

Le désir la tenaillait.

Gabriel et la modiste en avaient-ils conscience ?

— Un homme doit-il nécessairement être « monté comme un étalon » pour satisfaire une femme ? demanda Victoria.

— Non. Mais on n'attend pas d'un homme qui se prostitue les proportions d'un homme ordinaire. Les femmes ne veulent pas payer pour *une bite** qui n'excède pas la longueur de leurs doigts, mademoiselle.

Une bite.

Victoria comprit parfaitement le terme employé par la modiste.

Gabriel utilisait-il ce mot ?

Avait-il parlé français aux femmes qui avaient acheté ses services… ou bien anglais ?

— Quelle taille doit-elle faire, madame, pour que son possesseur mérite d'être comparé à un étalon ?

Victoria sentit le mètre de la couturière se plaquer contre son épaule gauche et les doigts de Mme Renée imprimèrent une légère pression au fur et à mesure de leur progression tandis qu'elle comptait à voix haute.

— Un… trois… cinq centimètres…

Les ongles acérés effleuraient sa peau. Au creux de son ventre, Victoria sentait une douce palpitation accompagner la progression de la mesure.

— Dix… quinze… vingt… disons vingt-deux centimètres…

Son souffle se bloqua dans sa gorge. Dans le miroir, l'image du membre d'un homme se superposa aux yeux d'argent – celui de Gabriel : vingt-deux centimètres de long…

— Vingt-deux centimètres, mademoiselle, c'est à peu près ce qu'il faut pour être comparé à un étalon, déclara Mme Renée d'un ton péremptoire, avant d'achever de prendre sa mesure en silence.

Quand elle écarta son mètre, la vision du membre d'un homme en érection, des doigts de la modiste et de son mètre de couturière se mêlèrent dans l'esprit de Victoria.

Les yeux d'argent ne s'étaient pas détournés.

Et la palpitante mesure que venait d'effectuer Victoria dans le secret de sa chair s'y reflétait.

Gabriel avait dit mesurer *plus* de vingt-deux centimètres.

Avait-il voulu dire un peu plus ou beaucoup plus ?

— Un homme vous a-t-il jamais suppliée de lui apporter le soulagement, madame ? demanda Victoria, tendue à craquer.

Le regard de Gabriel se figea, soudain glacé.

— Un homme qui se prostitue, mademoiselle, donne et reçoit du plaisir, répondit la modiste en notant ses mesures, apparemment peu concernée par le sens de la question de Victoria. Et plus il y a de plaisir, mieux c'est, *n'est-ce pas** ?

— Un... Un client vous a-t-il jamais poussée à supplier, madame ? s'enquit Victoria, la gorge nouée.

— Non, non, ne bougez plus, mademoiselle. Plus qu'une dernière mesure. *Voilà**.

Victoria observa la plus parfaite immobilité tandis que le ruban de la couturière enserrait sa gorge.

— Quand il y a du respect et de l'affection, déclara Mme Renée, son souffle chatouillant le dos de Victoria, un homme et une femme peuvent crier de plaisir de plus de mille façons.

Elle libéra la gorge de la jeune femme, avant de faire courir son crayon sur le papier.

Dans le miroir, les yeux d'argent soutenaient toujours le regard de Victoria.

— Et quand il n'y a ni respect ni affection ? s'enquit-elle.

— C'est le viol des sens.

Mme Renée recula.

— La séduction, mademoiselle, c'est l'art d'agacer les sens. L'art de peindre des images claires avec des mots. De susciter l'impatience d'un baiser... d'une caresse... d'un enlacement... N'est-ce pas, monsieur Gabriel ?

— Oui, madame Renée, répondit celui-ci d'un ton neutre.

Les images que venait délibérément d'évoquer la modiste affleuraient sous la glace de son regard. Un baiser, une caresse, un enlacement...

Victoria imagina Gabriel l'embrassant, la caressant, la pénétrant...

La modiste avait réussi à les amener l'un et l'autre à affronter leurs désirs.

— Je ferai livrer les toilettes de mademoiselle au plus tôt, monsieur, déclara Mme Renée, visiblement très satisfaite du tour qu'elle venait de leur jouer. *Au revoir**, mademoiselle.

Dans le miroir, Victoria regarda s'éloigner la tournure de Mme Renée, oscillant au gré de ses déhanchements.

Gabriel s'écarta soudain de son champ de vision et la Française franchit le seuil, laissant derrière elle un homme entièrement vêtu qui refoulait ses désirs et une femme nue qui venait de faire ouvertement étalage des siens.

Victoria laissa retomber ses bras, et ses cheveux humides cascadèrent le long de son dos. Quand elle pivota sur elle-même, sa chevelure se rabattit sur son épaule.

Gabriel se tenait près de la porte. Victoria réalisa que les ombres qui creusaient son visage étaient en fait un début de barbe, de la même couleur que ses sourcils – châtains au lieu de blonds.

Il portait la même chemise que la veille, aussi froissée que s'il avait dormi avec. Une toison de poils de la même couleur que sa barbe émergeait de l'encolure.

Le regard de Victoria s'attarda sur ces boucles – et elle imagina le frisson que leur frôlement ne devait pas manquer de provoquer sur la gorge d'une femme...

Par un étrange enchaînement d'idées, elle repensa à la cabine de douche aux parois de cuivre. Les deux jets inclinés vers le bas s'étaient trouvés à hauteur de ses hanches, de son sexe...

Son clitoris palpita, et elle redressa vivement la tête.

Le regard d'argent attendait le sien.

— Les jets de massage hépatique ne sont pas à hauteur du foie, déclara-t-elle de but en blanc.

Il ne fit pas semblant de ne pas comprendre.

— En effet.

Victoria repensa au public respectable qu'elle avait vu admirer les baignoires et les douches au Crystal Palace. Ces gens savaient-ils que le jet censé masser le foie servait en fait à masser les parties génitales ?

Ses yeux se posèrent instinctivement sur l'entrejambe de Gabriel.

— Ce jet agit-il comme un stimulant sur les hommes ?

La soie noire de son pantalon frémit.

— Son action stimulante est surtout appréciée des femmes, répondit-il posément.

— C'est pourtant votre douche qui dispose de cet accessoire.

— Le modèle est ainsi conçu.

— L'homme sur qui vous avez enchéri... était-ce Michael ?

Une telle tension émana de Gabriel que Victoria sentit ses cheveux se dresser sur sa nuque.

— Non, répliqua-t-il poliment. L'homme qui a fait monter les enchères n'était pas Michael.

— Mais Michael se trouvait dans la salle, insista-t-elle.

— Michael était effectivement dans la salle, acquiesça-t-il d'un ton léger.

Il n'y avait aucune légèreté dans son regard.

Les deux anges...

— Celui sur qui vous avez enchéri... est-ce l'homme que vous suspectez de m'avoir envoyée vers vous ?

— Oui.

— *Si je n'avais pas enchéri, mademoiselle, votre mort aurait été plus affreuse que celle causée par le sublimé corrosif.*

Le soulèvement rapide de la poitrine de Victoria démentait son calme apparent.

— Est-ce lui que vous suspectez de vouloir ma mort ? s'enquit-elle.

— Oui, et il parviendra à ses fins si je ne vous protège pas.

Mais il n'était pas certain de pouvoir la protéger.

— Depuis combien de temps nous écoutiez-vous ? demanda Victoria, peu désireuse de se laisser gagner par la peur.

— Depuis assez longtemps, mademoiselle.

Assez longtemps pour quoi ?

— Les hommes désirent-ils être aimés ?

— Je ne saurais le dire, mademoiselle, se défila-t-il.

— Vous référez-vous à votre... membre viril... comme à une *bite** ?

L'éclairage électrique était trop vif.

— Non, mademoiselle, répondit-il sans ciller face à son impertinence. Je m'y réfère comme à ma « queue ».

— Entrez-vous en érection quand vous êtes avec une femme ?

— Je n'ai pas été avec une femme depuis quatorze ans.

— Je ne suis pas ignorante, monsieur. Je sais qu'il n'est pas nécessaire qu'un homme ait un rapport sexuel avec une femme pour entrer en érection.

— Peut-être serait-il préférable de me demander si j'entre en érection quand je suis avec un homme, mademoiselle, déclara Gabriel d'un ton dangereusement provocant.

La froideur de son regard coupa le souffle à Victoria.

— Est-ce le cas ? s'enquit-elle courageusement.

Il s'avança vers elle.

Victoria sentit son cœur se serrer.

Gabriel s'arrêta devant la cheminée.

Il s'accroupit, attrapa la pelle de métal noir sur le serviteur de cheminée et écarta les cendres du feu de la veille. Puis il tendit le bras, prit une bûche dans le seau de cuivre, une deuxième, une troisième, sa chemise tendue révélant le jeu de ses muscles au gré de ses mouvements, et les disposa dans l'âtre.

Il se cachait.

Victoria le savait, car elle avait passé toute sa vie à se cacher.

— Comment se fait-il que Mme Renée utilise l'expression *voir les anges** pour se référer à l'orgasme, alors que vous utilisez celle de *la petite mort** ?

Gabriel se redressa, plongea la main dans une coupe d'obsidienne placée sur le manteau de la cheminée, et reprit sa position accroupie, les genoux largement écartés.

Son pantalon de soie noire moulait ses fesses, petites et fermes.

Le craquement sec d'une allumette s'éleva et une odeur de soufre atteignit les narines de Victoria. Une petite flamme jaune mordilla le bord d'une bûche, puis ondoya, orange et bleu.

Victoria réalisa soudain qu'elle ne pouvait pas décemment rester nue en sa présence. Elle se retourna et se dirigea vers sa robe qui gisait toujours sur le sol.

— Si vous vous avisez de ramasser ce chiffon, mademoiselle, je vous le reprendrai.

Elle s'immobilisa. Reflétés par la psyché, les yeux d'argent se trouvaient juste au-dessus des siens – Gabriel s'était silencieusement redressé et retourné.

— Vous vouliez savoir si j'entre en érection quand je suis avec un homme.

Sa voix ne trahissait aucune émotion.

— Oui, souffla Victoria.

— Tournez-vous vers moi, mademoiselle, si vous voulez entendre la vérité.

Victoria pivota lentement, redressa le dos et affronta son regard, aussi lisse que le miroir qui se trouvait derrière elle.

— Un homme, mademoiselle, n'a pas besoin d'éprouver du désir pour avoir un rapport sexuel. Pour cela, il lui suffit d'avoir le manche raide.

Bite. Queue. *Manche.*

— Je ne comprends pas, dit-elle.

— Le contact des mains de Mme Renée vous a excitée.

— Comment osez-v…

— Parce que vous imaginiez que c'était *moi* qui vous touchais.

Oui.

Elle garda le silence.

— Les organes sexuels, mademoiselle, fonctionnent comme des appareils, déclara-t-il d'un ton cynique. Si vous tournez un robinet, l'eau coule. Peu importe que ce soit un homme ou une femme qui l'actionne.

Si tel était le cas, pourquoi son regard était-il aussi morne ?

— Vous disiez qu'il n'est pas nécessaire qu'un homme ressente des émotions pour… pour accomplir l'acte sexuel.

— Absolument.

— Et que… la copulation n'est qu'une sorte de réflexe, un simple lien de cause à effet.

— C'est cela même.

Victoria se força à soutenir son regard.

— Cela signifie-t-il que vous n'aviez pas d'orgasme quand vous étiez avec… un client ?

— Non, mademoiselle, ce n'est pas ce que j'ai voulu dire.

— *Et quand il n'y a ni respect ni affection ?*

— *C'est le viol des sens*, avait répondu Mme Renée.

— Si votre queue, monsieur, ne différait pas d'un appareil mécanique, vous ne craindriez pas de toucher une femme.

Une ombre passa dans ses yeux.

Une seule chose pouvait avoir éveillé cette ombre.

Si Victoria persistait dans cette voie, elle ne pourrait pas reculer.

Et s'il la tuait à cause de ce qu'elle s'apprêtait à dire, elle ne pourrait pas le lui reprocher.

Mais il y a bien pire que la mort.

Vivre sans le réconfort d'un contact humain est pire que la mort.

Victoria le savait, car elle s'était privée de ce réconfort pendant dix-huit ans.

Elle dit ce qui devait être dit.

— L'homme qui vous a violé…

L'avertissement qu'elle lut dans ses yeux lui perça le cœur comme poignard, mais ne suffit pas à l'arrêter.

— … il vous a fait jouir.

Victoria fut vaguement surprise de constater que les flammes de l'âtre continuaient à crépiter, qu'elles ne s'étaient pas pétrifiées sous le regard glacial de Gabriel.

— Il a su convertir la douleur extrême en plaisir extrême.

Les pupilles de Gabriel avaient dévoré l'iris de ses yeux.

— Vous avez aimé ce qu'il vous a fait, commenta la jeune femme.

10

— Et vous ne vous le pardonnerez jamais, ajouta Victoria d'un ton vibrant de conviction.

Gabriel préféra se concentrer sur le rythme auquel sa poitrine se soulevait plutôt que sur les souvenirs que ses paroles éveillaient.

Il pouvait la tuer. Elle le savait.

Ou il pouvait laisser le deuxième homme s'en charger. Elle savait cela aussi.

Elle avait peur. Mais elle ne se réfugiait pas derrière sa peur.

C'était la seule personne qui ait jamais osé le confronter à son passé.

Où diable le deuxième homme l'avait-il dénichée ?

Gabriel se rapprocha d'elle à pas mesurés. Elle ne recula pas.

La veille, ses cheveux étaient aussi ternes que sa cape. Ils étincelaient à présent sous l'éclairage électrique, tel un casque froid, humide et lisse.

Il pouvait sentir la chaleur de son corps nu. Voir son reflet dans ses yeux bleus – tour à tour troubles de peur et brillants de désir. Il percevait l'odeur de son savon sur sa peau, de son shampoing dans ses cheveux.

Gabriel s'accroupit pour ramasser sa robe.

Son regard se retrouva au niveau de son bassin.

La toison pubienne de Victoria était sombre et bouclée. Les lèvres de son sexe du même rose que ses mamelons.

Moites. Gorgées de désir.

Et il ne l'avait même pas touchée.

Maudite Mme Renée…

La curiosité de Victoria irait croissant. Tout comme celle de Gabriel.

Elle se demanderait quel effet cela ferait de l'accueillir en elle, centimètre par centimètre… Il se demanderait quel effet cela ferait de posséder sa chair, s'élargissant au gré de sa progression sur un… deux… cinq… dix… quinze… vingt-deux centimètres…

Il se demanderait à quoi ressembleraient ses cris – de douleur quand elle perdrait sa virginité, puis de plaisir quand elle jouirait pour la première fois.

Il se demanderait ce qu'il devrait faire pour que Victoria le supplie…

Gabriel se raidit.

— Oui, mademoiselle Childers, cet homme m'a fait jouir, admit-il avec une froideur délibérée. Tout comme vous avez pris plaisir à lire ces lettres écrites par un homme qui vous terrorise.

Gabriel lui tourna le dos – il n'aurait su dire quand il s'était risqué pour la dernière fois à tourner le dos à quiconque – et jeta sa robe au feu.

Une fumée grise s'éleva dans la cheminée.

Si Victoria tentait de récupérer sa robe, il l'en empêcherait.

Il n'avait pas envie de lui faire mal, mais il le ferait s'il le fallait.

— Vous n'avez pas le droit de détruire ma robe, se contenta-t-elle de déclarer sèchement.

Le droit…

Les prostituées n'ont aucun droit.

Une flamme bleue lécha une manche de lainage brun, puis mourut.

— Vous avez passé assez de temps dans les rues pour savoir que le droit appartient au plus fort, assena-t-il.

— Et vous êtes plus fort que moi.

Un accent de colère teintait la voix de Victoria.

Elle n'aimait pas s'en remettre à un homme.

Gabriel ne savait que trop bien ce que ressent celui qui est sans défense.

— Oui, mademoiselle Childers, acquiesça-t-il. Je suis plus fort que vous.

Une odeur nauséabonde de laine brûlée se répandait dans la chambre.

Les yeux bleus de Victoria lancèrent des flammes.

— Je n'ai pas d'autre vêtement.

Gabriel pouvait au moins remédier à cela.

— Mme Renée en fera livrer très vite.

Velours. Soie. Satin…

Victoria releva le menton, mettant ainsi en évidence ses lèvres gercées, ses pommettes trop saillantes, la ligne vulnérable de sa mâchoire.

— Je ne veux pas de votre charité.

Non, une femme comme elle ne voulait pas de la charité.

— Que voulez-vous ? demanda doucement Gabriel, devinant sa réponse.

Elle voulait le plaisir qu'un ange pouvait lui donner. Voir les anges. Mais voudrait-elle de la souffrance qu'un ange pouvait offrir ? La petite mort ?

— Vous avez dit que vous m'aideriez à trouver une place de gouvernante, lança-t-elle.

Gabriel ne répondit pas.

Il ne voulait pas la voir travailler chez un autre homme, obéir à son épouse, s'occuper de ses enfants.

Une tension s'éleva entre eux.

Peur. Désir.

La lumière électrique révélait les reflets auburn de ses cheveux.

— Je ne crois pas que les toilettes conçues par Mme Renée puissent convenir à une gouvernante.

Gabriel eut envie de caresser ses cheveux, de sentir un frisson passer sur la peau qui se trouvait dessous.

Elle ne survivrait pas à la rue, et encore moins au deuxième homme.

Survivrait-elle à Gabriel ?

Il était temps de le découvrir.

— Mais vous n'étiez pas destinée à devenir gouvernante, n'est-ce pas, mademoiselle Childers ?

Victoria lut dans ses yeux qu'il l'avait percée à jour.

Lorsqu'elle redressa les épaules, Gabriel eut le regret de constater que ses pointes de seins avaient perdu leur dureté.

— Comment avez-vous découvert qui était mon père ?

— Les archives publiques sont de merveilleuses institutions, mademoiselle. Les dates de naissance et de mort des gens bien nés y sont scrupuleusement notées pour l'édification du public.

Victoria le dépassa d'un pas raide, ses fesses ondulant gracieusement.

Gabriel l'observa entre ses yeux plissés.

Elle écarta la courtepointe de soie bleu pâle du lit et s'en enveloppa maladroitement.

Pour se cacher d'un passé qu'elle refusait d'admettre.

Gabriel écouta le bruissement de la soie. Une braise éclata dans l'âtre. Il attendait qu'elle ait recouvré son courage.

Il n'eut pas longtemps à attendre.

Lentement, le carré de soie bleue noué sur la poitrine, Victoria Childers – la fille de sir Reginald Fitzgerald, un des hommes les plus riches d'Angleterre – se retourna pour lui faire face.

— Mon père ne paiera pas pour que vous me rendiez à lui, déclara-t-elle d'un ton de dignité tranquille.

Gabriel la crut.

— Je n'ai pas l'intention de vous rendre à lui, répliqua-t-il.

— Il ne paiera pas non plus pour que vous gardiez le silence sur mon… mon écart de conduite.

Une veine s'était mise à palpiter à la base de sa gorge.

Elle avait un cou gracieux. Long. Souple.

Sa chair pâle devait marquer facilement.

— L'argent ne m'intéresse pas.

Gabriel possédait plus d'argent qu'il n'aurait jamais le temps de le dépenser.

Victoria ne le crut pas.

— Pourquoi vous êtes-vous donné la peine de vous renseigner sur ma parenté, si ce n'est pour exercer un chantage ? Le chantage est le prix du péché, n'est-ce pas ?

Entendre des paroles aussi cyniques sortir de sa bouche le laissa un instant interdit, sans le déstabiliser pour autant.

— Auriez-vous péché, mademoiselle ? s'enquit-il d'un ton amusé.

Victoria le défia du regard.

— Pas encore.

Gabriel sentit ses testicules se contracter.

De colère. De désir.

Il ne pouvait pas la toucher. Mais il ne laisserait pas un autre que lui la toucher.

Pas tant qu'elle demeurerait sous sa protection.

— Il se peut que votre père soit indirectement lié à l'homme qui vous a envoyée ici, suggéra-t-il.

Il l'entendit retenir son souffle.

— Vous ne pouvez pas envisager cela, affirma-t-elle.

— Vraiment ?

Gabriel ne savait plus lui-même ce qu'il envisageait.

— *Je crois que tu es bien plus vulnérable que tu ne le penses*, avait dit Michael. *Et je crois aussi que mon oncle le savait.*

Le deuxième homme le savait-il ?

— Non, vous ne le pouvez pas, insista Victoria avec emphase.

La peur, le désir et la colère qui bouillonnaient dans les veines de Gabriel trouvèrent une issue.

Il n'avait pas envie de désirer cette femme. Mais il la désirait quand même.

Et son désir le rendait vulnérable.

— Dans ce cas, mademoiselle, répliqua-t-il impitoyable, expliquez-moi ce que je dois penser d'un homme riche et jouissant d'une excellente réputation, qui permet à sa fille unique de se vendre afin de subvenir à ses besoins...

D'un homme qui ne se souciait même pas de savoir si elle était encore en vie.

L'émotion brouilla le regard de Victoria.

— Il ne sait pas que je suis ici.

— En êtes-vous certaine ? repartit Gabriel.

— Oui, tout à fait certaine, affirma-t-elle, ses doigts se crispant sur la courtepointe. Mon père n'a que faire d'une fille.

Le registre des naissances mentionnait un fils, Daniel Childers. Victoria avait un frère, de quatre ans son cadet.

Dans une société où les titres et les biens se transmettaient de père en fils, il était fréquent que les hommes préfèrent leurs fils à leurs filles.

Gabriel aurait voulu pouvoir épargner Victoria – il ne le pouvait pas.

Les secrets tuent.

— Comment cela est-il possible, mademoiselle Childers ? demanda-t-il, l'odeur de laine brûlée picotant ses narines. Pourquoi un père laisserait-il ainsi déchoir sa fille ?

Un élancement de douleur traversa Gabriel en écho à la souffrance de Victoria. Elle ne détourna pas le regard.

— Parce que mon père considère que toutes les femmes sont des putains, monsieur.

Elle était devenue gouvernante à l'âge de seize ans.

Soit son père l'avait mise à la porte, soit Victoria, pour échapper à l'autorité de celui-ci, avait préféré une vie de domestique à celle pour laquelle elle était née.

Il pouvait aussi y avoir une autre raison, mais Gabriel aurait préféré ne pas y penser.

Mais il ne pouvait pas l'ignorer.

— Il a pourtant bien épousé une femme, mademoiselle.

— Qui était une putain, répliqua Victoria en relevant le menton.

Les registres ne mentionnaient que des noms et des rangs.

— Votre mère fait partie de l'aristocratie, lui retourna-t-il sèchement.

— Mon père pense que les femmes naissent dans le péché, expliqua-t-elle, les yeux assombris d'une telle tristesse que Gabriel la sentit peser sur ses épaules. Ma mère l'a quitté quand j'avais onze ans. Pour un autre homme. Je suis comme elle. Je suis une putain.

L'émotion tue.

Pourquoi ne parvenait-il pas à empêcher les émotions de cette femme de l'atteindre ? Il offrit à Victoria le seul réconfort qu'il pouvait se permettre de lui offrir.

— Vous n'êtes pas une putain, mademoiselle.

— Si je n'étais pas une putain, pourquoi mon employeur m'aurait-il fait congédier ? Pourquoi m'aurait-il écrit ces lettres ? Pourquoi les ai-je lues ? Encore et encore ? Pourquoi ?

Le deuxième homme adressait un signe à Gabriel.

Il était là, quelque part, attendant que Gabriel le trouve.

Pour la première fois, il lui avait fourni une piste.

Gabriel ne pouvait pas laisser la jeune femme sans défense.

— Nous désirons tous quelque chose, Victoria, répondit-il à contrecœur.

Elle se figea sous la courtepointe de soie bleue.

La femme que lui avait envoyée le deuxième homme.

— Enfant, je désirais un lit pour dormir, dit-il.

La mère maquerelle lui en avait donné un.

— Quand je me suis prostitué, j'ai voulu réussir.

Pour ne plus jamais connaître la faim.

— Quand je suis devenu un homme, j'ai voulu connaître la passion d'une femme. Juste une fois, pour ressentir le plaisir que je donnais.

Le temps bascula.

Gabriel se souvint d'une chair soyeuse, frémissante de désir... Il se souvint de la saveur d'une femme, du parfum de son essence...

Un froissement de soie chassa tout souvenir d'autres femmes. Mais pas le souvenir de son désir.

Après toutes ces années, celui-ci n'était toujours pas mort.

Gabriel se concentra sur les yeux de Victoria, le corps de Victoria. Son parfum flottait dans la chambre malgré l'odeur de laine brûlée.

— Avez-vous connu ce plaisir ? questionna-t-elle doucement.

— Non.

La vérité.

Gabriel ne s'était jamais perdu dans le plaisir d'une femme.

La vérité aurait dû perdre son douloureux pouvoir – pourquoi le blessait-elle toujours autant ?

— Vous avez demandé à Mme Renée comment séduire un homme, dit Gabriel d'une voix lointaine. Je vais vous dire comment faire. Quand un homme a faim, nourrissez-le. Quand il souffre, offrez-lui l'espoir. Quand il n'a nulle part où aller, donnez-lui un lit où dormir. Pour séduire, il faut savoir créer l'illusion de la confiance. L'homme qui a écrit ces lettres vous a rendue dépendante de lui. Vous aviez faim, il a promis de vous nourrir. Vous aviez peur, il vous a promis le réconfort. Et lorsque vous n'aviez nulle part où aller, il vous a offert de partager son lit. Vous n'êtes pas une putain. Quand on n'a plus rien à perdre et tout à y gagner, il est très facile de succomber à l'attrait du sexe.

La fumée âcre qui s'échappait de la cheminée avait fait monter les larmes aux yeux de Victoria.

Il n'aurait pas dû brûler sa robe.

Il n'aurait pas dû tenter de la réconforter. On ne pouvait espérer aucun réconfort de la part d'un homme qui avait tué et qui n'hésiterait pas à recommencer.

Gabriel tourna le dos à Victoria et gagna la salle de bains, dont il referma la porte sur lui. Comme s'il cherchait à reconstruire en secret le rempart qui venait de s'écrouler en lui.

Un voile de buée gris pâle imprégnait l'air.

Victoria avait utilisé les toilettes – Gabriel releva la lunette et en fit autant.

Il aperçut sa culotte et ses bas, sagement étendus sur le porte-serviette.

Des gouttelettes d'eau étincelaient sur le rebord de marbre du lavabo.

Gabriel leva les yeux vers le miroir.

Émergeant des contours sinueux du voile de buée, deux yeux gris lui retournèrent son regard.

L'espace d'un instant, il crut y lire l'espoir.

Un espoir qui se recroquevilla sur lui-même et disparut, comme l'illusion qu'il était.

Incapable de respirer, Victoria contemplait la porte close.

Un léger clapotis traversa le vantail de bois.

Ses joues s'empourprèrent quand elle identifia l'origine de ce bruit.

Même un ange a besoin de se soulager.

L'impression d'irréalité que sa confession avait suscitée se dissipa, et elle fut à nouveau en mesure de respirer.

Elle rajusta le nœud de la courtepointe entre ses seins et quitta la pièce afin de respecter l'intimité de Gabriel.

Un plateau d'argent étincelait sur le marbre noir du bureau. Un arôme de jambon, d'œufs et de café lui parvint.

L'estomac de Victoria gronda.

— *Quand il a faim, nourrissez-le. Quand il souffre, offrez-lui l'espoir. Quand il n'a nulle part où aller, donnez-lui un lit où dormir*, se souvint-elle.

Gabriel l'avait nourrie et lui avait cédé son lit.

Il ne lui avait pas offert l'espoir, mais il s'était efforcé de la réconforter.

Séduction.

Illusion de confiance.

Il n'y avait qu'une seule tasse sur le plateau.

Victoria n'avait pas envie de manger seule.

Elle versa du café dans la tasse et en huma le délicieux parfum. Un pur nectar.

Un jour gris pénétrait dans la bibliothèque, conférant aux dorures des reliures un caractère d'invite.

Victoria aimait la présence des livres ; ils avaient toujours fait partie de sa vie.

Elle parcourut les titres des rangées de livres tout en tendant l'oreille, guettant le retour de Gabriel.

Un nom attira son attention : Jules Verne.

Voyage au centre de la Terre. Vingt mille lieues sous les mers. L'Île mystérieuse. Le Tour du monde en quatre-vingts jours...

Gabriel possédait plusieurs ouvrages de Jules Verne, à la fois en anglais et en français.

Son regard se promena sur le dos des reliures... Victor Hugo... George Sand... Shakespeare...

Chaque titre figurait à la fois en anglais et en français.

Oubliant le café, Victoria s'empara de l'édition française de *L'Île mystérieuse*, remarquant au passage que la version anglaise était nettement moins volumineuse, puis s'approcha de la fenêtre.

Dans quelle langue Gabriel préférait-il lire ? se demanda-t-elle.

Une vive lumière jaillit soudain du plafonnier.

Victoria cligna les yeux.

Elle n'eut pas besoin de tourner la tête pour savoir que c'était Gabriel qui venait d'allumer. Chaque parcelle de son corps devinait sa présence.

Il se tenait devant le divan de cuir bleu. Sa silhouette se détachait sur le soleil couchant et le scintillement de la mer de la toile qu'elle avait contemplée la veille. Son teint était légèrement rosi – il s'était rasé. Un pardessus de laine noire et une redingote grise à fines rayures drapaient son bras droit. Une cravate de soie écarlate ceignait le col de sa chemise empesée. La coupe de son gilet et du pantalon, assortis à sa redingote, s'adaptait idéalement à son corps. Il tenait de la main droite une canne d'argent ; de la gauche, un chapeau melon.

Il n'y avait plus trace de l'homme qui avait partagé ses désirs avec elle. Ne demeurait plus qu'un homme élégant et rasé de frais.

Vingt-quatre heures plus tôt, Victoria l'aurait pris pour le type même du parfait dandy.

Une erreur qu'elle ne commettrait plus à présent.

Gabriel était élégant. Gabriel était beau.

Mais Gabriel était surtout dangereux.

— Ne restez pas près de la fenêtre, ordonna-t-il sèchement. Et tirez les rideaux.

Victoria ne bougea pas.

— Personne ne peut me voir.

— Pas plus que vous ne verrez l'homme qui vous tiendra dans sa ligne de tir, mademoiselle, répondit suavement Gabriel. Peut-être distinguerez-vous un éclair de lumière quand il pressera la détente, peut-être pas. Une chose n'en demeure pas moins certaine : vous n'entendrez pas la détonation. Car vous serez déjà morte.

Le danger de se faire tirer dessus par un homme qu'elle n'avait jamais vu n'était pas réel ; l'homme qui se tenait en face d'elle l'était.

— Vous sortez, repartit Victoria d'un ton égal. Qui empêchera qu'on vous tire dessus ?

Gabriel laissa tomber manteau, canne et chapeau sur le divan qui lui avait tenu lieu de lit, se pencha et ramassa un holster de cuir. Il souleva ensuite un coussin et produisit un pistolet.

— Personne ne me tirera dessus.

Le canon du pistolet était d'un noir bleuâtre et terne.

Victoria le reconnut. C'était le pistolet qu'il avait caché la veille sous la serviette de soie blanche. Celui avec lequel il l'avait menacée.

Victoria s'écarta de la fenêtre, les jambes tremblantes. L'estomac chaviré.

— Vous sortez dans l'intention d'aller le trouver.

Et de le tuer.

L'écho des mots qu'elle n'avait pas prononcés plana entre eux.

— Oui.

Gabriel passa le holster sur son épaule et le boucla autour de ses côtes.

Victoria sentit des larmes picoter ses yeux et les refoula – elle ne voulait pas avoir peur, ni pour elle ni pour Gabriel.

— La femme qui m'a parlé de La Maison de Gabriel m'a dit qu'il en avait existé une autre, avant l'ouverture de celle-ci. Et qu'elle avait brûlé. Celui que vous cherchez est-il responsable de cet incendie ?

— Non, répondit Gabriel en glissant son arme dans le holster, son geste sûr révélant une longue expérience. C'est moi qui y ai mis le feu, ajouta-t-il en se redressant pour lui faire face après avoir ramassé sa redingote.

Victoria prit une profonde inspiration et le nœud qui retenait la courtepointe se tendit.

Les yeux gris de Gabriel la mettaient au défi de poser la question qui s'inscrivait dans sa tête en lettres de feu.

Pourquoi ?

— Vous possédez une version anglaise et française de chacun de vos livres, dit-elle à la place. Dans quelle langue préférez-vous lire ?

— J'ai appris à lire en anglais. J'espère pouvoir un jour lire le français avec autant de plaisir.

Les doigts de Victoria se crispèrent sur le cuir souple de la reliure.

— Qui vous a appris à lire en anglais ?

— Michael.

— Michel... Michael est donc anglais ?

— Oui.

— Mon père n'est jamais venu dans votre établissement, n'est-ce pas ? demanda-t-elle de but en blanc.

Le choc qu'elle avait ressenti la veille en découvrant ces hommes et ces femmes respectables – dont certains avaient été en relation avec son père – hantait encore son esprit.

— Non, votre père n'est jamais venu chez moi.

Victoria le crut.

— Mon père ne chercherait jamais à me faire du mal, déclara-t-elle fermement.

Dans l'intention de convaincre qui ? Gabriel ?

Ou elle-même ?

— Pas même pour protéger sa réputation ?

— Je crois que le simple fait de me savoir ici suffirait à assouvir son désir de vengeance, expliqua-t-elle d'un ton d'évidence.

Et, pour une fois, l'énoncé de la vérité ne s'accompagna d'aucune souffrance.

Elle avait renoncé à la protection de son père quand elle avait seize ans, en ayant conscience du prix qu'elle devrait payer. Elle ne reviendrait jamais en arrière.

— Et votre frère ?

La question de Gabriel lui coupa le souffle et ses ongles s'enfoncèrent dans la reliure de cuir sans qu'elle s'en rendît compte.

— Comment savez-vous que j'ai un frère ?

Quelle question stupide. Les registres des archives, évidemment.

— Je sais aussi qu'il a trente ans, mademoiselle, enchaîna-t-il sans chercher à dissimuler le mépris que son frère lui inspirait. Qu'il est donc un homme et parfaitement capable de subvenir aux besoins de sa sœur. Chose qu'il n'a pas faite…

Victoria redressa le menton.

— Mon frère n'est pas au courant de ma situation.

— Et pourquoi cela ?

— Il s'est enfui quand il avait douze ans.

— Et il ne s'est jamais soucié de revenir voir comment sa sœur se portait ?

La colère qui teintait la voix de Gabriel la prit un instant de court.

Son frère s'était soucié d'elle… trop soucié d'elle.

— Mon frère a fui à cause de moi, répliqua-t-elle, le souvenir obscurcissant son regard. Je ne lui en ai pas voulu.

Pourtant Victoria en voulait à son frère.

Elle lui en voudrait *toujours*.
— Pourquoi s'est-il enfui, mademoiselle Childers ?
L'estomac de Victoria se contracta.
— Mon père avait puni Daniel, dit-elle à contrecœur.
Son père avait souvent puni Daniel, omit-elle d'ajouter.
Gabriel serait horrifié, lui souffla la Victoria d'avant.
Gabriel *devait* savoir la vérité, souffla la nouvelle Victoria.
Gabriel attendit, laissant la jeune femme libre de son choix.
Elle se reporta en esprit dans le passé…
— J'avais entendu Daniel pleurer, tard dans la nuit, alors je suis allée dans sa chambre et j'ai grimpé dans son lit – pour le consoler, précisa-t-elle, tout en se détestant de ressentir le besoin de se justifier après toutes ces années. Il s'est endormi contre moi et je me suis endormie en le serrant dans mes bras. C'est mon père qui nous a réveillés.
Victoria fut incapable de juguler sa souffrance et sa colère.
— Il nous a accusés de… de nous vautrer dans le péché. Mon père ne comprend pas, ajouta-t-elle après une douloureuse déglutition, qu'on puisse aimer et toucher quelqu'un sans ressentir de désir charnel.
— Et c'est à la suite de cela que vous êtes devenue gouvernante, dit Gabriel.
— Oui.
— Et que vous avez aimé les enfants d'autres femmes…
— Tous les enfants ne sont pas forcément aimables… l'interrompit Victoria.
— … parce que vous manquiez de confiance en vous face aux hommes, acheva Gabriel.
Victoria ne pouvait pas fuir la vérité plus longtemps.
Au loin, Big Ben sonna deux fois.
— Le désir est parfaitement naturel, mademoiselle, déclara-t-il, ses yeux lançant des éclairs argentés. Votre père a retourné son désir contre vous. C'est lui qui est fautif, pas vous.

Victoria se représenta un petit garçon en quête d'un lit où dormir... un adolescent en quête de succès pour ne plus jamais être pauvre... un jeune homme en quête du plaisir qu'il accordait aux autres...

— C'est l'homme qui s'est servi de votre désir contre vous qui est fautif, monsieur, rétorqua-t-elle d'un ton vibrant de compassion. Pas vous.

Il recula la tête comme si Victoria l'avait giflé.

Elle attendit qu'il admette la vérité.

Gabriel passa les bras dans les manches de sa redingote, puis se retourna pour ramasser son pardessus, sa canne et son chapeau.

Victoria aperçut un homme brun qui montait la garde devant la porte.

Gabriel ne prit pas la peine de le saluer.

La jeune femme croisa le regard sombre et curieux de l'homme, puis la porte se referma sur Gabriel.

Laissant Victoria seule.

Elle se sentit soudain morte de faim.

Elle s'assit sur le fauteuil, plaça le livre de Jules Verne à portée de main et souleva la cloche d'argent du plateau.

Un liseré bleu cernait l'assiette de porcelaine blanche.

Victoria mangea avec plaisir. Une fois qu'elle eut avalé le dernier morceau d'œufs au jambon et la dernière miette de croissant, elle replaça la cloche sur l'assiette et porta le plateau jusqu'à la porte.

L'homme brun – plus jeune que Gabriel d'au moins dix ans – pivota vers elle, revolver au poing.

— Vous direz de ma part au chef que le petit-déjeuner était délicieux, déclara-t-elle en lui tendant le plateau comme si elle n'avait pas vu son arme.

Les yeux sombres étudièrent la courtepointe de soie bleue qui dénudait une de ses épaules.

Une lueur malicieuse passa dans son regard.

— Merci, madame, dit-il en rangeant son arme sous sa veste, avant de prendre le plateau en souriant. Pierre sera ravi.

Il s'exprimait d'une voix douce et cultivée qui ne manquait pas de charme. Pas plus que son propriétaire, d'ailleurs, réalisa Victoria.

— C'est moi qui vous remercie.

Elle hésita un instant, honteuse de la requête qu'elle s'apprêtait à formuler. Elle ne risquait pourtant pas de choquer quiconque dans La Maison de Gabriel.

— Ayez l'obligeance de faire savoir à Pierre que la présence d'une soucoupe de préservatifs, sur le plateau de mon prochain repas, serait très appréciée…

11

L'air de Londres était humide et glacé. Une brume jaunâtre enveloppait la ville.

Gabriel balançait nonchalamment sa canne d'argent.

La chasse était ouverte.

Il savait où aller, mais ignorait si l'homme qu'il recherchait y serait.

Gabriel trouva facilement la maison. Elle faisait face à un parc.

Des voix enfantines transperçaient la lueur laiteuse qui pesait sur Londres. Des enfants jouaient pendant que leurs nurses papotaient entre elles.

Dans le brouillard, personne ne ferait attention à lui, et si quelqu'un remarquait sa présence, il serait incapable de l'identifier.

— Cireur pour un penny, m'sieur, proposa une voix enrouée.

Gabriel baissa les yeux sur un mioche de six ans qui en paraissait soixante-six. Il le laissa cirer ses chaussures.

Il ne pensait pas à ses chaussures.

Il ne pensait pas à l'homme qu'il pourchassait.

Il pensait à Victoria.

Elle songeait à sauver un ange…

Gabriel n'était pas un ange.

— *Comment une femme aime-t-elle un homme ?*

Michael aimait Gabriel. Ce lien avait détruit la vie de Gabriel.

Gaston prétendait que ses employés l'aimaient. Leur amour autorisait Gabriel à détruire leurs vies.

Aucune femme ne l'avait jamais aimé.

Il pria pour que les choses demeurent ainsi.

Le cireur s'assit sur ses talons pour que Gabriel puisse inspecter son travail. Un éclat bleu passa dans son regard d'enfant prématurément vieilli.

— *C'est l'homme qui s'est servi de votre désir contre vous qui est fautif, monsieur. Pas vous.*

Gabriel écarta son pied de la boîte à cirage et lança un florin au cireur.

La porte de la maison qu'il surveillait s'ouvrit.

Une femme accompagnée de deux petites filles descendit les marches du perron. La femme était vêtue d'un manteau terne et d'une coiffe de gouvernante, les fillettes portaient des chapeaux et des moufles en fourrure assorties.

La gouvernante passa une main au creux du bras de chacune des enfants dont elle avait la charge.

Victoria avait dit que tous les enfants n'étaient pas forcément aimables. S'était-elle entichée de ces deux fillettes ? se demanda vaguement Gabriel.

Pourrait-elle s'enticher des enfants d'un bâtard ?

Il attendit de voir si la gouvernante se dirigeait vers le parc. Oui.

La femme incita les fillettes à contourner Gabriel, puis leur fit franchir la grille du parc. La brume les enveloppa rapidement.

Un petit vendeur de muffins passa en braillant les mérites de ses produits.

Victoria n'avait pas pris son petit-déjeuner en sa présence. Avait-elle mangé après son départ ?

Gabriel acheta un muffin à la cannelle. À peine avait-il fini de le manger que la porte de la maison s'ouvrit à nouveau.

L'homme qui l'intéressait apparut sur le seuil.

Il tenait une canne d'acajou dans sa main droite.

Dans la main gauche de Gabriel, la canne à pommeau d'argent lui rappela de se méfier des apparences.

Gabriel traversa la rue, évitant de justesse un tas de crottin fumant quand il se faufila entre un omnibus et une charrette tirée par une mule.

L'homme descendit les marches du perron d'un pas tranquille, puis tourna vers le nord, dans la direction opposée au parc.

Le bruit de ses pas résonna dans le brouillard, bientôt rejoint par celui des pas de Gabriel.

Celui-ci passa sa canne dans sa main droite, plongea la main sous son manteau, sortit le revolver Adams de son holster et le garda caché sous le revers de son manteau.

L'homme commençait à presser le pas.

Un bobby se tenait au coin de la rue. Un cab approchait à vive allure, en direction de l'homme et de Gabriel.

L'homme leva le bras pour le héler.

Gabriel se vit contraint d'agir.

— Monsieur, monsieur ! lança-t-il en accélérant pour le rejoindre. Êtes-vous M. Thornton ?

L'homme s'arrêta et jaugea Gabriel d'un œil prudent, le bras toujours levé. Vêtu d'un costume strict, c'était un homme entre deux âges au teint pâle, au visage long et étroit, parsemé de taches de rousseur.

Il n'avait pas l'allure d'un type susceptible de terroriser une femme. Tandis que Gabriel avait l'allure de ce qu'il était : celle d'un homme qui avait tué et qui tuerait à nouveau.

— C'est moi, répondit l'autre, sur le qui-vive.

Première erreur.

Jamais une personne seule ne doit donner son nom à un étranger croisé dans la rue.

Gabriel profita impitoyablement de cette candeur.

— Votre fille Pénélope vient d'avoir un accident, monsieur. Sa gouvernante, miss Abercarthy, m'a demandé de vous prévenir.

La femme de l'agence de placement que David avait questionnée ne s'était pas fait prier pour répondre aux questions d'un aussi joli garçon.

M. Thornton baissa le bras, et les sabots du cheval qui tirait le cab continuèrent de claquer sur les pavés.

— Pénélope ! s'exclama-t-il, surpris. Que lui est-il arrivé ? Où est-elle ?

— Au parc, répondit Gabriel sans mentir, cette fois.

L'homme pivota vers le parc.

Le flot des véhicules s'était ralenti sur la chaussée et Gabriel n'eut aucun mal à traverser la rue au rythme d'un homme pressé de regagner les lieux d'un accident.

L'homme lui emboîta le pas sans réfléchir, et c'est ensemble qu'ils franchirent la grille du parc.

— Où est-elle ? répéta l'homme d'un ton anxieux.

Les voix enfantines s'élevaient toujours, emplissant le parc de leur chant insouciant.

— Passe, passe, passera, la dernière, la dernière…

— Par ici, dit Gabriel en s'engageant vers une nappe de brouillard particulièrement épaisse, à l'écart des enfants.

Thornton fonça dans le piège tête baissée.

Du pommeau de sa canne, Gabriel frappa violemment le torse de l'homme. Le coup le propulsa contre un tronc d'arbre, et le bruit que firent ses poumons en se vidant fut englouti par le chant des enfants. Son chapeau s'inclina sur son crâne, l'aveuglant d'un œil, et il lâcha sa canne.

Gabriel pressa le pommeau d'argent contre la trachée de l'homme, le clouant au tronc d'arbre, tout en braquant le canon d'acier bleui de son revolver contre son visage.

Thornton ouvrit la bouche aussi largement qu'il écarquilla les yeux.

— À votre place, j'éviterais de crier, Thornton.

Le souffle de Gabriel s'insinua dans la brume tel un serpent argenté. Il ne relâcha pas la pression du pommeau de sa canne.

— Vous n'avez pas envie que vos filles voient votre visage, une fois qu'une balle l'aura traversé.

— Oh, je ne vois pas pourq…

La voix de l'homme avait atteint une note hystérique. Son souffle se mêla à celui de Gabriel.

— Plus bas, l'avertit doucement celui-ci.

— Mon argent… il est dans mon manteau.

Le blanc de ses yeux était si visible que ses globes oculaires avaient pris l'aspect de deux petites lunes.

— Je peux vous payer… je suis riche…

Victoria avait cru que Gabriel voulait faire chanter son père.

Pendant une fraction de seconde, Gabriel souhaita que Thornton fût le père de Victoria. Il lui aurait montré le peu de cas qu'il faisait de l'argent.

— Je ne veux pas de votre argent, Thornton.

Ses yeux parurent sur le point de sortir de leurs orbites.

— Ne me tuez pas, je vous en supplie.

Victoria ne l'avait pas imploré de lui laisser la vie sauve.

Cet homme avait-il espéré qu'elle le supplierait de lui donner du plaisir ?

S'était-il introduit dans sa chambre pour y dérober ses petites culottes de soie à l'époque où celles-ci étaient encore blanches et douces ?

Gabriel jugula sa colère.

— Je ne vous tuerai pas si vous me dites ce que je veux savoir, assura-t-il d'une voix caressante.

Un coup de feu attirerait l'attention – pas une gorge écrasée.

— Tout ce que vous voudrez, monsieur, bredouilla l'homme. Je vous dirai tout ce que vous voulez savoir.

Il n'avait aucune fierté, aucune dignité. Rien qu'un titre de gentleman, fruit de sa naissance.

— Tout, Thornton ? s'enquit Gabriel de sa douce voix de séducteur.

— Oui… oui, s'empressa d'affirmer Thornton, l'œil brillant d'espoir.

Deuxième erreur.

L'espoir tue.

Il était temps de mettre fin à ce petit jeu.

— Dites-moi pourquoi vous terrorisez Victoria Childers.

L'homme cilla.

— Victoria Child... Mais pourquoi ? Elle ne travaille plus chez nous.

— Comment cela se fait-il ? modula Gabriel.

Le regard de l'homme passa nerveusement de droite à gauche.

— Elle... Elle... Ma femme l'a congédiée.

— Et pourquoi l'a-t-elle congédiée ?

— Elle... Victoria Childers flirtait avec moi...

Troisième erreur de la part de Thornton.

Un homme ne doit pas mentir lorsqu'il est confronté à la mort.

— Victoria Childers n'est pas le genre de femme à flirter, dit Gabriel en enfonçant légèrement la crosse de son pistolet dans la joue droite de Thornton – il sentit l'os sous le métal. Pourquoi avez-vous menti à votre femme ?

— Oh, je vous en prie...

— La vérité, Thornton, murmura Gabriel. Tout ce que je demande, c'est la vérité.

— Je... (L'homme tenta vainement de déglutir.) Je n'ai pas menti à ma femme.

— Vous prétendez que Victoria Childers a flirté avec vous, Thornton ? demanda Gabriel, son ton devenant dangereux.

L'homme ne commit pas de quatrième erreur.

— Non, non, je n'ai pas dit cela.

— Qu'est-ce que vous avez dit, alors ?

— Ma f-f-femme, bégaya-t-il. Ma femme est très jalouse.

— L'agence de placement vous adresse une nouvelle gouvernante tous les trois ou quatre mois, Thornton. Vous n'espériez tout de même pas que vos manigances passeraient inaperçues ?

— Je ne sais pas... Je ne sais pas de quoi vous parlez.

Le canon de l'arme s'enfonça entre ses dents à travers sa joue, lui interdisant de fermer la bouche. Son élocution se fit pâteuse.

— Ch'est ma femme qui em-hauche et congédie les gouhernantes.

Sa femme…

— Vous devez avoir un sacré petit harem, à présent.

Thornton commençait à réaliser à quel point Gabriel pouvait se révéler dangereux.

— Pitié, ne me… uez pas, supplia-t-il.

— Vous estimez que vous ne méritez pas de souffrir ? répliqua gentiment Gabriel, tout en se demandant ce que Thornton avait eu l'intention de faire à Victoria si celle-ci avait cédé.

Qu'en aurait-il fait, une fois qu'il en aurait eu fini avec elle ?

L'aurait-il livrée au deuxième homme après avoir abusé d'elle ?

— Che n'ai rien… fait, che vous dis.

— Victoria Childers a pourtant été renvoyée. Sans références. Vous ne laissez aucun autre choix à ces femmes que de s'en remettre à vous, n'est-ce pas, Thornton ?

Pour manger. Avoir un toit. Quelqu'un à aimer…

Il écarta légèrement le canon de son arme pour permettre à l'homme de parler distinctement.

— Je ne sais pas de quoi vous parlez. Je n'ai pas de harem. J'ai ma femme. C'est ma femme qui sait où s'en vont les gouvernantes. Elles ne s'en remettent pas à moi. Personne ne s'en remet à moi. Je ne sais pas ce que vous voulez. Je n'ai rien fait, je vous le jure !

La voix de l'homme vibrait de l'accent de la vérité.

Gabriel pressa plus violemment son arme contre sa joue. Il aurait un hématome le lendemain. Assorti à celui de sa gorge.

— Oh, che vous en chupplie, monsieur, échartez chette arme.

L'haleine de l'homme sentait le café. Un âcre relent d'ammoniaque la recouvrit.

Thornton avait uriné de peur dans son pantalon.

Un rire d'enfant s'éleva soudain. Lointain rappel de l'innocence.

Victoria avait dit que son employeur avait menti. Pour obtenir son renvoi.

Elle avait dit que son ancien employeur lui avait écrit les lettres. Pour la séduire.

— *Tu crois que ton oncle s'est arrangé pour qu'on m'envoie cette femme afin d'orchestrer ma mort ?* avait demandé Gabriel à Michael.

— Où aviez-vous l'intention d'aller, à l'instant ? questionna Gabriel en écartant son arme.

— À mon club, répondit l'homme d'une voix chevrotante.

Le doute s'insinua le long de la colonne vertébrale de Gabriel.

Thornton avait admis que Victoria avait été employée chez lui. *Par sa femme.*

Et si ce n'était pas l'homme…

— Si vous n'avez pas de stylo-plume, Thornton, je vais être obligé de vous tuer, déclara Gabriel avec nonchalance.

— Oh, si, j'ai un stylo-plume, monsieur, s'empressa-t-il d'affirmer. Dans ma veste, là ! Regardez !

S'agissait-il d'une ruse ?

L'homme avait peut-être une arme dans sa veste…

— Sortez-le de votre veste, ordonna Gabriel.

— Je ne p-peux p-pas. Mon m-manteau est b-boutonné.

— Déboutonnez-le.

— Je ne p-peux p-pas, avec votre arme.

Un pli cynique retroussa les lèvres de Gabriel.

— Vous seriez surpris des prodiges dont un homme peut se révéler capable, Thornton.

Un homme peut tuer. Un homme peut laisser la vie sauve.

— Déboutonnez votre manteau.

L'homme défit à tâtons les boutons de son manteau. Quelques secondes plus tard, les pans s'écartèrent.

— À présent, glissez la main à l'intérieur de votre veste. Lentement.

Thornton glissa la main à l'intérieur de sa veste. Lentement.

Le pouce de Gabriel libéra le chien du revolver. Le déclic métallique résonna lugubrement dans le brouillard.

Si Thornton s'avisait de produire une arme, il était mort, disait ce cliquetis.

Un filet de sueur coula, depuis la joue de Thornton, le long du museau d'acier bleui du revolver de Gabriel. L'homme sortit prudemment un lourd stylo-plume.

Il tremblait dans sa main.

Victoria avait-elle tremblé de peur ? se demanda Gabriel.

— Je veux que vous écriviez quelque chose, dit-il brusquement.

— Je n'ai pas… Je n'ai pas de papier.

— Retirez votre manchette gauche.

Gabriel s'écarta pour permettre à Thornton d'amener ses mains devant lui.

Il devina ses intentions avant même que l'homme ait le temps de les mettre à exécution.

— Savez-vous ce que fait une balle de revolver au visage d'un homme à cette distance ? s'enquit-il d'une voix douce.

Thornton arracha sa manchette gauche.

Gabriel écarta lentement son arme. Un cercle blanc resta imprimé sur la joue de l'homme.

— Si vous criez, je vous tue. Si vous tentez de vous enfuir, je vous tue. Est-ce que vous me comprenez ?

— Oui, haleta Thornton. Oui, je vous comprends.

— Bien. Je veux que vous écriviez sur votre manchette.

— Que voulez-vous que j'écrive ? J'écrirai tout ce que vous voulez. N'importe quoi. Dites-moi seulement ce que je dois…

— Écrivez : « L'éternel désir de la femme. »

Thornton ne parut pas reconnaître la formule. Son visage reflétait seulement la peur de mourir et la volonté de faire n'importe quoi pour y échapper.

Il décapuchonna le stylo-plume avec ses dents et s'empressa de griffonner les mots sur sa manchette amidonnée.

Une fois que ce fut fait, il releva les yeux, tel un enfant quêtant l'approbation du maître.

— Tournez la manchette vers moi pour que je puisse lire, ordonna Gabriel.

Thornton s'exécuta, le stylo à plume calé entre ses lèvres, ses mains tremblant si fort que la manchette ondulait, faisant danser les mots tracés à l'encre noire.

Gabriel la lui arracha des mains.

L'écriture n'avait rien de commun avec celle des lettres de Victoria.

Gabriel sentit son estomac se nouer.

Thornton n'était pas l'auteur des lettres qu'avait reçues la jeune femme.

12

Un rectangle d'étoffe blanche tomba sur le drap de lin que Victoria était en train de caler sous le matelas.

Intriguée, elle le ramassa.

Une manchette d'homme, tachée d'encre noire.

Victoria retourna la manchette.

L'éternel désir de la femme, déchiffra-t-elle.

Les mots lui firent l'effet d'une gifle.

Le cœur battant, elle laissa tomber la manchette et se redressa.

La manchette tourbillonna jusqu'au sol.

Un souffle tiède caressa sa nuque.

Gabriel se tenait à quelques centimètres d'elle. Il sentait l'air froid et le brouillard londonien.

Les œufs, le jambon et le croissant qu'elle avait avalés un peu plus tôt remontèrent dans sa gorge.

— J'ai rencontré votre ancien employeur, mademoiselle Childers.

— L'homme qui a tracé ces mots n'était pas mon employeur, monsieur, répliqua-t-elle sèchement.

— Au contraire, mademoiselle. (L'haleine de Gabriel révéla un léger parfum de cannelle.) Peter Thornton était votre employeur.

Était son employeur ?

Gabriel entendait-il par là que Peter Thornton n'était plus ?

L'avait-il tué ?

Victoria porta les mains à sa gorge. Les palpitations de son cœur transmirent un avertissement à ses doigts : mort, danger, désir…

— Comment savez-vous que mon ancien employeur s'appelait Peter Thornton ?

— J'ai envoyé un de mes hommes faire le tour des agences de placement.

La tiédeur du souffle de Gabriel formait un contraste saisissant avec la froideur de son regard.

— Il a prétendu avoir eu un entretien avec une gouvernante nommée Victoria Childers qu'il souhaitait embaucher, mais dont il avait égaré l'adresse. L'agence de l'Ouest a trouvé votre dossier. Ils n'avaient pas votre adresse actuelle, mais il était possible que votre ancien employeur la connaisse…

Victoria se sentit partagée entre admiration et ressentiment.

— Vous ne laissez rien au hasard, monsieur.

À tel point que c'était effrayant.

— L'ignorance tue aussi sûrement que les secrets, mademoiselle, répondit-il doucement.

Il savait qui était son père. Son frère.

Victoria n'avait pas d'autres secrets.

Cette pensée en entraîna une autre.

Si ce n'était pas Peter Thornton qui avait écrit les lettres, qui était-ce ? Elle réalisa au même instant qu'elle ne connaissait pas l'écriture de l'homme aux yeux d'argent.

Que le jeu commence.

Mais qui étaient les joueurs ?

Sa poitrine se comprima douloureusement.

Gabriel ne lui faisait pas confiance. Alors qu'elle lui avait accordé la sienne.

Refusant de céder à la peur, elle redressa le dos.

— Une fois de plus, vous êtes persuadé que je suis de mèche avec cet… individu qui en aurait après vous.

— Ne l'êtes-vous pas ? rétorqua Gabriel.

Son souffle passa sur sa joue comme une caresse brûlante. Le goût de la cannelle envahit sa bouche.

Les cils de Gabriel étaient trop longs. Trop fournis. Son visage était trop beau. Trop lointain.

L'odeur de laine brûlée flottait encore dans l'air.

Victoria était toujours enveloppée de son couvre-lit. Même si elle avait su où se réfugier, elle ne l'aurait pas pu. Il avait brûlé sa robe.

Elle était piégée. Seule la vérité pouvait la sauver.

La vérité n'avait pas sauvé sa place six mois plus tôt.

— Non, répondit-elle, les dents serrées. Je ne le suis pas.

— L'auteur des lettres savait que vous portiez des culottes de soie, mademoiselle.

Peter Thornton était le seul homme de sa connaissance qui ait jamais eu accès à sa chambre et à ses effets personnels.

Qui d'autre pouvait savoir…

— J'ai vendu toutes mes culottes, à l'exception d'une seule, chez un chiffonnier de St. Giles Street, déclara Victoria, soutenant bravement le dangereux regard argenté. Quelqu'un a pu me suivre et entrer après moi dans la boutique.

L'idée qu'un inconnu ait pu la suivre à la trace n'était pas pour la rassurer.

— C'est possible, admit Gabriel.

Mais peu probable, ajoutèrent ses yeux gris.

Elle ne le supplierait pas. Ne pleurerait pas.

Elle ne serait pas blessée de ce qu'un ange intouchable refuse de la croire.

— Je ne veux pas être une victime, dit-elle en redressant le menton.

— Vous l'êtes déjà, Victoria Childers.

Elle eut soudain affreusement conscience de ses épaules dénudées émergeant de la courtepointe bleue et de son absolue nudité en dessous.

Il était trop près d'elle, la chaleur qui émanait de lui l'oppressait.

Comment pouvait-il douter d'elle ?

Il lui avait *parlé*… Il lui avait avoué ses désirs…

— Et de qui donc suis-je la victime, monsieur ? répliqua-t-elle d'un ton de défi. Vous prétendez qu'un homme me veut du mal, or je ne l'ai jamais vu. Vous dites souhaiter me protéger, or c'est vous qui me menacez. De *qui* suis-je la victime ?

La souffrance de Victoria se refléta fugitivement dans son regard. Aussitôt remplacée par un froid calcul.

— Un homme vous terrorise, mademoiselle. (Un souffle chaud, parfumé à la cannelle, effleura ses lèvres.) Pourtant, vous refusez de me donner son nom. Pourquoi ?

— Je ne connais pas son nom, assura-t-elle, se sentant à bout de forces.

— Vous avez dit que c'était Thornton.

— Oui, cracha-t-elle.

— Pourquoi avoir refusé de me donner son nom ?

Elle s'humecta les lèvres et eut l'impression d'y déceler un goût de cannelle, le goût de Gabriel.

— Parce que j'avais peur.

Elle avait *toujours* peur.

— De quoi donc, mademoiselle ?

Sa voix et son souffle passaient sur elle comme une caresse. La froideur de son regard figea les cils de Victoria.

— J'avais peur que vous le trouviez.

— Je l'ai trouvé.

— J'avais peur que vous lui parliez.

— Je lui ai parlé.

Des taches noires dansèrent devant les yeux de Victoria.

— J'avais peur qu'il vous dise qui je suis.

— Je sais qui vous êtes.

— Vous ne savez pas qui je suis ! éructa-t-elle.

Son éclat ne le fit pas ciller – un éclat qui prouvait une fois de plus que Victoria n'était pas la femme qu'elle avait crue être.

Calme. Rationnelle.

Étrangère aux désirs de la chair.

Une étincelle miroita au fond des yeux de Gabriel.

— Je sais qui vous êtes, Victoria.

Je vous ai vue nue, disaient ses yeux.

Gabriel connaissait la taille de ses seins, l'étroitesse de ses hanches, la courbe de ses fesses. Mais il ne *la* connaissait pas.

— Que savez-vous de moi ?

— Je sais que vous aimez le contact de la soie sur votre peau…

Son regard effleura ses épaules nues, s'attarda sur le drapé de la soie entre ses seins.

— Je sais que vous êtes courageuse. Loyale.

Ses yeux d'argent se rivèrent aux siens.

— Je sais que vous serez l'instrument de ma mort.

Le souffle de Victoria se bloqua dans sa gorge.

— Je ne vous ferai jamais aucun mal.

— Je sais cela aussi.

— Comment le savez-vous ?

— À cause de vos yeux.

Ceux de Gabriel s'assombrirent, perdirent leur éclat d'argent.

— Vous êtes ici à cause de vos yeux, ajouta-t-il.

— Je vous demande pardon ?

— Mme Renée vous a dit que Michael et moi étions amis.

Il fallut une seconde à Victoria pour basculer d'un sujet à un autre.

— Oui. Elle a dit que les liens qui vous unissent ne pourraient jamais être brisés.

Excepté par la mort…

— Quand nous avions treize ans, une tenancière de maison close nous a recueillis chez elle, à Paris. Elle nous a formés, a fait de nous des putains.

Les souvenirs affluèrent dans les prunelles de Gabriel.

Six mois auparavant, Victoria aurait été horrifiée. Mais au cours des six derniers mois, elle avait vu des filles et des garçons plus jeunes que cela louer leur corps.

Elle élabora soigneusement la question qu'elle s'apprêtait à poser, craignant de bouleverser l'équilibre précaire qui venait de s'établir entre eux.

— Michael a-t-il lui aussi été... formé à plaire aux hommes ?

Le visage de Gabriel demeura impassible.

— Non.

Victoria tâcha de se représenter quelle sorte d'amitié avait bien pu lier deux garçons ayant subi des apprentissages aussi différents.

— Ne me prenez pas en pitié, mademoiselle, lui conseilla sèchement Gabriel.

— Ce n'est pas ce que je fais, répondit-elle, la gorge nouée. Je pense que vous avez de la chance d'avoir un ami tel que Michael.

Un ami qui comprenait le garçon qu'avait été Gabriel et l'homme qu'il était devenu.

Un muscle tressaillit sur la joue gauche de Gabriel.

— Vous êtes ici parce que vous avez les yeux de Michael.

Victoria battit des cils, confuse.

— Votre ami a les yeux bleus ?

— Michael a des yeux affamés, mademoiselle. Peu importe leur couleur.

Des yeux affamés...

Un flot de chaleur parcourut Victoria.

— Je ne... *flirte* pas.

— Vous voulez être aimée, mademoiselle.

Victoria sentit le poids écrasant des cinq années passées sous la tutelle de son père, après le départ de sa mère, retomber sur elle. Son père avait interdit toute manifestation d'émotion, tout contact physique, toute expression de tendresse.

— *Le besoin d'amour de la femme*, répétait-il sans cesse, *est l'incarnation du péché.*

— Est-ce mal ? demanda Victoria d'une toute petite voix. Est-ce un péché d'avoir besoin d'amour ?

— Les putains ne peuvent pas se permettre d'aimer.

— Pourquoi ? Pourquoi quiconque devrait-il être privé d'affection ?

Un regret palpita dans les yeux de Gabriel qui passèrent de l'argent au gris, puis du gris à l'argent.

— Je suis incapable d'aimer une femme, mademoiselle.

Victoria se redressa de toute sa hauteur.

— Je n'ai pas demandé votre amour, monsieur.

— J'ai partagé avec vous bien plus que je n'ai jamais partagé avec personne...

— Je vous en remercie.

— ... mais la confiance a un prix.

Il fallait toujours qu'il en revienne à son ennemi.

— Je ne sais pas qui est l'homme que vous cherchez ! gronda Victoria, incapable de cacher sa colère.

— Je m'en doute.

— J'ignore qui a écrit ces lettres !

— Dans ce cas, dites-moi quelque chose que vous savez, mademoiselle.

Victoria ne savait pas comment aimer un homme. Elle ne savait pas comment *séduire* un homme.

— Je ne pense pas savoir quoi que ce soit qui soit digne d'intérêt pour vous, monsieur. Je suis une gouvernante, pas une... une...

Victoria pataugea péniblement.

— Une putain ? suggéra Gabriel.

— Je n'ai pas dit cela, rétorqua-t-elle.

— Vous avez pris ma défense en présence de Mme Renée. Pourquoi ?

Pourquoi Victoria avait-elle pris la défense d'un homme qui l'avait tour à tour séduite et menacée ?

— Parce que vous avez des désirs, dit-elle.

Malgré son passé. Ou peut-être à cause de lui.

Gabriel ne nia pas.

Une lueur de regret passa dans ses yeux.

— Si vous en aviez le pouvoir, mademoiselle, m'aideriez-vous ?

Aider un ange intouchable...

— Oui.

Victoria l'aiderait.

— Vous possédez une information dont j'ai besoin.

Et voilà, il recommençait…

Victoria ouvrit la bouche.

— Je veux connaître la disposition des lieux de la maison de Thornton, ajouta-t-il.

Elle referma aussitôt la bouche.

— Que dites-vous ?

— Je veux savoir où se trouve la chambre dans laquelle dort Mme Thornton, déclara-t-il, comme s'il était parfaitement naturel qu'une femme dont il venait de louer le courage et la loyauté lui révèle cela. Que vous me fournissiez ou non cette information, je trouverai sa chambre. Mais si vous me la donnez, je risquerai moins de surprendre quelqu'un d'autre.

Et de le tuer.

— Avez-vous… blessé M. Thornton ? demanda-t-elle.

— Il est en vie, mademoiselle.

Pour le moment.

Séduction… Illusion de confiance…

— Vous cherchez à me soutirer des informations privées, observa-t-elle avec un pincement de lèvres.

— Non, mademoiselle. Je vous demande de me faire confiance. Tout comme j'ai confiance en vous.

— Pourquoi souhaiter rendre visite à Mme Thornton dans sa chambre à coucher ? raisonna-t-elle. À n'en pas douter, elle vous trouvera charmant…

La jalousie qui perçait dans sa voix horrifia Victoria.

Mme Thornton était une vraie beauté. Sa chevelure blonde étincelait de santé, ses lèvres et ses mains n'étaient pas gercées par le froid.

— C'est elle qui vous a embauchée, répondit Gabriel, énigmatique.

— En effet. Il n'est pas rare qu'une maîtresse de maison supervise le recrutement du personnel.

— Pour quelle durée une gouvernante est-elle généralement embauchée ?

— Tout dépend des besoins de la maison… et des compétences de la gouvernante, répliqua-t-elle avec un froncement de sourcils.

— Mme Thornton embauche, puis congédie, deux ou trois gouvernantes par an, révéla Gabriel. Et ce, chaque année.

Deux ou trois gouvernantes chaque année ?

Gabriel ne pouvait tout de même pas suggérer ce que Victoria pensait qu'il suggérait.

— Le fait est que… ses filles sont trop gâtées. Il est donc naturel que les gouvernantes cherchent une meilleure place.

Le regard de Gabriel était impitoyable ; son souffle tiède, divinement attirant.

— Ce n'est pourtant pas ce que vous avez fait, mademoiselle.

Comment pouvait-il savoir cela ?

— Je faisais des recherches.

C'était la pure vérité.

— Mme Thornton était-elle au courant de vos recherches ?

— Je…

Victoria se souvint que Mme Thornton était entrée un soir dans sa chambre à l'improviste, et qu'elle l'avait surprise en train de parcourir des offres d'emploi.

— Peut-être, admit-elle.

— Beaucoup de gouvernantes n'ont ni foyer ni famille.

— Et cela suffirait à prouver que Mme Thornton embauche et congédie ses gouvernantes pour de sombres motifs ?

— Oui, répliqua-t-il sans la quitter des yeux.

— Vous pensez que toutes les autres gouvernantes ont été soumises au même traitement que moi ?

— C'est possible, dit Gabriel.

— Et vous pensez qu'elles ont elles aussi reçu des lettres semblables à celles que j'ai reçues ?

Gabriel ne répondit pas.

Ce n'était pas nécessaire. La réponse se lisait dans ses yeux d'argent.

Victoria eut soudain l'impression que sa peau était trop étroite pour contenir son corps.

— Vous pensez qu'elles sont mortes, souffla-t-elle, horrifiée.

Alors que Victoria était toujours en vie.

Gabriel jaugeait froidement sa réaction ; la chaleur de son corps n'atteignait plus la jeune femme.

— M. Thornton le sait forcément, si son épouse se rend complice de... (Victoria dut lutter contre la panique.) ... de meurtre.

— Il lui plaît de croire que sa femme est excessivement jalouse.

Victoria n'avait remarqué aucun signe de jalousie dans le comportement de Mme Thornton.

— Pourquoi ferait-elle... Quel avantage une femme gagnerait-elle à... Je connais son écriture, affirma-t-elle, retrouvant un ton raisonnable. Ce n'est pas elle qui a écrit ces lettres.

— Dans ce cas, nous devons découvrir qui en est l'auteur.

Il revenait à Victoria de décider si elle pouvait ou non faire confiance à Gabriel.

— Qu'est-ce qui me dit que ce n'est pas vous qui avez tracé ces mots sur cette manchette ?

— Il me serait facile de vous apporter la preuve que ce n'est pas moi.

— Vous ne ferez pas de mal à Mme Thornton, dit Victoria.

Pour s'en convaincre elle-même ?

— Je ne la tuerai pas, acquiesça Gabriel.

— Comment avez-vous persuadé M. Thornton de... s'entretenir avec vous ?

— Je l'ai rencontré dans le parc, en face de chez lui.

— Mme Thornton fait son marché tous les matins, s'empressa de suggérer Victoria. Vous pourriez facilement l'aborder...

— J'ai vu la gouvernante qui vous a remplacée, mademoiselle, fit Gabriel d'un ton délibérément calme. Peut-être se lasseront-ils d'attendre une réaction de votre part et concentreront-ils leur attention sur elle.

Une autre femme risquait d'être congédiée sans références. Réduite à la misère et au désespoir. Elle recevrait alors des lettres lui promettant plaisir, confort et sécurité...

— C'est entendu, déclara Victoria. J'accepte.

— Merci, mademoiselle.

Gabriel recula brusquement.

— La confiance, mademoiselle. La confiance doit être la base de notre relation.

— Et pourtant, vous ne me faites pas confiance, monsieur.

Le brouillard de Londres avait laissé sur son épaule une larme d'humidité étincelante.

— C'est peut-être à moi-même que je ne fais pas confiance.

— Ne faites pas cela.

L'objection avait jailli de ses lèvres avant qu'elle puisse l'arrêter. Une bûche craqua dans la cheminée.

— Quoi donc ?

— Ne me leurrez pas avec une illusion de confiance.

Victoria avait envie de croire que cet homme la trouvait attirante. Elle avait envie de croire qu'elle pouvait se fier à l'ange intouchable.

Elle avait envie de croire qu'il ne la bercerait pas de douces paroles à seule fin de gagner sa confiance.

Mais Victoria savait qu'il ne suffit pas d'avoir envie d'une chose pour l'obtenir.

— Je vous ai dit que j'acceptais de vous aider, alors, s'il vous plaît, ne me mentez pas, ajouta-t-elle, soutenant son regard.

— Je ne mens pas.

— Le mensonge a plusieurs facettes, monsieur, répliqua Victoria. Le mensonge par omission est autant un mensonge que la pure mauvaise foi.

— Je paie toujours mes dettes, mademoiselle.

Ce n'était pas la réponse à laquelle elle s'était attendue.

— Estimez-vous avoir une dette envers moi ? demanda-t-elle, la gorge serrée.

— Oui. J'estime avoir une dette envers vous, Victoria Childers.

— Pourquoi ?

— J'ai aimé un homme, mademoiselle. Si je ne l'avais pas aimé, vous ne seriez pas ici.

Michael. L'ange élu.

— Vous l'aimiez... comme un ami ?

— Je l'aimais comme un frère.

Victoria avait aimé Daniel comme un frère. Son père avait perverti la pureté de cet amour innocent et l'avait profané.

— L'amour n'est pas un péché, protesta-t-elle spontanément.

— Non, mademoiselle, l'amour n'est pas un péché. Le péché est dans l'amour.

Un homme tel que lui n'aurait pas dû ressentir une telle souffrance.

Une femme telle que Victoria n'aurait pas dû s'en soucier.

— J'aimerais ne jamais avoir lu ces lettres, dit-elle. Ne jamais avoir découvert cette facette de mon caractère.

Gabriel ne bougea pas d'un pouce, mais il lui parut soudain très lointain.

— Vous vous reprochez de désirer un ange ?

Pourquoi se voiler la face ? Victoria désirait Gabriel.

— Oui, je me le reproche.

Elle n'eut pas le courage de demander s'il regrettait d'avoir emporté l'enchère.

— Mme Renée vient de faire livrer des toilettes pour vous, dit-il, soudain sur la défensive.

Il y avait quelques heures à peine, Victoria se tenait nue devant Gabriel tandis que Mme Renée prenait ses mesures. Il lui semblait que des années s'étaient écoulées depuis lors.

— Comment le savez-vous ? demanda-t-elle d'un ton pincé.

— Gaston me l'a appris à mon retour. Je lui ai demandé de les monter, et j'ai entendu la porte s'ouvrir et se refermer il y a quelques minutes.

Sans rien lui en dire.

Le mensonge par omission de Gabriel ne parvint pas à étouffer l'impatience qui l'avait gagnée. Agrippant des deux mains la courtepointe de soie, Victoria le précéda hors de la chambre.

Une tour de boîtes en carton blanc trônait sur le divan de cuir bleu. Trois longues boîtes destinées à contenir des robes, d'autres boîtes plus courtes, trois cartons à chapeau. Quatre boîtes à chaussures. Toutes étaient estampées de pétales de roses.

Victoria n'avait pas eu de robe neuve depuis une éternité. Elle n'avait jamais de sa vie possédé une robe faite à ses mesures.

Le plaisir frivole d'accepter des toilettes aussi coûteuses lui parut inconvenant, sachant que tant de miséreux dans les rues de Londres avaient à peine de quoi survivre.

— Il y a bien trop de boîtes, dit-elle d'un ton de reproche.

— Mme Renée m'a assuré qu'une femme n'a jamais trop de toilettes.

Était-ce un sourire qu'elle venait de percevoir dans la voix de Gabriel ?

Victoria coula un regard vers lui – elle avait vu le cynisme retrousser ses lèvres, mais jamais encore elle ne l'avait vu sourire vraiment.

Son sourire s'était déjà envolé. Mais elle en décela la traîne dans ses yeux.

De si beaux yeux d'argent…

— Je vous rembourserai, s'empressa-t-elle d'affirmer.

— Être témoin de votre plaisir sera un paiement suffisant, mademoiselle, assura-t-il d'une voix caressante.

Son ventre tressaillit.

— Flirteriez-vous avec moi, monsieur ?

— Non, mademoiselle, répondit-il, tout éclat désertant ses yeux. Je ne flirte pas.

— Mais vous savez flirter ? demanda-t-elle, haletante.

— Oui, je sais le faire.

Flirter. Embrasser. Donner du plaisir.

À défaut de savoir comment en recevoir.

— Laquelle de ces boîtes devrais-je ouvrir en premier ?

On aurait cru la question d'un enfant le matin de Noël – elle-même s'en rendit compte.

De lointains souvenirs affleurèrent à sa conscience. Une voix aimante et des rires chaleureux...

Elle s'empressa de les refouler.

— Le choix vous revient, mademoiselle.

Victoria s'assit prudemment sur le divan – craquement de cuir, bruissement de soie – et s'empara d'une des boîtes ornées de pétales de roses.

Le poids de la boîte la surprit.

Elle en souleva le couvercle...

Elle était remplie de gants – gants de laine, de cuir, de soie, longs gants de soirée... Ils étaient tachés de rouge.

On avait renversé de l'encre sur le contenu de la boîte.

Victoria fronça les sourcils.

Deux gants de cuir noir étaient garnis de mains de mannequin, comme si on les avait retirées d'une vitrine.

Victoria réalisa alors que les mains qui se trouvaient à l'intérieur des gants noirs n'étaient pas faites de bois, mais de chair et de sang.

Les mains étaient des mains humaines. Et le rouge qui tachait les gants était du sang.

13

— Mon Dieu...

La voix féminine qui avait laissé échapper ces mots retentit à ses oreilles comme celle d'une étrangère. Trop lointaine pour être sortie de sa bouche.

La boîte qui se trouvait sur ses genoux disparut subitement.

Tenant toujours le couvercle entre ses doigts gourds, Victoria leva les yeux.

Le visage de Gabriel était si près du sien qu'il lui parut flou.

Les pores de sa peau étaient très serrés, songea-t-elle confusément. Une vraie peau de bébé.

Les yeux d'argent capturèrent son regard.

— *Si elle n'est pas encore morte, elle le sera bientôt.*

— Ce sont les... Ce sont celles de la prostituée, bafouilla-t-elle.

— C'est possible.

Gabriel se redressa, tenant la boîte entre ses longs doigts blancs. Victoria lâcha le couvercle.

— Vous croyez que ce sont celles de Mme... ?

— Non, trancha-t-il. Ce ne sont pas celles de Mme Renée. Ses mains sont plus petites.

Ses yeux ne reflétaient aucune émotion.

Victoria se sentit sur le point de défaillir.

Elle se souvint brusquement d'un détail.

— Dolly savait que je portais une culotte de soie, murmura-t-elle.

Et maintenant, Dolly était morte. Comme Gabriel l'avait prédit.

Victoria déglutit convulsivement.

La pièce se mit à tanguer autour d'elle.

— Placez votre tête entre vos jambes, ordonna une voix.

Victoria regarda les autres boîtes. Les trois grandes pouvaient contenir un torse. Les cartons à chapeaux étaient assez profonds pour contenir une tête…

Les œufs, le jambon et le croissant qu'elle avait mangés un peu plus tôt remontèrent dans sa gorge.

Elle se redressa, chancelante. Le carré de soie se dénoua entre ses seins et glissa le long de son corps.

Victoria se précipita vers la salle de bains.

Quand Gabriel avait parlé de mort, cela ne lui avait pas semblé réel. La mort lui apparaissait à présent dans toute sa brutale réalité.

Elle s'agenouilla devant la cuvette de porcelaine. Et d'autres paroles lui revinrent en mémoire…

— *Avez-vous l'intention de me tuer… pour m'épargner la mort qu'il m'infligerait ?*

— *Vous m'en seriez reconnaissante, au bout du compte.*

Gabriel avait peut-être dit vrai, finalement.

Gabriel ouvrit un carton à chapeau. Une tête de femme était nichée au creux d'un chapeau teinté d'écarlate.

La mort avait chassé toute expression du regard de Dolly.

Gabriel ouvrit le deuxième carton à chapeau. Il contenait seulement un élégant chapeau Windsor garni d'une voilette noire.

Dans le troisième carton à chapeau, une frivole composition à plumes entourait une tête d'homme dont les cheveux gris étaient souillés de sang séché.

La mort avait détendu les traits de Gerald Fitzjohn.

Gabriel avait trop longtemps vécu dans la rue pour être impressionné.

Dolly et Fitzjohn étaient morts.

Le prix du péché. Le chantage. La mort.

— *Auriez-vous péché, mademoiselle ?*

— *Pas encore.*

Gabriel remit les trois couvercles en place, puis contourna son bureau et pressa le bouton situé sous le plateau de marbre. Il gagna alors la porte et l'ouvrit.

Un homme aux cheveux acajou se redressa aussitôt.

— Monsieur Gabriel ?

— Remporte toutes les boîtes, Evan, ordonna-t-il calmement tandis que la rage s'élevait en lui.

— Bien, monsieur.

Gabriel se demanda si Evan faisait partie de ceux qui compatissaient au sort de Victoria.

Il s'écarta pour lui permettre d'entrer.

Evan se pencha pour prendre les boîtes.

— Evan ?

Evan interrompit son mouvement.

— Certaines de ces boîtes contiennent des restes humains.

Evan se raidit, preuve que tous ceux qui avaient connu la rue n'étaient pas immunisés contre la répulsion qu'inspire la mort.

— Tu iras les jeter dans la Tamise. Et tu brûleras les boîtes ainsi que les vêtements qu'elles contiennent.

Sans discuter ses ordres, Evan souleva un des cartons à chapeau.

— Evan ?

— Oui, monsieur.

— Gaston t'a bien dit de surveiller étroitement Mlle Childers, n'est-ce pas ?

— Oui, monsieur, répondit Evan sans se retourner.

— Tu diras à Julien et Allen ce que contient ce carton. Dis-leur qu'il aurait pu s'agir de la tête de Mlle Childers si nous ne l'avions pas surveillée.

Gaston apparut alors qu'Evan quittait la pièce, chargé d'une première brassée de cartons.

— Que se passe-t-il, monsieur ? s'enquit-il, perplexe. Mademoiselle n'a pas apprécié les toilettes ?

Gabriel lui tendit la boîte qui contenait les gants.

Le teint cuivré de Gaston vira au gris.

— Quand a-t-on livré ceci, Gaston ? demanda Gabriel.

— Juste avant votre retour, monsieur.

— Qui l'a livré ?

— Je ne sais pas. Un homme, répondit Gaston, le visage plissé d'horreur. Comme elles venaient de Mme Renée, je n'ai pas fait spécialement attention, monsieur.

Gabriel le crut.

Il s'abstint de recommander à Gaston d'ouvrir l'œil à la prochaine livraison. Le deuxième homme ne s'aviserait pas de lui jouer deux fois le même tour.

Et Gabriel n'était pas en mesure de deviner si sa prochaine farce macabre consisterait à tuer un homme ou une femme.

Un ami ou un traître.

— Tu donneras cela à Evan, dit-il en remettant à Gaston le reste des boîtes. Et demande à Julien de prendre la relève à la porte.

— *Très bien**, monsieur, répondit Gaston avant de tourner les talons.

— Et, Gaston…

Gaston s'immobilisa.

Gabriel jeta un coup d'œil au carré de soie bleu pâle qui gisait sur le tapis, là où il avait glissé du corps de Victoria.

— Emporte aussi le couvre-lit.

Une fois Gaston sorti, Gabriel gagna la chambre à coucher et s'arrêta devant l'armoire. Il l'ouvrit, écarta manteaux et pantalons, et décrocha d'un cintre un peignoir de soie bleu roi.

Il trouva Victoria assise sur le carrelage devant la cuvette des toilettes, le dos bien droit, le visage exsangue. Ses cheveux retombaient sur son épaule droite.

Sa chevelure brune était rehaussée de reflets cuivrés.

Une chevelure magnifique.

— Elle s'appelait Dolly, dit-elle d'une voix blanche.

La main de Gabriel se crispa sur le peignoir de soie.

Malgré le désir qu'il en avait, il ne pouvait rien faire pour la réconforter.

Intérieurement, sa colère grimpa d'un cran.

Le deuxième homme avait tout prévu.

— Il y a trois mois, un homme a tenté de me violer, reprit Victoria de la même voix blanche. Il pleuvait. Dolly s'est portée à mon secours. Les autres passants se contentaient de baisser leur parapluie pour ne pas voir.

Gabriel se raidit et sentit son pouls battre à sa tempe gauche.

Il connaissait l'homme qui avait agressé Victoria – il savait tout de lui, excepté son nom… et ce qu'il serait prêt à faire pour accomplir la volonté d'un mort.

— À quoi ressemblait cet homme ? s'enquit-il d'un ton faussement serein.

Victoria ne fut pas dupe de cette sérénité apparente.

— L'homme que vous cherchez… c'est lui qui a payé Dolly pour qu'elle me vienne en aide, énonça-t-elle.

Et il avait tué Dolly. Tout comme il tuerait Victoria.

Elle lut la vérité dans les yeux de Gabriel.

— J'ai trouvé la première lettre sous ma porte le lendemain matin, précisa-t-elle.

Gabriel attendit qu'elle assemble les pièces du puzzle.

Une étincelle de compréhension anima son regard.

— Je suis désolée, dit-elle avec ce calme propre à ceux qui viennent d'être frôlés par la mort. Il m'a attrapée par-derrière. Je n'ai pas vu son visage. Mais peu importe, n'est-ce pas ? Il me tuera de toute façon. Sinon, il n'aurait pas remis ces comprimés à Dolly. Il tuera tous ceux qui entreront en contact avec lui, n'est-ce pas ?

— Oui.

— Mais vous avez parlé à M. Thornton, aujourd'hui. Il était encore en vie. Si lui ou sa femme étaient associés à l'homme que vous cherchez, ils seraient morts, n'est-ce pas ?

Et s'ils n'étaient pas associés au deuxième homme, cela signifiait qu'elle était poursuivie par deux hommes, conclut silencieusement Gabriel.

Le deuxième homme voulait la tuer – que voulait donc l'autre ?

— La peur, murmura Victoria.

— Comment ? demanda Gabriel, tendant l'oreille.

— Vous avez dit qu'il m'avait envoyée vers vous à cause de mes yeux.

Des yeux affamés.

Une vive douleur contracta les entrailles de Gabriel.

— Oui.

— Non. Il ne m'a pas choisie à cause de mes yeux, dit-elle en baissant la tête.

— Pourquoi alors, selon vous ?

Victoria releva la tête et croisa son regard.

— Il m'a choisie parce que j'avais peur. Et parce que vous aviez peur.

Ils avaient l'un et l'autre toujours peur.

Une soudaine révélation fit étinceler les yeux de Victoria.

— Vous avez dit que la peur est un puissant aphrodisiaque.

La douleur s'accrut dans les entrailles de Gabriel.

Sexe. Meurtre.

La peur *est* un aphrodisiaque. Par l'union sexuelle, les hommes et les femmes ont le pouvoir de créer une nouvelle vie. L'ultime victoire sur la mort.

— J'ai froid, dit soudain Victoria.

Sa poitrine tressaillit.

Elle était tremblante.

Voir Thornton trembler de peur n'avait inspiré que du mépris à Gabriel. Mais voir Victoria ainsi lui donna envie de pleurer sur la souffrance dont il était la cause.

Il ne pleura pas.

Les anges ne pleurent pas.

La lèvre inférieure de Victoria se mit à frémir.

— Je crois que je n'aurai plus jamais chaud.

Gabriel avait le pouvoir de la réchauffer.

Les genoux tremblants, il s'approcha.

Les cuivres de la douche étincelaient, le miroir renvoyait la lumière.

Les murs se refermèrent autour de lui.

Victoria leva les yeux. Gabriel se plaça derrière elle, incapable de soutenir son regard.

La jeune femme ne lui reprochait pas de s'être prostitué. Ni le danger mortel qu'il lui faisait courir. Pas plus que de lui avoir refusé le plaisir charnel.

Gabriel regretta qu'elle ne lui fasse aucun reproche.

Il s'accroupit derrière elle, écartant les genoux de part et d'autre de son dos. Lentement, prudemment, il plaça le peignoir de soie sur ses épaules. S'imprégnant de la tiédeur de son corps et de sa fragilité.

La touchant presque, sans toutefois oser.

— Je ne le laisserai pas vous faire du mal, murmura-t-il.

Ils savaient tous deux qu'il mentait.

Gabriel ne pouvait pas arrêter le deuxième homme. Il pouvait seulement tenter de le débusquer avant que celui-ci trouve le moyen d'atteindre Victoria.

14

Une brume jaune étreignait Londres comme les bras d'un amant possessif. Un cab manœuvrait prudemment à travers le brouillard.

Ils seraient morts, n'est-ce pas ? claquaient les sabots des chevaux. *Ils seraient morts, n'est-ce pas ?*

Oui, les Thornton seraient morts s'ils avaient été associés au deuxième homme. Or ils n'étaient pas morts.

Et Gabriel ignorait pourquoi.

Telles des balises maritimes, de vagues lueurs émergeaient de la nuit chargée de soufre.

Gabriel n'avait pas eu besoin que Victoria lui décrive l'agencement de la maison des Thornton – Peter Thornton lui en avait déjà fourni une description détaillée. Gabriel avait simplement voulu s'assurer qu'il pouvait lui faire confiance.

Contrairement à lui, Victoria était digne de confiance.

Il se laissa aller contre la grille du parc, le regard tourné vers les fenêtres éclairées de la maison. Et pensa à Victoria.

Elle avait vécu chez les Thornton, s'était occupée de leurs enfants en tant que gouvernante…

La lumière d'une fenêtre du rez-de-chaussée baissa, puis fut avalée par la brume de la nuit. Une nouvelle pièce manquante.

La peur.

— *Il ne m'a pas choisie à cause de mes yeux… Il m'a choisie parce que j'avais peur. Et parce que vous aviez peur. La peur est un puissant aphrodisiaque.*

À l'étage, la lumière d'une fenêtre éclaira soudain le brouillard, telle une révélation.

Victoria ne voulait pas avoir envie d'être touchée par un homme. Et pourtant, elle en avait envie.

Gabriel ne voulait pas avoir envie d'être touché par une femme. Et pourtant, il en avait envie.

C'était le désir de Gabriel qui garantissait la mort de Victoria.

Il observa sans bouger la fenêtre de l'étage. Le temps rampait tel un serpent.

Victoria dormait-elle ? se demanda-t-il. Son corps était-il tiède, délicieusement alangui ?

Désirait-elle toujours être caressée par un ange ?

Pourquoi les Thornton étaient-ils toujours en vie ?

La lumière décrut à la fenêtre de l'étage, puis se fondit dans la nuit et le brouillard. Le dernier membre de la famille Thornton s'était couché.

Gabriel attendit que Big Ben égrène les douze coups de minuit, puis traversa la rue.

La porte de la maison s'ouvrit sans un bruit.

Thornton avait rempli sa part du marché.

En définitive, ce n'était pas tant la violence qui l'avait persuadé d'aider Gabriel, que la peur du scandale. Gabriel l'avait menacé d'envoyer les informations qu'il détenait au sujet des gouvernantes au *London Times*.

Il attendit que ses yeux s'habituent à l'obscurité qui régnait à l'intérieur de la maison. Sentinelles silencieuses, les silhouettes des meubles émergèrent progressivement – une table, une chaise… Il y avait une porte sur la droite ; à gauche… l'escalier.

Une marche laissa échapper un craquement sec.

Gabriel se figea et retint son souffle, la main gauche crispée sur le pommeau de sa canne.

Il ne voulait pas tuer, mais il le ferait si nécessaire.

Il ne voulait pas posséder Victoria, mais il savait qu'il le ferait aussi.

Rien ne bougea.

Gabriel reprit sa progression plus prudemment encore. Parvenu sur le palier, il tourna à gauche, abordant de nouvelles ténèbres.

Un tapis de couloir en laine étouffait ses pas.

Il sentit la présence de Thornton dans sa chambre, au bout du couloir – tendu, celui-ci se demandait quand Gabriel allait entrer... sans se douter qu'il n'était qu'à quelques mètres de lui.

Gabriel ne perçut aucune émotion en provenance de Mary Thornton – ni peur ni défi.

Nulle conscience de sa présence.

Sans bruit, il ouvrit une porte.

La chambre sentait la fumée de charbon et un coûteux parfum de femme. Des braises rougeoyaient dans l'âtre de marbre blanc, des flammes jaune et bleu dansant sur la blancheur cendrée du charbon.

L'épouse de Thornton dormait paisiblement dans son lit à baldaquin.

Le pied d'une lampe de cuivre luisait sur la table de chevet ; près d'elle, un liquide étincelait dans une carafe de cristal. Gabriel devina, plutôt qu'il ne vit, les contours d'un petit flacon et d'un verre.

Il jura intérieurement.

La femme avait pris du laudanum pour trouver le sommeil. Thornton l'avait-il prévenue ?

Non. Peter Thornton se souciait davantage de sa réputation que de sa famille. Il n'avait pas prévenu sa femme.

Il referma doucement la porte derrière lui, et le cliquetis du pêne fut à peine perceptible au-dessus du crépitement du charbon ardent.

Mary Thornton dormait dans un négligé de soie et de dentelle. Sa chevelure d'un blond sombre se répandait sur une taie d'oreiller d'une blancheur immaculée.

La pénombre ne parvenait pas à altérer l'évidente beauté de Mary Thornton. Mais Gabriel ne ressentit aucune attirance pour elle.

Lentement, il remonta les couvertures au-dessus de ses épaules et les cala sous le matelas. Sans le moindre bruit, il contourna le lit, tira les couvertures jusqu'à l'oreiller et les cala plus étroitement encore sous le matelas, depuis la tête jusqu'au pied du lit.

Il ôta sa casquette de laine, la glissa dans sa poche, puis dévissa le pommeau de sa canne et en tira la courte lame.

L'acier aussi tranchant qu'un rasoir étincela à la lueur du feu.

S'agenouillant au chevet de Mary Thornton, Gabriel posa doucement le fourreau par terre pour libérer sa main droite.

— Mary, murmura-t-il d'une voix enjôleuse. Mary, réveille-toi.

Des reflets blond vénitien passèrent dans sa chevelure. Elle ne répondit pas.

Il faudrait plus qu'un murmure pour la réveiller.

Gabriel approcha sa main droite de sa bouche, saisit le bout de son gant de cuir entre ses dents, dégagea sa main et rangea le gant dans sa poche. Il se redressa alors, prit la carafe sur la table de chevet et versa de l'eau dans le verre vide. Prenant place sur le lit, sa cuisse calant les couvertures, il trempa ses doigts dans le verre, puis répandit lentement des gouttelettes d'eau sur le visage de Mme Thornton.

— Mary, chantonna-t-il. Réveille-toi, Mary.

Le visage de la femme roula sur le côté pour échapper aux gouttes d'eau.

— Hmm...

Gabriel trempa à nouveau ses doigts dans le verre.

— Mary, réveille-toi.

Une goutte d'eau s'écrasa sur sa joue ; instinctivement, elle se tourna vers lui. Il plaça délicatement le tranchant de la lame contre sa gorge et continua de répandre de l'eau sur son visage.

— Réveille-toi, Mary.

Ses paupières délicates se soulevèrent.

Mary leva les yeux vers lui.

Gabriel savait ce qu'elle voyait ; un ange nimbé d'un halo de cheveux d'or pâle.

Un assassin.

Il pressa légèrement la lame de l'épée afin de lui faire sentir la morsure de l'acier.

Elle écarquilla les yeux. Gabriel y vit luire une lueur de compréhension.

Son corps était piégé sous les couvertures. Elle ne pouvait pas bouger. Elle ouvrit la bouche pour crier.

Gabriel attrapa l'oreiller placé près d'elle.

Il pouvait étouffer ses cris. Ou l'étouffer, elle.

Elle ne pourrait rien faire.

Mary le comprit.

— Je sais ce que tu as fait, Mary, murmura-t-il. Crois-tu qu'il soit sage de crier ?

Elle le contempla durant de longues secondes, bouche bée. Puis referma la bouche avec un claquement sec.

— Qui êtes-vous ? cracha-t-elle.

Il n'y avait aucune trace de reconnaissance dans son regard. Elle ignorait qui était l'ange intouchable.

— Je suis quelqu'un qui peut te trancher la gorge et te laisser mourir.

Il laissa sa conscience s'imprégner de ces paroles.

— Mais je suis aussi quelqu'un qui peut te laisser la vie sauve.

Colère. Peur.

Gabriel attendit de voir laquelle de ces émotions l'emporterait chez Mary Thornton.

— Comment êtes-vous entré ? chuchota-t-elle rageusement.

— Ton mari m'a permis d'entrer, répondit-il, n'ayant aucune raison de lui mentir sur ce point.

Mary ne parut pas surprise de la trahison de son mari.

— Que voulez-vous ?

— Je veux ton sang, répliqua Gabriel dans un murmure provocant, avant de mordiller sa gorge offerte. Mais, à défaut de sang, je me contenterai d'informations. Aux exigences de qui te plies-tu, Mary ?

Elle ne bougea pas.

— Si vous me faites le moindre mal, mon mari ira trouver la police.

— Dans ce cas, je le tuerai aussi, répondit-il d'un ton badin.

La peur et la colère qui bataillaient en lui s'accrurent.

Mary Thornton était en vie.

Or elle n'aurait pas dû être en vie.

— Je ne me plie aux exigences de personne, affirma-t-elle.

Contrairement à son époux, Mary Thornton ne s'aplatirait pas.

Contrairement à celui de Victoria, son courage n'inspira à Gabriel aucune admiration.

Mary Thornton n'était rien d'autre qu'une putain de la bonne société qui profitait de la faiblesse de moins fortunés qu'elle.

Elle avait fait de Victoria Childers sa victime.

— Dis-moi qui a écrit ces lettres, Mary.

— Je ne sais pas.

Mary Thornton se contorsionna vainement pour tenter de se dégager des couvertures.

— Laissez-moi me lever !

— Je sais que tu mens, Mary.

Le regard de Gabriel était froid et mortel.

— Dis-moi qui a écrit ces lettres, et je te laisserai te lever. Un amant, peut-être ?

Mary se figea.

— Je n'ai pas d'amant.

— J'en suis navré, rétorqua Gabriel d'un air de profonde compassion.

Mary ne se laissa troubler ni par son charme ni par sa fausse compassion.

— Pourquoi êtes-vous ici ?

— Tu t'es montrée imprudente, *petite madame**. Tu n'aurais pas dû engager autant de gouvernantes auprès de l'agence de placement de l'Ouest.

La vague horreur de se réveiller avec une lame sous la gorge se mua en authentique frayeur.

— Je ne sais pas de quoi vous parlez, mentit-elle.

Des femmes comme Mary Thornton jouaient avec la mort, mais il était un destin bien pire que la mort pour ce genre de créatures.

— Imagine qu'il y ait une enquête, avança Gabriel. Tant de gouvernantes pour si peu d'enfants... Je me demande ce que les enquêteurs pourraient bien penser. Exploitation. Prostitution. Meurtres...

— Nous n'avons pas assassiné...

Mary réalisa son erreur dès que ces mots eurent franchi ses lèvres.

Gabriel eut un sourire sans joie.

— *Nous*, Mary ? releva-t-il. Qui est ce « nous » ? Es-tu bien sûre de ne pas avoir d'amant ?

— Nous n'avons fait de mal à personne, répliqua-t-elle, haineuse.

— Dis-moi pour qui tu travailles, Mary.

L'auteur des lettres ? Le deuxième homme ?

— Voir ton nom imprimé dans le *Times* te ferait sans doute plus souffrir que de te faire trancher la gorge. Dois-je contacter la presse ?

La façon dont Mary envisagea sa ruine se lut dans ses yeux.

La bonne société lui tournerait le dos. Ses amies la snoberaient. Ses relations d'affaires exigeraient qu'elle honore ses traites.

— Crois-tu que ton amant te viendra en aide, Mary ? modula Gabriel d'un ton amusé.

Pour finir, son mari se verrait contraint de divorcer.

— Crois-tu que ton époux voudra encore de toi ?

Elle perdrait son amant.

Sa réputation.

Mary Thornton perdrait tout ce qui fait que la vie mérite d'être vécue aux yeux d'une femme de son acabit.

— Qu'est-ce qui a le plus de prix pour toi, Mary ? Ceci... demanda-t-il en effleurant sa joue de l'oreiller de soie, ou bien ton amant ?

Il ne fut pas surpris par la réponse qu'il lut dans son regard.

Gabriel avait connu des femmes comme Mary. Elles n'étaient loyales qu'avec elles-mêmes. Semblable à la flamme léchant le charbon, une lueur de défaite passa dans ses yeux.

— Il s'appelle Mitchell, dit-elle d'un ton amer. Mitchell Delaney.

Gabriel n'avait jamais entendu le nom de cet homme. Mais il se le représenta aisément.

Pour traquer leurs proies, certains hommes se servent de la peur. D'autres de l'innocence. Certains les traquent pour les tuer. D'autres pour les baiser.

Le deuxième homme s'appuyait sur la peur *et* l'innocence pour tuer *et* baiser.

Était-ce le cas de Mitchell Delaney ?

Une vision de Victoria Childers surgit dans son esprit.

Victoria était curieuse de nature.

Le coûteux parfum de Mary Thornton l'étourdit soudain.

Et Gabriel sut ce que la curiosité de Victoria allait l'amener à découvrir.

Victoria découvrirait les miroirs sans tain.

Sexe. Meurtre.

Le deuxième acte allait commencer.

La peur accéléra les battements de son cœur. Mais ce ne fut pas la peur qui le fit durcir.

Il baissa les yeux sur l'acier qui caressait la gorge de Mary Thornton.

Elle lut la rage et le désir dans ses yeux d'argent. Ses yeux s'arrondirent au point de former deux lacs de terreur.

Victoria contemplait le plafond. Un sang écarlate se superposa à la peinture blanche.

Elle ferma les yeux.

Le sang écarlate vint maculer l'obscurité sous ses paupières.

— *Vous ne verrez pas l'homme qui vous tiendra dans sa ligne de tir... Peut-être distinguerez-vous un éclair de lumière quand il pressera la détente, peut-être pas. Une chose n'en demeure pas moins certaine : vous n'entendrez pas la détonation. Car vous serez déjà morte.*

Victoria rouvrit les yeux.

Elle ne voulait pas mourir.

Le parfum de Gabriel l'enivra. Il provenait des draps. Du peignoir.

— *Je refuse d'être une victime.*

— *Vous l'êtes déjà.*

Une vision de la serviette de soie surgit devant ses yeux, avec ces mots :

Je t'apporte une femme...

Pour un homme qui évitait les hommes, les femmes, l'amour et le plaisir.

— *J'ai appris à lire en anglais. J'espère pouvoir un jour lire le français avec autant de plaisir.*

Michael lui avait appris à lire.

Les deux anges.

— *J'ai aimé un homme, mademoiselle. Si je ne l'avais pas aimé, vous ne seriez pas ici.*

Michael faisait-il partie de la distribution de cette pièce qui n'était pas encore écrite ?

— *Le péché est dans l'amour*, avait dit Gabriel.

Il avait été blessé dans l'amour qu'il portait à son ami.

Mais l'amour n'était pas un péché.

— *Quand je suis devenu un homme, j'ai voulu connaître la passion d'une femme. Juste une fois, pour ressentir le plaisir que je donnais.*

Elle avait perçu la chaleur du corps de Gabriel. Savouré son haleine.

Victoria ne connaissait pas encore la texture de sa peau.

Elle ne voulait pas mourir avant de savoir si le contact de Gabriel méritait qu'on meure pour lui.

La peur était un puissant aphrodisiaque – le vide qu'elle créait exigeait d'être rempli.

Par le savoir.

Par l'action.

Par Gabriel.

Que le jeu commence.

Victoria rabattit les couvertures et glissa hors du lit.

Une coupelle de métal luisait sur la table de chevet. Remplie de préservatifs. Fourreaux de caoutchouc destinés à être déroulés le long du pénis érigé d'un homme.

Séduire un ange...

Dolly lui avait dit qu'un homme ne chercherait pas à se protéger avec une vierge et lui avait donné les comprimés de sublimé corrosif.

À présent, Dolly était morte.

Le peignoir de soie de Gabriel frôlait le sol. Victoria gagna le cabinet de travail. Une déception ridicule s'insinua en elle. Le vide palpitant qui l'habitait aurait dû suffire à lui signaler l'absence de Gabriel.

Elle regarda les inscriptions dorées sur les reliures des livres – et ne parvint à distinguer aucun titre, aucun nom d'auteur.

Elle voyait du sang. Elle voyait Mary Thornton.

Elle voyait Gabriel.

Victoria se demanda ce qu'il faisait. Attendait-il dans la nuit le moment propice pour entrer chez les Thornton ?

Elle se demanda s'il était encore en vie.

Elle se demanda combien de temps elle pouvait espérer vivre.

Il avait mis le feu à l'ancienne Maison de Gabriel. Pourquoi ?

Tellement de pourquoi...

Elle arpenta la pièce en évitant de s'approcher du divan de cuir bleu.

Nimbé par la lumière du coucher de soleil, le batelier solitaire qui glissait sur la mer étincelante l'observait depuis la sécurité de la toile peinte.

La porte de ce qu'elle prit d'abord pour un placard se révéla, quand Victoria eut la curiosité de l'ouvrir, être une porte similaire à celle qui menait à la chambre à coucher.

Le profond tapis marron du bureau de Gabriel cédait la place à un chemin de couloir noir et ras. Des appliques électriques projetaient un éclairage tamisé.

Le chemin de la liberté.

Victoria s'engagea dans l'étroit corridor.

Derrière elle, la porte tourna sur ses gonds et se referma.

Saisie, elle fit volte-face, des visions de la boîte ensanglantée affluant à son esprit.

Non, la porte ne s'était pas verrouillée derrière elle.

Son cœur persista à battre plus vite.

Ce couloir recelait un danger.

Les appartements de Gabriel recelaient un danger.

Victoria décida d'affronter le couloir et le danger.

Le corridor ne faisait pas plus d'une dizaine de mètres de long. Un étrange reflet lumineux luisait au fond. Plus intense que l'éclairage tamisé des appliques.

Parvenue au bout du corridor, Victoria comprit qu'il formait un coude et continuait en diagonale, éclairé par des fenêtres lumineuses.

Le cœur battant plus vite que ses pas, elle avança prudemment.

Contrairement à ce qu'elle avait cru, la lumière ne provenait pas de fenêtres extérieures, mais d'ouvertures qui donnaient sur l'intérieur du bâtiment.

L'onde de peur qui traversa Victoria était aussi inexplicable que l'élan qui l'incita à poursuivre.

Les tympans vibrant des battements de son cœur, elle s'approcha de la première fenêtre.

Une vive lumière éclairait une chambre à coucher tendue de rouge. La chambre n'était pas inoccupée.

Elle avança jusqu'à la fenêtre suivante. La chambre qu'elle découvrit de l'autre côté de la vitre était d'un vert aussi éclatant que le rouge de la précédente. Elle était également occupée.

La troisième chambre était dorée ; la quatrième, bleue…

Victoria vit des hommes et des femmes.

Voilà le monde sur lequel régnait Gabriel. Un monde où tous les désirs étaient permis et où le plaisir était le prix du désir.

Le désir charnel dans sa nudité la plus absolue.

15

Victoria sentit avec précision l'instant où Gabriel s'engagea dans le couloir.

Elle le sentit à travers son peignoir, le sentit même à travers sa peau – la conscience brûlante de ce que la tenancière de maison close avait fait de lui, et de ce dont l'homme qu'il cherchait l'avait privé.

Deux personnes se reflétèrent bientôt dans le miroir sans tain – une femme brune qui avait appris que le contact de la chair est immoral, et un homme aux cheveux d'or pâle qui avait connu tous les plaisirs de la chair sans jamais faire l'expérience de leur beauté.

L'homme et la femme qui se trouvaient de l'autre côté du miroir faisaient l'expérience du plaisir et de la beauté.

Ils se touchaient – mains féminines caressant la chair masculine, mains masculines caressant la chair féminine. Ils s'embrassaient, lèvres furtives, agaçantes, dévorantes. Ils s'étreignaient étroitement.

Il était jeune et beau ; elle n'était ni jeune ni belle.

Ils ne se souciaient pas de leur différence d'âge ni de leur apparence. La passion faisait d'eux des partenaires ; le besoin les rendait égaux.

— Peuvent-ils nous voir ? murmura Victoria.

— Non, répondit Gabriel d'une voix étrangement tendue. Ils ne voient qu'un miroir.

Victoria et Gabriel, de leur côté, voyaient une vitre transparente. Et, au-delà de cette vitre, l'homme et la femme que ni Gabriel ni Victoria n'osaient être.

— Comment se fait-il que nous puissions les voir et qu'ils ne voient qu'un miroir ?

— C'est le principe du miroir sans tain, expliqua Gabriel sans quitter le couple des yeux. La lumière vive de la chambre se reflète sur une solution de sel d'argent dont est enduite la vitre comme un miroir ordinaire, mais si le couloir où nous nous trouvons était aussi brillamment éclairé que la chambre, le miroir deviendrait transparent.

Victoria n'avait encore jamais entendu parler de ce phénomène.

— Peuvent-ils nous entendre ? chuchota-t-elle.

— Pas si nous parlons à voix basse.

L'homme et la femme s'écartèrent l'un de l'autre. La femme parla, et l'homme lui répondit.

Victoria vit bouger leurs lèvres, mais n'entendit pas ce qu'ils disaient. Elle pouvait seulement imaginer les paroles qu'ils échangeaient.

Paroles de louange pour la passion d'une femme.

Paroles de vénération pour le désir d'un homme.

Toutes paroles que Victoria n'avait jamais entendues ou prononcées, mais qu'elle aurait aimé entendre et prononcer avant de mourir.

L'homme s'approcha d'une table de chevet d'acajou – son membre viril fendant l'air, deux bourses parcheminées pendant en dessous – et attrapa un petit pot de grès.

Victoria avait déjà vu des hommes exhiber leur anatomie dans la rue, mais c'était la première fois qu'elle voyait un homme entièrement nu. Fessier ferme, muscles ciselés. Corps velu.

Elle en eut le souffle coupé.

— Savent-ils que ce miroir… n'en est pas un ? demanda-t-elle.

Les lettres avaient parlé de bien des choses, mais voir ces choses était plus troublant encore qu'en lire la description.

— L'homme le sait, fit Gabriel.

— Pas la femme ?

Les yeux d'argent de Gabriel se surimposaient sur l'image de l'homme et de la femme.

— Il le lui a peut-être dit. Elle venait une fois par mois dans l'ancienne Maison de Gabriel.

Celle qui avait brûlé.

Mais Victoria n'avait pas envie de penser au feu. À la destruction.

À la mort.

— Toujours avec le même homme ? s'enquit-elle, les lèvres sèches, la peau brûlante.

— Oui.

— Vous les avez déjà vus ensemble.

— Quelquefois.

— Vous observez les gens quand ils ont des rapports sexuels.

— La Maison de Gabriel est un négoce, mademoiselle. Un négoce dans lequel il peut arriver que des hommes ou des femmes trouvent la mort. C'est à moi qu'il revient de veiller à ce que cela ne se produise pas.

— Pourquoi l'avez-vous appelée La Maison de Gabriel ?

— Pour que le deuxième homme sache où me trouver.

Victoria déglutit.

— Y a-t-il un premier homme ?

— Il est mort.

De la main de Gabriel.

Victoria intégra ce nouvel élément.

— Vous m'avez avoué pratiquer le chantage.

Elle comprenait à présent de quelle façon il obtenait les informations lui permettant de faire chanter les gens.

— Je me contente de faire des recommandations à certaines personnes, mademoiselle, répondit-il d'un ton neutre.

Un mouvement attira l'attention de Victoria.

La femme s'était assise sur le lit, tournant le dos au miroir, ses cheveux bruns parsemés de fils d'argent effleurant le drap de soie.

Son désir d'être touchée par le jeune homme était palpable.

Désir que Victoria comprenait sans peine.

Au point de sentir le matelas se creuser, les ressorts grincer… Jusqu'à la fraîche caresse de la soie sur sa peau.

— Cela vous excite-t-il… de les regarder ? questionna-t-elle.

Le peignoir de soie effleurait ses pointes de seins aussi douloureusement que s'il eût été de papier de verre. Sa peau lui faisait penser à celle d'un fruit trop mûr, sur le point d'éclater.

— C'est un commerce, répondit platement Gabriel.

Le commerce du plaisir.

Un commerce dans lequel elle avait pénétré en mettant sa virginité aux enchères.

Aurait-elle eu le courage de le faire si elle avait su ce qu'elle savait à présent ? Aurait-elle vendu son corps si elle avait compris que le commerce charnel touchait autant l'âme que le corps ?

L'homme dévissa le couvercle du petit pot de grès, puis reposa couvercle et pot sur la table de chevet.

Victoria dut lutter pour maîtriser son souffle.

— Que contient ce pot ?

— Une crème lubrifiante.

Le terme la transperça.

Victoria réalisa qu'elle était moite.

Et que Gabriel le savait.

Son membre avait-il durci ?

— Toutes les chambres sont-elles équipées de… crème lubrifiante ?

— Oui.

— L'homme vient de la… toucher, fit remarquer Victoria. Elle n'a pas besoin de lubrification artificielle pour… l'accepter en elle.

Dans le miroir, les yeux d'argent captivèrent les siens.

— Tout dépend de l'orifice par lequel il la pénètre, mademoiselle. Et avec quoi.

Orifice.

Avec quoi.

Pour ce qui était du choix des orifices, elle comprenait. Mais…

— Que voulez-vous dire par « avec quoi » ? s'enquit-elle d'un ton prudent, incapable de détacher son regard de l'homme et de la femme.

— Chaque chambre est équipée d'un assortiment de… *godemichés**.

Victoria fut troublée, tant par l'hésitation de Gabriel que par le terme français qui ne lui était pas familier.

— Qu'est-ce donc qu'un… *godemiché** ?

Dans le miroir, les yeux de Gabriel projetèrent les feux de l'argent le plus pur.

— C'est un accessoire gainé de cuir qui a la forme d'un pénis.

Le vagin de Victoria connut une contraction incontrôlée. Avant le retour de Gabriel, elle avait vu un homme insérer un objet ayant la forme d'un pénis dans le corps d'une femme.

Tous deux avaient semblé prendre plaisir à la chose.

— Le terme « assortiment » suppose-t-il qu'il en existe de plusieurs tailles ?

— Oui, acquiesça Gabriel, son image se superposant à celle de l'homme et de la femme de l'autre côté de la vitre.

Moins de vingt-deux centimètres ? Plus de vingt-deux centimètres ?

— Avec quels autres accessoires un homme peut-il pénétrer une femme ?

— Regardez et vous le saurez, mademoiselle.

La femme s'était allongée sur le lit, sa chevelure se répandant autour d'elle. Le jeune homme s'agenouilla entre ses cuisses.

Victoria observa.

Il… l'embrassait. Là. Entre les cuisses. Au plus secret de sa chair.

Les petites lèvres de Victoria frémirent.

— Il n'a certainement pas besoin de lubrification pour l'embrasser, dit-elle sur une brève inspiration.

Elle avait déjà vu des clients accomplir cet acte avant son retour, mais assister à un tel spectacle en présence de Gabriel était entièrement différent.

— Il la prépare, précisa-t-il, impassible.

Il n'était pourtant pas insensible à ce qui se déroulait sous ses yeux. L'intensité de son regard écorcha la peau de Victoria comme une brûlure.

— À quoi la prépare-t-il ?

La femme souleva les jambes de façon à caler les talons au bord du matelas. Elle tendit les mains vers la tête de l'homme pour la maintenir en place.

Les doigts de Victoria se crispèrent.

Le jeune homme échappa à l'étreinte de sa partenaire, attrapa le pot de grès sur la table de chevet et y trempa les doigts de sa main droite.

Gabriel était gaucher.

Cette pensée avait surgi de nulle part.

L'homme approcha ses doigts lubrifiés des cuisses écartées de la femme.

Victoria serra les cuisses.

La femme renversa la tête en arrière, et Victoria découvrit le masque d'extase qui déformait son visage. À moins qu'il ne s'agisse d'un masque d'agonie.

— Que fait-il ? murmura-t-elle.

— Il l'écarte.

Victoria appréhenda la pénétration qu'allait subir la femme.

— De toute sa main ? s'inquiéta-t-elle.

— Il va commencer avec un doigt, puis deux.

Victoria se souvint des doigts de Gabriel.

Longs et pâles.

Le jeune homme se pencha et embrassa la femme entre les cuisses. Sans écarter sa main.

Victoria n'eut pas besoin de voir ce qu'il lui faisait pour le ressentir.

Un long frisson… d'envie la parcourut.

— Que ressent un homme quand il insère ses doigts à l'intérieur d'une femme ? demanda-t-elle d'une voix tremblante.

— Une sensation à la fois soyeuse et chaude.

La colère qui teintait la voix de Gabriel la fit frémir.

Dans le miroir, ses yeux ne regardaient pas le reflet de Victoria, mais la vitre elle-même. Il contemplait son passé et les femmes qu'il avait connues.

Les femmes qui l'avaient supplié de lui donner du plaisir, pour le supplier ensuite de se soulager en elles.

Mais lui ne les avait jamais suppliées.

Gabriel n'avait supplié qu'une seule fois dans sa vie. Au cours du viol de ses sens.

Victoria devina le plaisir qu'il avait procuré aux femmes au demi-sourire qui retroussa ses lèvres. Dans ses yeux d'argent, elle lut sa souffrance.

De l'autre côté du miroir, la femme faisait pivoter sa tête de droite à gauche, ses cheveux glissant en rythme sur la soie. Ses seins se soulevaient comme si elle était en train de courir.

De courir vers l'aboutissement du plaisir.

La bouche de la femme s'ouvrit – pour reprendre son souffle ou pour crier, Victoria n'aurait su le dire.

Gabriel était perdu dans ses souvenirs – de plaisir ou de douleur, Victoria n'aurait su le dire.

— Que ressentez-vous ? questionna-t-elle. Combien de doigts mettez-vous en elle ?

— Cinq, répondit Gabriel d'une voix rauque.

Victoria chercha son souffle.

Cinq *doigts* remuaient en elle.

— Je veux percevoir son plaisir, lâcha-t-il. Je veux participer à son plaisir – juste une fois, au lieu d'en être exclu. Je veux être uni à la femme à laquelle je donne du plaisir.

Au lieu d'en être exclu.

Voler en éclats sous l'effet de la souffrance alors que le désir vous submerge est inconcevable – c'était pourtant ce qui arrivait à Gabriel.

— Cette femme, dit Victoria, est-ce que… est-ce qu'elle apprécie d'avoir cinq doigts en elle ?

Dans la pénombre du couloir, une perle de sueur étincela sur le front de Gabriel tel un diamant.

— Le vagin d'une femme est conçu pour se distendre.

Quand même pas au point d'accueillir une main tout entière !

Dans ce cas, pourquoi le corps de Victoria vibrait-il à l'idée d'accueillir la main de Gabriel ?

— Comment faites-vous pour… la pénétrer avec cinq doigts ?

— Un doigt à la fois. (La perle de sueur glissa dans le sourcil de Gabriel.) J'ai consacré trois heures à préparer son corps.

Victoria s'imagina accueillant un doigt, deux, trois, quatre, cinq. Un à la fois. Pendant des heures et des heures. Son souffle haletant égrenant les secondes… la main lubrifiée s'insinuant en elle…

Le plaisir s'intensifiant.

Extase. Agonie.

— Dites-moi… fit Victoria, sa poitrine se soulevant au même rythme que celle de la femme. Dites-moi ce que vous ressentez.

Le reflet des yeux d'argent étincela sur la vitre.

— Je sens le clitoris d'une femme sous ma langue.

Le clitoris de Victoria enfla, douloureusement.

— Il est si dur qu'il donne l'impression d'être sur le point de se fendre en deux, avide d'atteindre l'orgasme.

La voix de Gabriel écorchait sa peau.

— Le vagin de la femme est brûlant. Je sens sa chair se distendre – accueillir le bout de mes doigts… jusqu'à la deuxième phalange… la largeur de ma paume. Les parois de son vagin forcent mes doigts à se replier pour former un poing. Je ne vois plus qu'elle, je n'entends plus qu'elle, je ne sens plus qu'elle. Le parfum de son désir. La succion de sa chair. Son ventre qui se contracte.

Victoria sentit le bout des doigts de Gabriel s'insinuer en elle… glisser jusqu'à la première… la deuxième phalange... la largeur de sa paume. Son ventre se contracta, comblé par un ange...

De l'autre côté du miroir, la femme cambra le dos jusqu'à ce que sa tête et ses talons seulement supportent son poids. Sa bouche s'ouvrit sur un cri.

— Je sens son orgasme déferler sur ma main, poursuivit Gabriel, le souffle court. Il enserre mon poignet et étreint mon poing jusqu'à ce qu'il n'y ait plus que son plaisir.

Lentement, le corps de la femme retomba sur le lit, languide.

Le jeune homme releva la tête – un puissant désir tendait ses traits.

Victoria avait découvert le désir sous des formes diverses, ce soir-là. Elle avait vu le désir d'intimité, le désir de gratification sexuelle, et aussi, tant dans le regard des clients que des prostitués, le simple désir de contact humain.

Le désir du jeune homme se reflétait sur le visage de Gabriel.

— Mais c'était son plaisir qui étreignait ma main...

Les yeux d'argent se rivèrent à ceux de Victoria.

Qui soutint son regard sans ciller.

— ... pas le mien, conclut-il.

Elle nota vaguement que de l'autre côté du miroir, l'homme essuyait sa main sur le drap, puis attrapait une petite boîte métallique placée près du pot de grès. Elle ressemblait à la boîte de préservatifs qu'elle avait trouvée sur le plateau de son dîner. L'homme se releva brusquement et se plaça entre les jambes de la femme qui tendait les bras vers lui pour l'accueillir, tandis que l'homme qui se tenait près de Victoria prenait ses distances avec leur passion. Avec la passion de Victoria.

Avec sa propre passion.

— C'est ce qu'il veut, réalisa-t-elle brusquement.

Les narines de Gabriel frémirent.

— Quoi donc ?

— Il veut que vous souffriez.

Mais Victoria ne voulait pas que Gabriel souffre.

Elle pivota vers lui.

— Vous avez envie de me caresser, dit-elle, priant pour que ce fût vrai.

— Oui, répondit-il, le regard brillant de sincérité.

Le désir qu'elle lut dans ses yeux comprima sa poitrine.

— Mais vous avez peur.

— Oui.

De caresser. D'être caressé.

Victoria risqua le tout pour le tout.

— Je veux que vous me caressiez.

Gris. Argent.

Peur. Passion.

— Je sais, fit Gabriel sans esquisser un geste.

— Je veux que vous sentiez mon plaisir, ajouta-t-elle avec audace. Je veux m'étendre nue sur votre lit. Comme cette femme. Et comme la femme dont vous vous souvenez. Que vous prépariez mon corps. Je veux que vous me donniez le plaisir que vous lui avez donné. Et je veux le partager avec vous.

Gabriel retint un instant son souffle.

— Vous êtes vierge.

Si Victoria détournait les yeux du regard cru de ses prunelles, elle se sauverait à toutes jambes.

Elle ne détourna pas les yeux.

— Vous avez acheté ma virginité.

Une vive tension s'éleva entre eux.

— Je ne sais pas ce que je pourrais faire, Victoria, si vous me touchiez, dit-il d'une voix altérée.

Douleur. Plaisir.

Victoria sentit l'une et l'autre lacérer sa poitrine.

— Dans ce cas, je ne vous toucherai pas, assura-t-elle.

— Mais vous êtes prête à vous laisser toucher. De toutes les façons que je voudrais.

— *Empétarder*... M'autoriseriez-vous cet accès, mademoiselle ?*

— Oui, souffla-t-elle.

— Vous me laisseriez faire n'importe quoi...

— *Vous m'autoriserez à vous étreindre, nos corps ruisselant de sueur, le parfum de nos sexes emplissant nos poumons...*

— Oui.

— Sans me toucher, précisa Gabriel, le regard assombri de désir. Quel que soit le degré de douleur ou de plaisir que je vous infligerais ?

Victoria suffoquait – à cause du peignoir de Gabriel, imprégné de son odeur. À cause des mots qu'il prononçait... Douleur... plaisir...

— Je ne vous toucherai pas, promit-elle.

Gabriel tendit la main vers elle... et effleura ses lèvres gercées, ses doigts aussi légers qu'une aile de papillon.

Un profond trouble érotique s'empara de Victoria.

— Je suis désolée, dit-elle, gênée. Mes lèvres ne sont pas... douces.

Alors que celles de Gabriel semblaient aussi douces que des pétales de rose.

Mais il n'avait pas l'intention de la laisser se détourner de lui ; son regard épinglait le sien, ses doigts l'électrisaient.

Il pianota doucement sur ses lèvres.

— Ouvrez la bouche.

La lèvre inférieure de Victoria se mit à trembler.

Un éclair d'argent brilla dans les yeux de son compagnon, le haut de ses joues s'était empourpré. Ses doigts s'immobilisèrent sur la jointure de ses lèvres.

Gabriel frémissait.

De peur. De désir.

D'elle. Pour elle.

Victoria ouvrit la bouche.

— Sucez mon doigt, dit-il d'une voix rauque.

Ses yeux bleus se verrouillèrent aux siens et elle prit l'index de Gabriel dans sa bouche.

Un doigt invisible lacéra son vagin.

Elle goûta son index d'un coup de langue.

Gabriel renversa la tête en arrière, comme sous l'effet d'une vive douleur.

— *Dieu**, soupira-t-il.

Victoria contempla les tendons de son cou, la veine qui palpitait à la base de sa gorge, juste au-dessus de l'échancrure de la chemise.

Le bout de son index était calleux. Son goût était salé.

Elle le suça comme un bonbon. Et perçut la caresse de sa langue entre ses cuisses – lèvres humides, doigt dur…

Gabriel baissa lentement la tête.

C'était le plaisir qui lui avait tiré ce soupir d'agonie divine, aucun doute sur ce point. Un plaisir si intense qu'il s'apparentait à la douleur.

Victoria sentait sa douleur autant que la sienne, son plaisir autant que le sien.

Le doigt qu'elle suçait caressa soudain le coin de ses lèvres.

Il l'embrassa. Son regard d'argent rivé au sien, son doigt l'incitant à écarter les lèvres.

Un souffle tiède envahit ses poumons. Son doigt laissait une sensation de brûlure dans son sillage. Gabriel l'apaisa d'une caresse de sa langue.

Chaude. Humide. Sa langue. Ses lèvres. Saveur. Agacerie. Union de leurs souffles, de leurs salives.

Le tout premier baiser de Victoria.

Elle en voulait d'autres.

Sentir encore son souffle, sa langue.

Gabriel, encore et encore.

Ses doigts se recourbèrent d'envie. Envie de poser la main derrière son crâne, d'en épouser l'arrondi.

Gabriel regarda cette envie croître dans ses yeux… et elle sut que c'était ce qu'il attendait… il attendait qu'elle le touche.

Mais Victoria ne le toucha pas.

Elle ferma les yeux et serra les poings.

Sa langue envahit soudain sa bouche – plus profondément que son doigt. Plus chaude. Plus humide.

La deuxième pénétration.

Elle sentit vaguement son index humide remonter le long de sa joue, bientôt rejoint par ses autres doigts. Il prit délicatement son visage entre ses mains pendant que sa langue caressait la sienne inlassablement… dessus… dessous… voile du palais…

Oh… mon… Dieu.

Victoria aspira un peu d'air frais.

Et rouvrit brusquement les paupières.

La langue de Gabriel, ses mains, son souffle, ne faisaient plus partie d'elle. Il s'était écarté et l'observait, attendant qu'elle tende les mains vers lui.

Victoria ne tendit pas les bras vers lui.

Mais elle en eut envie.

Par pitié, faites qu'il ne se détourne pas de moi…

Elle avait tant besoin de lui.

Tant besoin d'être aimée.

Pour la première fois de sa vie, elle refusait d'étouffer son désir.

Le regard de Gabriel se porta au-delà de l'épaule de Victoria, rappelant fugitivement à son esprit l'homme et la femme de l'autre côté du miroir, puis se reposa sur elle.

— J'ai fait confiance à une seule personne dans mon existence.

Michael.

Et Gabriel avait été meurtri.

— Je ne vous toucherai pas, Gabriel, déclara-t-elle d'un ton égal.

— Dieu vous vienne en aide si vous le faites, Victoria, répondit-il. Parce que je ne pourrai pas le supporter.

16

Gabriel s'écarta pour laisser la jeune femme le précéder dans le couloir. Tous les sens orientés vers lui, Victoria ne regarda ni à droite ni à gauche.

La clarté du lustre électrique l'aveugla quand elle pénétra dans la bibliothèque, et elle trébucha sur le seuil.

Gabriel ne la rattrapa pas.

Ils devaient se faire mutuellement confiance, avait-il dit.

Elle devait se fier à lui pour qu'il lui donne du plaisir.

Il devait se fier à elle pour qu'elle ne le touche pas.

Dans la chambre de Gabriel, l'éclairage était à peine plus tamisé que dans la bibliothèque.

Victoria s'immobilisa près du lit, ses doigts froissant le peignoir de soie.

— Je n'étais pas aussi… maigre, autrefois.

Les femmes qu'elle avait vues de l'autre côté des miroirs sans tain étaient de corpulences variées, mais aucune n'avait les côtes saillantes.

Le visage de Gabriel se durcit.

— Je n'éteindrai pas la lumière, Victoria.

— Je ne voudrais pas que mon aspect vous rebute.

— Je vous ai déjà vue, mademoiselle, et je vous assure que je n'ai pas été rebuté par votre aspect, dit-il, le visage assombri.

Victoria se sentit ridicule. Elle s'était dévêtue devant lui dès leur première rencontre. Il l'avait vue entièrement nue lorsque Mme Renée avait pris ses mesures. Lorsqu'elle lui avait demandé comment séduire un homme.

Comment aimer un homme.

Elle redressa le buste. Le regard de Gabriel se posa sur sa poitrine.

Victoria n'eut pas besoin de baisser les yeux pour savoir que ses pointes de seins tendaient la fine étoffe de soie.

Elle releva le menton.

— J'apprécierais de vous voir, moi aussi.

— Je ne suis pas un ange, Victoria.

Un sourire lui échappa.

— Je vous assure, monsieur, que je ne m'attends pas à découvrir que vous dissimulez des ailes sous vos vêtements.

Gabriel ne lui retourna pas son sourire.

— Mais vous vous attendez à un miracle.

— *Gabriel était l'ange messager de Dieu*, avait-elle dit.

— *Et Michel était son élu*, avait-il répondu.

Pour le meilleur ou pour le pire, la vie de deux garçons avait été à tout jamais altérée par une tenancière de maison close. Le prix de la survie.

Victoria avait un jour cru aux contes de fées, mais…

— Je n'ai jamais cru aux miracles, Gabriel.

— J'essaierai de ne pas vous faire de mal.

Confiance.

Mais Gabriel ne lui faisait toujours pas confiance.

Il craignait qu'elle tente de le toucher.

Il craignait de se mettre nu devant elle.

Victoria, elle, lui faisait confiance.

— Je sais, dit-elle en dénouant le peignoir pour le laisser choir à ses pieds.

Gabriel soupesa ses seins du regard, avant de les soupeser de ses mains.

La jeune femme affermit ses genoux pour les empêcher de se dérober sous l'effet de la sensation électrisante qui parcourut son corps.

— Vous avez de très beaux seins, Victoria, déclara-t-il d'un ton aussi âpre et brûlant que le contact de ses doigts sur sa peau.

Victoria dut se forcer à faire pénétrer l'air dans ses poumons pour lui répondre.

— Merci.

Il effleura ses côtes du bout des doigts, flatta le creux de sa taille…

— Généralement, les femmes portent un corset pour avoir une taille aussi fine que la vôtre…

— Merci…

Son regard revint croiser le sien.

— Je sais ce que c'est qu'avoir faim. Ne vous excusez jamais de votre apparence. Jamais.

— Je… n'ai pas de lubrifiant, avoua-t-elle, honteuse.

— Vous n'en aurez pas besoin.

— Mais vous disiez…

— Asseyez-vous, Victoria.

Elle s'assit au bord du lit.

Et son regard se retrouva au niveau de l'entrejambe de Gabriel.

— Vous êtes en érection, constata-t-elle.

— Je suis dans cet état depuis que vous êtes entrée la première fois dans la bibliothèque, répliqua-t-il d'un ton d'évidence qui se réverbéra délicieusement en elle.

Elle avait l'impression qu'une éternité s'était passée depuis qu'elle était entrée pour la première fois dans son bureau.

Victoria planta ses ongles dans ses paumes pour s'empêcher de déboutonner la braguette de Gabriel.

— Je veux que vous ressentiez aussi du plaisir, Gabriel.

— Si tel est votre désir, allongez-vous, Victoria, et laissez-moi vous toucher.

Tout habillé. Alors qu'elle était entièrement nue.

Victoria s'allongea.

Aussitôt, des mains fermes plongèrent sous ses fesses. Son corps fut tiré jusqu'au rebord du lit.

Elle s'agrippa au couvre-lit de velours.

Ses jambes s'écartèrent.

Les mains fermes les incitèrent doucement à s'écarter davantage.

Un courant d'air frais fut vite remplacé par la chaleur du regard d'argent.

Gabriel retint son souffle.

Il la toucha.

Victoria retint son souffle.

— Vous êtes moite, Victoria.

Oui.

Son doigt l'effleurait là où personne ne l'avait encore jamais touchée.

Elle-même s'était caressée à cet endroit pour la toute première fois après avoir reçu les lettres.

Victoria contempla la blancheur du plafond, les poings serrés sur le velours du couvre-lit.

S'il touchait son clitoris…

Le doigt chaud et ferme glissa entre les lèvres de son sexe et pressa sur son clitoris.

Victoria ouvrit tout grand la bouche. Et jouit. Le flot de la lumière électrique frappait son visage et la pression de son doigt lui transperçait l'âme.

— Vous avez eu un orgasme.

La voix de Gabriel écorcha ses oreilles.

Elle prit une longue gorgée d'air. La pression de son doigt déclenchait encore des picotements dans son clitoris.

— Oui.

— Qu'avez-vous vu ?

Victoria remua pour tenter d'échapper à son doigt. Il l'en empêcha. La pression demeura, légère, palpitante, invasive.

— La lumière, dit-elle.

Alors même qu'elle se croyait sur le point d'exploser de nouveau, l'index s'insinua entre ses lèvres moites.

Testa doucement sa résistance.

Ses muscles se contractèrent.

Victoria mordit sa lèvre.

— Que voyez-vous quand vous avez un orgasme ? questionna-t-elle.

— L'obscurité, lâcha Gabriel.

L'obscurité. La mort.

— Et que voyez-vous maintenant ?

— Je vous vois, Victoria. Vos lèvres enflées et luisantes. Je vois mon doigt s'immiscer au cœur de votre désir. Votre *portail** est d'un rouge plus profond. Je vois mon doigt franchir votre *portail**…

Oh…

Brûlure.

Victoria replia les genoux et serra les jambes.

La main de Gabriel resta enfouie entre ses cuisses.

Elle détourna vivement le regard de la manchette blanche qui émergeait de sa toison.

Les yeux d'argent attendaient les siens.

— *Sans me toucher… quel que soit le degré de douleur ou de plaisir que je vous infligerais.*

— *Je ne vous toucherai pas*, avait-elle promis.

Victoria batailla contre le matelas pour trouver un point d'appui, raidit les bras afin de supporter le poids de son corps.

C'était comme s'il la pénétrait avec un tisonnier chauffé à blanc.

Lentement, très lentement, ses muscles se détendirent et elle accepta son doigt.

Une lueur de soulagement passa dans les yeux de Gabriel. À moins qu'il ne s'agisse que d'une palpitation de l'éclairage.

— Écartez vos jambes, murmura-t-il, et je vous dirai ce que je vois.

Il avait déjà pénétré une femme avec toute sa main. Victoria doutait de pouvoir accepter ne serait-ce qu'un autre doigt. Elle s'humecta les lèvres.

— Qu'est-ce que le… *portail** ?

Le doigt de Gabriel, toujours aussi brûlant, déclenchait une étrange palpitation.

— C'est une métaphore française pour désigner le vagin d'une femme.

Le corps de Victoria était comme mu par une volonté propre. Il se détendait progressivement pour accepter son doigt.

Les traits de Gabriel se durcirent.

De désir ? De dégoût ?

— Vous référez-vous toujours à l'anatomie féminine en français ?

— Non.

— Quel mot utilisez-vous ?

— Chatte.

Un mot qu'elle avait entendu dans les rues de Londres.

— Ce n'est pourtant pas celui que vous venez d'employer.

— Non, reconnut-il d'un ton bourru.

Son vagin se contractait convulsivement autour de son doigt.

— Pourquoi ? demanda-t-elle, perplexe.

Elle crut un instant que Gabriel ne répondrait pas.

— J'ai parlé français avant de parler anglais.

Avant de se prostituer.

Avant que l'homme l'ait dépouillé de la maîtrise dont il était si fier.

Avant que ses désirs se retournent contre lui.

Elle écarta les jambes.

Les cils de Gabriel voilèrent ses yeux.

Victoria suivit son regard. Elle ne pouvait rien voir de plus que sa toison pubienne et la manchette blanche prolongeant la main qui se trouvait entre ses cuisses.

— Je vois… mon doigt… Il brille d'humidité…

Victoria sentit le doigt de Gabriel se retirer lentement… et le visualisa dans son esprit… long, pâle, brillant d'humidité…

Son corps se contracta pour le garder en elle.

— Du calme, murmura-t-il. Je me souviens de la première fois que j'ai vu une femme ainsi, enchaîna-t-il, le regard rivé sur elle.

— Quel âge aviez-vous ?

— Treize ans.

L'âge qu'il avait lorsque la tenancière de maison close l'avait recueilli.

Le doigt de Gabriel revint en elle, lentement… très lentement… jusqu'à s'introduire complètement.

— Qu'avez-vous pensé quand vous l'avez vue… ainsi ?

— J'ai pensé que si l'homme possède une âme, celle-ci réside dans le corps de la femme.

La poitrine de Victoria se contracta, puis son vagin se contracta à son tour.

Gabriel insérait un deuxième doigt.

Il l'ouvrait, l'étirait.

— Gabriel… soupira-t-elle.

Ses cils se relevèrent.

— J'aime la façon dont vous prononcez mon nom.

Lentement, il retira ses deux doigts, tout en la soumettant à l'étude attentive de son regard, cherchant à déceler un signe de douleur… de plaisir.

— Qu'a-t-elle de particulier ? s'enquit-elle d'une voix étranglée.

— Vous le prononcez comme si vous étiez persuadée que j'ai une âme.

Il incurva l'extrémité de ses doigts et caressa délicatement la paroi de son vagin.

— Jouissez pour moi, Victoria. Vous avez dit vouloir partager votre plaisir avec moi. Partagez-le.

Il soutint son regard tandis que ses doigts incurvés glissaient, frôlaient, tâtaient… La sensation l'électrisa tout entière.

Comme s'il y avait un autre clitoris dans son vagin, ou comme si son clitoris était accessible de l'intérieur.

Gabriel la caressait sans cesser de soutenir son regard.

Un désir ardent se propagea dans les veines de Victoria, s'immisça le long de sa colonne vertébrale.

Le regard de Gabriel n'avait rien d'ardent. Il était attentif et calculateur.

Victoria voulait davantage que son savoir-faire.

— Je ne peux pas, hoqueta-t-elle.

L'ombre d'un sourire passa sur son visage.

— Vous pouvez. Vous allez le faire… vous le faites déjà.

Le corps de la jeune femme s'affaissa. Elle explosa dans un cri.

Quand sa vision redevint claire, Gabriel l'attendait.

— Qu'avez-vous vu ?

— La lumière, haleta-t-elle.

Tremblante.

Gabriel inséra un troisième doigt.

Il l'écartait si largement qu'elle ne pouvait espérer chasser ses doigts par la seule contraction de ses muscles. Son orgasme vibrait encore – *trois doigts.*

— Je le sens, murmura-t-elle. Je me sens… palpiter autour de vos doigts…

— Oui, souffla-t-il, une expression étrange passant sur son visage. Je le sens aussi.

Victoria avait le souffle court.

— J'ai dit que je ne vous toucherais pas.

— Oui, admit-il, le regard soudain durci.

— Mais je n'ai pas dit que je ne vous dirais pas ce que je désire.

— Que désirez-vous, Victoria ? demanda-t-il, son regard se faisant lointain.

Combien de femmes lui avaient-elles confié leurs désirs… sans jamais se soucier des siens ?

— Je veux que vous me goûtiez. Je veux que vous vous souveniez du goût que j'ai. Et après, je veux que vous me fassiez tout ce que vous voudrez. Tout. N'importe quoi.

Les cils de Gabriel voilèrent son regard.

Victoria sentait l'essence de son plaisir s'écouler entre ses lèvres. Gabriel le voyait-il ?

Peut-être n'aimait-il pas le parfum de son sexe…

Gabriel se plaça entre ses cuisses. Trois doigts glissaient en elle… allaient… venaient… allaient… venaient. Fermement. Profondément.

Utilisant le reflux du plaisir pour créer l'afflux d'un nouvel orgasme.

Les cheveux d'or pâle se mêlèrent à la toison sombre.

Quand le souffle de Gabriel passa sur sa vulve, Victoria crut défaillir. Quand ses lèvres se refermèrent sur elle, elle crut mourir.

Quand la langue de Gabriel toucha la perle de chair durcie de son clitoris, Victoria mourut pour de bon.

— *Il y a toujours une part de douleur dans le plaisir,* avait-il dit.

L'ombre se mêla à la lumière, puis la lumière domina à nouveau. Victoria ouvrit les yeux et retrouva la blancheur du plafond.

Elle ne se souvenait pas d'avoir fermé les yeux, elle ne se souvenait pas de s'être rallongée.

Elle sentait seulement la vacuité de son corps et les infimes picotements qui continuaient à danser sur son clitoris.

Le choc d'un objet métallique pénétra sa conscience.

— Qu'avez-vous vu, Victoria ?

— La lumière.

Elle tourna mollement la tête vers Gabriel. Il plongeait la main dans une petite boîte. Ses lèvres étaient humides et brillantes. D'elle.

— Ce que je veux, Victoria, dit-il d'une voix râpeuse.

Il s'écoula un moment avant que Victoria se rappelle le contenu de cette boîte… et un autre encore avant qu'elle comprenne ce que faisait Gabriel.

Une gouttelette argentée étincelait au sommet de son membre viril, dont l'extrémité engorgée avait la forme d'une belle prune… *Bite**, avait dit Mme Renée. L'étoffe de son pantalon à fines rayures encadrait le buisson de sa toison pubienne d'un blond sombre. Il étala la gouttelette d'argent sur l'extrémité de son membre, puis lissa d'un geste expert la gaine de caoutchouc sur toute sa longueur… cinq, dix, quinze, vingt, vingt-deux centimètres…

Victoria sentit son ventre se contracter et leva vivement les yeux.

Elle ne reconnut pas son visage. Ses lèvres étaient étirées, sa peau marbrée, et ses yeux ne formaient plus que deux échardes d'argent étincelantes.

— Vous avez dit « tout ce que je voudrais ». N'importe quoi.

Oui.

— Je vais vous dire ce que je veux, ajouta-t-il d'une voix rocailleuse. Je veux m'enfouir en vous et vous faire jouir jusqu'à ce que vous me fassiez jouir à mon tour.

Il la regardait comme s'il s'attendait à une objection de sa part.

Victoria lutta pour retrouver son souffle et, pendant une paralysante seconde, fut effectivement tentée d'objecter.

— Cela me semble... (Terrifiant ? exaltant ?) ... paradisiaque.

Son membre enveloppé émergeait de son pantalon à fines rayures, fièrement érigé.

— Le paradis n'existe pas, Victoria, mais je peux vous montrer l'enfer.

Elle n'en doutait pas.

Gabriel s'agenouilla. Des mèches de sa chevelure d'or pâle retombèrent sur son front quand il inclina la tête.

Victoria sentit la laine de son pantalon lui frôler l'entrecuisse. Le caoutchouc buter contre les replis de sa chair.

Elle fit remonter ses fesses sur le lit.

Un doigt pressa délicatement son clitoris.

Captivée par son regard, la jeune femme sentit son souffle se bloquer dans sa gorge.

— Prenez-moi, Victoria, dit-il d'une voix rauque. Mes doigts ont pris votre hymen. À présent, vous devez prendre mon sexe...

— Il est plus large que ne le sont vos doigts...

Mais moins que sa main...

Gabriel encercla son clitoris, délicatement, suavement.

Les muscles de Victoria se détendirent.

Elle eut l'impression qu'un poing fermé cherchait à la pénétrer, que c'était impossible... et puis l'impossible se produisit et elle le sentit en elle.

Son doigt encerclait son clitoris, doux, ferme, audacieux… Douleur. *Plaisir*…

Le corps de Victoria s'ouvrit pour l'accueillir davantage. La douleur s'accrut. Le plaisir s'accrut…

La douleur cessa. Pas le plaisir.

Un battement de cœur palpitait en elle.

Un halètement emplissait la pièce.

— Jouissez pour moi, Victoria, et je vous octroierai deux centimètres de plus.

Son membre s'immobilisa en elle ; pas le doigt qui l'encerclait. Le doigt glissa un peu plus bas, lissa le pourtour de l'anneau de chair, puis remonta entre ses lèvres moites pour taquiner encore et encore son clitoris… Victoria ressentit le besoin urgent de le sentir plus profondément en elle…

Un cri lui échappa lorsque ses muscles se contractèrent spontanément autour de son membre.

La tête arrondie qui l'étirait à la limite du supportable coulissa en elle… sur cinq centimètres.

— Qu'avez-vous vu ?

La lumière. L'obscurité.

Argent. Gris.

— La lumière…

Le doigt l'encerclait inlassablement.

— Gabriel…

Le corps de Victoria s'ouvrit. Elle eut l'impression d'être transpercée par un éclair.

Il coulissa en elle sur deux… cinq autres centimètres.

Le souffle de la jeune femme se fit haletant.

— Qu'avez-vous vu, Victoria ?

Elle palpita. Il palpita en réponse.

Le couvre-lit palpita aussi au creux de ses poings crispés.

— Qu'avez-vous vu, Victoria ? répéta-t-il d'une voix tendue.

— La lumière, s'entêta-t-elle.

Nulle obscurité au plaisir. Aucun péché…

— Oh, mon Dieu ! Gabriel… je ne peux pas… Gabriel…

— Qu'est-ce que vous ne pouvez pas faire, Victoria ?

Ou plutôt, qu'est-ce que vous ne pouvez pas *ne pas* faire…

La sueur coulait sur le visage de Gabriel.

Il voulait qu'elle lui demande d'arrêter.

Victoria s'en garda bien.

— J'ai besoin… haleta-t-elle.

La lumière de l'orgasme qu'elle sentait poindre tourbillonna devant ses yeux quand son doigt encercla son clitoris.

— De quoi avez-vous besoin ? s'enquit-il d'une voix caressante, résistant volontairement au plaisir.

Une vive colère la saisit.

Il en ressentait forcément. Ne sentait-il donc pas sa chair le caresser, l'étreindre ?

L'engloutir ?

— J'ai besoin de jouir encore.

Gabriel la fit jouir encore. Puis glissa en elle sur trois nouveaux centimètres.

L'intrusion lui coupa le souffle.

— Qu'avez-vous vu, Victoria ?

— La lumière.

Nouvel orgasme. Nouvelle avancée.

— Qu'avez-vous vu ? répéta-t-il, désirant obstinément lui faire voir l'obscurité.

— La lumière, souffla-t-elle, éblouie par le halo de sa chevelure. Je vois la lumière.

Elle était incapable de différencier la douleur du plaisir. Elle eut un nouvel orgasme. Nouvelle avancée de Gabriel.

Quinze… seize… dix-huit… vingt centimètres…

— Qu'avez-vous vu, Victoria ? demanda-t-il, au supplice.

Sa chemise de lin blanc collait à sa peau. Le rythme de sa respiration s'harmonisait à celui qui palpitait dans son vagin.

Victoria avait du mal à se concentrer sur lui plutôt que sur la décrue de son orgasme, qui cédait déjà le pas au suivant. Il n'y avait plus de place en elle pour les pensées.

L'intrusion de Gabriel captivait tous ses sens.

Le corps de Gabriel. Le désir de Gabriel.

Elle mourrait s'il ne s'arrêtait pas ; elle mourrait s'il s'arrêtait. Le plaisir d'un ange…

Son doigt l'encerclait toujours, ne lui accordant aucun répit.

Que voyait-elle… ?

— Je vous vois, Gabriel, haleta-t-elle. Quand je jouis, c'est vous que je vois.

Douleur.

La douleur qu'elle lut sur son beau visage bloqua l'air dans ses poumons. L'impact de son corps le chassa d'un seul coup.

Gabriel la percuta d'un bloc. Au même instant, un nouvel orgasme la traversa.

Un cri s'éleva. Victoria n'aurait su dire s'il venait d'elle ou de lui. Leurs battements de cœur, leurs chairs se confondaient, l'orgasme qui les submergeait appartenait autant à l'un qu'à l'autre.

Victoria sut que Gabriel avait connu le plaisir. Elle le sut parce qu'il l'abandonna brusquement.

Ses poings se crispèrent sur le couvre-lit.

Sans toucher son corps, Victoria avait touché un ange.

Elle ferma les yeux et contempla l'obscurité en écoutant ses pas traverser la chambre jusqu'à la salle de bains…

Les minutes passèrent. Elle ressentait un vide étrange, comme s'il avait créé un gouffre en elle.

Un léger bruit de tuyauterie vibra dans l'air. Le cliquetis d'une porte troua le silence.

Elle sentit alors son regard se poser sur elle, aussi nettement que la palpitation qui s'élevait au plus secret de sa chair.

— Mary Thornton s'est montrée coopérative, déclara-t-il d'une voix tendue. L'homme qui a écrit les lettres s'appelle Mitchell Delaney.

Victoria ne céderait pas à l'envie de pleurer.

Sous ses paupières, l'obscurité ondoya.

— Je ne connais aucun Mitchell Delaney.

— Lui vous connaît, mademoiselle.

— Je m'appelle Victoria.

Et elle aimait la façon dont Gabriel prononçait son nom, ses lèvres insufflant au V initial le souffle d'une caresse.

Certes, l'homme qui avait écrit les lettres savait qu'elle préférait la soie à la laine pour ses dessous. Et il savait que les femmes ont les mêmes besoins sexuels que les hommes.

Mais il ne savait pas quelle femme était Victoria Childers. Cela, seul Gabriel le savait.

Car il avait touché le secret de son âme.

Gabriel tourna les talons et quitta la chambre.

17

Gabriel effectua un périple compliqué à travers les rues, s'engagea finalement dans une ruelle au bout de laquelle il s'arrêta, son souffle trouant le brouillard jaunâtre d'un nuage de vapeur, son épée d'argent levée, prête à accueillir un éventuel poursuivant.

Personne ne l'avait suivi.

Il le regretta.

Gabriel aurait aimé tuer.

Il aurait aimé échapper au parfum et à la présence de Victoria.

Il aurait aimé nier le plaisir qu'elle lui avait donné.

— *Je vous vois, Gabriel. Quand je jouis, c'est vous que je vois.*

L'espace d'un instant – alors que l'extrémité de son sexe pulsait contre le secret de sa chair – il avait presque cru qu'il avait une âme.

Gabriel concentra fiévreusement ses pensées.

Personne ne l'avait suivi chez les Thornton, que ce soit de jour ou de nuit. Et pourtant, quelqu'un avait vu Mme Renée entrer chez lui.

Quelqu'un avait intercepté les cartons de vêtements destinés à Victoria.

Le bruit des sabots d'un cheval frappant le pavé le tira de ses pensées. Le cœur battant, Gabriel regagna l'ombre de la ruelle.

La lumière qui se rapprochait se révéla bientôt être celle des lanternes d'un fiacre. Un cab passa en brinquebalant devant la ruelle et disparut dans le brouillard.

Gabriel zigzagua à travers trois autres rues. D'autres cabs passèrent, trouant le brouillard du petit jour. Il héla le troisième en surgissant devant le cheval dont il saisit les rênes.

Le cheval broncha ; le cocher jura.

— Écarte-toi d'mon cheval, espèce de…

— Deux souverains d'or pour toi si tu me fais monter, dit Gabriel en maintenant la voix basse.

Le tarif d'un fiacre était de six pence par mile ; un souverain était l'équivalent de deux cent quarante pence. Gabriel n'eut pas besoin de distinguer nettement les traits du cocher pour lire le calcul dans ses yeux – il lui aurait fallu parcourir quatre-vingts miles pour gagner deux souverains !

Gabriel connaissait la rue et comprenait les hommes et les femmes appelés à y survivre.

Mais il ne comprenait pas Victoria.

— Où voulez-vous donc aller ? s'enquit le cocher d'un ton prudent. C'est que je m'en retournais aux écuries, moi.

— Pas bien loin, répondit Gabriel aimablement. Au club des Cent Guinées. Je veux que vous fassiez lentement le tour du pâté de maisons jusqu'à ce que je frappe contre le toit. Quand je frapperai, vous vous arrêterez. Quelqu'un me rejoindra et vous dira où nous conduire.

Le cocher ne prit pas la peine de demander où se trouvait le club des Cent Guinées. À l'instar de La Maison de Gabriel, ce haut lieu de débauche était connu de tous les noctambules.

— Je veux bien faire ça, à condition d'être payé d'avance.

Son cheval fit un soudain écart, manquant de peu écraser le pied de Gabriel. Celui-ci s'empressa de calmer l'animal en lui flattant l'encolure de ses mains gantées. Alors qu'il accomplissait ce geste, le souvenir de la douleur de

Victoria – accueillant ses doigts, puis son sexe – doublé de celui de son plaisir – sous l'assaut des orgasmes qu'il lui avait infligés – l'assaillit de façon troublante.

Il savait ce que pensait le cocher : l'homme le croyait en quête d'un coquin pour partager son lit.

Une colère inhabituelle surgit en lui ; il la jugula aussitôt.

Les pensées ne tuent pas ; le deuxième homme, si.

— Un souverain tout de suite, l'autre à la fin de la course, avança-t-il posément.

L'appât du gain eut raison des scrupules du cocher.

— Grimpez donc, mon prince.

L'intérieur du cab empestait la fumée de cigare refroidie, le gin bon marché, le parfum rance et la sueur.

Gabriel regarda par la fenêtre. La lumière des réverbères tentait de repousser le brouillard, gagnant la partie dans une rue, la perdant dans la suivante. Des silhouettes d'hommes, de femmes et d'enfants surgissaient de-ci de-là à travers la brume jaunâtre.

Il pensa à Victoria arpentant les rues, seule. Survivant au jour le jour.

Il s'empressa de chasser cette image.

Elle n'aurait plus jamais à vivre dans les rues. Gabriel y veillerait.

Une file de cabs stationnait devant le club des Cent Guinées.

Gabriel tira une montre d'argent de sa poche – il était encore trop tôt.

Le cab fit lentement le tour du pâté de maisons quatre fois de suite. À la cinquième, une grande femme blonde vêtue d'une cape de velours écarlate s'approcha de la file des cabs.

Du pommeau de sa canne, Gabriel frappa trois coups secs contre le plafond.

Le cab s'immobilisa.

Gabriel ouvrit la portière, puis se coula au fond de la banquette afin de rester dans l'ombre.

La femme hésita.

Gabriel cala sa canne contre la portière ouverte et le pommeau d'argent étincela dans la brume.

La femme approcha, s'arrêta pour indiquer une adresse au cocher. Quelques secondes plus tard, elle prenait place sur la banquette – craquement de cuir usé, bruissement de velours.

Une hanche se pressa contre celle de Gabriel ; il serra les dents. Un parfum écœurant l'enveloppa.

La femme se pencha en avant et saisit la poignée de la portière pour la refermer.

Le cab se mit en route.

Gabriel tourna la tête et regarda la tête blonde, tous les muscles de son corps se contractant dans l'intention d'ouvrir la portière et de prendre la fuite.

De courir rejoindre Victoria. Victoria, et l'espoir qu'elle incarnait.

— As-tu découvert quelque chose ? s'enquit-il.

— Oui.

La voix n'était pas féminine ; c'était une voix d'homme.

Un profond dégoût de soi emplit Gabriel tandis qu'un poing se refermait dans sa poitrine. C'était lui qui avait fait cela à l'homme qui était assis près de lui – lui, et le deuxième homme.

— Je t'ai dit que tu n'étais pas obligé de faire ça, John, murmura Gabriel tout en résistant aux cahots du cab.

— Je n'ai rien fait ce soir que je n'aie déjà fait des milliers de fois, répondit John d'une voix atone.

Dix ans plus tôt, John se prostituait pour survivre ; ce soir, il l'avait fait pour Gabriel.

John leva la main et arracha sa perruque blonde.

— Rien ne vous obligeait à me prendre avec vous il y a dix ans. (Les cheveux de John projetèrent un éclat doré sous la lumière d'un réverbère, aussitôt éteint par l'ombre de la brume.) J'en serais encore là, sans vous.

— Je n'ai pas vu Stephen, dit Gabriel.

— Vous n'étiez pas censé le voir, répliqua John sans détacher les yeux de la portière. Il surveille le club, comme vous le lui avez demandé.

Et Gabriel avait aussi demandé à John de faire la putain.

John tourna lentement la tête vers lui et ses yeux brillèrent dans la pénombre.

— Comme ils se servent de pseudonymes féminins, je ne pouvais pas m'informer directement de Gerald Fitzjohn.

— Fitzjohn est mort, annonça Gabriel. Décapité.

John ne manifesta ni horreur ni surprise. Ce qu'il venait d'affronter ce soir était bien pire que la mort.

— Un type a dit que Géraldine lui avait posé un lapin.

Géraldine… Gerald ?

Gabriel se raidit. Le cab aborda un virage et il saisit la poignée de cuir du plafond.

— Comment s'appelait cet homme ?

— Il se faisait appeler Francine.

Francine… Frances.

Le vicomte Riley se prénommait Frances. Et était copain comme cochon avec le duc de Clarence, héritier du trône d'Angleterre. Lequel duc signait le registre du club du prénom de sa mère : Victoria.

— Il a dit qu'hier soir, Lenora leur avait posé un lapin, à Géraldine et à lui, poursuivit John, et qu'il n'avait pas revu Lenora depuis.

Lenora… Leonard ?

Gabriel n'avait jamais entendu parler d'un aristocrate ou d'un membre du Parlement se prénommant Leonard.

Mais peut-être le deuxième homme en connaissait-il un ?

Le deuxième homme avait-il tué celui qui se faisait appeler Lenora, comme il avait tué Gerald Fitzjohn ?

— Connaîtrais-tu par hasard un certain Mitchell Delaney ?

— Non, répondit John. Est-ce un des membres du club ?

John se tassa sur la banquette de façon à ménager le plus d'espace possible entre lui et Gabriel. Parce qu'il ne supportait pas le contact d'un autre homme après la soirée qu'il venait de passer ?

— Je n'en sais rien, répliqua Gabriel, le grincement des roues du cab faisant écho à ses appréhensions.

Il ne se leurrait pas.

On pouvait très bien l'avoir suivi sans qu'il s'en aperçût.

Le cab ralentit.

Des hommes pouvaient très bien avoir été chargés de l'attendre devant chez John. Des hommes qui tueraient John et enlèveraient Gabriel.

Le fiacre s'immobilisa.

John rajusta sa perruque.

— Je préfère que ma logeuse croie qu'une femme me rend visite, dit-il d'un ton d'excuse.

— Tu la connais bien, ta logeuse ? demanda Gabriel, souhaitant secrètement qu'il la connaisse charnellement.

Souhaitant secrètement que John puisse trouver la consolation dont le deuxième homme avait privé Gabriel.

— C'est une veuve. Il nous arrive de nous réconforter l'un l'autre.

— Profite bien de son réconfort cette nuit, John.

John ne répondit pas. Il se pencha en avant, ouvrit la portière et se redressa.

— On prétend que vous n'avez pas connu de femme depuis presque quinze ans, lâcha-t-il soudain sans se retourner.

— C'est ce qu'on prétend, en effet, acquiesça Gabriel.

L'ombre d'un sourire passa fugitivement sur ses lèvres. Que devaient s'imaginer ses employés maintenant que Victoria avait demandé une boîte de préservatifs ?

— Qui vous réconfortera cette nuit, monsieur Gabriel ? reprit John.

Gabriel fut incapable de bloquer les images de Victoria qui s'imposèrent à son esprit. Victoria observant l'homme et la femme à travers le miroir sans tain. Victoria offrant à Gabriel de la caresser.

Ses seins épanouis, son ventre contracté se préparant à l'orgasme, ses jambes écartées se soulevant pour obtenir davantage.

— Certains hommes n'ont pas droit au réconfort, lâcha-t-il, laconique.

Gabriel avait pourtant eu droit au réconfort.

Un frisson parcourut son échine quand la pensée du deuxième homme l'assaillit. S'il l'atteignait, désormais…

— Ce que j'ai fait ce soir, je l'ai fait en connaissance de cause, monsieur, déclara John. Vous n'avez aucun reproche à vous faire.

Gabriel se demanda vaguement jusqu'où John serait prêt à aller pour lui.

— J'augmenterai ton salaire.

— Ce ne sera pas nécessaire, répondit John. Une fois que vous aurez mis la main sur le type que vous cherchez, je compte m'acheter une ferme. Je viens de comprendre ce soir qu'en dix ans, vous m'avez permis de retrouver ma dignité d'être humain. Je vous en remercie.

Mais John ne pardonnerait jamais à Gabriel de lui avoir demandé de se faire passer pour une putain dans le club où il avait autrefois travaillé.

Gabriel ne lui avait rendu sa dignité que pour l'en dépouiller.

Le cab oscilla ; la portière claqua.

Gabriel se retrouva tel qu'il préférait être – seul.

Il n'y avait donc aucune raison pour que l'obscurité l'oppresse.

Aucune raison pour qu'il se lamente sur la perte d'un de ses employés.

Il avait à cœur d'aider hommes et femmes n'ayant pas d'autre choix que voler ou se prostituer pour survivre. Un de ses employés serait promu au rang laissé vacant par John, et un nouveau venu aurait ainsi sa chance.

Il aurait dû se réjouir du départ de John, mais il ne le pouvait pas.

Le deuxième homme s'employait à détruire sa nouvelle vie aussi systématiquement qu'il s'était employé à détruire la précédente.

Mais il lui avait apporté une femme. Et Gabriel ne savait toujours pas *pourquoi*.

18

Les yeux clos, Victoria imagina Gabriel en train d'ouvrir l'armoire, d'après les sons qui lui parvenaient. Une pause silencieuse… Un tiroir qui s'ouvre, se referme. Un autre tiroir. Un troisième…

Elle imagina le contenu de chacun d'eux.

Elle avait vu ses sous-vêtements, touché ses caleçons, tissés d'une laine aussi fine que la soie, vu son pistolet et son couteau sur ses chemises empesées…

Victoria perçut le murmure d'une porte qui se refermait.

Elle se demanda l'heure qu'il était.

Elle se demanda si Gabriel accepterait de lui pardonner de l'avoir touché sans même poser les mains sur lui, et réalisa au même instant qu'il ne le ferait que lorsqu'il se pardonnerait à lui-même.

Et si Victoria s'était demandé ce qu'elle ressentirait une fois qu'elle aurait perdu sa virginité, elle le savait, désormais.

Elle se sentait vide.

Elle ouvrit les yeux sur le trou noir du plafond, le souvenir du plafond blanc et de la sueur s'écoulant sur le visage de Gabriel venant s'inscrire en surimpression.

Victoria avait été touchée par les caresses de Gabriel. Elle ne pourrait plus jamais s'en passer.

Elle fit glisser ses jambes hors du lit, se leva et grimaça.

Elle passa dans la salle de bains et se souvint…

— *J'ai froid. Je crois que je n'aurai plus jamais chaud.*

Gabriel l'avait réchauffée, d'abord d'un peignoir, puis de ses doigts, de ses lèvres, de sa langue, de sa *bite**.

Victoria pénétra sous la coupole de cuivre de la douche et se souvint…

— *Les jets de massage hépatique… ils ne sont pas orientés de façon à masser le foie.*

— *Non.*

— *Ces jets agissent-ils comme un stimulant sur les hommes ?*

— *Pas autant que sur les femmes.*

Victoria se plaça sous le jet brûlant de la douche.

— *Je me souviens de la première fois que j'ai vu une femme ainsi.*

— *Qu'avez-vous pensé quand vous l'avez vue… ainsi ?*

— *J'ai pensé que si l'homme possède une âme, celle-ci réside dans le corps de la femme.*

Victoria se savonna. Et se souvint… de toutes les parties de son corps que Gabriel avait touchées. Ses lèvres. Sa langue. Sa joue. Ses seins.

Son clitoris…

Le clitoris de Victoria palpita à ce souvenir.

Gabriel palpitait-il sous l'effet du souvenir ?

Sa vulve était enflée ; elle irradiait de chaleur. Il avait appelé son vagin un *portail**.

— *J'aime la façon dont vous prononcez mon nom.*

— *Qu'a-t-elle de particulier ?*

— *Vous le prononcez comme si vous étiez persuadée que j'ai une âme.*

Victoria se rinça, puis se sécha à l'aide d'une serviette.

Elle se brossa les dents en évitant de croiser le regard de la femme brune dans le miroir.

Elle n'avait toujours pas de vêtements.

Le peignoir de soie était dans la chambre, par terre, là où elle l'avait laissé tomber. Un sursaut de pudeur l'incita à enrouler la serviette humide autour d'elle.

Quelqu'un était entré dans la chambre de Gabriel.

Elle le reconnut aussitôt ; c'était l'homme qui l'avait conduite jusqu'à Gabriel le soir où elle avait vendu sa virginité. Gaston, l'avait-il appelé.

Des pensées éparses voletèrent dans son esprit. Cet homme savait qu'elle avait réclamé des préservatifs. S'aviserait-il à présent d'informer les domestiques de sa maigreur ?

Victoria prit une inspiration et tâcha de garder contenance. Quand elle s'était retrouvée nue devant Mme Renée, elle ne s'était pas enfuie en courant ; elle pouvait bien affronter Gaston enroulée dans une serviette sans céder à l'hystérie.

— Puis-je vous aider, monsieur ? s'enquit-elle, glaciale, du ton dont elle usait parfois pour faire baisser le prix chez certains commerçants.

Gaston sourit et son regard brun prit une expression chaleureuse.

— *Mais non**, mademoiselle. Je vous apportais simplement ces boîtes.

Les boîtes blanches qu'il tendit vers elle étaient décorées de pétales de roses.

Victoria eut un mouvement de recul.

— *Non, non**, mademoiselle, s'empressa-t-il de la rassurer. Je suis allé moi-même les chercher chez Mme Renée.

Gaston posa les boîtes sur les draps froissés.

Un flot de chaleur submergea Victoria – une grande tache s'étalait au coin du drap.

Gaston ne parut rien remarquer. À moins que son emploi au sein de La Maison de Gabriel ne l'ait rendu blasé vis-à-vis des réalités de la chair. Il souleva le couvercle du premier carton.

Victoria se crispa au souvenir du sang, des mains de Dolly…

Le carton contenait un corset de satin noir.

L'appréhension fut remplacée par la curiosité.

— *Voilà**, déclara Gaston en se tournant vers elle avec un grand sourire qui révéla ses dents blanches.

La bouffée de chaleur qui l'avait saisie persista, reste des années passées à faire mine d'être un parangon de vertu. Un homme ne devait *jamais* parler de lingerie féminine. Alors, l'exhiber…

Visiblement ignorant des interdits imposés par la société, Gaston se mit en devoir d'ouvrir chacune des boîtes, vantant la douceur des chemises de soie, présentant devant lui une culotte ornée de rubans de satin bleu pour qu'elle en apprécie l'incroyable finesse, étirant fièrement jarretières, bas et gants de soie, et un bustier si léger qu'il n'avait rien de commun avec la cage métallique que Victoria avait portée des années durant.

— C'est très à la mode, expliqua Gaston, le regard brillant. M. Gabriel les a choisis lui-même.

Alors que Victoria accueillait avec des sentiments mitigés l'idée que Gabriel ait personnellement choisi ses dessous, Gaston, tel un magicien sortant un lapin de son chapeau, fit surgir devant elle une robe de réception. Le style de cette toilette de soie mordorée, liserée de velours lie-de-vin et rehaussée d'une tournure crème, parsemée de discrets motifs verts, jaunes et rouges, aurait dû lui paraître affreusement tapageur, mais Victoria la trouva si belle qu'elle tendit instinctivement les mains.

Le bout de ses doigts accrocha le délicat taffetas de soie.

C'était bien plus doux que ses culottes de soie bon marché, qui représentaient pourtant un véritable luxe par rapport à ses gages de gouvernante.

— Mademoiselle aura besoin d'aide pour passer cette robe, déclara Gaston, frétillant d'impatience.

Victoria ramena aussitôt ses mains vers elle, prenant conscience de la serviette qui ne dissimulait qu'une partie de sa nudité. Il n'était pas question qu'elle autorise un autre homme à la voir nue.

— Je vous assure, monsieur, que je suis parfaitement capable de m'habiller seule.

Gaston avait un sourire désarmant. Victoria repensa au sourire qui était passé dans les yeux de Gabriel quand elle l'avait réprimandé sur le nombre de cartons empilés sur le divan.

Et aujourd'hui, il avait sélectionné des dessous pour elle.

— Non, non, mademoiselle, vous m'avez mal compris, s'empressa de rectifier Gaston. M. Gabriel emploie des femmes de chambre. Je vais vous en envoyer une.

Depuis qu'elle avait quitté la maison de son père, Victoria s'était toujours habillée seule.

— Je vous remercie, mais ce ne sera pas nécessaire.

— *Mais si**, mademoiselle, certifia Gaston. M. Gabriel a demandé que nous veillions à vos moindres besoins.

Victoria sentit le rouge lui monter aux joues.

— Je vous assure, monsieur, qu'on a déjà veillé à tous mes besoins.

— C'est très bien que vous soyez ici, déclara Gaston. M. Gabriel est seul depuis si longtemps.

— Il ne veut pas que je le touche, répondit Victoria.

Elle se mordit aussitôt les lèvres. Trop tard. Impossible de ravaler ces paroles.

Le doux regard brun de Gaston ne la jugeait pas.

— Mais il vous a touchée, n'est-ce pas ?

Victoria ne pouvait nier l'évidence – ses lèvres enflées, ses yeux cernés...

— Oui, il m'a touchée, admit-elle en se redressant.

Gaston replia lentement la robe.

— M. Gabriel n'a touché aucune femme – ni aucun homme – depuis que je suis à son service, mademoiselle.

— Depuis combien de temps êtes-vous à son service ? questionna Victoria, la gorge serrée.

Le Français disposa soigneusement la robe dans son carton.

— Je suis au service de M. Gabriel depuis quatorze ans.

— Êtes-vous son ami ?

Le couvercle imprimé de pétales de roses se referma sur la robe mordorée.

— Nous autres, à La Maison de Gabriel, ne sommes pas ses amis, mademoiselle...

Une fois la robe bien à l'abri dans sa boîte, il releva lentement ses cils sombres. Victoria eut l'impression de croiser le regard de Gabriel, brun au lieu d'argent.

— Nous sommes sa famille, précisa Gaston. Dans cette maison, nous sommes tous membres d'une même famille.

Gaston avait, lui aussi, connu la rue.

— Êtes-vous un… prostitué ? demanda-t-elle sans réfléchir.

Gaston ne cilla pas.

— *Oui**, mademoiselle. Je l'étais, si je trouvais des clients qui voulaient de moi. Quand je n'en trouvais pas, j'étais ce que vous autres Anglais appelez un pickpocket doublé d'un égorgeur.

Un égorgeur…

— Je suppose que vous n'êtes plus rien de tout cela, avança Victoria d'une voix blanche.

Les yeux de Gaston étincelèrent de malice.

— *Non**, mademoiselle, je ne suis plus rien de tout cela. M. Gabriel n'apprécierait pas que nous volions ou égorgions sa clientèle. Désormais, je m'occupe de lui et de sa maison.

Et des employés qui travaillaient ici. Une famille de prostitués, de voleurs et d'égorgeurs.

— Je suis soulagée d'entendre cela.

— Je comprends, mademoiselle, répondit-il d'un ton amusé. Votre petit-déjeuner est servi dans le cabinet de travail. Vous pouvez le prendre maintenant, ou attendre que la femme de chambre soit venue vous habiller.

Du temps où elle était gouvernante, Victoria mangeait avec les domestiques. Elle n'avait pas l'habitude qu'on soit aux petits soins pour elle.

— Sincèrement, monsieur, je n'ai pas besoin des services d'une femme de chambre. Mais je vous remercie. Pour le petit-déjeuner – et pour les vêtements. Ils sont magnifiques.

Le compliment fit visiblement plaisir à Gaston.

— Si vous avez besoin de quoi que ce soit, n'hésitez pas.

Victoria voulait guérir un ange.

Or, il n'y avait qu'une seule façon d'agir.

Elle plongea son regard dans le doux regard brun de Gaston et lui demanda ce dont elle avait besoin.

Ce dont Gabriel avait besoin.

19

Une ombre recouvrit Victoria. L'image de Gabriel pesait lourdement sur ses paupières, ses seins, son ventre, ses cuisses.

Aussitôt, elle se réveilla, le cœur battant, le souffle court.

La porte de la salle de bains se referma doucement. Un rai de lumière apparut entre le bas de la porte et le plancher.

Gabriel était rentré.

Elle rabattit les couvertures et s'extirpa des draps de lin.

Ses mamelons durcirent. De froid, se dit-elle.

Tout en sachant que c'était de peur.

Victoria appréhendait le rôle qu'elle allait jouer ce soir, mais elle le tiendrait. Elle allait délivrer un ange.

Des flammes orange et bleu léchaient les bûches noircies.

Le feu se mourait, faute d'avoir été entretenu.

Victoria s'était sentie mourir à petit feu depuis que sa mère l'avait abandonnée à son père, froid et insensible. Gabriel était mort peu à peu, chaque fois qu'il avait donné du plaisir sans en recevoir en retour.

Sur la table de chevet, le petit pot blanc luisait dans la pénombre. Une pénombre qui suffisait amplement à Victoria.

Elle tendit la main et ses doigts rencontrèrent une surface métallique.

La boîte de préservatifs.

Elle en écarta sa main et attrapa le pot blanc que Gaston avait apporté un peu plus tôt. Les doigts tremblants, elle en dévissa le couvercle, puis reposa le pot sur la table de chevet.

Le tintement du métal vibra le long de sa colonne vertébrale quand le couvercle heurta la petite boîte de préservatifs. Il ne lui restait plus à souhaiter que son plan se révèle plus fiable que la coordination de ses gestes.

Le plancher lisse était froid, dur.

Gabriel avait vu ses seins ; elle ne l'avait pas vu nu.

Gabriel avait touché Victoria ; elle ne l'avait pas touché.

Pas encore.

Dieu lui vienne en aide si elle s'avisait de le faire, avait-il dit. Parce que lui ne le pourrait pas.

Ou ne le voulait pas.

Victoria ouvrit la porte de la salle de bains.

Elle retrouva la sensation familière de sa présence dès qu'elle franchit le seuil.

Une main longue et élégante émergea de la grotte de cuivre pour tourner un robinet. Le jet d'eau brisa le silence ; la vapeur s'éleva en lourdes volutes au-dessus de la douche.

Victoria s'avança, serrant dans sa main le pot de lubrifiant qu'elle avait demandé à Gaston.

Gabriel tenait son visage renversé sous le jet de la douche. L'eau ruisselait sur ses cheveux, sur son dos musclé, sur ses fesses fermes et sur ses longues, très longues jambes.

Il était beau. Infiniment beau.

Gabriel savait que Victoria était entrée dans la salle de bains. Il savait qu'elle le regardait.

Il savait ce qu'elle avait l'intention de faire.

Il baissa lentement la tête. Ses cheveux assombris par l'eau se plaquèrent sur sa nuque.

— Je vous tuerai si vous me touchez, Victoria.

La voix de Gabriel était distante, sa tension palpable.

— Je ne serais pas là si vous n'aviez pas envie que je vous touche, Gabriel, retourna-t-elle calmement, certaine d'énoncer la vérité.

L'homme qui était responsable de sa présence dans cette maison connaissait les besoins de Gabriel. Il lui avait envoyé Victoria pour les assouvir.

— Mon nom n'est pas Gabriel.

Elle s'arma de courage pour encaisser la suite.

— *Garçon**. *Con**. *Fumier**.

Victoria reconnut le mot *garçon**. Les deux autres lui étaient inconnus.

— Nous ne sommes pas responsables des noms dont les autres nous affublent, répondit-elle.

— Savez-vous ce qu'est un *con**, mademoiselle ? demanda Gabriel, sa voix s'élevant tel un écho dans la grotte de cuivre.

— Non.

— C'est le sexe d'une femme, et par extension une puissante injure quand on l'adresse à un homme. Et le *fumier**, savez-vous ce que c'est ?

— Non.

— Dans une ferme, le *fumier** est le tas de paille sur lequel on recueille les déjections animales pour en faire de l'engrais. Et en ville, le ruisseau est le filet d'eau où s'écoulent les immondices. Je suis né dans le ruisseau. Un bâtard sans nom. Ce n'est pas le fait de me prostituer qui a fait de moi ce que je suis, déclara-t-il depuis le nuage de vapeur qui s'épaississait. C'est le simple fait de vivre.

Le prix de la survie.

— Vivre n'est pas un péché, Gabriel.

Vivre n'est pas un péché. Aimer n'est pas un péché.

Victoria savait qu'il lui faudrait bien plus que des mots pour convaincre Gabriel.

— J'ai admiré un jour un vitrail dans une cathédrale, reprit-il. Il représentait deux hommes. L'un était brun, l'autre blond. Une vieille mendiante, très humble, était assise sur les marches de la cathédrale. Je lui ai demandé qui étaient les deux hommes du vitrail. Deux anges, m'a-t-elle répondu. Le blond se nommait Gabriel, messager de Dieu. Michel, l'ange brun, était Son élu. Elle m'a dit aussi que la faim n'existait pas au paradis et que les anges n'y mendiaient pas.

La vapeur qui s'échappait de la coupole de cuivre enveloppait Victoria.

— La première fois que j'ai vu Michael à Calais, c'était un gosse à demi mort de faim, avec des yeux affamés, qui se refusait à mendier et qui ne savait pas voler. Il m'a rappelé l'ange brun du vitrail. J'aurais voulu lui ressembler, avoir un regard aussi affamé que le sien, un regard qui désirait autre chose qu'un quignon de pain ou un abri pour dormir. J'aurais voulu être un ange, alors j'ai pris le nom d'un ange. Quand la tenancière de maison close m'a donné l'occasion d'échapper à la misère, je ne l'ai pas laissée passer. Et je ne la laisserais pas passer si c'était à refaire. Ne vous leurrez pas, Victoria, je suis un bâtard. Si vous me touchez, je vous ferai du mal. Et je vous assure que je peux vous faire mal de nombreuses façons que vous n'imaginez même pas.

L'émotion comprima si violemment la poitrine de Victoria qu'il lui fut soudain difficile de respirer dans l'atmosphère étouffante de la salle de bains. Elle avait peur, cela ne faisait aucun doute, mais une autre émotion surpassait la peur.

Gabriel souffrait.

Or elle avait le pouvoir de faire cesser cette souffrance. *Si* elle en avait le courage.

— Nous faisons ce que nous pouvons pour survivre, déclara-t-elle tranquillement, hantée par l'écho de paroles prononcées antérieurement…

— *Je suis désolée qu'on vous ait vendu contre votre gré.*

— *Mais ce n'était pas contre mon gré, mademoiselle.*

— Est-ce vraiment ce que nous faisons ? demanda Gabriel, cynique.

— Oui, répondit-elle avec force. C'est ce que nous faisons.

Sans quoi, elle n'aurait pas mis sa virginité aux enchères. Et elle n'aurait jamais connu l'ange blond qui souffrait d'un besoin d'amour désespéré.

Gabriel pivota si soudainement que Victoria en eut le souffle coupé. À moins que ce ne fût le fait de le voir de face, entièrement nu, qui produisit cet effet.

L'eau s'accrochait à ses cils, ruisselait sur son menton, plaquait sa toison contre son torse et s'écoulait en pointe vers le creux de son aine.

Victoria le contempla.

Il était en érection.

Le désir contracta les muscles de son vagin.

Elle l'avait aperçu, la veille, quand il s'était couvert d'un préservatif, et plus brièvement encore quand il s'était approché d'elle, sa virilité gainée de caoutchouc jaillissant de l'ouverture de son pantalon.

Il s'exposait à présent devant elle, sans honte, révélant chaque nuance – veines bleues, chair pâle, chair brune. Deux petites bourses de chair crêpée oscillaient sous la toison assombrie par l'eau.

Victoria ne doutait pas un instant que Gabriel puisse lui infliger des maux inimaginables. À l'instar de ceux qu'il avait subis.

Et dont il subissait encore le contrecoup.

C'était à elle de décider…

Les cils de Victoria se soulevèrent lentement.

À travers les volutes de vapeur, le regard de Gabriel était aussi placide qu'intransigeant. Le regard d'un garçon qui avait voulu être un ange, d'un homme qui avait renoncé à la promesse du paradis.

Victoria savait ce que c'était que d'avoir faim et froid. Elle savait ce que c'était que de vendre une illusion d'amour en échange d'un repas et d'un abri.

Mme Renée avait dit que la séduction consiste à peindre des images nettes avec des mots.

— *Susciter l'impatience d'un baiser… d'une caresse… d'un enlacement.*

— Mon père interdisait tout baiser, déclara-t-elle. J'aimerais vous embrasser.

Dans la salle de bains, on n'entendit plus que l'eau qui coulait et les battements de cœur de Victoria. Elle posa lentement le pot sur le rebord de la baignoire, puis soutint le regard de Gabriel.

— Mon père interdisait toute étreinte, ajouta-t-elle en se redressant. J'aimerais vous serrer contre moi.

Elle enjamba lentement le rebord de la baignoire.

— Mon père interdisait toute caresse…

L'eau nimba son visage d'une brume tiède, recouvrit son pied droit, son pied gauche.

— J'aimerais vous caresser, Gabriel.

Pendant une longue seconde, Gabriel fut incapable de respirer, prisonnier de ce regard bleu et affamé, l'eau ricochant sur sa tête et ses épaules.

Chaque parcelle de son corps se rebella et le mit en garde. Si Victoria le touchait…

Des doigts frais enveloppèrent son sexe.

Désir électrique.

Colère aveuglante.

Il ne voulait pas cela.

Mais Victoria ne lui laissait pas le choix. Tout comme le deuxième homme ne lui avait pas laissé le choix.

Gabriel saisit son poignet et l'attira sous le jet de la douche en la faisant pivoter sur elle-même, de façon à la placer face à la paroi de cuivre.

Les mains de Victoria se plaquèrent sur la paroi.

— Vous aviez promis, dit-il sans desserrer les dents. Vous aviez promis de ne pas me toucher.

Mais elle l'avait touché.

Elle lui avait ouvert son corps et avait accueilli ses doigts et son sexe jusqu'à ce que la sombre menace de l'orgasme disparaisse sous l'éclair aveuglant du plaisir.

— J'ai promis de ne pas vous toucher hier soir, haleta Victoria sous le jet d'eau. Et je ne l'ai pas fait. J'ai tenu ma parole, Gabriel.

Non, elle n'avait pas tenu sa parole. Elle l'avait touché d'une autre manière : avec sa passion et son plaisir.

— *C'est vous que je vois, Gabriel...*

Mais ce n'était pas lui qu'elle avait vu.

Elle n'avait pas vu le gamin qui avait demandé la charité aux mendiants, ni le prostitué qui avait supplié le deuxième homme.

La frayeur de Victoria était palpable, Gabriel sentait l'odeur de sa peur, recouvrant celle de son désir – elle avait déjà peur en entrant dans la salle de bains ; c'était sa peur qui lui avait révélé ses intentions.

Elle avait l'intention de libérer un ange. Mais Gabriel n'était pas un ange.

Il n'était qu'un petit merdeux sans nom qui avait voulu être quelqu'un, qui avait pris des risques et en avait payé le prix.

Gabriel se pressa contre Victoria, ses doigts encerclant la douceur de ses bras, ses cuisses couvrant ses fesses et son sexe se nichant dans leur sillon sur toute sa longueur. Il lui laissa sentir sa fermeté, sa force.

— C'est cela que vous voulez, Victoria ? dit-il d'une voix caressante.

Elle plaça son visage de profil, sa joue droite glissant sur le cuivre mouillé. L'eau qui ruisselait sur le visage de Gabriel coulait sur la joue gauche de la jeune femme, plaquait ses cheveux sur son crâne, le contour délicat de l'oreille, son cou frêle.

— Oui, dit-elle, refusant de céder à la peur. Je veux que vous me touchiez.

Il l'avait touchée la veille, mais cela n'avait pas suffi.

Pour elle. Pour lui.

— Comment souhaitez-vous que je vous touche, Victoria ? murmura-t-il, séducteur.

Il savait comment plaire, comment faire mal. Il ne savait pas comment aimer. Les prostitués ne connaissent pas l'amour.

— Voulez-vous que je vous touche comme je touchais les femmes ? Ou comme je touchais les hommes ?

Des gouttelettes d'eau s'accrochaient aux cils de Victoria, puis roulaient sur sa joue comme des larmes.

— Y a-t-il une différence ?

La vapeur s'enroulait autour d'eux.

— Les femmes sont plus douces.

Gabriel effleurait son oreille de ses lèvres – délicat coquillage, infiniment vulnérable. Son contact brûla ses lèvres ; le sillon de ses fesses étreignit son membre.

— Elles marquent plus facilement.

Victoria se raidit sous la caresse de son baiser.

— Les hommes sont plus fermes, plus musclés, continua-t-il.

Gabriel fit glisser la pointe de sa langue sur le pourtour de son oreille, au creux de chacun de ses replis, puis plongea en son cœur. L'eau ruisselait sur son visage, son menton, ricochait sur l'épaule de Victoria.

— Ils apprécient la brutalité. Souhaitez-vous que je sois brutal avec vous, Victoria ?

— L'homme que vous avez supplié s'est-il montré brutal avec vous, Gabriel ? répliqua-t-elle.

Il serra les dents.

Le deuxième homme ne s'était pas montré brutal, seul le premier homme l'avait fait souffrir. Et Gabriel avait accueilli la souffrance comme un soulagement.

Victoria n'apprécierait pas la souffrance.

Mais c'était tout ce que Gabriel avait à lui offrir.

— L'idée d'un homme en baisant un autre vous excite-t-elle ? demanda-t-il d'une voix douce, cherchant délibérément à la choquer.

Cela avait excité certaines femmes qu'il avait connues. Elles s'étaient montrées avides de comparer les talents de l'ange blond à ceux de l'ange brun.

Mais le seul ange véritable était Michael : lui seul avait le pouvoir de leur faire voir le paradis. Gabriel, lui, leur avait révélé la face obscure du désir.

— Il vous a violé, insista Victoria.

— Deux hommes m'ont violé, acquiesça-t-il, effleurant sa joue du bout de son nez, les battements de son cœur se communiquant sous ses doigts aux bras de Victoria.

— Mais un seul vous a donné du plaisir, s'entêta-t-elle impitoyablement.

Maudite soit-elle.

— Oui, admit-il dans un murmure.

Le premier homme l'avait fait souffrir ; le deuxième homme l'avait fait jouir.

Il aurait pu encaisser la douleur. Il n'avait pas pu encaisser le plaisir. Ce plaisir le souillerait éternellement.

Et elle le savait, cette femme envoyée par celui qui l'avait dépouillé, une à une, de toutes les strates de son apparence angélique, jusqu'à ce qu'il n'en reste plus rien.

Les anges ne supplient pas, mais cet homme avait mis Gabriel à genoux.

Victoria arqua son corps contre celui de Gabriel.

— Je veux savoir !

Gabriel aussi avait voulu savoir… ce que l'on ressent une fois qu'on a l'estomac plein afin d'avoir faim d'autre chose que de nourriture. Il avait voulu savoir ce que l'on ressent quand on ne souffre plus du froid afin de désirer autre chose que des chaussures et des vêtements. Il avait voulu savoir ce que l'on ressent quand on a un chez-soi, un lieu qu'on n'a pas besoin de défendre contre les autres sans-abri.

La curiosité tue. L'amour. L'espoir…

Gabriel traça le contour de l'oreille de Victoria de la pointe de sa langue, son sexe étroitement niché au creux de ses fesses.

— Que voulez-vous savoir, Victoria ?

— Je veux savoir ce qu'il vous a fait.

Le souvenir le traversa tel un coup de fouet.

Douleur. Plaisir.

— Vous avez vu des hommes en baiser d'autres à travers les miroirs sans tain, Victoria, lui souffla-t-il à l'oreille. Voulez-vous que je vous explique ce que cela fait d'être pris par-derrière ? Ou que je vous explique ce que cela fait d'être violé ?

— Je sais ce que cela fait de vouloir ne plus former qu'un seul être avec quelqu'un, Gabriel.

La veille, elle était devenue une partie de lui et il était devenu une partie d'elle.

Une sombre vérité s'insinua en lui, enfla jusqu'à ce qu'il ne puisse plus la retenir.

— Il y a un homme dont je ne me détacherai jamais, susurra-t-il.

Un homme dont il ne s'était jamais détaché.

Michael. Michel.

À un moment, Gabriel avait cru que lui aussi pouvait être un ange.

Le deuxième homme lui avait montré sa vraie nature.

Con. Fumier*.*

— Il vous a blessé, Gabriel. Je veux effacer cette blessure.

— *Qui vous réconfortera, monsieur Gabriel ?* lui avait demandé John.

Personne. Jamais.

Gabriel ne méritait pas le réconfort.

— Et de quelle façon croyez-vous pouvoir effacer ma blessure, Victoria ? s'enquit-il d'un ton léger, partageant avec elle son souffle, sa chaleur. En m'autorisant à vous violer ?

— Je veux que vous me montriez ce qu'il vous a fait.

L'eau ricocha depuis le nez de Gabriel jusqu'à la joue de Victoria, clapota entre leurs corps et serpenta à l'extrémité de son sexe.

— Vous voulez savoir ce que *lequel* des deux hommes m'a fait, Victoria ?

— Je veux savoir ce que vous a fait celui qui vous a blessé.

La voix de la jeune femme formait un écho sous la coupole de cuivre, un écho caressant.

— Je veux que vous me montriez ce que vous a fait l'homme que vous avez supplié de vous faire jouir. Je veux vous supplier, Gabriel.

Gabriel ne l'avait pas supplié de le faire jouir – il l'avait supplié de le soulager. Après quoi, il l'avait supplié de le tuer.

Il ne voulait pas forcer Victoria à le supplier.

Pas Victoria, avec ses beaux yeux bleus affamés.

— Savez-vous comment un homme se fait violer, Victoria ? murmura-t-il, délibérément provocateur.

Son membre en érection était toujours niché entre ses fesses. Son torse enveloppait ses épaules et sa frêle épine dorsale. L'eau les giflait, l'un et l'autre.

La tuer serait si facile…

— Oui, je sais comment les hommes se font violer, répondit-elle.

Mais elle ne le savait pas. Le viol d'un homme ne s'opère pas au niveau du corps. Il s'opère au niveau de l'esprit.

Gabriel fit pivoter son buste de côté, tendit le bras en arrière et plongea les doigts dans le pot que Victoria avait posé sur le bord de la baignoire. Ils en ressortirent enduits d'une substance blanche et crémeuse.

L'eau qui emperlait ses doigts emperla pareillement la crème.

— Voulez-vous savoir ce que cela fait, Victoria ? proposa-t-il d'une voix douce. Voulez-vous savoir ce que cela fait d'être pris par-derrière ?

— Oui. Je veux savoir ce que vous avez ressenti.

Victoria renversa la tête en arrière, ravalant sa peur. Prête au sacrifice, les mains plaquées contre la paroi de cuivre.

Mais ce n'était pas ce que voulait Gabriel.

Il ne voulait pas qu'une femme sache ce qu'il avait ressenti. Il ne voulait pas que quiconque le sache jamais.

Gabriel glissa la main entre leurs corps. Il s'enduisit de crème, froide et luisante – le gland, la hampe –, le dos de sa main et ses phalanges effleurant les fesses de Victoria.

Il encercla son anus de l'extrémité lubrifiée de son pénis… glissade, frôlement, séduction, capture.

— Est-ce là ce que vous voulez, Victoria ? modula-t-il comme la putain qu'il était.

Victoria se raidit.

La veille, il avait franchi son hymen, fine membrane de chair qu'il avait délicatement et graduellement écartée pour autoriser l'accès d'un, deux, trois doigts.

Il ne l'avait pas rompu.

Une putain avisée aurait pu le réparer pour le vendre à nouveau.

Mais Victoria n'était pas une putain.

Sa virginité pouvait encore être restaurée. Mais si Gabriel la prenait maintenant, Victoria ne pourrait plus prétendre à l'innocence. Elle n'était pas certaine de pouvoir le guérir, mais il risquait de la détruire.

Il ne voulait pas lui faire de mal.

Mais sa volonté de ne pas faire le mal ne l'avait pas empêché de se prostituer par le passé. Ou de tuer.

Et il savait qu'elle ne suffirait pas à l'arrêter aujourd'hui non plus.

La caresse se prolongea… s'accentua…

Il faillit céder au plaisir fulgurant qui s'empara de ses bourses.

Mais il ne voulait pas du plaisir.

Instinctivement, Victoria se cambra. Elle n'avait jamais connu la douleur que les hommes peuvent infliger aux femmes, mais se disposait à tout accepter de lui.

Gabriel répéta son murmure contre sa chevelure et sa joue mouillée. Encerclant, pressant, encerclant, pressant plus fort, encerclant encore et pressant plus fort encore, amadouant son corps pour lui faire accepter le sien comme il avait appris à le faire vingt-sept ans auparavant.

— C'est cela que vous voulez, mademoiselle Childers ?

— Oui.

Victoria ferma les yeux et sa bouche chercha celle de Gabriel, quêtant le réconfort auprès de celui qu'elle avait invité à la violer.

Pour qu'*il* ne souffre pas.

Mais il ne serait jamais délivré de sa souffrance.

— Alors, Victoria, c'est bien cela que vous voulez ? répéta-t-il suavement.

De ses mains pressées contre la paroi, Victoria tentait de repousser plaisir et douleur.

Mais elle ne le pouvait pas. Gabriel lui-même, fort de sa longue expérience, n'avait pas pu le faire.

— Il vous suffit de me demander d'arrêter pour que j'obéisse aussitôt. Demandez-moi d'arrêter, Victoria.

Ou bien il mourrait. En l'emportant avec lui.

Victoria accepta l'extrémité de son sexe en elle. Et prononça la sentence de mort.

— Ne vous arrêtez pas.

Des échos du passé retentirent sous son crâne.

— *Arrête... Arrête... Arrête...*

Suivis de :

— *N'arrête pas... N'arrête pas... N'arrête pas...*

Les muscles de ses cuisses et de ses fesses se contractèrent. Sa main gauche glissa le long du bras de Victoria – un bras de femme, doux, menu, qui marquait facilement –, flatta le creux de sa taille et se posa sur sa hanche.

Il n'arrêta pas.

Les doigts écartés de Victoria se replièrent, elle serra les poings. Elle s'efforçait de s'adapter à l'invasion de sa chair.

Sa souffrance vibrait dans la moiteur embuée.

Gabriel enfouit le visage dans sa chevelure.

Il ne voulait pas cela.

L'eau crépitait sur eux, un homme et une femme liés par leur peur et leur désir.

— Dis-moi d'arrêter, Victoria, chuchota Gabriel.

— N'arrête pas ! haleta-t-elle.

— Dis-moi d'arrêter, Victoria, insista-t-il en se retirant légèrement.

Les muscles de Victoria se contractèrent pour le retenir, l'inciter à revenir en elle.

Plaisir. Douleur.

Gabriel ne voulait pas qu'elle voie l'obscurité quand elle atteindrait l'orgasme.

Voir les anges. La petite mort.

Gabriel voulait qu'elle voie les anges, pas la mort.

— N'arrête pas ! s'écria-t-elle, l'écho de son cri retentissant tel un glas funèbre.

Il revint en elle.

— Dis-moi d'arrêter, Victoria.

— Je te sens en moi. (Elle aspira l'air embué, l'eau s'immisça dans sa bouche.) Oh, mon Dieu !

Gabriel la sentait tout autant. Va-et-vient coulissant de la chair. Plaisir grandissant, étourdissant, cherchant une issue.

Il fallait qu'elle lui dise d'arrêter.

Il s'immergea entièrement en elle.

Le bassin de Victoria heurta la paroi de cuivre.

— Oh, mon Dieu !

Le cri avait jailli du fond de sa gorge.

Fournaise.

Gabriel ne se souvenait pas d'avoir connu une femme aussi brûlante. La moiteur de sa peau et la chaleur d'étuve de son corps se conjuguaient pour former des nœuds au creux de ses bourses.

— Dis-moi d'arrêter, Victoria, répéta-t-il d'une voix rauque avec la sensation de basculer inéluctablement dans le passé.

— Est-ce que tu lui as demandé d'arrêter ? répliqua-t-elle.

— Oui ! laissa-t-il échapper entre ses dents.

Il se retira partiellement, pour son plaisir à lui, pas pour celui de Victoria.

— Je lui ai dit d'arrêter.

Victoria se mordit la lèvre – elle avait une très jolie bouche, la lèvre inférieure légèrement plus pleine que l'autre. L'eau coulait sur sa tempe.

— Mais il ne l'a pas fait.

Il ne s'était pas arrêté. Pas avant que le deuxième homme ne lui ordonne d'arrêter.

Son cauchemar avait alors commencé.

— Dis-moi d'arrêter, implora Gabriel.

Mais les anges n'implorent pas.

Les fesses de Victoria se contractèrent.

— Non.

L'alliance du plaisir et de la douleur coupa un instant le souffle à Gabriel.

— Alors supplie-moi de continuer, cracha-t-il, impitoyable.

— Force-moi à te supplier, Gabriel, le défia-t-elle, faisant corps avec lui.

— À me supplier de quoi, Victoria ? rétorqua-t-il d'une voix dangereusement douce, le corps tremblant de désir. Veux-tu que je te force à me supplier d'arrêter ?

Souffrance.

— Oui.

— Ou veux-tu que je te force à me supplier de continuer ?

Plaisir.

— Oui, répéta-t-elle, haletante.

Prête à accepter sa souffrance et son plaisir.

Mais Gabriel se refusait à partager sa souffrance avec elle.

Il avait envie de croire, ne serait-ce qu'un instant, qu'il avait trouvé une âme et que cette âme s'appelait Victoria Childers. Cette femme avait vu son vrai visage en s'abîmant dans le plaisir, le visage d'un homme qui avait renoncé à être un ange.

Gabriel saisit la hanche de Victoria. Ses doigts s'épanouirent sur l'os saillant du bassin. Ses muscles se contractèrent.

Un puissant besoin de la pilonner jusqu'à ce qu'elle lui crie d'arrêter l'avait saisi. Jusqu'à ce qu'elle le supplie.

Il voulait que Victoria franchisse le voile des apparences et fasse revivre le gamin sans nom qui avait cru pouvoir être un ange.

— Ils m'ont enchaîné, dit-il, sa voix se mêlant au flux de l'eau. Je ne pouvais pas bouger. Je ne pouvais pas lutter.

Il n'avait pu qu'endurer son sort jusqu'à ce que celui-ci devienne insupportable.

Gabriel se retira lentement jusqu'à ne plus laisser en elle que le battement de son cœur.

Il ne lui épargnerait rien de la vérité.

— Il n'a pas utilisé de lubrifiant, précisa-t-il.

Les deux hommes l'avaient possédé à seule fin de le faire souffrir.

Parce qu'il avait aimé un garçon aux cheveux noirs et aux yeux violets.

Un garçon qui lui avait appris à lire et à écrire.

Un garçon que Gabriel avait préféré rejoindre dans la prostitution plutôt qu'être séparé de lui.

Victoria l'acceptait. Tout comme il avait accepté de se laisser prendre.

— Il existe un terme issu du grec, enchaîna Gabriel, l'eau ruisselant sur son visage. L'algolagnie. Il définit le plaisir sexuel indissociable de la souffrance physique. Veux-tu savoir comment la souffrance devient plaisir, Victoria ? murmura-t-il.

Se sentant mourir à l'intérieur.

Le passé prenant le pas sur le présent.

— Oui. (Victoria absorba l'air, l'eau, sa queue.) Oui, je le veux.

Gabriel n'avait pas supplié avant que la souffrance devienne plaisir. Mais Victoria ne le comprendrait qu'une fois qu'elle en aurait fait l'expérience.

Il voulut soudain qu'elle comprenne.

Qu'elle pardonne ce qu'il ne pourrait jamais pardonner.

Il affermit la prise de sa main droite sur sa hanche et glissa l'autre entre ses cuisses, ses doigts écartés trouvant expertement ce qu'ils cherchaient.

Le clitoris de Victoria pulsa entre son pouce et son index, si sensible et plus doux que la soie.

La perle de chair était incroyablement dure.

Un sursaut compulsif saisit Victoria.

— Gabriel, souffla-t-elle.

La veille, elle avait joui pour lui dix fois. Ponctuant son plaisir d'un cri et d'une contraction de son *portail** qui lui avait serré le cœur.

— Es-tu prête à pleurer pour un ange, Victoria ? murmura-t-il.

— Oui, répondit-elle, le cœur battant.

L'eau qui coulait sur sa joue était salée. Des larmes pour un ange.

Gabriel donna une légère poussée tout en caressant son clitoris.

Qui palpita. Tout comme le sexe de Gabriel.

Il passa le bras autour de sa taille et la serra contre lui pour la besogner au point de meurtrir leurs chairs. Jusqu'à ce que le besoin de jouir surpasse le besoin de respirer.

Il relâcha alors son étreinte. L'abandonnant juste avant le soulagement du plaisir. Toujours fiché en elle, pressé contre elle.

Victoria ne pouvait rien faire pour atteindre l'orgasme.

— Es-tu prête à supplier un ange, Victoria ?

Ses doigts refusaient d'effleurer son clitoris qui réclamait leur caresse. Il comblait si profondément Victoria qu'il atteignait le noyau même de son être.

Douloureusement. Délicieusement.

Un être dont le seul péché consistait à désirer un ange.

— Supplie-moi, Victoria, exigea-t-il d'une voix douce.

Tout comme il avait lui-même supplié, à la fin.

La peur déforma les traits de Victoria. Elle prit conscience que son corps était un accessoire, un objet destiné au plaisir, qu'elle le veuille ou non. Et dont elle ne pourrait plus jamais prétendre qu'il lui appartenait.

— Non ! éructa-t-elle.

Trop tard.

Sa douleur et son plaisir enveloppèrent les bourses de Gabriel.

Victoria se tendit de tout son être vers le soulagement qu'il lui refusait.

Gabriel ne le lui permit pas.

Elle était sur le point de craquer et de supplier, tout comme Gabriel avait craqué.

Et elle ne verrait plus jamais la lumière.

Mais, contrairement à ce qu'il prétendait, Gabriel ne voulait pas que Victoria le supplie. Il ne voulait pas qu'elle vive en ayant conscience de la facilité avec laquelle son corps pouvait devenir un objet.

Il ne voulait pas que les ténèbres l'engloutissent quand il la caresserait.

Le deuxième homme lui avait fourni une femme. Si Victoria devait mourir à cause de son désir de toucher un ange, Gabriel souhaitait lui prodiguer un plaisir digne de son sacrifice.

Il fit un léger pas de côté et pivota, incitant délicatement la jeune femme à épouser son mouvement, et la plaça en face de la rangée de robinets.

— Ouvre le jet de massage hépatique, ordonna-t-il.

Il n'eut pas besoin de lui dire pourquoi.

Victoria se pencha...

Le mélange de douleur et de plaisir que déclencha son mouvement coupa le souffle à Gabriel. Il perçut chaque torsion du poignet de Victoria comme si c'était son sexe qu'elle faisait tourner au lieu du robinet, son membre glissant dans l'étroit fourreau de sa chair, se retirant d'un centimètre et revenant pareillement en elle au risque d'interrompre les battements de son cœur.

Un jet d'eau tiède heurta son pied.

— Oriente le jet, commanda-t-il, s'agrippant à la taille de Victoria pour éviter de perdre la raison.

Il ne reconnut pas sa propre voix. Victoria l'avait-elle reconnue ?

Elle orienta maladroitement le jet.

Gabriel la rapprocha en douceur de la paroi de cuivre – son sexe caressant ses muscles internes, leurs deux corps ne formant plus qu'un seul – jusqu'à ce que son clitoris se retrouve directement face au jet.

— Oh, mon... *Gabriel !*

Le cri de Victoria révéla sa surprise, suivie de l'orgasme qui ne demandait qu'à surgir.

Gabriel ferma les yeux, renversa la tête en arrière, agrippa fermement ses hanches et donna un coup de reins si violent que les fesses de Victoria se nichèrent au creux de son aine, abolissant toute idée de mort, tout souvenir, tout danger. Ne demeuraient plus que deux corps n'en formant qu'un seul.

Le choc de son intrusion fut balayé par la violence de la jouissance de Victoria. Ses muscles se contractèrent si divinement autour de son membre qu'il dut serrer les dents.

La douceur d'une femme.

Le désir d'un homme.

Gabriel la besogna de façon que l'action conjuguée du va-et-vient de son sexe et du jet d'eau sur son clitoris prolonge le plaisir de la jeune femme le plus longtemps possible.

Il sentit venir son deuxième orgasme avant elle.

— Gabriel, s'il te plaît... *Non !* sanglota-t-elle.

Gabriel avait pleuré, lui aussi. Il n'avait encore jamais pleuré de sa vie.

— *Par pitié. Arrête.*

Ses sanglots n'avaient pas arrêté le deuxième homme.

Il enfouit le visage au creux de son cou, cherchant le réconfort dans la sensation de l'eau qui ruisselait sur sa peau, et Victoria cala sa tête contre son épaule.

— Oh... mon... Dieu, balbutia-t-elle, éperdue d'extase. Gabriel, Gabriel. Par pitié... N'arrête surtout pas !

— Je n'ai pas pu l'arrêter, confessa-t-il, ses lèvres glissant aussi doucement sur sa peau que son membre glissait en elle.

Un voile rouge apparut sous les paupières de Gabriel.

Il avait tranché la gorge du complice et son sang avait coulé, aussi chaud et fluide que l'eau de la douche.

Que le corps de Victoria.

— Je n'ai pas pu l'arrêter, répéta-t-il.

Il faisait aller et venir ses hanches, dispensant plaisir et douleur. Incapable d'endiguer le flot des souvenirs.

Cheveux noirs. Yeux violets.

Amour. Haine.

Sa main gauche caressa la taille de Victoria, ses côtes saillantes, le galbe de sa poitrine… Ses doigts se refermèrent sur son sein gauche. Il sentit son cœur battre sous ses doigts, son mamelon pointer contre sa paume, la passion l'apaisant et le châtiant tout à la fois.

Victoria pouvait si facilement être détruite. Par le deuxième homme.

Par Gabriel.

Il pressa ses lèvres sous son oreille. Mais cela ne suffit pas à étouffer les mots qui avaient surgi dans sa poitrine et qui jaillirent de sa bouche.

— Je n'ai… pas pu … l'arrêter.

Il n'avait rien pu arrêter.

Ni la douleur. Ni le plaisir.

Ni le sentiment de perte irrémédiable.

L'amour n'est pas innocent. Contrairement à ce qu'avait désespérément souhaité Gabriel.

C'était le deuxième homme qui lui avait infligé cette leçon.

Victoria laissa échapper un long cri qui remonta du fond de sa gorge. Gabriel le sentit vibrer sous ses lèvres. Elle se cambra soudain, son corps s'ouvrant, s'emparant de son membre jusqu'à ce que les genoux de Gabriel cèdent et qu'il glisse, perde l'équilibre…

Ses genoux heurtèrent le cuivre.

Victoria s'effondra avec lui, son corps absorbant le soulagement d'un ange.

Il n'avait pas pu l'arrêter.

20

L'eau heurta brutalement son visage, et tout se dissipa – l'orgasme qui l'avait mise à genoux, le jet qui avait déclenché son orgasme, le battement de cœur de l'homme qui l'avait emportée dans son monde pour lui montrer la souffrance et le plaisir de l'acte sexuel.

— *Je n'ai… pas pu… l'arrêter.*

L'écho de sa confession se répercuta sous le dôme de cuivre.

Le cri d'un ange.

Une sensation étrange, sorte de courant électrique, dansait dans ses fesses, son bassin et sa poitrine. Cinq doigts brûlants reposaient sur son ventre, le battement de cœur de Victoria tambourinait contre la paume d'une main.

La main de Gabriel.

La gorge de Victoria se serra au souvenir de son propre plaisir, de la souffrance de Gabriel.

— *Ils m'ont enchaîné. Je ne pouvais pas bouger. Je ne pouvais pas lutter.*

Dans son impatience à le délivrer, Victoria avait privé Gabriel du choix dont l'avait privé le deuxième homme : elle l'avait forcé à avoir une relation charnelle contre son gré.

Elle voulut formuler une excuse.

— L'eau a cessé de couler, dit-elle à la place.

Il était trop tard pour présenter des excuses.

— Oui, répondit-il, son souffle effleurant comme une caresse sa nuque et son épaule.

Victoria contempla la femme à la peau de cuivre prisonnière de la paroi. Cinq doigts de cuivre s'étalaient sur son ventre et une main recouvrait son sein gauche.

Des larmes picotèrent ses yeux. Il fallait qu'elle sache.

— Que s'est-il passé, après ?

— Ils sont partis en me laissant attaché.

Mais il n'était pas mort.

Ils n'avaient pas voulu que Gabriel meure. Mais lui avait souhaité mourir.

— Qui t'a délivré ? demanda-t-elle d'une voix incertaine, devinant déjà la réponse.

— Michael.

L'élu.

Un garçon au regard affamé qui n'avait jamais supplié.

— Il n'est pas français, dit-elle. Comment s'est-il retrouvé à Calais ?

— Il s'était caché à bord d'un bateau dans le port de Douvres.

Victoria sentait ses lèvres remuer contre ses cheveux et sa nuque. La toison de son torse et de son ventre lui picotait le dos ; celle de son aine, plus rêche, lui chatouillait les fesses.

— Je l'ai vu voler une miche de pain à travers la vitrine d'une boulangerie. C'était visiblement la première fois de sa vie qu'il volait. J'ai frappé au carreau pour détourner l'attention du boulanger, et je l'ai suivi quand il est sorti de la boutique. Michael a partagé le pain avec moi et on a fait route ensemble pour Paris.

Une fois à Paris, ils avaient trouvé refuge dans une maison close.

Victoria écoutait attentivement. Si Michael ne savait pas voler, cela voulait dire qu'il n'était pas né dans la rue.

Michael était tout ce que Gabriel n'était pas, un gamin qui n'avait pas grandi dans le ruisseau et qu'on n'avait pas maltraité. Gabriel s'était choisi un nom d'ange pour être digne de l'amitié de Michael.

De longues secondes passèrent, la vapeur s'élevant autour d'eux en volutes. Sous la coupole, des filets d'eau serpentaient sur l'homme et la femme de cuivre.

Gabriel, l'homme de chair, avait meurtri son postérieur ; l'ange Gabriel, lui, avait meurtri son cœur. Victoria souffrait pour le garçon qui avait voulu être un ange.

Un souffle tiède lui caressa l'oreille.

— J'ai supplié Michael de me laisser mourir.

Mais Michael ne l'avait pas laissé mourir.

La vérité s'imposa à l'esprit de la jeune femme : Michael aimait autant Gabriel que Gabriel aimait Michael.

Il ne méritait pas de souffrir.

— Tu as tué le premier homme, dit-elle d'une voix vibrante de colère qui se répercuta sous le dôme de cuivre. Pourquoi n'as-tu pas tué le deuxième ?

Six mois plus tôt, Victoria aurait été horrifiée par de tels propos. Parce qu'elle ignorait encore que le plaisir pouvait devenir une arme.

— Je n'ai pas réussi à le trouver.

Le cœur de Victoria cognait contre les cinq doigts. Un homme avait détruit Gabriel, et…

Elle résista à l'envie de tourner la tête pour le regarder.

— Tu ne connaissais pas son nom ?

— Non.

— Et aujourd'hui ?

— Je ne sais toujours pas comment il s'appelle.

Mais Gabriel savait quelque chose au sujet de cet homme qui s'était acharné à le faire souffrir. Quelque chose qu'il ne disait pas à Victoria.

Quelque chose qui avait trait à l'amour que se portaient les deux anges.

Ses genoux étaient endoloris ; la chaleur du corps de Gabriel lui interdisait de bouger.

Elle avait envie de le toucher, mais redoutait de céder à cette envie par crainte de le faire souffrir davantage.

— Depuis combien de temps es-tu propriétaire de La Maison de Gabriel ? questionna-t-elle.

Gabriel changea de position et la fit asseoir sur ses cuisses fermes. Son sexe remua contre ses fesses.

— Quatorze ans.

— *Je n'ai pas touché une femme depuis quatorze ans, huit mois, deux semaines et six jours,* lui avait-il dit le soir où elle avait vendu sa virginité aux enchères.

— Tu as ouvert cet établissement pour piéger cet homme ?

— Oui.

Mais l'homme ne s'était pas laissé piéger. Et Gabriel avait mis le feu à la première Maison de Gabriel. Pour la reconstruire ensuite.

— Pourquoi est-il venu, après tant d'années ?

Gabriel écarta sa main de la poitrine de Victoria.

— Pour se venger.

— Mais c'est lui qui t'a agressé.

Gabriel écarta sa main du ventre de Victoria.

— Pour l'argent.

— *Le chantage est le prix du péché...*

— A-t-il tenté de te faire chanter ?

Gabriel incita Victoria à s'agenouiller.

— Par jeu.

La femme de cuivre se retrouva soudain libre, et Victoria perçut à nouveau la froideur du métal, l'humidité de sa chair, le brûlant inconfort là où Gabriel l'avait pénétrée, l'onctuosité du lubrifiant entre ses fesses.

L'insondable solitude de l'homme qui se tenait derrière elle.

Elle le sentit se lever – mouvement d'air, léger craquement d'os. Sous la coupole, un homme de cuivre domina un instant sa silhouette.

Gabriel enjamba la baignoire. Victoria regarda sa cuisse musclée, un testicule hérissé de poils, des fesses de marbre pâle.

Il traversa silencieusement la salle de bains et s'arrêta devant le lavabo. Le miroir était embué ; elle ne voyait plus que ses puissantes épaules emperlées d'eau, son dos, ses hanches étroites, ses fesses fermes, ses longues jambes et le reflet flou de sa tête.

Il ouvrit le robinet et un nuage de vapeur s'éleva. Ses fesses se contractèrent quand il bascula le bassin en avant.

Victoria n'eut pas besoin de voir les gestes qu'il accomplissait pour savoir qu'il lavait ses parties intimes.

La sensation de brûlure de son postérieur s'intensifia.

Sa douleur à elle. Celle de Gabriel.

Il attrapa un gant de toilette sur le porte-serviette et le plongea dans le lavabo.

Victoria plaça les mains sur le rebord de la baignoire et se redressa gauchement.

Gabriel se retourna, le gant de toilette à la main. Son visage était pâle, distant. Détaché. Il ne faisait plus partie d'elle.

— Il n'y a rien de changé, Victoria.

Victoria ne pleurerait pas. Ni sur son sort ni sur celui de l'ange déchu.

Elle enjamba le bord de la baignoire. Son pied glissa sur le marbre et elle s'agrippa au rebord pour éviter de tomber. L'air frais lui gifla les joues.

— Il cherchera à te tuer, dit Gabriel d'une voix atone.

Son sang se glaça.

La voix de Gabriel s'était rapprochée.

Elle releva vivement la tête.

Il se tenait près d'elle, dans toute sa splendeur virile.

Une gouttelette étincelante couronnait l'extrémité de son membre érigé.

Il avait fait partie d'elle – devant, derrière.

Elle aurait voulu qu'il soit encore en elle.

Elle se redressa. Le clitoris qu'il avait doucement caressé durcit.

La sensation de la crème lubrifiante entre ses fesses et de la moiteur de son entrejambe s'accrut, au point qu'elle en eut davantage conscience que de sa respiration.

— Il cherchera aussi à te tuer, riposta-t-elle.

— Il cherchera à m'atteindre en te faisant du mal.

Le cœur de Victoria sauta un battement. Deux, même. Qui donc était cet homme qui traquait Gabriel, alors même qu'il se savait traqué par lui ?

— T'atteindrait-il vraiment... s'il me faisait du mal ?

— Oui.

Sa poitrine se contracta.

— Pourquoi ?

— Parce que j'ai envie de toi, Victoria.

Elle sentit ses yeux la picoter.

— Je veux que tu me caresses, ajouta-t-il.

Elle cessa de respirer.

— Je veux que tu m'aimes.

Son cœur s'arrêta de battre.

— Oui, il m'atteindrait s'il te faisait du mal, conclut-il, la lueur argentée de son regard animant les ombres grises de son passé. Cela me tuerait de te voir mourir parce que tu as su me toucher, *moi*, pas seulement sexuellement. Tu m'as touché par ta passion et ton honnêteté. C'est sans doute ce que voulait l'homme qui t'a fait venir ici. Il te verra dans mes yeux et sentira ton odeur sur ma peau. Il voudra te posséder. Et il ne reculera devant rien pour te tuer. Simplement parce que tu m'as touché.

Tout comme il avait tué Dolly, simplement parce qu'elle avait conduit Victoria jusqu'à La Maison de Gabriel.

Elle se souvint de sa bravade...

— *Si vous m'obligez à rester, monsieur, je m'emploierai à vous séduire*, l'avait-elle menacé.

— *Dans ce cas, vous en paierez les conséquences, mademoiselle. Autant que moi.*

Gabriel savait à quel point son propre désir était dangereux. Il savait de quoi le deuxième homme était capable depuis près de quinze ans.

— As-tu jamais aimé quelqu'un d'autre que Michael, Gabriel ?

— Non.

— *Je l'aimais comme un frère.*

La poitrine de Victoria se comprima si fort qu'elle eut du mal à respirer.

— Je ne regrette pas de t'avoir touché.

Gabriel se rapprocha d'elle. Sa peau était d'une blancheur d'albâtre, ses cheveux blonds encore noircis par l'eau. Son sexe effleura le ventre de la jeune femme.

— Tu finiras par le regretter, Victoria.

Elle prit une grande inspiration.

— Qu'attends-tu d'une femme, Gabriel ?

Son souffle effleura sa joue.

— Tu éprouves de la compassion pour le garçon de treize ans qui voulait être un ange, affirma-t-il.

— Oui, admit-elle avec franchise.

— Et quand tu me regardes, enchaîna-t-il, frôlant sa lèvre inférieure du bout de son doigt, c'est le visage d'un ange que tu vois.

— Que vois-tu lorsque tu me regardes, Gabriel ? demanda-t-elle, incapable de réprimer le tremblement de sa lèvre.

Les cils de Gabriel voilèrent son regard. Son doigt remonta lentement le long de sa joue, traçant un sillon brûlant, puis sa main tout entière la recouvrit.

— Je t'ai dit que mon nom n'est pas Gabriel.

Victoria humecta ses lèvres, savoura le léger goût de savon que son doigt y avait laissé – le goût du plaisir qu'il lui avait donné, aussi.

— Tu m'as dit que tu avais choisi le nom d'un ange, ce qui fait que ton nom est bien Gabriel.

Ses cils se relevèrent lentement.

— Et tu veux toujours me toucher.

— Oui, répliqua-t-elle, incapable de mentir.

— J'ai pleuré, Victoria.

— *Es-tu prête à pleurer pour un ange, Victoria ?*

Ses yeux s'embuèrent.

— Pleurer n'est pas un péché, Gabriel.

Vivre n'est pas un péché.

Aimer n'est pas un péché.

Un linge frais et mouillé passa sur la joue gauche de Victoria ; une main ferme et tiède le remplaça aussitôt.

Gabriel enveloppait sa joue comme si elle était faite du verre le plus délicat.

— C'est vrai, acquiesça-t-il. Pleurer est naturel. C'est l'absence de larmes qui est dangereuse, *Victoire**.

Il avait dit son nom en français.

Victoria resta immobile sous la main de Gabriel, respirant son souffle, inhalant son odeur.

— J'ai envoyé un homme au club des Cent Guinées... murmura-t-il.

— Qu'est-ce que le club des Cent Guinées ?

— Il s'agit d'un club où les hommes se travestissent en femmes, dit-il, s'attendant visiblement à la choquer.

— Pourquoi y as-tu envoyé quelqu'un ?

Gabriel prit délicatement son visage entre ses mains.

— J'y ai envoyé un homme pour qu'il se prostitue.

Qu'il se prostitue... pour le compte de Gabriel ?

— Rien ne l'obligeait à le faire s'il n'en avait pas envie, répondit-elle d'un ton égal, le cœur battant d'appréhension.

— Cela lui faisait horreur. Et maintenant, je crois qu'il me déteste.

Elle lutta pour garder les bras le long du corps, résista à l'envie de le toucher – il était si près.

Toucher un ange est dangereux.

Gabriel repousserait l'amour.

— Pourquoi s'est-il... prostitué, si cela lui faisait horreur ?

Victoria sentit le membre de Gabriel glisser sur son ventre.

— Par loyauté.

— Tu lui as demandé de se prostituer, sachant qu'il te détesterait pour cela, souffla-t-elle contre sa bouche.

— Oui.

— Pourquoi ?

— Le deuxième homme n'était pas seul quand il a enchéri pour toi.

L'estomac de Victoria se contracta.

Le deuxième homme avait tué tous ceux avec qui il était entré en contact. Si quelqu'un l'avait accompagné ce soir-là…

— Était-il accompagné d'un homme travesti en femme ?

Le souffle de Gabriel était brûlant sur ses lèvres ; aussi brûlant que la chair qui se pressait contre son ventre.

— Non.

— Mais c'était un membre du club des Cent Guinées ?

— Oui.

Les ongles de Victoria mordirent la chair de ses paumes.

— Et cet homme est mort.

— Oui, acquiesça-t-il, imperturbable – comme si la mort n'était qu'un banal incident.

Dans les rues de Londres, la mort était effectivement un banal incident. Les femmes finissaient un jour par s'asseoir sur les marches d'un hospice, trop faibles pour marcher, et attendaient que la mort les soulage de la misère.

Contre ses joues et son ventre, les battements du cœur de Gabriel égrenèrent les secondes.

— Cet homme qui risque de nous tuer… est-ce lui qui se travestit en femme ? demanda-t-elle.

— Parfois.

Des images de femmes qu'elle avait vues pendant la vente aux enchères affluèrent à l'esprit de Victoria. Aucune ne lui avait donné l'impression d'être un homme travesti.

Les rues de Londres obéissaient à des règles plus simples que celles des clubs. Dans la rue, quand des hommes se battaient, ils rendaient coup pour coup.

Les motivations de l'homme que Gabriel décrivait semblaient n'avoir ni rime ni raison.

Peur. Désir.

Deux émotions qui n'avaient rien à faire ensemble.

— Tu dis qu'il risque de vouloir me posséder sexuellement, raisonna-t-elle. Il ne préfère donc pas les hommes aux femmes.

Gabriel effleura la paupière de son œil gauche d'un baiser aussi léger qu'une plume.

— C'est la domination qui réside dans l'acte sexuel qu'il apprécie, pas l'acte en lui-même.

Victoria cligna les yeux.

— Tu veux dire qu'il est détaché du soulagement sexuel.

— Oui.

Tout comme Gabriel en était détaché.

— Et quand il tue ? questionna-t-elle. Est-ce le fait d'infliger la douleur qui lui plaît ?

Gabriel baisa sa paupière droite, la pointe de sa langue effleurant ses cils.

— Le pouvoir.

— En envoyant quelqu'un au club des Cent Guinées, élabora calmement Victoria, tu espérais découvrir un indice qui te conduirait à cet homme ?

— Oui, c'est ce que j'espérais, admit Gabriel.

— Tu as envoyé un des portiers qui m'a laissée entrer ici, comprit-elle soudain. Tu l'as chargé de cette mission pour le punir !

— Je l'ai chargé de cette mission parce qu'il a autrefois travaillé dans ce club, répliqua Gabriel en serrant son visage entre ses mains pour la contraindre à le regarder en face. Tu m'as demandé ce que j'attends d'une femme. Je vais te le dire, Victoria Childers.

Mais Victoria n'avait soudain plus envie de le savoir.

— J'attends d'une femme qu'elle me touche tout en sachant ce que je suis, déclara-t-il en faisant peser sur elle son regard d'argent, impitoyable. Je suis un mendiant, un voleur, une putain et un tueur. Je ne reculerai devant rien pour attraper le deuxième homme. Je veux que tu aies envie de moi en sachant ce que je suis. Je veux que tu me regardes dans les yeux quand tu m'accueilles en toi, et je veux lire dans ton regard que tu sais que tu accueilles un mendiant, un voleur, une putain, un tueur. Je t'ai dit que je veux que tu m'aimes, mais je ne peux pas te promettre de t'aimer en retour. Je ne peux pas te promettre de te protéger. Je ne peux pas te promettre que tu ne mourras pas. Mais je peux te promettre que je donnerai ma vie pour sauver la tienne. Il n'existe aucun acte sexuel que je n'aie déjà accompli, rien que je refuserai d'accomplir pour te satisfaire. Ce que tu as vu derrière les miroirs sans tain t'a excitée. Je refuse de te partager avec un autre, mais je peux te montrer ce que cela fait d'être possédée par deux hommes à la fois. Tout ce que je demande en retour, c'est que tu m'autorises à te toucher, à prendre soin de toi. Et que tu partages ton plaisir avec moi. Fais-moi voir la lumière quand tu jouis, Victoria. C'est la seule lumière que je verrai jamais.

Le souffle de Gabriel l'empêchait de respirer, la chaleur de son corps bloquait ses sensations, l'ancre de son sexe la privait de mouvement.

— *Je ne peux pas te promettre de t'aimer… de te protéger… que tu ne mourras pas… Je refuse de te partager…*

Gabriel avait réussi dans son métier de prostitué parce qu'il avait appris dès l'enfance à se dissocier de la faim, du froid, des émotions.

Michael, pourtant, avait su le toucher.

— *Seule une femme courageuse pourrait aimer quelqu'un comme M. Gabriel,* avait assuré Mme Renée.

Mais Victoria n'était pas courageuse.

Elle avait préféré devenir gouvernante plutôt que de dire à son père qu'il n'était qu'un misogyne dissimulant sa haine des femmes derrière un masque de rigueur morale. Elle avait préféré s'occuper des enfants des autres plutôt que de se marier et risquer de découvrir qu'elle n'était qu'une putain qui désirait l'amour d'un homme et non le fruit de sa semence.

Victoria s'était rendue à La Maison de Gabriel pour survivre – pas pour mourir.

Elle ne s'y était pas rendue dans l'idée d'apprendre à s'accepter elle-même en acceptant un ange déchu.

C'était pourtant ce qu'elle avait fait.

Mais elle n'était pas courageuse.

— Je n'ai pas besoin que tu me protèges, articula-t-elle avec peine.

Victoria ne voulait pas dépendre d'un homme.

Elle sentit les mains de Gabriel se crisper sur ses joues.

— Dehors, tu n'as aucune chance de survie, Victoria.

— Tu as bien survécu, toi.

— Je suis né dans la rue ; tu es issue de l'aristocratie.

— Ma mère s'est enfuie avec un homme.

— Ta mère a quitté ton père, tout comme tu l'as quitté, répliqua durement Gabriel. Tout comme il a forcé ton frère à s'enfuir.

— Je ne comprends pas ce que tu attends de moi.

— Je te l'ai dit.

Il voulait qu'elle l'accepte tout entier. Mendiant. Voleur. Putain. *Tueur.* Et qu'elle partage son plaisir avec lui.

Victoria humecta ses lèvres.

— Tu me demandes… de vivre sous ton toit.

— Oui, répondit-il, méfiant.

— Tant que nous survivrons.

— Oui.

Mais combien de temps survivraient-ils ?

La réalité lui apparaissait telle une intruse qu'elle n'avait guère envie d'accueillir.

— Je n'en vois pas la nécessité, dit-elle en se raidissant. J'étais d'accord pour offrir ma virginité.

— Ce n'est pas parce que tu étais vierge que je t'ai prise.

Aussi difficile cela fût-il, Victoria se devait d'énoncer la vérité à voix haute.

— Tu as eu envie de moi parce que je me suis exhibée. Tu n'aurais pas été tenté si je n'avais pas paradé devant toi, toute nue. Si je ne t'avais pas fait de proposition devant les miroirs sans tain.

— Je vis parmi des femmes qui font bien davantage que s'exhiber toutes nues, Victoria.

— C'est différent… avança-t-elle, gagnée par l'incertitude.

— Absolument, acquiesça-t-il, se refusant à lâcher son visage, son regard. C'est différent.

Victoria soutint la sévérité de ses yeux gris.

— Est-ce que tu regrettes ton enchère ?

Elle attendit sa réponse, le cœur battant.

— Non.

Victoria lut dans ses yeux qu'il disait la vérité.

De si beaux yeux.

— Je n'ai pas vu la lumière quand j'ai joui sous la douche, Gabriel.

Douleur.

Victoria avait meurtri un ange.

— Qu'est-ce que tu as vu ?

Elle scruta le regard de Gabriel et revit son visage reflété par la paroi de la douche, cuivre au lieu d'albâtre.

— Je t'ai vu, toi.

Elle avait vu sa souffrance. Elle avait vu son plaisir.

Le souvenir anima le regard de Gabriel – encerclement, épanouissement de la chair. Le cri de plaisir de Victoria.

L'infinie succession d'orgasmes qu'il lui avait donnés la veille. L'infinie succession d'orgasmes qu'il lui donnerait ce soir.

Aucun homme n'avait jamais souhaité la protéger.

— Mes cheveux sont mouillés.

Les mots avaient spontanément jailli de sa gorge.

— Je les sécherai.

— Ils sont emmêlés.

— Je les peignerai.

Le désir vibra le long de ses cuisses.

— J'étais vierge, hier soir.

Victoria déglutit. D'où lui était venue cette déclaration ?

— Je sais que tu étais vierge, répondit-il.

— Mais je n'ai pas saigné.

— Parce que je n'ai pas voulu que tu saignes.

Victoria se souvint de la sensation de son membre s'insinuant progressivement en elle, des orgasmes successifs dont il l'avait régalée… Une irrépressible bouffée de chaleur la submergea.

— Est-ce que tu as vu la lumière, la première fois que j'ai joui ? demanda-t-elle.

— Oui.

— Mais tu ne m'avais pénétrée que de trois doigts.

L'intensité du regard de Gabriel lui coupa le souffle.

— Tu n'es pas encore prête pour davantage.

— Mais je le serai... un jour ? s'enquit-elle timidement.

S'il survivait.

Si elle survivait.

Et s'il avait encore envie d'elle, une fois que le danger n'exercerait plus sur lui son sortilège aphrodisiaque.

— Un jour, Victoria, je te donnerai cinq doigts, déclara-t-il, ses traits conservant leur rigueur marmoréenne. Un jour, je te caresserai si profondément et te comblerai si totalement que tu ne regretteras pas de m'avoir touché.

Victoria lutta pour trouver de l'air qui ne fût pas tiédi par son souffle.

— Tu l'as déjà fait, Gabriel.

Un flot de chaleur la submergea.

Elle craignit de se noyer dans son regard.

— Je t'en prie, écarte-toi de moi.

La flamme qui dansait dans ses yeux d'argent s'immobilisa. Son souffle tiède effleura ses lèvres comme la caresse d'une plume.

— Pourquoi ?

— Parce que je crois que je vais jouir, avoua-t-elle.

L'ombre le disputa à la lumière dans le regard de Gabriel.

Révélation de son désir. Certitude de savoir comment le combler.

Il se pencha vers elle, fit courir la pointe de sa langue sur le pourtour de ses lèvres – caresse humide qui déclencha un éclair fulgurant au creux de son ventre – puis s'écarta. La sensation, aussi brève qu'intense, céda la place à une doucc palpitation.

Cette même palpitation qui l'avait saisie sous la douche lorsque, plaqué contre ses fesses et son dos, Gabriel avait si profondément enfoui sa *bite** en elle qu'ils n'avaient plus formé qu'un seul corps.

Une serviette souleva la chevelure de Victoria – Gabriel s'appliquait à la sécher, chaque friction sensuelle s'apparentant à une caresse. Elle observa la plus parfaite immobilité quand il sécha ses fesses et ses jambes...

Un léger heurt retentit à ses oreilles. Une sensation de fraîcheur s'empara soudain de la zone de chair sensible entre ses fesses.

Elle rouvrit brusquement les yeux – quand les avait-elle fermés ?

— Je t'ai meurtrie, Victoria. Laisse-moi prendre soin de toi.

Un bras musclé encerclait sa taille, garantissant son équilibre. Une tendre et ferme pression s'employait à effacer les restes de crème lubrifiante, par caresses circulaires.

Victoria força ses muscles à se détendre.

— Je préférerais que nous prenions mutuellement soin l'un de l'autre.

Gabriel la nettoya si longuement qu'elle souhaita qu'il interrompît ses attentions, si méticuleusement qu'elle souhaita qu'il fît autre chose que la nettoyer.

Elle coula une main derrière elle...

Et ne rencontra que le vide.

Elle réprima un grondement de frustration.

— Que tu le veuilles ou non, je te toucherai, Gabriel.

— Tu l'as déjà fait, Victoria.

Elle pivota sur elle-même. Gabriel lui tourna le dos.

— Je toucherai davantage que ton... que ta...

Victoria hésita et releva le menton, comme pour défier la société qui obligeait les femmes à recourir à toutes sortes d'euphémismes dès qu'il s'agissait d'expressions à connotation sexuelle – la gorge pour la poitrine, les dessous pour les caleçons...

— … ta queue.

Gabriel se rapprocha et tendit la main vers elle.

— Dans ce cas, prends ma main, Victoria.

Elle contempla les longs doigts qui avaient fait partie d'elle la nuit précédente. Contempla le pénis qui venait à peine de l'abandonner et qui n'allait pas tarder à retrouver sa place. Son pouls battait doucement sous la peau translucide et violacée de son extrémité virile.

Révélant le désir de Gabriel.

Sentant ses genoux faiblir, elle prit sa main.

Victoria ouvrit la porte de la salle de bains et s'engagea dans la chambre obscure.

La lumière du plafonnier l'aveugla, et la chaleur rassurante des doigts de Gabriel disparut.

— Assieds-toi sur le lit.

Victoria s'assit au bord du lit. Le matelas se creusa, les ressorts grincèrent, et elle serra sagement les pieds sur le plancher.

Son postérieur était endolori.

Gabriel s'approcha de la cheminée, prit trois bûches dans le seau de cuivre et les ajouta au feu qui rougeoyait encore dans l'âtre. Un nuage de cendres noires et de fumée grise s'éleva en tourbillonnant dans le conduit de la cheminée.

Victoria avait l'impression qu'une éternité s'était écoulée depuis la dernière fois qu'elle avait contemplé ce feu.

— Je vais tâcher de te laisser me toucher, Victoria.

La voix de Gabriel lui parvint comme étouffée, car son visage était tourné vers les flammes qui s'enroulaient lentement autour des bûches.

Il allait tâcher de la laisser le toucher.

Il allait tâcher de ne pas la laisser mourir.

Mais il ne promettait rien.

— J'aimerais remplacer tes souvenirs douloureux par des souvenirs agréables, Gabriel.

— Chaque fois que tu jouis, tu m'offres un nouveau souvenir, répondit-il en se tournant vers elle.

Elle ne pleurerait pas.

Victoria le regarda avancer silencieusement vers elle, abolissant de ses longues jambes la distance qui les séparait, son sexe en érection fouettant l'air.

— Je n'avais jamais vu d'homme nu avant de perdre mon emploi. Un jour, j'ai vu un homme qui se tenait au coin d'une rue. Je n'ai pas compris que son pantalon était ouvert. J'ai cru qu'une saucisse pendait de sa poche.

Gabriel s'arrêta devant elle et sourit.

— Il existe une expression d'argot français qui illustre bien cette idée, *l'andouille à col roulé** – l'andouille étant une variété de saucisse.

— Comment appelle-t-on les... les couilles en français ? demanda-t-elle.

— *Les noisettes. Les noix. Les olives. Les petits oignons**.

— *Les petits oignons* ? répéta Victoria, ses yeux se plissant de rire.

Une lueur amusée brilla au fond des yeux d'argent de Gabriel.

— *Les croquignoles**.

— Ce sont des biscuits, traduisit Victoria.

— *Les bonbons**.

Le regard de Victoria se porta sur les objets jumeaux de leur discussion.

— J'aime beaucoup sucer des bonbons.

Elle approcha un doigt hésitant. La peau crêpée des testicules de Gabriel était rugueuse.

Un flot d'énergie pure traversa Victoria.

Elle porta lentement sa main à sa bouche et fit glisser sa langue sur son doigt en soutenant le regard de Gabriel.

— Vous n'avez pas le goût des *petits oignons**, monsieur.

Elle découvrit un désir brut dans les yeux de Gabriel.

— Quel goût ai-je donc, mademoiselle Childers ? s'enquit-il d'une voix de gorge.

Victoria goûta à nouveau son doigt.

— Un goût de... *noix** de Gabriel.

Le rire resurgit dans ses yeux, son éclat dissipant l'ombre du désir.

— Merci, souffla Victoria.

— De quoi donc ? s'étonna-t-il.

— De m'autoriser à être une femme.

Et de ne pas la traiter de putain, comme tout autre gentleman l'aurait sans doute fait.

Victoria se sentit brusquement soulevée dans les airs. Le grincement des ressorts du lit l'enveloppa et elle se retrouva assise entre les jambes de Gabriel, dos à lui, ses cuisses musclées enserrant ses hanches.

— Ne me remercie jamais, Victoria, dit-il d'une voix rauque.

Elle s'apprêtait à répondre, mais les dents d'ivoire du peigne que Gabriel faisait passer dans ses cheveux rencontrèrent un nœud.

Elle planta délibérément ses ongles dans la chair ferme des cuisses de Gabriel, partageant sa douleur avec lui. Les dents d'ivoire déjouèrent le piège du nœud de sa chevelure.

Victoria se figea, assaillie par un lointain souvenir. Celui de sa mère lui brossant les cheveux.

Mais elle ne voulait pas penser à sa mère.

Une puissante chaleur irradiait du V des cuisses écartées de Gabriel.

— Comment appelle-t-on les seins, en argot français ?

— *Les melons**.

— Curieux... murmura Victoria.

La douleur infligée par la rencontre d'un nouveau nœud disparut dans un glissement d'ivoire.

— Pour les fesses, on dit *les miches**, comme les miches de pain, ajouta-t-il. Et pour les seins, on dit parfois aussi *les ananas**.

— Je n'ai encore jamais mangé d'ananas. Quel goût cela a-t-il ?

— C'est à la fois sucré et acidulé. Hérissé de piquants à l'extérieur et juteux à l'intérieur.

— Les seins d'une femme ne sont pas hérissés de piquants !

— Vos pointes de seins, mademoiselle, sont très dures. Elles piquent ma peau.

Tout comme ses ongles, se dit-elle en les écartant de sa chair.

Le peigne glissait aisément dans ses cheveux, à présent. Victoria renversa la tête en arrière.

— Il m'arrivait parfois de ressentir une impression de brûlure entre les jambes, dit-elle, le regard tourné vers le plafond. Je ne savais pas ce qu'était un clitoris, je savais seulement que c'était mal de se toucher à cet endroit. Et puis, quand je me suis retrouvée sans nulle part où aller, je me suis touchée. Je n'ai pas vu la lumière à ce moment-là, Gabriel.

Elle attendit sa juste condamnation pour avoir osé avouer l'inavouable.

— Qu'as-tu vu, Victoria ?

La voix de Gabriel était chaude, tout près de son oreille…

— J'ai vu l'obscurité, Gabriel.

Le glissement du peigne s'interrompit ; des doigts fermes trouvèrent le haut de ses cuisses. Un seul doigt s'immisça entre ses jambes, ses lèvres…

— J'ai vu le froid, la faim, la solitude…

Un éclair fulgurant traversa son clitoris sous la caresse de Gabriel ; elle réprima un cri.

— Mais je n'ai vu aucun péché.

Gabriel frotta doucement sa joue contre sa chevelure. Une sensation brûlante et humide passa sur son oreille – la langue de Gabriel.

La chambre bascula.

Victoria se retrouva sur le dos, un entassement de velours niché contre ses fesses, le drap de lin bien lisse sous sa colonne vertébrale. Elle aperçut du coin de l'œil un éclat de cuivre – les montants du lit.

Le matelas remua ; Gabriel prit la petite boîte métallique sur la table de chevet, sa hanche frôlant celle de Victoria.

Elle attendit, tendue.

Le matelas se creusa. Gabriel se redressa, tenant entre le pouce et l'index un préservatif.

L'impatience comprima les poumons de Victoria.

Les cils sombres de Gabriel voilaient son regard.

Victoria contempla la colonne de chair veinée de bleu qu'il tenait de la main droite. Elle releva les yeux vers l'ombre de son visage, puis les baissa à nouveau sur l'extrémité violacée de son membre qui fut avalée par le capuchon de caoutchouc. Il pinça l'extrémité du préservatif et il n'y eut plus de veines bleues, plus aucune nuance de chair, rien qu'un long étui de caoutchouc qui se terminait par une touffe de poils blond foncé. Une petite protubérance – l'extrémité du préservatif – saillait du renflement de son pénis ainsi gainé.

Victoria releva les yeux.

Gabriel était prêt. Pour elle.

— En érection, je fais un peu plus de vingt-trois centimètres de long.

Il lut dans ses yeux la question de Victoria et attendit qu'elle la formule à voix haute.

Attendit qu'elle lui demande de comparer les dimensions de deux anges…

Mais Victoria ne dit rien. Elle n'avait pas besoin de comparer Gabriel à qui que ce soit.

— Pourquoi avoir ménagé un espace au bout du préservatif ? demanda-t-elle à la place.

— Pour ma semence.

Victoria l'avait sentie jaillir en elle sous la douche et se demanda si elle la sentirait aussi jaillir dans son vagin.

Gabriel se pencha au-dessus d'elle et saisit ses mains.

— Souviens-toi…

Il étendit les bras de Victoria au-dessus de sa tête, guida ses doigts jusqu'aux barreaux du lit de cuivre et les recourba pour qu'elle s'y accroche.

— Souviens-toi, Victoria... murmura-t-il, son souffle caressant sa joue, son sexe effleurant le secret de sa chair.

— Je me souviens, Gabriel.

Il s'allongea lentement sur elle, telle une couverture de chair, son torse comprimant ses seins, son ventre épousant le creux de son ventre, ses hanches se logeant entre ses cuisses.

Victoria se souvenait... à quel point sa vie avait été froide et nue. À cause de la haine qu'un homme vouait aux femmes.

Victoria se souvenait... de la souffrance qu'avait connue Gabriel.

Elle ne savait pas pourquoi le deuxième homme la lui avait infligée.

Elle ne savait pas pourquoi il ne l'avait pas tué alors qu'il était enchaîné, sans défense. Alors que Gabriel l'avait supplié de le tuer.

Elle ne savait pas comment l'amour pouvait se convertir en haine. Elle savait seulement que c'était possible.

L'amour d'un époux pour sa femme.

L'amour d'un frère pour sa sœur.

L'amour entre deux anges...

La main gauche de Gabriel trouva sa fente. Le fourreau de caoutchouc s'inséra en elle, l'écarta, la pénétra, la combla.

Les mains de Victoria agrippèrent convulsivement les barreaux de cuivre.

— N'oublie jamais ce que je suis... (Un souffle brûlant emplit ses poumons, la pointe d'une langue dessina le contour de ses lèvres.) Ni ce que je peux faire...

Victoria distinguait nettement les pores de sa peau, aussi lisse que le marbre, chacun des longs cils sombres qui encadraient ses yeux. Elle sentit tout aussi nettement ses muscles s'écarter pour accueillir le pénis gainé de caoutchouc qui pulsait en elle.

Un cercle pâle brillait dans les yeux de Gabriel – le visage de Victoria. Se voyait-il, lui aussi, dans ses yeux ?

— Je me souviens de tout ce que tu as dit, Gabriel.

— *Vous avez des yeux affamés. Comme ceux de Michael.*

— *Ce n'est pas le fait de me prostituer qui a fait de moi ce que je suis, mais le simple fait de vivre.*

— *J'aurais voulu avoir ce même regard affamé...*

Comment Gabriel pouvait-il ignorer la faim qui habitait ses propres yeux ?

— Et sachant d'où je viens... sachant ce que je suis, tu veux toujours de moi, Victoria ?

Elle n'eut pas besoin de réfléchir.

— Oui, dit-elle avant de pousser un cri sous l'effet de l'émotion qui étreignit sa gorge.

La bouche de son compagnon étouffa son cri. Le matelas ploya, la main gauche de Gabriel recouvrit la main droite de Victoria. Il aspira alors son âme dans sa bouche, ses hanches ondulant entre les siennes, son membre pilonnant le cœur de sa chair dans une symphonie de grincements de ressorts. Il lécha, mordilla sa langue, la suça comme si sa survie en dépendait. Jusqu'à ce que son souffle devienne le souffle de Victoria, sa chair la chair de Victoria, jusqu'à ce qu'elle ne se soucie plus de mourir, sachant que le plaisir existait au-delà de la mort.

La lumière au-delà des ténèbres.

Gabriel incarnait cette lumière – sa langue, ses lèvres, ses mains, son membre qui coulissait entre les lèvres de son sexe et les parois de son vagin.

Victoria se cambra, ses jambes remontèrent le long des cuisses velues de Gabriel, et son vagin s'élargit pour l'accueillir plus profondément encore...

— Regarde-moi, Victoria.

Elle rouvrit difficilement les yeux.

Les yeux d'argent l'attendaient.

L'argent s'étrécit lentement jusqu'à ce que Victoria ne voie plus que le pâle visage d'une femme reflété dans ses yeux. L'image vola en éclats dans une explosion de lumière.

Elle lança un cri. Son cri ne rencontra que le silence.

Lentement, le visage de Gabriel retrouva ses contours. Il ruisselait de sueur.

— *J'en veux encore**, laissa-t-il échapper d'une voix déchirante.

Ses mots emplirent la bouche, l'âme de la jeune femme.

— Donne-m'en plus, Victoria.

Plus de plaisir. Plus de jouissance.

— Montre-moi la lumière.

Victoria s'ouvrit à lui et lui donna ce qu'il voulait.

Plus de plaisir. Plus de jouissance.

Des souvenirs pour éclairer les ténèbres.

21

Gabriel ouvrit brusquement les yeux, le cœur battant.

L'obscurité l'enveloppait ; un parfum de sexe et de sueur. Une sensation moite sur sa cuisse gauche.

Aussitôt, il se souvint… Le crépitement du jet d'eau chaude. La vapeur suffocante. Victoria.

Elle l'avait touché.

Elle le touchait encore.

Lovée contre son flanc, la tête nichée au creux de son épaule, une de ses jambes l'enveloppait et la moiteur de son plaisir se répandait sur sa cuisse.

Un frisson le parcourut quand il perçut la présence du deuxième homme ; son odeur recouvrait celle de Victoria.

Gabriel ne disposait d'aucune arme à portée de main, ni dans la table de chevet ni dans l'armoire. Sa canne, le Derringer, le couteau de chasse et le revolver Adams se trouvaient dans le cabinet de travail.

Il était incapable de protéger Victoria.

La rage chassa la peur.

Victoria lui avait fait voir la lumière ; il ne la laisserait pas mourir.

Il fit délicatement rouler la tête de la jeune femme sur son épaule et dégagea sa jambe. La fraîcheur de l'air chassa l'humidité sur sa cuisse ; la plante de ses pieds rencontra le plancher glacé.

L'obscurité était son alliée. Si Gabriel ne pouvait pas voir le deuxième homme, celui-ci ne pouvait pas davantage le voir.

Il se faufila jusqu'à la porte du cabinet de travail.

La sensation d'une présence se dissipa, comme si une porte s'était refermée.

Gabriel s'immobilisa, tous les sens en alerte. Guettant la moindre anomalie au-delà du bruit de la respiration de Victoria, de ses propres battements de cœur...

Personne ne se trouvait dans la chambre, excepté lui et Victoria.

Personne ne s'y trouvait *plus*.

Mais il était certain qu'un instant plus tôt, il y avait quelqu'un. Le deuxième homme.

Gabriel avait fait monter la porte de communication de façon que personne ne puisse se cacher derrière celle-ci quand il pénétrait dans sa chambre. Mais quelqu'un pouvait très bien attendre de l'autre côté...

Quelqu'un armé d'un couteau ou d'un pistolet.

Gabriel n'avait pas peur de mourir. Mais il fut soudain saisi d'une peur panique au sujet de Victoria.

Dans la douche, il lui avait montré qu'il était extrêmement facile d'inciter une femme – ou un homme – à supplier pour obtenir le soulagement. Il ne voulait pas qu'elle découvre à quel point il était facile de soutirer ces mêmes supplications pour obtenir le soulagement ultime.

Il poussa brusquement la porte, ne l'arrêtant qu'au tout dernier instant pour l'empêcher de cogner contre le mur.

Personne ne se tenait derrière.

Personne dans la pièce.

Mais quelqu'un était venu. Sa présence flottait dans l'air, tel un parfum bon marché.

La canne d'argent était appuyée contre le divan, le holster lesté du revolver Adams drapait l'accoudoir. Rien ne semblait avoir été déplacé.

Une seule et unique porte livrait accès à ses appartements.

Gabriel tira le revolver Adams du holster et gagna la porte, qu'il ouvrit brutalement.

Allen était adossé au mur, ses yeux noirs guettant dans l'ombre. Il se redressa aussitôt.

Il ne parut ni surpris, ni gêné, ni alarmé de voir surgir son employeur nu comme un ver, une arme à la main. Gabriel, quant à lui, savait qu'Allen portait un holster sous sa veste noire.

Était-ce Allen, plutôt que le deuxième homme, qui était entré dans sa chambre ?

— Bonjour, monsieur, dit poliment Allen.

Bonjour.

— Quelle heure est-il ? s'enquit sèchement Gabriel.

— Quatre heures passées, monsieur.

Gabriel avait chargé Gaston de dénicher tout ce qu'il pourrait au sujet de Mitchell Delaney et de le lui rapporter aussitôt.

Un nœud d'angoisse surgit dans son ventre. Tant que le deuxième homme vivrait, il y aurait des morts.

— Où est Gaston ?

— Il a tenté de vous réveiller un peu plus tôt, monsieur, répondit tranquillement Allen.

Gabriel plissa les yeux. Personne n'avait tenté de le réveiller…

Gaston avait sans doute frappé à la porte du bureau. Découvrant la pièce vide, il n'avait peut-être pas osé frapper à la porte de la chambre de Victoria.

— Quand cela ? demanda Gabriel.

— Il est venu plusieurs fois, monsieur, répliqua Allen sans détourner les yeux. La dernière remonte à environ une heure.

Ce n'était donc pas Gaston qui avait réveillé Gabriel.

Allen ne manifestait aucun intérêt pour la nudité de Gabriel, ni pour le fait qu'il émerge visiblement des bras d'une femme.

Mais il savait que son patron avait couché avec Victoria. Gaston aussi ; autrement, il serait venu le réveiller dans la chambre.

L'enchère que Gabriel avait remportée pour obtenir les faveurs d'une femme avait eu le temps de se répandre dans tout Londres. Le fait qu'il ait profité de ses faveurs se répandrait encore plus vite.

Se répandait peut-être déjà en ce moment même.

Gaston était la seule personne, en dehors de lui, à posséder une clef de sa suite.

Il aurait fort bien pu la passer à Allen. Gaston faisait confiance aux employés.

— Es-tu entré chez moi, Allen ?

— Non, répondit Allen sans ciller. Je n'ai pas la clef, monsieur.

— Depuis combien de temps montes-tu la garde ?

— Depuis minuit, monsieur.

— Où étais-tu il y a dix minutes ?

— Ici, monsieur.

— Ce n'est pas possible, Allen, répliqua Gabriel, faisant peser sur lui son regard d'argent.

— Cela n'a rien d'impossible, monsieur, riposta Allen sans dévier son regard du sien. J'étais ici même, à mon poste, comme j'en ai reçu ordre.

— Comment expliques-tu qu'un homme se soit trouvé dans ma chambre il y a seulement quelques minutes ?

— Je ne saurais l'expliquer, monsieur, répondit Allen, la colère le disputant à l'humiliation dans son regard. Pour entrer chez vous, il faut forcément franchir cette porte. Et on n'aurait pu le faire qu'en me passant sur le corps. Ma loyauté vous est acquise.

La colère d'Allen pouvait venir du manque de confiance de Gabriel à son égard. Ou du fait que Gabriel avait fait mine de congédier John et Stephen – personne ne savait qu'ils étaient encore à son service, pas même Gaston.

La colère constituait une faiblesse tout aussi exploitable que la peur.

Gabriel n'avait survécu à ces dernières années que dans l'espoir de tuer le deuxième homme. Le souvenir de son odeur et de son apparence avait hanté toutes ses pensées et tous ses rêves.

La sensation d'être observé à son réveil n'était peut-être qu'une réminiscence de ces rêves. L'odeur qu'il avait cru reconnaître, le fruit de ses souvenirs.

Le souci qu'il avait de la sécurité de Victoria le rendait peut-être paranoïaque.

Il ne pouvait pas se permettre de faire confiance. De ressentir.

De désirer.

Mais il ressentait.

Et il désirait.

L'histoire se répétait.

Six mois plus tôt, Michael avait autorisé les sentiments qu'il avait pour une femme à altérer son jugement. Et Michael serait mort si Gabriel n'était pas intervenu.

Michael serait mort à cause d'une femme.

Michael risquait toujours de mourir.

À cause de Victoria. Une femme qui avait préféré devenir domestique plutôt que de dépendre d'un homme qui méprisait les femmes ; une femme qui avait préféré vendre sa virginité plutôt que de sombrer.

Victoria dépendait désormais de Gabriel.

— *Nous faisons ce que nous pouvons pour survivre.*

— Envoie-moi Gaston, ordonna-t-il, dissimulant sa peur derrière un masque impassible. Je veillerai sur la femme, le temps que tu ailles le chercher.

— Bien, monsieur, dit Allen.

Gabriel se souvint de la sensation du corps de Victoria contre le sien. Elle était si menue qu'il aurait pu faire craquer ses os comme des brindilles.

— Et demande à Pierre de préparer un petit-déjeuner pour deux.

— *Je n'ai encore jamais mangé d'ananas...*

— Avec de l'ananas. Je sonnerai quand je désirerai que le plateau soit servi.

Gabriel referma la porte sans attendre la réponse d'Allen.

Il s'empressa de regagner la chambre.

La lueur du dehors se répandait sur le plancher de la bibliothèque. Un parfum de sexe et de sueur imprégnait l'air.

Mélange subtil qui fit instantanément durcir sa chair.

Victoria reposait telle que Gabriel l'avait laissée, sa chevelure répandue sur l'oreiller.

Il se souvint de la douceur de sa peau, fluide et satinée sous le jet de la douche, moite et veloutée dans son lit.

Il se souvint du contact humide et soyeux de sa chevelure, de la chaleur de ses fesses contre ses cuisses, quand il l'avait peignée.

Il se souvint du contact du doigt de Victoria sur ses bourses. L'image de Victoria léchant son doigt surgit tel un éclair parmi les ténèbres, les joues rosies d'excitation, le regard étincelant sous la lumière électrique.

— *Un goût de… noix* de Gabriel.*

Aucune femme ne s'était jamais amusée avec lui. Elles avaient joui pour lui, mais ne s'étaient jamais montrées enjouées.

Elles ne l'avaient pas touché.

Elles ne l'avaient pas aimé.

Les paupières de Victoria se soulevèrent.

Dans la pénombre, le regard bleu scruta le regard d'argent.

Victoria avait été témoin de son orgasme. Et pas une seule fois elle ne lui avait posé la question à laquelle il ne pouvait répondre.

Gabriel s'était cru insensible – à la douleur, au plaisir.

Aux femmes.

Le deuxième homme lui avait une fois de plus démontré son erreur.

— J'ai mouillé ton oreiller, dit-elle d'une petite voix, lointaine et étrangement juvénile.

— Je me soucie de mon oreiller comme d'une guigne.

— Je t'ai mouillé.

Un sourire fendit le visage de Gabriel – dans la pénombre, Victoria ne pouvait voir ni ce sourire ni la vulnérabilité qu'il trahissait.

— C'est vrai, acquiesça-t-il.

— Je suis mouillée, avoua-t-elle en toute candeur.

Gabriel avait joui par deux fois au cours des heures précédentes. Il n'aurait pas dû désirer Victoria avec une telle force, au point de durcir douloureusement.

Elle incarnait son idéal féminin.

La mort sous un déguisement.

— Montre-moi, dit-il, incapable de résister à l'attrait que Victoria Childers exerçait sur lui, malgré sa conscience du danger.

— Il fait noir, répondit-elle d'un ton raisonnable. Tu ne verras rien.

Gabriel se la représenta en maîtresse de maison, veillant sur les progrès d'un enfant aux cheveux d'or pâle, le raisonnant sur le même ton.

— J'y vois très bien.

Gabriel voyait le piège que représentait Victoria.

Il avait grandement sous-estimé le deuxième homme.

Elle rabattit les couvertures – grincement du lit, froissement de draps.

Ses longues jambes fuselées luisaient comme du marbre.

Gabriel, qui les avait senties encercler sa taille, se demanda quel effet cela ferait de les sentir calées au creux de ses épaules...

Ce fut plus fort que lui. Il s'assit au bord du lit et toucha Victoria.

Sa moiteur se logea tel un poing au creux de son aine.

Le désir durcissait son clitoris.

Il glissa un doigt entre ses lèvres et contempla l'ombre de son sexe. Ses lèvres enveloppaient son doigt comme elles avaient enveloppé son membre quelques heures auparavant.

Elle répondait si bien à ses caresses qu'il aurait voulu se noyer en elle.

Une main hésitante saisit son pénis.

Gabriel se raidit, plein d'appréhension. Les souvenirs qu'il redoutait demeurèrent en sommeil.

Il allait payer très cher ce répit inespéré, mais il ne savait pas encore de quelle façon.

Pas plus qu'il ne savait à quel moment le deuxième homme s'aviserait de le priver du présent qu'il lui avait fait : Victoria Childers.

La partie charnue d'un pouce effleura le pourtour de son gland ; la caresse se répercuta dans sa poitrine.

— Tu es mouillé, toi aussi, murmura Victoria, incapable de dissimuler son excitation.

Les jeux sexuels étaient si nouveaux pour elle qu'elle n'en maîtrisait pas les effets. Gabriel y avait été formé dès l'âge de treize ans.

Les replis de sa chair étaient chauds et moites. L'accès à son vagin qui formait désormais un anneau ouvert accepta aisément son doigt.

Gabriel fut immédiatement happé par le fourreau de soie.

Victoria retint son souffle, et la pression de ses doigts s'affermit sur son membre.

Elle écarta les jambes pour lui faciliter l'accès. Pour soulager Gabriel de sa douleur.

Il avait envie de la caresser, de la sentir se contracter autour de sa main, mais il retira son doigt, luisant du désir de Victoria Childers.

Une femme qui redoutait la passion et qui s'y était pourtant jetée corps et âme.

Gabriel répandit l'essence de son désir sur sa bouche.

Elle eut un mouvement de recul.

— Qu'est-ce qu…

Gabriel prit ses lèvres, ses paroles, son souffle, son essence.

Dans la salle de bains, il lui avait dit que partager sa douleur et son plaisir n'avait rien changé. Il avait menti.

Cela avait tout changé.

Le deuxième homme lui avait offert Victoria, sachant qu'il ne se contenterait pas d'une heure, d'un jour ou d'une semaine avec elle. Il avait su que Gabriel préférerait mourir plutôt que de se passer d'elle.

Gabriel prit possession de sa bouche – légère morsure pour infliger la douleur, coup de langue pour l'effacer par le plaisir. Il usa de tout son savoir-faire pour s'emparer de son âme d'un baiser.

Parce que c'était ce qu'on lui avait appris à faire.

Il remonta légèrement son visage, ses lèvres effleurant celles de Victoria au lieu de les dévorer.

— Savoure ton propre goût, Victoria, murmura-t-il.

Elle resta immobile, sans réaction.

Il lécha son palais.

Victoria aspira le souffle de Gabriel.

Il voulait davantage.

Il savait comment obtenir d'elle ce qu'il voulait.

Il prit un mamelon entre ses doigts, le pinça et tira légèrement dessus, sachant qu'à chaque pincement, chaque étirement, son ventre se contractait.

Les doigts qui l'enserraient pressèrent et tirèrent son pénis en même temps que ses doigts pinçaient et tiraient son mamelon. La langue de Victoria s'aventura à lécher celle de Gabriel et lui retourna ses attentions, caresse pour caresse.

Un léger coup frappé à la porte interrompit les battements de son cœur.

Gaston était arrivé.

Gabriel poursuivit ses caresses.

Persista à vouloir ce qu'il ne pouvait avoir.

Un foyer.

Une femme.

Un gémissement vibra sur sa langue.

Un picotement remonta le long de son ventre.

Ce pouvait être Gaston.

Mais ce pouvait aussi bien être le deuxième homme...

Un bruit étouffé lui parvint, cuir contre marbre.

Victoria faisait rouler sa tête sur l'oreiller. Gabriel saisit sa nuque de la main droite, la bouche soudée à la sienne, ses doigts pinçant et étirant.

Elle frôlait la limite du plaisir.

Elle l'étreignit plus fort, l'emportant dans sa quête.

Un chuintement s'éleva de l'autre côté de la porte. L'homme qui se trouvait dans le cabinet de travail s'était assis sur le fauteuil du bureau. Au même instant, le corps de Victoria se cambra, ses doigts se crispèrent dans ses cheveux.

Douleur. Plaisir.

Des yeux affamés déchirèrent l'obscurité sous les paupières de Gabriel, un frisson traversa Victoria, et il jouit dans sa main.

Elle s'affaissa et avala l'air dans une sorte de sanglot quand il l'autorisa enfin à respirer. Son érection décrut ; son désir, lui, demeura aussi intense.

Les doigts de la jeune femme, enfouis dans ses cheveux, éveillaient une sensation d'intimité qu'il n'avait pas ressentie depuis près de quinze ans.

Gabriel voulait davantage de Victoria. Davantage d'intimité.

Il libéra lentement son mamelon et caressa sa joue.

Il la prit dans ses bras et baisa sa paupière – qui palpita sous ses lèvres.

Le poing qui s'était formé au creux de son aine remonta dans sa poitrine.

— Tu… haleta Victoria. Mon sein… c'était…

— Chut… souffla Gabriel, pressant ses lèvres contre les siennes. (Il ne voulait pas que Gaston entende à quel point elle était vulnérable dans la passion.) Rendors-toi, Victoria. Je dois partir. Je reviendrai tout à l'heure.

Il se redressa.

Les doigts crispés dans ses cheveux se raidirent, et Victoria libéra son membre.

Il ne vit pas sa main approcher de son visage avant qu'elle touche son menton. C'était froid et collant.

Avant qu'il ait pu réagir, les doigts tièdes étalèrent le fluide visqueux sur sa bouche – sa semence.

Victoria enduisit ses lèvres de sperme, puis les nettoya avec sa langue. Pour finir, elle fit courir le bout de sa langue sur la jointure de ses lèvres.

Gabriel autorisa Victoria à partager avec lui le goût de sa semence. Et le doux ronronnement de satisfaction de la jeune femme résonna dans sa poitrine.

Mais soudain, il comprit…

Il se libéra du baiser et des mains de Victoria, se leva et rabattit les couvertures sur son corps nu. À tâtons, il attrapa une veste, un pantalon et des souliers dans l'armoire. Des chaussettes, une chemise et un mouchoir dans la commode. Il revint près du lit, se pencha et ramassa le préservatif usagé.

Gabriel venait de comprendre que le deuxième homme avait gagné.

Sans rien savoir du jeu auquel celui-ci le faisait jouer.

22

Victoria l'entendit remuer des vêtements dans l'armoire... ouvrir un tiroir de la commode, le refermer...

Un bref éclat argenté ; Gabriel approchait du lit.

Le rythme de son cœur s'accéléra.

Il se pencha en avant, puis se redressa presque aussitôt, tenant dans sa main gauche le préservatif, ses vêtements calés sous l'autre bras. Il s'éloigna, se fondant à nouveau dans l'ombre. La porte de la salle de bains se referma derrière lui.

Victoria avait les doigts collants, les lèvres en feu.

Elle avait découvert le goût de son propre plaisir ; elle avait trouvé cela surprenant, mais n'avait éprouvé aucun dégoût. Elle avait aussi senti l'orgasme de Gabriel enfler et jaillir dans sa main.

Des bruits étouffés lui parvenaient à travers la porte de la salle de bains – clapotis, chasse d'eau, bruit sec et bref qu'elle interpréta comme le choc de la brosse à dents d'ivoire sur le marbre du lavabo.

Entendre Gabriel faire sa toilette du matin lui parut si intime que son cœur se serra.

Victoria glissa une main sous les couvertures et caressa son mamelon gauche.

Il était durci et enflé. Comme le sexe de Gabriel quand elle l'avait tenu dans sa main.

Jusqu'alors, elle ignorait que le simple fait de pincer ses mamelons pouvait déclencher un orgasme. Que la semence d'un homme était collante, épaisse et visqueuse. Elle ignorait tout de son étrange saveur salée.

Un léger chuintement interrompit le cours de ses pensées. Gabriel était sorti de la salle de bains et traversait silencieusement la chambre.

Elle se retint de l'appeler.

Il avait dit qu'il reviendrait, et Victoria n'avait aucune raison de douter de sa parole.

Celui qui avait écrit les lettres, se dit-elle avec mépris, était un bien piètre spécimen d'homme.

Un bruit de voix lui parvint. Gabriel avait un visiteur.

Il lui avait dit de se rendormir, mais Victoria n'avait aucune envie de dormir.

Elle avait envie de Gabriel.

Elle rabattit les couvertures. Les draps étaient imprégnés de leurs odeurs mêlées.

Le contact glacé du plancher la réveilla tout à fait.

Gabriel pouvait mourir.

Elle pouvait mourir.

Victoria passa dans la salle de bains. Et se souvint de la vision qu'elle avait eue du sexe en érection de Gabriel transperçant le nuage de vapeur qui l'entourait.

Elle enjamba le rebord de la baignoire. Et se rappela la façon dont il avait fait usage du jet hépatique.

Toutes ses pensées se concentrèrent sur Gabriel.

Était-il en train de prendre son petit-déjeuner ?

Elle actionna le robinet de la douche.

Il n'avait pas repoussé Victoria quand elle avait saisi ses cheveux pour l'attirer plus près d'elle. Et il ne l'avait pas repoussée non plus quand elle avait étalé sa semence sur ses lèvres – des lèvres aussi douces que des pétales de rose – pour goûter sa saveur.

Victoria utilisa la serviette que Gabriel avait laissée sur le porte-serviette pour se sécher.

Il avait rincé le gant de toilette dont il s'était servi la veille et l'avait mis à sécher à côté de sa culotte de soie usée.

— *Il n'existe aucun acte sexuel que je n'aie déjà accompli, rien que je refuserai d'accomplir pour te satisfaire.*

Elle n'avait pas dit à Gabriel qu'elle ne voulait personne d'autre que lui.

Elle ne lui avait pas dit non plus… tant de choses.

Le peigne… Il était resté dans la chambre. Victoria se brossa les dents en vitesse.

Une simple pression du doigt sur l'interrupteur de bois chassa les ténèbres de la chambre.

Elle découvrit les montants du lit de cuivre sur lesquels Gabriel l'avait incitée à recourber les doigts… Il avait recouvert ses mains des siennes et s'y était agrippé tandis qu'au-dessous d'eux, le lit tanguait et grinçait.

Les bûches que Gabriel avait placées dans l'âtre ne formaient plus qu'un tas de cendres.

Le temps filait.

Victoria sortit une culotte en soie des cartons soigneusement empilés près de la commode. Une paire de pantoufles de cuir. Un corset muni de jarretelles, des bas de soie, une camisole. Chercha vainement une chemise, avant de réaliser que son emploi était superflu sur un corset dépourvu de baleines. Elle déploya finalement la robe mordorée.

Ce faisant, elle tendit l'oreille dans l'espoir d'entendre la voix de Gabriel, mais ne perçut aucun bruit. Elle n'eut pas besoin d'ouvrir la porte de la chambre pour savoir qu'il n'était plus dans la bibliothèque.

La robe de soie se fermait par une rangée de boutons minuscules situés sur le devant, alors que les robes de lainage terne auxquelles elle était habituée possédaient de gros boutons tout simples. Les doigts de Victoria peinèrent douloureusement sur chaque boutonnière.

Elle procéda ensuite à un démêlage expéditif de ses cheveux.

Les bas… Qu'avait-elle donc fait des bas ?

Elle finit par les apercevoir sur le valet de nuit.

Fixer les bas aux jarretelles du corset exigea bien plus de temps qu'elle n'en avait mis à les localiser. Les bandes n'étaient pas aussi élastiques qu'elles auraient dû l'être – ou peut-être les bas n'étaient-ils pas assez longs ?

Victoria imagina Gabriel choisissant le corset, les bas...

Les pantoufles de cuir d'un coloris assorti au liseré lie-de-vin de sa robe s'adaptèrent parfaitement à ses pieds. Victoria s'efforça de ne pas penser au prix de tous ces articles luxueux.

Des taches circulaires assombrissaient le drap, là où Gabriel avait éjaculé.

Elle effleura la plus grande tache et la trouva encore humide.

La saveur de Gabriel flottait encore sur sa langue, au-delà du goût de la poudre dentifrice.

Victoria ouvrit la porte de la chambre, et la soie de sa robe bruissa à chacun de ses pas.

La bibliothèque était vide.

La lumière dispensée par le lustre était plus intense que celle de l'aube.

À moins que l'aube ne soit pas encore levée. En hiver, il était difficile de dire à quel moment la brume de la nuit cédait la place à la brume du jour.

Gabriel avait dit être disposé à mourir pour sauver sa vie. Mais Victoria ne voulait pas qu'il meure.

Elle ne voulait pas que la peur atténue le plaisir qui pulsait encore dans tout son corps.

Un plateau d'argent reposait sur le bureau de marbre noir. Victoria souleva la cloche et découvrit une omelette et des saucisses. Elle ne reconnut pas les épaisses tranches de fruit jaune disposées dans une coupelle de fine porcelaine, mais devina de quel fruit il s'agissait.

Et en eut les larmes aux yeux.

Elle avait dit à Gabriel qu'elle n'avait encore jamais goûté à l'ananas. Il lui en offrait l'occasion.

Elle saisit une tranche du fruit exotique entre le pouce et l'index et la porta à ses lèvres.

C'était à la fois sucré et acidulé. Comme Gabriel l'avait décrit.

Elle lécha ses doigts.

Quand elle s'assit sur le fauteuil de Gabriel dans un bouillonnement de soie et de satin, elle réalisa qu'elle s'était très vite accoutumée à la nudité.

Victoria se souvint du goût de son baiser ; elle lécha une goutte de jus d'ananas au coin de ses lèvres et retrouva le goût de Gabriel. Elle souleva la saucisse – bien plus petite que le sexe de Gabriel – et en mordit l'extrémité.

Soudain, elle perdit tout appétit.

Elle pouvait mourir ; Gabriel pouvait mourir.

Elle eut un mouvement de recul... et dut s'agripper au rebord du bureau pour éviter de se retrouver propulsée contre le mur, car le fauteuil de Gabriel était muni de roulettes. Tremblante, elle se leva.

Gabriel était-il dans l'établissement, vaquant à ses affaires ?

Un employé qu'elle n'avait encore jamais vu montait la garde devant la porte. Son épaisse chevelure auburn retombait le long de son dos.

Victoria demeura un instant saisie par sa beauté exotique.

Était-ce un prostitué ?

— Puis-je vous aider, madame ? s'enquit-il en lui retournant son regard.

Sa voix indiquait qu'il était anglais jusqu'au bout des ongles.

Victoria n'avait encore jamais croisé personne qui lui ressemblât en Angleterre.

Elle se demanda si Gaston lui avait parlé du pot de crème lubrifiante qu'elle avait réclamé.

Victoria ne doutait pas un seul instant que cet homme aux yeux d'émeraude n'ignorait rien des différents emplois d'un tel ingrédient.

— J'aimerais voir M. Gabriel, répondit-elle en s'efforçant de garder contenance.

Les yeux verts ne reflétèrent ni approbation ni condamnation.

— M. Gabriel n'est pas ici.

Le ventre de Victoria se noua.

Il allait revenir.

Ce club était sa maison, qu'il le veuille ou non. Et l'homme qui se tenait devant elle faisait partie de la famille de Gabriel.

— La Maison de Gabriel est un très bel établissement, déclara-t-elle.

— En effet, madame.

— J'aimerais beaucoup la visiter.

— Ce n'est pas possible, madame, répliqua le garde sans ciller.

— Pourquoi cela ? s'enquit-elle, refusant de se laisser intimider.

Des hommes et des femmes respectables ne la visitaient-ils pas tous les soirs ?

— J'ai ordre de garder cette porte.

— Vous avez ordre d'assurer ma protection, rétorqua-t-elle d'un ton ferme.

— Oui, madame.

— Que vous a-t-on ordonné ? De garder la porte ou de me garder ?

— Les deux, madame.

— Comment vous appelez-vous ? demanda Victoria d'un ton plus civil.

— Julien, madame.

— Y a-t-il des clients dans la salle ?

— Non, madame, La Maison de Gabriel n'ouvre pas ses portes avant vingt et une heures.

— Gaston m'a dit que vous formez tous une grande famille, avança-t-elle.

Cette fois, le garde eut un léger battement de cils. Elle avait réussi à le surprendre.

— Oui, madame, admit-il d'un ton neutre.

— Mes liens familiaux sont assez… distendus.

Victoria eut une pensée fugitive pour son père et sa mère.

— *Ta mère a quitté ton père, tout comme tu l'as quitté,* lui avait dit Gabriel. *Tout comme il a forcé ton frère à s'enfuir.*

— Vous avez bien de la chance d'être entouré de personnes qui se soucient de vous, ajouta-t-elle.

Les yeux d'émeraude restèrent distants.

— Je ne peux pas vous autoriser à quitter cette chambre, madame.

— Ne faites-vous pas confiance à votre propre famille, monsieur ?

Victoria avait fait confiance à sa famille – autrefois.

— Si fait, madame, répondit Julien à contrecœur.

— Dans ce cas, rien ne s'oppose à ce que je franchisse cette porte, n'est-ce pas ?

— Ce n'est pas à moi qu'il revient d'en décider, madame.

Victoria l'observa. Julien portait certainement un holster sous sa veste. Il ne tirerait sans doute pas sur elle, mais il n'hésiterait pas à l'empêcher de sortir.

Elle repensa à la force dont avait fait preuve l'homme qui avait tenté de la violer dans la rue.

À l'homme qui risquait de la tuer.

— Je suis consciente du danger que je cours, monsieur.

— Oui, madame, fit le garde, impassible.

— Je n'ai pas l'intention d'aggraver ma situation par des actes inconsidérés.

— Non, madame.

Victoria avait eu plus de succès auprès d'enfants récalcitrants qu'elle n'en obtenait avec cet homme pour le moins buté.

— Vous savez que Gabriel a acheté ma virginité.

Étant donné son emploi au sein de La Maison de Gabriel, il pouvait difficilement l'ignorer.

L'expression de Julien ne refléta aucunement le rouge qui était monté aux joues de Victoria.

— Je suis chargé d'assurer votre sécurité, madame. Et je m'y emploierai.

Le lustre émettait un léger bourdonnement qui se répercuta soudain douloureusement dans la tête de Victoria.

— Je veux connaître Gabriel.

— Vous n'apprendrez pas à le connaître à travers cet établissement.

— Vous avez tort, monsieur. Tout ce qui se trouve dans La Maison de Gabriel reflète une part de l'homme qui l'a fait construire. Je veux plaire à Gabriel, ajouta-t-elle, sentant qu'elle avait capté son attention. J'aimerais voir les… les chambres d'hôtes pour savoir quels moyens emploient les femmes pour plaire aux hommes.

Elle attendit vainement de voir apparaître un sourire sur les lèvres de Julien.

— Il est possible que M. Gabriel n'ait besoin d'aucun artifice.

— J'userai de tous les moyens qui me sembleront utiles, déclara-t-elle le plus sincèrement du monde. Depuis combien de temps êtes-vous à son service ?

— Six ans, répliqua-t-il sans la regarder.

Alors que Gaston était à son service depuis quatorze ans.

— Quelqu'un cherche à le tuer.

Le regard du garde se reporta sur elle.

— Il ne lui arrivera aucun mal entre les murs de cette maison, certifia-t-il d'un ton mortellement sérieux. Nous assurons sa protection.

— Mais il ne se trouve pas ici, releva-t-elle.

— Non, il ne s'y trouve pas.

— Gabriel est en danger de mort.

Tout comme elle-même.

Le garde ne répondit pas.

— On l'appelle l'ange intouchable, insista-t-elle.

Le regard d'émeraude la figea sur place.

— Les employés de La Maison de Gabriel savent qui est M. Gabriel.

Il n'était pas question qu'il parle de son patron avec une étrangère. La rebuffade ébranla Victoria.

— Je pense qu'il mérite d'être aimé, dit-elle, cachant son humiliation derrière un ton tranquille. Je veux l'aimer. Je souhaiterais que vous m'y aidiez.

— Je ne puis vous aider, madame, répliqua-t-il, laissant échapper un battement de cils. Je perdrais ma place.

Mais il avait envie de l'aider.

Il voulait que Gabriel trouve l'amour.

— Personne n'en saura rien, excepté vous et moi, lui assura Victoria.

— Les secrets n'existent pas dans cette maison, madame.

— Il y a des secrets dans toutes les maisons.

— Je n'ai pas la clef des appartements de M. Gabriel ; si je vous laissais sortir, je ne pourrais pas vous faire rentrer. La porte ne s'ouvre pas de l'extérieur.

Victoria sentit renaître l'espoir.

— Quelqu'un d'autre possède certainement la clef.

— Seulement Gaston.

Le poing de Victoria se crispa sur la soie de sa jupe.

— J'expliquerai à Gaston pour quelle raison nous avons besoin de lui emprunter sa clef.

Délaissant tout stoïcisme, le regard de Julien fut soudain celui d'un homme pris au piège. Déchiré entre le sens du devoir et le désir d'apporter un peu de bonheur à celui qui l'employait.

Son visage s'illumina aussi soudainement qu'il s'était obscurci.

— Suivez-moi, dit-il.

Victoria sourit.

Son sourire se refléta l'espace d'une seconde dans les yeux d'émeraude, puis Julien lui tourna le dos et s'engagea dans l'escalier étroit et brillamment éclairé. Arrivé au pied des marches, il s'immobilisa devant une porte, la main posée sur la poignée de cuivre.

Victoria se souvint de la femme terrifiée qui avait suivi Gaston dans ce même escalier deux jours auparavant. Cette femme avait cru qu'elle pouvait s'autoriser une nuit de licence sexuelle sans en être affectée. Le fait de redescendre ce même escalier lui fit réaliser qu'elle était devenue une autre femme.

La porte donnait sur la grande salle. Penchée au-dessus d'une table couverte d'une nappe blanche, une domestique insérait une bougie neuve dans un chandelier. Une résille noire retenait ses cheveux grisonnants. À la vue de Victoria, elle s'immobilisa.

La femme savait qui elle était – Victoria n'en douta pas un instant.

La domestique sourit, les rides de son visage formant un masque chaleureux.

— Bonjour, madame. Salut, Julien, ajouta-t-elle avec un fort accent faubourien.

— Bonjour, Mira, répondit le garde, tout en incitant Victoria à se diriger vers l'escalier garni d'un tapis rouge, accolé au mur opposé.

La grande porte d'entrée, laquée de blanc, était parfaitement visible depuis la salle. Sur le palier du premier étage, rayée par les barreaux de la rambarde, une servante coiffée d'une charlotte poussait un chariot de bois, chargé de chiffons et d'ustensiles ménagers.

Victoria gravit lentement les marches en jetant des coups d'œil aux innombrables rangées de tables couvertes de nappes blanches et se tordit la tête pour distinguer la loge, plongée dans la pénombre, depuis laquelle Gabriel l'avait observée avant d'enchérir.

On avait enseigné à Victoria que le péché était laid ; La Maison de Gabriel était aussi belle et élégante que son propriétaire.

En haut des marches, un imposant lustre électrique dispensait sa lumière, tout en faisant miroiter des milliers de minuscules pampilles de cristal.

Victoria s'était trompée, elle qui avait cru que l'Opéra était le seul établissement ouvert au public éclairé à l'électricité. Tout l'établissement de Gabriel jouissait de l'éclairage électrique – les lustres, les appliques murales – à l'exception des tables de la salle.

Le couloir en forme de L du premier étage était garni d'un épais tapis rouge. Une fois le coude franchi, une volée de marches incurvée conduisait au deuxième étage, éclairé par un autre lustre. Le garde ouvrit la porte la plus proche de l'escalier sur laquelle était fixée une applique de cuivre stylisée formant le chiffre 7.

Un tapis vert décorait la chambre à coucher ; un couvre-lit de soie jaune garnissait le lit. Il n'y avait aucune fenêtre.

La pièce n'était pas censée être vue de l'extérieur. Victoria l'avait pourtant vue la veille, à travers le miroir sans tain.

Il était là, juste en face d'elle. Cerné d'un cadre doré aussi élégant que le reste de la chambre.

Victoria ne reconnut pas la femme qu'elle vit dans le miroir et sentit ses cheveux se dresser sur sa nuque.

Était-on en train de l'observer ?

Seules deux paires d'yeux l'étudiaient – l'une appartenait au garde qui se tenait à côté d'elle, l'autre à Victoria elle-même.

Le jupon crème rehaussé de motifs colorés faisait paraître ses hanches plus pleines, et l'encolure plongeante du court bustier mordoré mettait subtilement en valeur la finesse de son cou et le galbe de sa poitrine.

Mme Renée était un génie.

Terriblement consciente de la présence du garde et du miroir sans tain – Julien savait-il ce qui se trouvait de l'autre côté de ce miroir ? –, Victoria s'avança dans la chambre.

Sur la table de chevet, elle aperçut un petit flacon trapu ainsi qu'une boîte métallique au couvercle estampé, identique à celle qui se trouvait sur la table de chevet de Gabriel.

Julien surveillait le moindre de ses mouvements depuis le seuil.

Victoria ouvrit le premier tiroir de la table de chevet. Elle y découvrit les accessoires en forme de pénis dont Gabriel lui avait parlé. *Godemichés**, les avait-il appelés.

Ils étaient… très réalistes.

Un petit, un moyen et un… de la taille idéale.

Un gloussement remonta dans sa gorge au souvenir du conte de *Boucle d'Or et les Trois Ours*.

Un autre souvenir l'assaillit aussitôt, celui de sa mère tenant Daniel sur ses genoux. Son frère avait quatre ans, Victoria huit, et était assise aux pieds de leur mère qui leur lisait un conte.

Elle avait une voix musicale, se rappela Victoria. Mais, du conte que leur mère lisait, elle ne se souvenait que de la fin : « Je le sais, dit l'ange, parce que... je reconnais bien ma fleur. »

Sa mère avait-elle trouvé le bonheur avec un autre homme ? se demanda-t-elle.

Était-elle encore en vie ?

Ou le fait d'aimer un homme l'avait-il tuée, elle aussi ?

Victoria caressa le phallus de cuir et repensa à la vigueur de celui de Gabriel.

Son corps se contracta au souvenir du plaisir, et elle s'empressa d'écarter sa main.

Le garde aux cheveux auburn demeurait impassible. À l'évidence, il avait déjà tout vu et rien ne pouvait le choquer.

Victoria referma le tiroir et ouvrit le suivant. Il contenait toutes sortes de foulards de soie.

Elle savait à quel usage ils étaient destinés.

Elle imagina Gabriel liant ses poignets et ses chevilles, jambes écartées, aux montants d'un lit.

Elle s'imagina entravant Gabriel de la même façon.

Elle avait vu une femme attacher son partenaire de la sorte dans la chambre rouge. Après quoi, la femme avait enfourché ses cuisses et l'avait chevauché.

Le visage de la femme avait reflété un total abandon et celui de l'homme, quand elle l'avait attaché, la confiance d'un enfant.

Victoria n'avait jamais connu ni abandon ni confiance dans sa vie.

Et Gabriel ?

— *Il n'existe aucun acte sexuel que je n'aie déjà accompli*, avait-il dit.

Avait-il déjà entravé une femme pour lui donner du plaisir ?

S'était-il laissé entraver ?

Victoria referma le deuxième tiroir et ouvrit le suivant.

Un foulard de soie noué formant un fouet. Une cravache de cuir.

Le plafond et les murs de la chambre étaient munis d'anneaux de cuivre.

Victoria referma le tiroir.

Julien, le garde aux cheveux auburn, avait eu raison. Elle ne trouverait rien ici susceptible de l'aider à plaire à Gabriel.

Victoria se redressa et aperçut une petite boîte métallique, coincée entre le flacon et la boîte de préservatifs.

Elle sourit. Une boîte de pastilles de menthe. *Pastilles de menthe forte*, pouvait-on lire sur le couvercle.

Victoria ramassa la boîte et se retourna pour la montrer à Julien.

— Quelqu'un a oublié ses bonbons ! s'exclama-t-elle.

— Non, répondit-il sans rien perdre de son impassibilité. C'est pour les clients.

Le sourire de Victoria s'évanouit.

Des pastilles pour l'haleine.

— C'est très généreux de la part de Gabriel, dit-elle en reposant la boîte.

— Prenez-la.

Victoria leva les yeux. L'expression du garde était impénétrable.

— Je vous demande pardon ?

— Prenez la boîte de bonbons. Vous n'en trouverez pas de plus mentholés. Sucez-en un et prenez M. Gabriel en bouche. Il aimera cela.

Victoria fut surprise que le flot de chaleur qui la parcourut ne fasse pas fondre les pastilles de menthe.

Julien recula, le dos plaqué à la porte, indiquant clairement qu'il était temps de partir.

Victoria approuva sans réserve.

Elle ramassa la boîte de bonbons et jeta un coup d'œil au miroir sans tain qui, depuis le point de vue des clients, ressemblait à n'importe quel miroir ordinaire.

La femme brune qui s'y reflétait n'était plus maigre et vêtue de haillons, mais mince et élégante. Son visage empourpré s'harmonisait aux festons lie-de-vin de sa robe.

Le profil du garde se reflétait dans le miroir, sa veste noire formant un net contraste avec la robe mordorée de Victoria. Soudain, tous deux disparurent, le garde aux cheveux auburn et la femme brune. À leur place, se tenait un homme aux cheveux noirs.

Victoria écarquilla les yeux. Et ne vit plus qu'un homme aux cheveux auburn se tenant de profil derrière une femme brune. Julien et elle.

Elle cligna les yeux.

— Il est temps d'y aller, dit Julien.

Victoria s'empressa de quitter l'élégante chambre à coucher. Une fois sur le seuil, elle lança un coup d'œil au miroir par-dessus son épaule, le cœur battant.

Il reflétait la chambre, tel un miroir ordinaire.

— J'ai vu votre regard s'attarder sur le contenu du tiroir du bas.

Victoria sursauta et tourna vivement la tête vers Julien.

Ses yeux d'émeraude scrutèrent les siens.

— Vous n'êtes pas habituée à ce genre de maison.

Elle n'avait aucune raison de nier l'évidence.

— Pas du tout, reconnut-elle.

— Dans un bordel, on se sert plus volontiers de fouets et de martinets que de soie nouée.

Victoria n'eut pas besoin de demander à Julien d'où il tenait ce savoir – la réponse était imprimée dans ses yeux d'émeraude.

— La Maison de Gabriel n'est pas un bordel, releva-t-elle.

— En effet, madame, répondit Julien. La Maison de Gabriel est moins dangereuse qu'un bordel, tant pour les clients que pour les employés.

— Mettons-nous en quête de Gaston, voulez-vous ?

Ils n'eurent pas besoin de le chercher – Gaston les attendait au pied de l'escalier.

Son regard trahissait l'homme des rues qu'il avait été autrefois.

— *Je perdrais ma place*, avait dit Julien.

Gaston ouvrit la bouche…

— Tout est entièrement ma faute, Gaston, le devança Victoria. Je tenais à visiter une des chambres d'hôtes afin d'y dénicher un… accessoire susceptible de m'aider à satisfaire M. Gabriel.

Gaston referma la bouche. Et encaissa admirablement le choc qu'elle venait de lui infliger.

— J'espère que mademoiselle n'a pas été heurtée par les… accessoires qu'elle a découverts.

— Au contraire, Gaston, répondit-elle en exhibant la boîte de pastilles de menthe. Julien m'a gentiment recommandé l'usage de ceci.

Les joues de Gaston prirent la même teinte écarlate que celles de Victoria.

— *Bien**, mademoiselle. Afin de lui ménager la surprise, je m'abstiendrai de mentionner cet incident à M. Gabriel.

Victoria sentit Julien se détendre légèrement.

— Merci, Gaston, répondit-elle en souriant.

— Julien, raccompagne mademoiselle dans les appartements de M. Gabriel, ordonna Gaston.

La porte conduisant à la galerie des miroirs sans tain se trouvait dans le bureau de Gabriel.

Victoria fut sur le point de parler à Julien et Gaston de l'homme qu'elle venait d'apercevoir à travers le miroir de la chambre, mais quelque chose la retint.

Qu'avait-elle vu, au juste ? Une brève apparition… Des cheveux noirs…

Il ne s'agissait sans doute que de ses propres cheveux qui pouvaient paraître noirs, selon l'éclairage.

Julien lui avait dit que seuls Gaston et Gabriel possédaient la clef de ses appartements. La silhouette du miroir n'était probablement qu'un jeu de lumière.

— Merci, Gaston.

Il précéda Victoria dans l'escalier privé conduisant à la suite de Gabriel, Julien fermant la marche. Bien qu'accompagnée par deux hommes dans la force de l'âge, Victoria se sentit gagnée par un inexplicable sentiment d'insécurité.

Parvenu en haut des marches, Gaston sortit de sa poche une petite clef de cuivre et déverrouilla la porte.

Victoria pénétra dans le bureau, ses pieds s'enfonçant dans l'épais tapis brun.

La pièce était déserte.

Elle avait été bien bête d'espérer que Gabriel serait rentré.

Gaston marcha jusqu'au bureau de marbre pour desservir le plateau d'argent.

— Mademoiselle devrait manger davantage. Les plats n'étaient peut-être pas à votre goût ?

Victoria se raidit.

— Les plats étaient excellents ; vous transmettrez mes compliments au chef. Je mangerai avec Gabriel à son retour.

Gaston s'arrêta sur le seuil, le plateau en équilibre sur une main.

— Mademoiselle ?

— Oui ?

— L'effet d'une pastille de menthe est plus intense quand on la laisse fondre dans sa bouche en même temps qu'on savoure la *bite** d'un homme, dit Gaston sans la regarder. Pour ce faire, il vaut mieux la caler au creux de la joue plutôt que sur la langue.

La porte se referma silencieusement.

Victoria porta les mains à ses joues brûlantes.

— Mademoiselle.

L'espace d'une seconde, elle crut que Gaston l'avait appelée à travers la porte.

Mais il n'en était rien.

Le cœur battant à tout rompre, Victoria fit volte-face.

Un homme aux cheveux noirs se tenait à quelques centimètres d'elle. Il tenait une écharpe de soie bleue entre ses longues mains élégantes.

— Bonjour, mademoiselle Childers, dit-il, son souffle passant sur le visage de la jeune femme. Ravi de vous revoir.

23

— M. Delaney est absent, apprit à Gabriel un majordome au visage impassible.

— Mme Thornton m'a pourtant assuré qu'il serait là, répondit Gabriel en gratifiant le domestique du plus charmant de ses sourires, tandis qu'il évaluait le meilleur moyen de neutraliser l'homme.

Il avait quelques années de plus que lui, était légèrement plus petit, mais plus lourd et solidement bâti. Derrière le majordome, Gabriel apercevait un escalier muni d'une rampe de bois ciré, aux marches couvertes d'un tapis vert. L'escalier et le hall étaient déserts.

— Je suis certain qu'il attend ma visite, ajouta-t-il.

— Je suis désolé, monsieur, répliqua le majordome d'un ton qui démentait son propos. M. Delaney est absent.

Il pouvait dire vrai. Tout comme il pouvait mentir.

Son visage était grêlé de cicatrices laissées par la vérole. Bien des maîtres de maison auraient répugné à employer un homme aussi défiguré.

Un tel majordome était susceptible de tolérer de nombreuses fantaisies de la part de son employeur... Peut-être même profitait-il de certains à-côtés du passe-temps de Delaney consistant à traquer les pauvres gouvernantes...

Certaines femmes, y compris celles qui se prostituaient, n'auraient jamais accepté de coucher avec un homme marqué par la vérole.

Delaney autorisait peut-être son majordome à profiter de ses proies, une fois que celles-ci ne l'intéressaient plus…

Un ruban de brume jaunâtre s'insinua dans la maison par la porte ouverte.

— Il s'agit d'une affaire urgente, déclara Gabriel d'un ton aimable, tout en dévissant subrepticement le pommeau de sa canne. Si vous me dites où je puis trouver M. Delaney, bien des désagréments seront évités.

— J'ignore où se trouve M. Delaney, répondit le majordome. Si vous laissez votre carte, je la lui remettrai.

Le sourire de Gabriel ne varia pas. Il leva la main droite comme s'il s'apprêtait à chasser une poussière du revers de sa redingote ; au lieu de quoi, il la referma sur la gorge du majordome. Au même instant, la courte épée et la canne creuse se séparèrent.

Gabriel repoussa le majordome dans le hall.

Delaney pouvait être dans les étages ou au sous-sol.

Ou bien il pouvait être sorti, comme le prétendait le majordome.

Gabriel ne tarderait pas à le savoir.

Le domestique se révéla d'une autre trempe que Peter Thornton.

Gabriel ne put parer le coup de poing qui atteignit sa mâchoire. Il riposta en plaquant le majordome contre un mur supportant des portraits de famille encadrés.

Des éclats de verre brisé et un cadre d'argent tombèrent sur le sol. Le pied du majordome écrasa un morceau de verre.

Gabriel plaça la pointe de son épée juste au-dessus de sa pomme d'Adam, puis enserra celle-ci de ses doigts gantés de cuir noir.

Il se sentait prêt à tout pour assurer la protection de Victoria.

Les pupilles dilatées par la frayeur, le majordome se figea.

— Comme je le disais, susurra Gabriel, bien des désagréments seront évités…

Des pas précipités retentirent dans l'escalier, étouffés par le tapis.

— Que signifie ce vacarme ? lança une voix féminine.

Gabriel se figea.

— Appelez les secours, madame Collins ! Par pitié !

Le front du majordome ruisselait de sueur ; des gouttes de sang perlaient sur le gant de cuir noir de Gabriel.

L'homme n'aurait pas demandé à une complice d'appeler la police – il l'aurait plutôt enjointe de lui prêter main-forte.

Gabriel ne pouvait pas espérer à la fois neutraliser le majordome et empêcher la femme d'agir.

Il choisit de bluffer.

— Madame Collins, si vous faites le moindre geste, je perce la gorge de cet homme, s'empressa-t-il d'affirmer. Il mettra plusieurs minutes à mourir, mais je vous garantis qu'il mourra. Vous pouvez empêcher sa mort.

Ainsi que la sienne, n'eut-il pas besoin de préciser.

Gabriel perçut l'indécision de la femme, partagée entre l'envie de porter secours au majordome et l'instinct de survie. À l'évidence, elle n'était pas familiarisée avec la violence.

Gabriel misa sur son innocence.

— Si vous m'aidez, madame Collins, personne ne mourra.

— Je… Que… Que voulez-vous ? s'enquit-elle d'une voix tremblante. Mes bijoux sont… Je suis en visite chez mon frère. Je n'ai que mes perles…

— Où se trouve Mitchell Delaney, madame Collins ? l'interrompit Gabriel.

Sentant le majordome bander ses muscles, il affermit l'étreinte de ses doigts et la piqûre de l'épée sur sa gorge.

— Ne joue pas à ça, je n'hésiterai pas à te tuer, gronda-t-il à voix basse. Vos bijoux ne m'intéressent pas, madame Collins, ajouta-t-il plus fort. Je souhaite simplement m'entretenir avec votre frère.

Après quoi, il avait l'intention de le tuer.

— Mitch… Mon frère n'est pas ici.

La voix de Mme Collins avait un accent de pure vérité.

La respiration du majordome devint sifflante.

— Qui donc êtes-vous ? demanda Mme Collins, retrouvant un peu de sa superbe malgré sa frayeur. Relâchez Keanon immédiatement, enchaîna-t-elle d'un ton impérieux.

Gabriel n'avait aucune envie de faire du mal à cette femme. Mais il n'hésiterait pas à lui en faire si les circonstances l'y contraignaient.

— Employez-vous une gouvernante, madame Collins ? questionna-t-il sans lâcher le majordome des yeux.

Son teint livide faisait ressortir les crevasses laissées par la vérole.

Keanon mourait de peur. Il était au courant de la collection de gouvernantes de Delaney.

— Oui, bien sûr, mais je ne vois pas ce que cela a à voir avec...

— Votre frère aime les gouvernantes.

Gabriel pressa la pointe de son épée sur la gorge de Keanon. Un filet de sang apparut et il relâcha l'étreinte de ses doigts sur sa gorge.

— Dis-lui à quel point Delaney aime les gouvernantes, Keanon.

Le majordome lut l'imminence de sa mort dans le regard de Gabriel.

— Il... croassa-t-il. (Le filet de sang roula le long de sa gorge.) Je n'ai rien à voir avec cela, madame Collins.

— Explique à Mme Collins avec quoi tu n'as rien à voir. Sois précis.

Le majordome hésita. Il craignait que Delaney ne le congédie. Ou que Delaney ne le tue.

La menace qui pesait le plus immédiatement sur sa vie eut raison de son hésitation.

— M. Delaney a... Il a aménagé le grenier. Il y amène des femmes...

Un sang écarlate imprégnait son col de chemise blanc.

— Mon frère est célibataire, répliqua Mme Collins d'un ton outragé. Vous n'avez pas à vous mêler du genre de femmes qu'il reçoit chez lui.

Victoria avait passé sa vie à la merci de femmes telles que Mme Collins, des femmes qui se réfugiaient derrière le rempart de la vertu pour que leur existence ne subisse aucun changement et pour protéger les hommes qui garantissaient leur petit confort.

— Votre frère s'est amusé à terroriser ma femme, *madame**, répliqua Gabriel d'un ton suave. Il convient donc que *je* m'en mêle.

Le majordome écarquilla les yeux. Les femmes que lui et son employeur harcelaient n'étaient pas censées avoir d'hommes qui veillent sur elles.

Qui les aiment.

Le claquement des sabots d'un cheval s'éleva au-dessus de la respiration laborieuse du majordome. Pourvu que la sœur de Delaney ne s'avise pas de hurler...

— Si mon frère s'est montré coupable d'actes répréhensibles, ces femmes auraient dû en informer la police.

Mme Collins persistait à se cacher derrière les convenances et la vertu.

Les gouvernantes étaient pauvres ; Delaney était riche.

Aucun policier ne se serait avisé de l'arrêter.

— Aimez-vous votre frère, madame Collins ? s'enquit Gabriel d'un ton impersonnel.

Le grincement des roues d'un attelage perça la brume du soir.

— Bien sûr que j'aime mon frère ! s'exclama-t-elle. L'amour de sa famille relève du vertueux devoir d'une femme.

Quelles que soient les fautes commises.

Gabriel se demanda où Victoria avait bien pu puiser le courage de fuir son père à l'âge de seize ans.

Le brouillard et la distance étouffèrent progressivement le grincement du fiacre, et le claquement des sabots ne fut bientôt plus qu'un lointain écho.

— Dans ce cas, vous ne souhaitez pas que votre frère se fasse tuer, conclut platement Gabriel.

— À l'évidence, répliqua la sœur de Delaney.

— Mais il va se faire tuer…

Mme Collins retint son souffle ; un filet de brume s'enroula autour du visage livide du majordome.

— … si je ne le trouve pas avant quelqu'un d'autre.

Gabriel bluffait. Il ne savait pas si Delaney était en cheville avec le deuxième homme. Il ne le saurait pas tant qu'il n'aurait pas mis la main sur lui.

Dans un cas comme dans l'autre, Delaney était un homme mort.

— Mon frère ne m'a pas révélé où il allait.

Mme Collins disait la vérité.

Mais Gabriel lut dans le regard du majordome que celui-ci savait où était Delaney. Un anneau vert pâle encerclait ses pupilles dilatées.

— Tu sais où il est, Keanon, déclara Gabriel d'une voix douce.

L'anneau vert pâle disparut ; les yeux du majordome ne formaient plus que deux trous noirs insondables.

— Non, souffla-t-il.

Delaney était-il un tueur ? se demanda Gabriel. Qui, de lui ou de Delaney, effrayait davantage Keanon ?

— Mais si, tu le sais, modula suavement Gabriel. Et si tu ne le sais pas, je n'ai plus aucune raison de te laisser en vie, n'est-ce pas ?

— Je ne sais rien ! glapit le majordome.

Un mince cartilage séparait la pointe de l'épée de Gabriel de sa trachée.

— Prends une longue inspiration, Keanon, conseilla Gabriel. Ce sera la dernière.

Un sursaut de terreur balaya les dernières traces de loyauté de Keanon.

— Il a dit qu'il allait chercher la gouvernante, bredouilla-t-il. C'est tout ce que je sais ! Je jure que c'est tout ce que je sais !

Le sang se figea dans les veines de Gabriel.

Victoria était chez lui. Delaney était-il au courant ?

Ou bien était-il allé la chercher dans la pauvre mansarde qui lui avait tenu lieu de refuge ?

— Où compte-t-il la trouver ? demanda-t-il sans desserrer les dents.

— Je ne sais pas ! Je ne sais pas ! Je jure par Dieu que je ne sais pas !

Il existait tant de gens qui *ne savaient pas*.

— Y a-t-il des femmes au grenier en ce moment même, Keanon ?

— Non ! Non ! Pas en ce moment !

Mais le grenier avait été préparé pour une femme.

Pour Victoria.

— Est-ce que tu le regardes violer ces femmes ? demanda doucement Gabriel, les battements de son cœur égrenant les secondes.

— Mme Thornton – c'est elle qui regarde !

Certaines femmes prenaient plaisir à regarder d'autres femmes se faire humilier. Autant de plaisir que certains hommes. Gabriel se représenta sans peine Mme Thornton dans ce rôle.

— Delaney te cède-t-il ses proies, une fois qu'il en a fini avec elles ?

— Non. Oui, se reprit précipitamment Keanon. Mais je ne leur fais pas de mal. Je vous jure que je ne leur fais pas de mal.

Le visage grêlé du majordome ruisselait de sueur. Gabriel sentit sa moelle se figer.

Les blessures cicatrisent ; pas les souvenirs.

Mais les gouvernantes avaient peut-être été également privées de ces derniers...

— Delaney et Mary Thornton te chargent-ils de les tuer ?

— Non, non ! se récria le majordome, ses yeux roulant follement dans leurs orbites. M. Delaney leur donne de l'argent pour partir vivre à la campagne. C'est moi qui les conduis au train. Je le jure. Je peux vous dire à quel endroit elles achètent un billet pour...

Le crâne de Keanon percuta le mur. Plusieurs cadres tombèrent par terre dans un fracas de métal et de verre.

Les yeux de Gabriel se posèrent sur la photographie d'un homme, debout devant un arbre, un bras passé autour de la taille d'une femme.

L'homme se tenait dans l'ombre, la femme dans la lumière.

Les traits de l'homme étaient flous ; ses cheveux semblaient noirs. Le visage de la femme apparaissait clairement ; un chapeau de paille dissimulait ses cheveux.

Cet homme était-il Mitchell Delaney ?

Delaney avait-il les cheveux noirs ?

Delaney était-il le deuxième homme ?

Gabriel pivota d'un bloc et leva les yeux.

La sœur de Delaney se tenait sur la huitième marche.

C'était elle, la femme de la photographie. Trente ans à peine, ses cheveux châtains retenus au sommet de sa tête par un chignon lâche. Son chemisier blanc et sa jupe de lainage sombre étaient passés entre les mains d'une couturière experte afin d'élargir artificiellement ses épaules, d'accentuer l'étroitesse de sa taille et d'amplifier la largeur de ses hanches.

Son expression choquée, elle, n'avait rien d'artificiel.

Mme Collins venait de découvrir un horrifiant secret de famille. Et c'était son propre frère qui cachait un squelette dans le placard…

Gabriel tourna les talons et quitta la résidence Delaney.

Dans la rue, il repensa à la caresse de la langue de Victoria sur ses lèvres quand elle lui avait fait partager la saveur de sa semence. Il repensa aux lettres que Delaney lui avait adressées, séduisantes missives pleines de promesses de protection et de plaisir.

L'écriture de ces lettres n'appartenait pas à l'homme qui avait tracé un message sur la serviette de soie. Mais l'écriture de la serviette n'était peut-être pas celle du deuxième homme.

Gerald Fitzjohn s'était trouvé assis à cette table.

Gerald Fitzjohn avait très bien pu écrire sur la serviette.

Delaney. Le deuxième homme.

Delaney était allé chercher Victoria.

Les lampes jumelles d'un fiacre trouèrent le brouillard.

Gabriel le héla d'un cri.

Il eut l'impression que la course à travers les rues embrumées ne finirait jamais. *Il a dit qu'il allait chercher la gouvernante,* chantaient les roues du fiacre.

Gabriel bondit hors du véhicule sitôt qu'il s'immobilisa.

— Dis donc, mon prince, l'apostropha le cocher. Tu me dois deux shillings !

Gabriel ne s'arrêta pas pour payer le cocher.

La cloche de Big Ben transperça par huit fois l'épaisse couche de brouillard enveloppant la ville. Les portes de La Maison de Gabriel rouvriraient dans une heure.

Il pénétra chez lui à l'aide de sa clef. De fins rubans de brume jaune s'insinuèrent dans l'obscurité. Gabriel se laissa guider par une odeur mêlée de cire d'abeille, d'agneau rôti et de danger.

Le lustre de cristal surplombant le grand escalier projetait une dentelle d'ombres sur la grande salle éclairée de chandelles. Les tables couvertes de nappes blanches luisaient doucement, tels des fantômes endormis. Une unique chandelle éclairait un homme aux cheveux sombres assis au fond de la salle. Son manteau de laine noire drapait le dossier d'une chaise ; l'homme portait une veste de soie noire sur un gilet blanc. Il inclinait un verre de cognac entre ses longs doigts couverts de cicatrices.

Gabriel sentit resurgir les émotions que Victoria avait brièvement maintenues à distance.

Amour. Haine.

Désir d'être un ange. Désir de protéger un ange.

Certitude qu'il ne serait jamais un ange, parce qu'il n'était qu'un mendiant.

En même temps que les émotions, les sensations resurgirent. La faim qui creuse l'estomac, le froid qui anesthésie la peau. La misère qui érode les barrières sociales. Le désir qui ne s'enflamme jamais.

Gabriel franchit silencieusement l'épais tapis de laine, sa teinte écarlate n'apparaissant que fugitivement, assombrie par l'obscurité.

Un rire féminin remonta depuis les cuisines – une femme de chambre flirtant avec un serveur.

Michael était assis, seul, aussi seul qu'il l'avait été sur les docks de Calais.

Une vague de nostalgie balaya Gabriel. Vingt-sept années séparaient les deux gamins de treize ans des deux hommes de quarante ans. Il s'immobilisa à l'orée du cercle de lumière de l'unique chandelle.

— Je croyais t'avoir dit de ne pas revenir, Michael.

Sa voix résonna dans la salle vide, éveillant le souvenir d'autres maisons, d'autres salles.

D'ici une heure, La Maison de Gabriel grouillerait de clients et de catins. Un écran de fumée de tabac et de parfums coûteux recouvrirait l'arôme de cire d'abeille et d'agneau rôti, convertirait l'odeur de foyer accueillant en relents de taverne.

Gabriel se souvint du manoir de Michael. L'odeur de rose, de lilas et de jacinthe qui l'enveloppait camouflait un passé mortifère.

Michael avala une gorgée de cognac, puis reposa le verre de cristal.

— As-tu lu les journaux aujourd'hui, Gabriel ?

— Pardonne-moi, *mon vieux**, répondit-il d'un ton teinté d'ironie. J'étais occupé.

Au sous-sol, ses employés finissaient leur souper. Certains iraient bientôt se coucher, d'autres démarraient la journée.

Victoria dormait-elle déjà ?

L'accueillerait-elle à nouveau dans son lit ?

Comment Delaney avait-il l'intention de la retrouver ?

Les yeux violets croisèrent ceux de Gabriel.

— Tu as reçu un coup.

— Les rues sont dangereuses, biaisa Gabriel, la joue encore palpitante du coup de poing assené par le majordome, affermissant son étreinte sur le pommeau de sa canne d'argent. Il y traîne toujours des gens qui cherchent à s'approprier ce qui ne leur appartient pas.

Le cognac ambré tournoya dans le verre de cristal. Ses brûlures n'avaient altéré ni la dextérité de Michael, ni son talent à satisfaire les femmes.

— De qui s'agit-il, Gabriel ?

La peur bondit en lui, tel un animal en cage.

Michael ne lâcherait pas prise tant qu'il n'aurait pas obtenu la vérité.

Le deuxième homme ne lâcherait pas prise tant que deux anges ne seraient pas morts.

Mais il n'y avait qu'un seul ange véritable : Michael.

— C'est le deuxième homme qui m'a violé, Michael, répondit Gabriel, entrant dans son jeu avec l'impression de mourir un peu à chaque seconde qui passait.

S'il montait rejoindre Victoria maintenant, Michael le suivrait et la vérité se ferait jour.

Gabriel ne pouvait pas tuer Michael, mais la vérité le tuerait.

Un rire masculin remonta depuis les cuisines.

Le cognac tournoyait dans le verre de cristal.

— Elle t'a touché, Gabriel.

Gabriel se souvint des cheveux mouillés de Victoria plaqués sur son corps, de ses clairs yeux bleus étincelants de passion, de son sourire.

De sa main se tendant vers lui…

— Elle m'a touché, Michael, confirma-t-il sobrement.

Il se sentait prêt à tuer pour jouir encore du contact de Victoria.

La flamme jaune de la chandelle s'éleva soudain et les yeux violets de Michael étincelèrent.

— Un article à la une du *Times* révèle les détails d'un suicide et d'un meurtre.

Gabriel n'eut pas besoin de lui demander le nom des victimes. Le deuxième homme s'était débarrassé des époux Thornton.

— Les journaux relatent sans cesse des affaires de meurtres et de suicides, contra-t-il. S'ils ne le faisaient pas, personne ne les achèterait.

— Sir Neville Jamieson est mort d'une balle dans la tête.

Un frisson de surprise parcourut l'épine dorsale de Gabriel. Neville Jamieson était un notable d'une soixantaine d'années. Il n'avait jamais mis les pieds dans l'établissement de Gabriel.

Il haussa les épaules, feignant une indifférence qu'il était loin d'éprouver.

— C'est fort dommage.

Michael continuait de faire tournoyer le cognac dans son verre, soumettant Gabriel au feu de son regard violet – éclat de cristal, flamboiement de liqueur ambrée.

— Il était propriétaire d'un domaine à Douvres.

Gabriel se figea.

Cela faisait vingt-neuf ans que le cauchemar avait commencé – à Douvres. Deux ans plus tard, Michael s'était enfui, caché sur un bateau qui avait accosté dans le port de Calais.

Si Michael ne s'était pas enfui, Gabriel ne l'aurait jamais rencontré. S'il n'avait pas rencontré Michael, il n'aurait jamais rencontré le deuxième homme. Et il serait mort de faim et de maladie, d'un coup de couteau ou de matraque.

Gabriel devait tout à Michael.

— Je ne connaissais pas Neville Jamieson, déclara-t-il en toute franchise.

Les yeux violets fouaillèrent son regard.

— Jamieson était un associé de mon oncle.

Un associé…

— Comment sais-tu cela ? s'étonna Gabriel, sortant de sa réserve.

— Anne a lu le journal. C'est elle qui me l'a dit.

La propriété d'Anne Aimes se trouvait à Douvres, tout comme celle du défunt oncle de Michael. Il était donc logique qu'elle sût cela.

Gabriel s'efforça de comprendre comment la mort de Jamieson s'imbriquait dans le jeu initié par le deuxième homme.

Il avait tué un notable de Douvres. Pourquoi ?

— Qui est accusé du meurtre de Jamieson ? questionna-t-il d'une voix tendue.

— Leonard Forester. Il s'est suicidé.

Leonard Forester. C'était le nom de l'architecte qui avait conçu la reconstruction de La Maison de Gabriel.

La peur qui parcourait ses veines se logea au creux de son ventre.

Le *Times* se trompait. Forester ne s'était pas suicidé, il avait été assassiné.

Jamieson et Forester étaient liés au deuxième homme. Mais comment ?

— Pourquoi a-t-il tué Jamieson ?

— Leonard Forester était architecte, répliqua Michael en scrutant la réaction de Gabriel. Jamieson était propriétaire du cabinet qui employait Forester.

Gabriel se souvint… de la présence qu'il avait perçue dans la chambre. De l'odeur qui flottait.

Il se rappela ce que John avait entendu au club des Cent Guinées…

— *Lenora leur a posé un lapin, à Géraldine et à lui, et il n'a pas revu Lenora depuis.*

Lenora… Leonard.

Leonard Forester avait établi les plans de La Maison de Gabriel. Il avait construit un passage secret pour le deuxième homme.

Et maintenant, il était mort.

Le deuxième homme s'était bel et bien trouvé chez lui.

Delaney. Le deuxième homme.

Peu importait le nom sous lequel il se cachait. Il se trouvait toujours à l'intérieur de La Maison de Gabriel.

Il tenait Victoria.

Gabriel s'élança entre les rangées de tables, écartant une chaise, bousculant une table, renversant un chandelier d'argent.

— Gabriel !

Le cri de Michael retentit à ses oreilles tel un écho lointain.

Il gravit quatre à quatre les marches du petit escalier.

Julien gisait devant la porte, ses cheveux auburn répandus autour de sa tête telle une écharpe de soie. Un sang écarlate s'écoulait sur les marches depuis le rebord du palier.

On lui avait tranché la gorge.

Gabriel savait ce que Julien avait vu avant de mourir. Sa surprise avait survécu à la mort et flottait dans l'atmosphère tel un résidu de craie sur un tableau noir qu'on vient d'effacer.

Julien ne s'était pas attendu à mourir dans La Maison de Gabriel ; il ne s'était pas attendu à mourir de la main de celui qu'il prenait pour un ami.

Mais Gabriel ne pouvait pas s'attarder aux regrets.

Plus tard.

Plus tard, Gabriel déplorerait la mort d'un autre frère de misère. Pas maintenant.

Victoria avait besoin de lui.

Gabriel chercha sa clef dans la poche de son pantalon – bon sang, où était cette fichue clef ? Il eut vaguement conscience d'un bruit de pas gravissant l'escalier derrière lui.

Il était trop tard pour protéger Michael.

Trop tard pour sauver Julien… Julien qui avait mal placé sa confiance et qui l'avait payé de sa vie.

Sa mort n'était qu'un incident au sein d'un cauchemar qui durait depuis des décennies.

Gabriel retrouva enfin sa clef et l'inséra dans la serrure. Le cadavre de Julien s'étendait en travers de la porte qui s'ouvrait vers l'extérieur. Gabriel tira fermement sur la poignée, entraînant Julien dans une flaque de son propre sang. Il se faufila par l'entrebâillement de la porte.

Des morceaux de… craie crissèrent sous ses semelles. D'autres fragments blancs jonchaient le tapis brun.

Mais ce ne fut pas ce qui retint son attention.

Le mystère entourant Delaney et le deuxième homme n'en était désormais plus un.

24

— Gabriel. *Mon ange.*

Le deuxième homme était perché sur le plateau de marbre du bureau. La lumière du lustre tirait des reflets bleutés de sa chevelure noire et ses yeux violets étincelaient.

Mon ange. Gabriel sentit ces mots passer sur sa peau comme une éraflure.

La voix du deuxième homme avait le même accent cultivé que celles de Michael et de Gabriel – la voix d'un homme qui a appris à charmer, flatter, séduire.

Victoria se tenait entre ses jambes écartées, sa robe de soie mordorée contrastant vivement avec le costume noir.

Gabriel reconnut la création de Mme Renée et sentit un poing se serrer dans son ventre. À la vue de l'écharpe de soie bleue qui bâillonnait sa bouche et de l'écharpe de soie verte nouée autour de ses mains, un second poing comprima sa poitrine.

Le deuxième homme caressa la joue de la jeune femme avec la lame crantée d'un couteau de chasse.

Le couteau de Gabriel.

Un couteau destiné à tuer.

Qui avait certainement tué Julien.

L'extrémité du canon d'acier d'un revolver jouait avec un nœud de velours lie-de-vin placé sur l'épaule gauche de Victoria. Près d'eux, un autre homme étreignait un pistolet.

Le regard violet se porta au-delà de Gabriel.

— Michael… (Le sourire du deuxième homme s'élargit.) Comme c'est aimable à toi de te joindre à nous.

Le choc de Michael comme celui de Victoria furent palpables.

Dès que son regard se fixa sur le deuxième homme, Michael eut l'impression de se voir lui-même, tel qu'il était avant d'être défiguré par ses brûlures.

Dès qu'elle posa les yeux sur Michael, Victoria comprit que l'homme qui la tenait captive était de la famille de Michel des Anges, l'homme qui tenait son surnom de son talent à satisfaire les femmes.

Gabriel, quant à lui, ne fut ni surpris ni choqué. Il s'était attendu à éprouver une certaine satisfaction à le revoir, mais n'en ressentit aucune.

— Referme la porte, *je te prie**, enjoignit le deuxième homme à Michael, visiblement satisfait par la réaction de son public. Nous ne voudrions pas que Mlle Childers attrape la mort.

Une étincelle d'amusement passa dans ses yeux violets.

Le cliquetis de la porte qui se refermait se répercuta le long de la colonne vertébrale de Gabriel.

— J'imagine qu'il est temps de faire les présentations.

Le deuxième homme s'exprimait avec la plus parfaite courtoisie, tout comme il l'avait fait quand Gabriel s'était retrouvé enchaîné, incapable de lutter contre l'homme qui ressemblait trait pour trait à Michael sans posséder une seule once de son humanité.

— Gabriel reconnaît sans nul doute Delaney, ne serait-ce qu'à cause de sa ressemblance avec sa sœur, n'est-ce pas ? Mademoiselle Childers, permettez-moi de vous présenter Michel des Anges, un homme renommé pour son talent à satisfaire les femmes. Michael, permets-moi de te présenter Mlle Childers, la femme qui a vendu sa virginité à Gabriel. Delaney, je ne doute pas que tu aies entendu parler de Gabriel et Michael, *les deux anges**. Ils sont très beaux, n'est-ce pas ? En dépit des cicatrices de Michael.

Le regard de Delaney passa nerveusement de l'un à l'autre, sa main étreignant la crosse nacrée du pistolet. Ses cheveux noirs étaient lourdement enduits d'huile de macassar, sa fine moustache s'incurvant sur un perpétuel sourire. Contrairement au deuxième homme, il ne s'était pas attendu à la venue des deux anges.

Gabriel sentit avec précision l'instant où Michael comprit l'identité du deuxième homme.

— Tu as deviné qui est mon père, *mon cousin**, dit le deuxième homme, visiblement ravi.

— William Sturges Bourne, répondit tranquillement Michael.

Le comte de Granville.

Le défunt comte de Granville, que Gabriel avait tué six mois plus tôt.

— Ton oncle, précisa le deuxième homme.

L'oncle de Michael était le premier homme ; le fils de son oncle – cousin de Michael – était le deuxième homme.

L'oncle avait détruit la vie de Michael, puis avait chargé son fils de détruire la vie de Gabriel. Tout cela à cause de l'amour innocent que deux garçons de treize ans avaient eu l'un pour l'autre.

Deux regards violets se mesurèrent l'un à l'autre.

— Je ne tiens pas William Sturges Bourne pour un parent, répliqua Michael d'un ton méprisant.

Une bûche se brisa dans l'âtre et un tourbillon d'étincelles s'éleva dans le conduit de la cheminée.

— Tu es pourtant l'héritier de son titre.

Un titre que Michael n'avait pas réclamé.

Les doigts de Gabriel se crispèrent sur le pommeau de sa canne.

Les yeux violets se rivèrent soudain aux siens.

— Lâche cette canne, Gabriel, ou je graverai tes initiales sur la joue de Mlle Childers. Un G pour *garçon**. Un C pour *con**. Et un F pour *fumier**.

Victoria chercha le regard de Gabriel.

Un flot de pensées passa de l'un à l'autre...

Clapotis d'eau, claquement de chairs animées par le désir. Échos de la confession de Gabriel... Certitude que le deuxième homme avait écouté toutes leurs conversations, observé tous leurs moments d'intimité...

Les cris de douleur et de plaisir de Victoria.

Le désir d'un homme qui s'était autrefois prostitué.

Gabriel avait exigé qu'elle partage avec lui la lumière de son extase.

C'était à cause de lui qu'elle se retrouvait prise en otage.

Un trait de sang sombre perla sur la joue de Victoria, léger avertissement issu d'une infime oscillation du couteau de chasse.

La jeune femme demeura parfaitement immobile.

Le deuxième homme ne donnerait pas d'autre avertissement.

Gabriel avait promis de renoncer à sa propre vie pour sauver celle de Victoria. Et il tiendrait parole.

Il lâcha sa canne.

— Très bien, mon ange, approuva le deuxième homme en souriant, exhibant ses dents blanches. Maintenant, pousse-la vers moi.

Gabriel donna un coup de pied à la canne qui alla heurter une boîte de pastilles de menthe, calée contre le pied du bureau.

Il comprit alors quelle était la nature des petits losanges blancs éparpillés sur le tapis qu'il avait d'abord pris pour de la craie.

Ses cheveux se dressèrent sur sa nuque. De colère.

— Tu m'avais dit que tu ne lui ferais pas de mal, Yves, explosa Delaney, le mouvement de sa tête faisant briller ses cheveux pommadés. Tu étais censé tuer Gabriel pour qu'on s'empare d'elle. Tu ne m'avais pas dit qu'il y aurait quelqu'un d'autre. Les choses ne se passent pas comme prévu.

Yves.

S'agissait-il du prénom du deuxième homme ou d'un nom d'emprunt ?

Peu importait.

Au bout de quatorze ans, huit mois, trois semaines et un jour, Gabriel pouvait enfin associer un autre nom que celui de Michael au visage du deuxième homme.

— Delaney, il serait bon que tu apprennes à faire preuve de considération, répondit Yves sans lâcher Gabriel du regard.

La lame crantée du couteau se fit caressante, étalant la ligne de sang sur la joue livide de Victoria.

— Gabriel apprécie beaucoup Mlle Childers. N'est-ce pas, Gabriel ?

Le pouls de Victoria pulsait à la base de sa gorge ; l'échancrure de son corsage révélait la naissance du sillon de sa poitrine.

Le revolver Adams pesait lourdement sur le flanc de Gabriel.

Il se souvint de la saveur de ses cris quand il l'avait fait jouir, quelques heures plus tôt.

— Oui, dit-il d'une voix dénuée d'émotion qui n'appartenait pas plus au garçon de treize ans qui avait voulu être un ange qu'à l'homme qui avait souhaité posséder une femme, corps et âme. J'apprécie Victoria.

Un fin réseau de plis encadra les yeux violets.

— Gabriel, tu crois que c'est moi qui ai apporté les pastilles de menthe. Navré de te décevoir, mais elles appartiennent à Mlle Childers. Je crois qu'elle avait l'intention de les utiliser sur toi, mais elle les a laissées tomber. C'était très amusant, mon ange, de vous observer tous les deux. Une gouvernante qui n'avait jamais été touchée, confrontée à un prostitué qui avait peur de se laisser toucher. Tous deux dévorés par la même envie…

Le soulagement submergea Gabriel quand il comprit que Victoria n'avait pas été forcée à pratiquer une fellation. Mais sa colère ressurgit aussitôt.

Pour la première fois depuis près de quinze ans, il s'était autorisé à jouir de ce qu'il désirait. Et l'heure d'en payer le prix avait sonné.

— Tu m'avais dit qu'il ne pouvait pas baiser une femme ! protesta Delaney en pointant sur Gabriel le revolver à crosse de nacre qu'il tenait d'une main, trahissant une longue expérience des armes à feu. Tu avais dit qu'elle serait toujours vierge !

Ces mots déclenchèrent un frisson chez Gabriel.

Victoria aurait-elle été épargnée si elle avait été encore vierge ?

— Allons, mon vieux, réfléchis… dit Yves sans même accorder un coup d'œil à Delaney. Baiser la femme d'un ange sera encore plus amusant. Mais je préfère vous prévenir, mademoiselle Childers : je doute fort que Delaney se révèle un *étalon** aussi performant que nos deux anges ici présents.

Delaney fusilla Gabriel du regard, le pli de sa bouche trahissant son irritation.

L'homme était furieux, et il avait peur.

Deux émotions à exploiter.

— Depuis combien de temps vivez-vous entre mes murs ? demanda Gabriel au deuxième homme.

— Leonard Forester était un homme astucieux, n'est-ce pas ? répliqua Yves, son regard violet restant froidement calculateur. Je déteste le climat anglais, mais j'avoue que le fait de t'observer alors que tu projetais de me piéger ces derniers mois m'a beaucoup amusé. Allons, Gabriel, n'as-tu pas senti ma présence, ne serait-ce qu'une seule fois ?

Si.

Gabriel avait senti sa présence jour et nuit depuis quatorze ans, huit mois, trois semaines et un jour.

Et il l'avait perçue à son réveil.

Gabriel détourna les yeux du regard violet.

— Qui a écrit les lettres, Delaney ?

— Mary et moi-même, plastronna Delaney. Cela fait partie de notre petit jeu.

Un jeu consistant à détruire la vie de pauvres femmes privées de ressources.

— Qu'êtes-vous venu faire ici ?

La fierté de Delaney céda à l'appréhension. Il modifia nerveusement la position de ses pieds.

Michael fit un pas de côté, reflétant le mouvement de Delaney.

— Je suis venu récupérer ce qui m'appartient, répondit Delaney, sa frayeur se traduisant par de l'agressivité.

— Mais qui a suggéré de venir ici ce soir, Delaney ? demanda Gabriel, semant les graines de la discorde. Vous, ou bien Yves ?

— Peu importe.

Mais Gabriel savait qu'il importe grandement de se retrouver sans le savoir dans le rôle du pion. Les pions n'ont que peu de chances de survie dans les jeux de pouvoir.

— Vous n'aurez jamais Mlle Childers, déclara-t-il tranquillement.

Victoria avait été choisie pour Gabriel.

— Et qui m'en empêchera ? grinça Delaney. Vous n'êtes pas en position d'intervenir, mon cher.

— Moi, je t'en empêcherai, s'interposa le deuxième homme. Ton rôle est terminé, Delaney. Tu l'as habilement tenu, il est temps de tirer ta révérence.

— Mais je…

En moins d'une seconde, le deuxième homme écarta son bras de l'épaule de Victoria, ajusta son revolver et pressa la détente.

Delaney alla percuter le battant de la porte ouverte derrière lui et un trou apparut sur son front tandis que l'explosion du coup de feu déchirait l'air.

Une expression de surprise absolue se répandit sur ses traits et, sous sa moustache, sa bouche s'arrondit sur un O parfait. Il s'écroula sur le sol.

Sous le choc, les pupilles de Victoria se dilatèrent.

— Michael, si tu fais un pas de plus, je serai contraint de te tuer, déclara le deuxième homme d'un ton enjoué. Bien que cela ne fasse pas partie de la pièce.

Michael s'immobilisa.

— Comment est censée se dérouler la pièce ? s'enquit Gabriel.

Chacun des battements de son cœur lui intimait de rester sur ses gardes.

Yves avait fait venir Delaney pour que Gabriel sache qui était l'auteur des lettres. Une fois ce fait établi, Delaney ne lui étant plus d'aucune utilité, Yves s'était débarrassé de lui.

Yves avait fait venir Victoria jusqu'à Gabriel… À quel moment cesserait-elle de lui être utile ?

— Patience, mon ange, murmura Yves. D'abord, tu vas me donner le revolver que tu portes à l'épaule.

Instinctivement, Gabriel plongea la main sous sa veste et son manteau ; il sentit la caresse de la doublure de soie sur ses phalanges.

Sa main se referma sur la crosse en bois de rose. Quand il sortit l'arme du holster, son doigt se replia automatiquement sur la détente.

— Je pourrais te tuer, dit-il d'un ton provocant.

Cela faisait près de quinze ans qu'il attendait de le faire.

Le deuxième homme n'esquissa aucun mouvement pour se défendre ou pour tirer le premier.

— Mais tu ne le feras pas, Gabriel, n'est-ce pas ? Parce qu'une fois que la balle m'atteindra, Mlle Childers sera déjà morte.

Une main invisible enserra le cœur de Gabriel.

— Tu penses que sa vie m'est plus chère que ta mort ? lança-t-il, ouvertement indifférent.

— Que dirais-tu d'en avoir le cœur net, Gabriel ? Veux-tu que nous montrions à Mlle Childers le peu de cas que tu fais d'elle ?

Une coulée de sang écarlate se répandit sur la joue de Victoria lorsque le tranchant de la lame y pressa davantage.

Gabriel eut le souffle coupé.

S'il révélait la profondeur des sentiments qu'il avait pour elle, il signait son arrêt de mort. S'il niait ses sentiments, il signait aussi son arrêt de mort.

— C'est bien ce que je pensais, fit le deuxième homme avec un petit sourire suffisant. Dolly a mis trois mois à trouver une femme à ta convenance, mon ange. J'aurais préféré que Mlle Childers ait les yeux d'un bleu plus pâle et les cheveux d'un châtain plus terne – tu étais assez épris de la femme de Michael, n'est-ce pas ?

Du coin de l'œil, Gabriel vit Michael se crisper à la mention d'Anne Aimes.

— Mais les yeux de Mlle Childers sont splendides, poursuivit Yves. Et ses cheveux sont magnifiques, pour peu qu'ils soient propres. Elle est surtout intelligente – une femme qui ne le serait pas aurait eu tôt fait de t'ennuyer. En ce qui concerne ses yeux, cette façon qu'ils ont de vous supplier de la baiser était bien plus intéressante que leur couleur. Il importait avant tout de te trouver une femme affamée du contact d'un homme. Mais il fallait aussi qu'elle ait goûté au danger de la survie dans les rues de Londres pour qu'elle compatisse à ton passé, juste assez pour être touchée par l'histoire d'un gamin du ruisseau qui voulait devenir un ange.

Victoria s'était raidie sous ces mots, et Gabriel pria pour qu'elle demeure immobile.

Il ne voulait pas qu'elle meure. Mais il n'était pas en mesure d'empêcher le deuxième homme de la tuer.

Il ne voulait pas que Michael meure. Mais il ne savait pas non plus s'il pourrait le sauver.

— Qu'est-ce qui te fait dire que j'étais épris de la femme de Michael ? demanda-t-il.

Pour gagner du temps.

Yves effleura fugitivement la chevelure de Victoria du bout de son nez. Le regard de la jeune femme demeura obstinément rivé à celui de Gabriel.

— Elle a ton odeur, Gabriel. Ton savon. Ton désir.

Le doigt de Gabriel se crispa sur la détente. Il suffirait d'une balle…

Yves releva la tête.

— Je sais que tu en pinçais pour Mlle Aimes parce que je t'ai suivi. Je t'ai suivi quand tu veillais sur Michael ; je t'ai suivi quand tu as emmené Mlle Aimes dans ce salon de thé minable. J'étais dans la maison de mon père quand tu l'as tué. Michael a d'ailleurs perçu ma présence ce soir-là. N'est-ce pas, Michael ?

Proie et prédateur.

Gabriel n'eut pas besoin de regarder les cicatrices de Michael pour savoir qu'elles avaient blanchi.

— Je ne savais pas que c'était vous.

— Non, bien sûr que non. Comment aurais-tu pu le savoir, *mon cousin** ? répliqua Yves. Tu ignorais mon existence. Et Gabriel n'était pas en situation de te le dire. Tu croyais que c'était parce que mon père avait chargé un homme de violer Gabriel qu'il te haïssait ; mais ce n'était pas à cause de cela. À l'origine, mon père m'avait chargé de tuer Gabriel ; cela t'aurait fait du mal, Michael, et mon père ne vivait que pour te faire du mal. Ce qui peut se comprendre. C'était par ta faute qu'il se retrouvait handicapé. Mais moi, je ne pouvais pas résister à Gabriel, si parfait, si beau, si affamé d'amour… C'est moi qui l'ai violé, Michael. Gabriel te haïssait parce que chaque fois qu'il te regardait, c'était moi qu'il voyait. Et il se souvenait de quelle façon il m'avait supplié de ne pas arrêter… *N'arrête pas**…

Il reprit à l'intention de Gabriel :

— Maintenant, vide le barillet, mon ange. Et lance gentiment le pistolet vers moi, sans quoi je me verrai obligé de graver la lettre S sur la joue de Mlle Childers. S, comme supplication…

Des yeux bleus se rivèrent aux yeux d'argent tandis que Victoria digérait ces révélations.

Le souffle de Gabriel s'était interrompu.

Il avait toujours pensé que la vérité le tuerait, et il ne s'était pas trompé.

Gabriel vida le barillet ; les balles s'éparpillèrent sur le tapis.

— Jette ton arme et pousse-la vers moi.

Les doigts de Gabriel se crispèrent sur la crosse de bois de rose.

— Gentiment, Gabriel.

Un nouveau filet de sang frais perla sur la joue de Victoria. Ses yeux bleus reflétaient la conscience qu'elle avait de l'arme qu'elle était devenue.

À moins qu'ils ne reflètent la conscience qu'elle avait de l'homme qu'était véritablement Gabriel.

Celui-ci s'exécuta ; le pistolet glissa sur le tapis, dépassa la boîte de pastilles de menthe et disparut sous le bureau.

— Que veux-tu ? s'enquit-il posément.

Que pouvait-il vouloir de deux anges après avoir élaboré un plan aussi compliqué ?

— Je veux que tu dises à Michael pourquoi tu le hais, jeta Yves.

La tension dans les épaules de Gabriel s'accrut.

Il ne pouvait pas dire cela à Michael. Pas même pour le sauver. C'était impossible.

Il ne pouvait pas dire au garçon qu'il avait aimé comme un frère que son corps l'avait trahi. Il ne pouvait pas dire à Michael qu'il avait plongé son regard dans les yeux violets d'Yves – les yeux de Michael – et que c'était cela qui avait déclenché son excitation.

Et qu'il n'avait alors *rien* pu faire pour empêcher la suite.

— Je veux que tu dises à Michael que tu as usurpé le nom d'un ange.

Gabriel soutint le regard violet frangé de cils noirs.

— Je veux que tu dises à Michael quel nom tu as crié quand tu as joui, Gabriel.

Gabriel se souvint… d'avoir crié pour retrouver l'innocence. Celle qui avait été la sienne lorsque Michael avait partagé avec lui la miche de pain volée.

— Non, intervint une voix râpeuse.

Par ce seul mot, Michael lui faisait savoir qu'il comprenait toute la souffrance que son ami tentait de lui cacher depuis près de quinze ans.

Une paire d'yeux violets affronta une paire d'identiques yeux violets.

— Tu aimes Gabriel, Michael.

Le sous-entendu ne tira pas un battement de cils à Michael, mais Gabriel frémit.

— Je l'ai toujours aimé.

— Gabriel a tué mon père pour toi, Michael. Que serais-tu prêt à faire pour lui ?

La lame crantée du couteau de chasse projeta un éclat d'argent ; un reflet bleuté chatoya dans la chevelure du deuxième homme.

— Je serais prêt à tout pour Gabriel, affirma Michael.

— Serais-tu disposé à l'embrasser ?

— Oui.

— À sucer sa queue ?

— Si cela devait le sauver, oui, répondit Michael sans hésiter.

— Embrasse-le, Michael, comme un amant, et j'épargnerai la femme. Suce-le, et je vous laisserai vivre tous les trois.

Le temps se figea, tout comme le souffle de Gabriel. Une bûche craqua dans l'âtre.

Gabriel comprit enfin.

Je t'apporte à présent une femme. Accorde-lui un rôle principal, je te prie.

Que le jeu commence.

— Il existe un autre choix, Gabriel.

Gabriel savait déjà ce que celui qui se faisait appeler Yves allait dire.

— Dis-moi de tuer Mlle Childers et j'épargnerai Michael, continua-t-il d'un ton léger, un éclat mortel faisant étinceler ses yeux violets. Ou bien dis-moi de tuer Michael et j'épargnerai Mlle Childers.

Gabriel s'était jusqu'alors cru sans âme. Mais la question qui jaillit sur ses lèvres vint du plus profond de son âme.

— Pourquoi ?

— Pourquoi ? rétorqua le deuxième homme, moqueur. Mon père a baisé une prostituée algérienne en 1849. Dix-neuf ans plus tard, un homme m'a approché dans un bordel pour me demander s'il me plairait d'aller en Angleterre et de rencontrer mon père. Il m'a dit que mon père avait besoin de moi. Qu'il était riche et qu'il ferait de moi un homme riche.

Le canon du pistolet s'immobilisa dangereusement sur le ruban de velours lie-de-vin de l'épaule de Victoria.

— Je suis venu en Angleterre. J'ai découvert que mon père avait toujours connu mon existence. Il m'avait fait venir, disait-il, quand il avait appris par un de ses émissaires que je lui ressemblais. J'ignorais ton existence, Michael ; je ne savais pas que c'était parce que je *te* ressemblais que mon père m'avait fait venir auprès de lui. J'ai appris à parler anglais. À me comporter en gentleman. J'ai appris à devenir *toi*, Michael. Afin de mieux te détruire. Lentement. Systématiquement.

« Mais quand j'ai vu les deux anges qui étaient la coqueluche de la France et de l'Angleterre, c'est toi, Gabriel, qui m'as le plus intrigué. Certes, contrairement à toi, j'avais un nom – celui que m'avait donné la catin qui m'a tenu lieu de mère. Mais, à ce détail près, tu étais comme moi : un mendiant, un crève-la-faim, un voleur, un égorgeur, une putain. Tu n'avais de goût ni pour l'argent ni pour le sexe, et pourtant tu te prostituais pour t'enrichir.

« Je me suis demandé pourquoi.

« En France, j'ai déniché une femme à qui tu avais vendu tes faveurs, Michael. J'ai appris à embrasser comme toi. À baiser comme toi. J'ai appris tout cela à seule fin de détruire l'ange aux cheveux blonds. Mon père trouvait ce plan splendide ; il avait l'intention de se servir de toi, Gabriel. Il était persuadé qu'il avait réussi à détruire le lien... fraternel, dirons-nous, qui vous unissait. Mais tu lui as montré qu'il se trompait, n'est-ce pas, Gabriel ? Comme l'a si bien dit Mme Renée, certains liens ne peuvent être détruits...

« Ensuite, mon père m'a renvoyé à Alger où j'ai vécu très confortablement, puis il m'a rappelé à lui il y a six mois. Tu étais censé tuer Michael, Gabriel, et j'étais censé te tuer. Ou peut-être pas. Qui sait ? Mon père m'aurait peut-être offert à toi ? C'est ce qui était prévu, n'est-ce pas ? Mon père avait laissé une lettre à son notaire. Il se savait malade et avait pris ses précautions. Il avait aussi envisagé que sa mort puisse survenir... prématurément, dirons-nous, auquel cas il me promettait une fortune colossale si je vous tuais tous les deux. »

— J'ai bien plus d'argent que mon oncle n'en a jamais eu, déclara Michael.

Il n'aurait pas hésité à céder toute sa fortune en échange de trois vies.

Michael était bien innocent de faire une telle proposition au deuxième homme, songea Gabriel.

Le souffle d'un rire souleva les cheveux de Victoria.

— Et étant donné que tu disposeras bientôt de l'argent de Mlle Aimes, ta fortune ne te manquerait guère, n'est-ce pas, *mon cousin** ? Mon père m'a enseigné plusieurs leçons fort utiles, Michael. J'ai appris sous sa tutelle que si une balle peut tuer, la mort qu'elle provoque n'est pas aussi satisfaisante que la destruction de l'âme. L'argent n'entre pas en ligne de compte. J'ai tiré de toi d'immenses satisfactions, Gabriel, bien plus grandes que celles que m'a procurées l'argent de mon père. Je savais que le désir que je t'ai amené à ressentir te dévorerait, toi qui n'en avais jamais réellement éprouvé. Grâce à toi, mon ange, j'ai touché l'intouchable. Et maintenant, cette femme t'a touché...

« Je me demande ce qui se passerait si Michael te touchait. Te ferait-il durcir autant que je l'ai fait ? Te ferait-il pleurer comme je t'ai fait pleurer ?

« Veux-tu savoir pourquoi je te laisse le choix, Gabriel ? Je vais te le dire. Il existe une part de toi, appelons-la ton âme, qui n'a jamais été effleurée, ni par moi, ni par Michael, ni par Mlle Childers. Je veux savoir ce qui parviendra à briser ton âme, Gabriel. C'est cela que je veux voir aujourd'hui.

« Le choix te revient, mon ange. Je vais compter jusqu'à trois et si tu n'as pas pris de décision au bout de trois, je choisirai à ta place. Un... »

Gabriel perçut un mouvement, mais il ne pouvait pas détacher les yeux de Victoria.

— Deux...

Elle ne méritait pas de mourir pour avoir touché un ange.

Il n'avait pas mérité d'être violé à cause de l'amour qu'il portait à un garçon aux yeux violets.

Michael n'avait pas mérité que son oncle tue tous ceux qu'il avait aimés.

— Trois...

Gabriel sentit plutôt qu'il ne vit Michael se rapprocher de lui.

Il resterait toujours ce gamin de treize ans affamé qui avait partagé une miche de pain avec lui.

L'homme de vingt-six ans qui avait refusé de le laisser mourir.

L'homme de quarante ans ne le jugeait pas davantage, même s'il savait à présent tout ce que Gabriel s'était appliqué à lui cacher.

Ses yeux violets remplacèrent les yeux bleus de Victoria.

Michael s'était planté en face de lui. Il avait pris la décision à laquelle Gabriel n'avait pu se résoudre.

— Gabriel, *mon ami**, dit tendrement Michael, son haleine parfumée de cognac l'effleurant comme une caresse.

Ses doigts couverts de cicatrices encadrèrent son visage ; ses pouces brûlés essuyèrent les larmes qui coulaient des yeux de Gabriel.

Les yeux d'un homme mort.

Mais les morts ne pleurent pas.

— *Tout va bien**, Gabriel, murmura Michael.

L'émotion troublait ses yeux violets : regrets pour la femme qu'il devait épouser dans deux jours, compassion pour Gabriel confronté à un choix impossible – l'amour d'un ami ou l'amour d'une femme.

Le visage miniature de Gabriel se refléta au centre des prunelles de Michael.

Des lèvres aussi douces que des pétales de rose se posèrent sur les siennes.

Le baiser d'un ange.

25

Douleur. Peur.

Colère.

Chagrin.

Les émotions avaient enflé en elle jusqu'à ce qu'il ne reste plus de place que pour la rage.

Victoria ne laisserait pas ce monstre détruire Gabriel.

Elle ne le laisserait pas mourir.

Mais il mourrait si Michael lui faisait ce que cet homme – Yves – lui avait fait. Il mourrait.

Et il n'y aurait alors plus aucun moyen d'atteindre le garçon qui avait voulu être un ange.

— Non !

L'écharpe qui la bâillonnait étouffa sa protestation.

Victoria projeta la tête en arrière pour cogner le visage de l'homme qui la retenait. L'impact de leurs boîtes crâniennes retentit violemment.

Une vive douleur s'éleva au niveau de la joue de Victoria, puis explosa dans sa tête.

— Michael !

Le cri de Gabriel emplit ses oreilles.

Cri de douleur. De peur.

De désespoir.

Michael se retourna, élevant la main droite ; ses doigts couverts d'un entrelacs de cicatrices étaient crispés sur la crosse d'un revolver.

Le deuxième homme ne s'attendait pas à l'attaque de Michael. Par réflexe, il leva son revolver.

Victoria chancela et tomba en avant dans un bouillonnement de soie, ses mains entravées se tendant spontanément pour parer sa chute.

Projeté en arrière, le deuxième homme bascula à la renverse, les basques de sa redingote voletant autour de lui ; sa chute fut ponctuée par le coup de feu du pistolet de Michael.

Celui-ci s'inclina, plié en deux. Un deuxième coup de feu avait retenti.

Victoria vit une rose écarlate s'épanouir sur le gilet blanc de Michel des Anges.

Michael, l'ange brun, avait reçu la balle destinée à Gabriel, l'ange blond.

Gabriel courut, saisit Michael. Le prit à bras-le-corps. Tomba sous le poids du corps de son ami. Cria son nom, un sang écarlate teintant son gilet de soie.

Michael ne répondit pas.

La rage submergea Victoria.

Cela ne pouvait pas finir de cette façon. Elle ne le permettrait pas !

Victoria lutta contre les épaisseurs de sa robe pour se relever. Ses mains entravées refusaient de lui obéir. Du pouce et de l'index de sa main droite, elle écarta le bâillon de sa bouche.

Elle ne s'attarda pas à savourer le soulagement qui en résulta, le sang qui coulait sur sa joue ne lui rappelant que trop vivement ce qui risquait d'arriver au cas où cet homme – Yves – serait encore en vie.

Elle s'empressa de contourner le bureau. Le tiroir qu'il avait précédemment forcé béait, révélant le Derringer de Gabriel.

Elle le tuerait. S'il n'était pas mort, elle le tuerait.

Elle le tuerait au nom de l'amour que Michael avait porté à l'ange aux cheveux d'or pâle.

Elle le tuerait au nom du malheur qui s'était abattu sur Gabriel au point d'aspirer l'oxygène qu'il respirait.

Les mains tremblantes, Victoria pointa le revolver sur l'homme étendu par terre.

Le regard vitreux de ses yeux violets était tourné vers le plafond. Un filet de sang s'écoulait du nez qu'elle avait cassé.

Il était mort.

Et Gabriel… Gabriel serrait Michael dans ses bras. Il le berçait dans une litanie de douleur silencieuse.

Victoria lâcha le revolver.

— Gabriel, croassa-t-elle.

Il ne l'entendit pas.

Yves avait voulu arracher l'âme qui avait permis à Gabriel de survivre à la misère, à la prostitution et au viol – et il avait réussi.

Elle s'agenouilla près de lui.

Le visage de Michael était pâle sous son teint cuivré ; le tissu des cicatrices bordant sa joue droite s'était relâché. Ses cils noirs et épais ombraient ses joues.

Victoria tendit la main vers Gabriel qu'elle voulait serrer dans ses bras, aimer, réconforter.

— Gabriel…

Un flot écarlate retint son attention.

Une fontaine de sang jaillissait du torse de Michael.

Victoria retrouva instantanément tout son sang-froid de gouvernante. Si le sang jaillissait, c'est que le cœur battait encore.

— Il est vivant, Gabriel !

Elle saisit sa main et la pressa contre le torse de Michael pour empêcher le sang de couler.

— Aide-moi, Gabriel !

Des bulles de sang tiède s'élevèrent entre leurs doigts.

Gabriel leva la tête, les yeux éteints – c'était sa propre vie qui s'écoulait entre ses doigts.

— Non, dit-il d'une voix lointaine. Laisse-moi le tenir.

— Garde la main appuyée sur son torse, Gabriel, répliqua-t-elle furieusement. Il est vivant. Si tu écartes ta main, il va mourir. Je t'ordonne de laisser ta main où elle est !

L'injonction opéra.

Le regard d'argent de Gabriel se concentra sur Victoria… sur Michael.

Sur le bouillonnement du sang entre leurs doigts.
Sur la vie plutôt que sur la mort.

— Je reviens avec un docteur, annonça-t-elle.

La porte résista.

Victoria poussa le battant avec une force qu'elle ignorait posséder ; la porte céda.

Une flaque sombre s'étalait sur le palier, s'écoulant le long des marches.

Du sang.

Le sang de Julien.

Un flot de bile remonta dans sa gorge ; elle déglutit convulsivement.

Elle ne pouvait plus rien pour Julien ; mais elle pouvait encore aider un ange.

Victoria franchit la mare de sang, les semelles de ses pantoufles glissant sur le liquide visqueux, dévala l'escalier. La porte de la salle était ouverte.

La lumière des chandelles éclairait le labyrinthe des tables – chandeliers d'argent étincelant surmontés de flammes jaunes et dansantes. Un serveur en veste noire s'immobilisa à sa vue alors qu'il s'apprêtait à allumer une chandelle, la large ceinture qui ceignait sa taille tranchant telle une blessure rouge sang sur son gilet blanc.

Victoria le reconnut – c'était le garde qui avait emporté le plateau du petit-déjeuner deux jours plus tôt.

— Jeremy ! cria-t-il. David ! Patrick ! Charlie ! Par ici !

Des hommes s'élancèrent soudain vers elle, glissant leurs mains sous leurs vestes noires. Ils la dépassèrent en courant, l'arme au poing.

Victoria se demanda de façon incongrue ce qu'ils allaient penser quand ils découvriraient le deuxième homme.

— Monsieur Michael ! s'était écrié Julien, surpris, lorsque Yves avait ouvert la porte.

Un affreux gargouillement avait suivi son exclamation, puis le choc sourd d'un corps heurtant le plancher. Yves avait alors refermé la porte avec un sourire de triomphe...

— Que se passe-t-il ?

Gaston s'était planté devant Victoria. La lame du couteau qu'il tenait à la main étincelait à la lumière des chandelles.

Il n'avait plus rien d'un valet de chambre obséquieux, et tout d'un égorgeur.

Victoria eut un mouvement de recul.

Gaston saisit ses mains et trancha le lien de soie.

Elle humecta ses lèvres.

— Ils sont morts.

— Gabriel et Michael ? demanda Gaston, les yeux écarquillés d'effroi.

— Non. Julien, répondit-elle, les larmes aux yeux. Julien et deux autres hommes. Mais pas Gabriel. Michael est blessé. Il lui faut un médecin.

— Andy !

Victoria aperçut un gamin qui les observait, ses yeux dépassant tout juste le rebord d'une table. Il pouvait aussi bien avoir cinq ans que quinze – certains gamins des rues n'atteignaient jamais une taille adulte.

— Va chercher le Dr François. Et dis à Peter d'aller prévenir Mlle Aimes.

Mlle Aimes. La fiancée de Michael. La femme dont Gabriel avait été *assez épris*.

Andy fila comme une anguille pour accomplir sa mission.

Victoria s'efforça de chasser la souffrance et la peur de ces dernières heures.

— Il faut alerter la police...

— La police ne se mêlera pas de cela, mademoiselle, répliqua Gaston, le visage fermé. Mira, emmène Mlle Childers à la cuisine, dit-il avant de disparaître.

Mira posait sur Victoria un regard dur.

Celle-ci se demanda d'où elle avait surgi – des cuisines ? Elle ne se trouvait pas dans la salle un instant plus tôt. Mira avait autrefois connu la rue, Victoria n'en doutait pas. Avait-elle été une mendiante, une prostituée, une voleuse ou une égorgeuse ? Sans trop savoir pourquoi, Victoria se demanda quel âge elle pouvait bien avoir. Les rides de son visage pouvaient aussi bien refléter la vieillesse que les privations. Seuls ses yeux, aussi parfaitement bleus que des saphirs, étaient vifs et brillants.

— Je ne lui ai pas…

Victoria déglutit. « Je ne lui ai pas fait de mal », avait-elle voulu dire, mais elle avait fait du mal à Gabriel dès qu'elle avait mis le pied chez lui, et elle avait fait du mal à Julien en s'abstenant de lui révéler qu'elle avait aperçu une silhouette derrière le miroir sans tain.

— Je dois retrouver Gabriel. Il a besoin de moi.

Elle sut aussitôt que ce n'était pas vrai.

Gabriel n'avait pas besoin d'elle, mais d'un miracle.

— M. Gabriel n'a pas de mal ? s'enquit sèchement Mira.

— Non, il n'a rien. Julien est mort, ajouta-t-elle, des larmes roulant sur ses joues. Je n'ai pas pu l'empêcher.

Le deuxième homme avait enfoncé l'écharpe dans sa bouche en même temps qu'il s'était emparé d'elle. Victoria avait lâché la boîte de pastilles de menthe qu'elle tenait dans sa main.

Julien avait aimé Gabriel. Et Julien était mort.

La tristesse ternit les yeux bleu saphir de Mira.

— Vous n'avez pas l'air bien.

— Ça va, je vous remercie, assura Victoria avant de se demander si quoi que ce soit irait bien à nouveau un jour.

— Il est mort ? questionna Mira.

Victoria sentit son estomac remonter face à l'éclat vengeur qu'elle lut dans son regard.

— Je vous demande pardon ?

— L'homme que M. Gabriel devait tuer – est-ce qu'il est mort ?

— Oui, répondit Victoria d'un ton de satisfaction évidente. M. Michael l'a tué.

— Ils font la paire, ces deux-là, déclara Mira, son regard se faisant rusé. Je ne vous conseille pas de faire la dégoûtée devant les cicatrices de M. Michael.

Victoria réprima un éclat de rire nerveux.

L'hystérie la gagnait.

Il lui suffit de repenser à Julien, sa belle chevelure auburn étincelant sous la lumière du palier tandis que son sang noircissait les marches de l'escalier, pour que toute envie de rire la déserte.

— Je vous assure, Mira, que les cicatrices de M. Michael n'éveillent en moi aucun dégoût.

Mira émit un grognement.

— Vous feriez mieux de rester assise et d'attendre que M. Gabriel ait arrangé les choses.

Une protestation remonta dans la gorge de Victoria. Gabriel ne pourrait peut-être pas « arranger » les choses, cette fois. Elle la ravala.

— Je suis désolée que Julien soit mort, hoqueta-t-elle à travers ses larmes. Je l'aimais bien.

Les traits de Mira s'adoucirent.

— Nous l'aimions tous. Allons, asseyez-vous avant de vous écrouler. À vous voir, vous n'êtes pas le genre de mijaurée qui se contente de bulles de champagne. Je vais plutôt vous apporter du gin.

Victoria s'assit et attendit, l'esprit engourdi.

Trois vies s'étaient achevées ce soir. Combien de personnes avaient-elles trouvé la mort par le passé à cause du comte de Granville et de son fils ?

Victoria tâcha de se convaincre qu'ils étaient fous.

Mais elle n'avait décelé aucun signe de folie dans les yeux violets de celui qui avait délibérément dressé deux anges l'un contre l'autre.

Une douleur cuisante traversa sa joue droite. Le cœur battant, elle renversa la tête en arrière.

Des yeux bleu saphir apparurent au-dessus d'elle. Mira tenait un linge pour panser sa plaie.

— Ne bougez pas. M. Gabriel n'aimerait pas qu'on ne prenne pas soin de sa femme.

— Je m'appelle Victoria, murmura-t-elle. Victoria Childers.

La servante sans âge ne reconnut pas ce nom.

Pourquoi l'aurait-elle fait ? Childers était un nom assez répandu. Ce n'était que lorsqu'il était précédé de son titre qu'il prenait tout son sens.

Gabriel n'avait jamais cherché à passer pour autre chose que ce qu'il était.

— Pas besoin de nom de famille dans La Maison de Gabriel, dit Mira en plongeant le linge ensanglanté dans une cuvette de métal gris d'où s'élevait un nuage de vapeur. La plupart d'entre nous n'en a jamais eu.

Mira était un prénom inhabituel pour une femme née dans la rue. L'avait-elle choisi elle-même ?

— La coupure n'est pas trop profonde. Il n'y aura pas besoin de recoudre, annonça-t-elle en tendant le linge à Victoria. Tenez, lavez vos mains pendant que je tamponne un petit quelque chose sur votre joue.

Mira plongea les doigts dans le grand verre rempli de gin et en tapota sa joue.

Victoria réprima un gémissement et s'appliqua à ôter le sang de ses doigts au lieu de se concentrer sur la douleur qui transperçait sa peau.

— Voilà. Buvez votre gin, maintenant, dit Mira en reprenant le linge. Il faut que j'aille faire chauffer de l'eau pour M. Michael et le docteur.

Mira s'éloigna avec sa cuvette remplie d'eau rougie.

Victoria regarda les chandelles palpiter sans toucher au verre de gin posé devant elle. Une éternité s'écoula avant le retour d'Andy, suivi d'un grand homme mince vêtu d'un pardessus noir et coiffé d'un chapeau melon assorti, une sacoche de cuir noir à la main.

Le docteur.

L'homme de science disparut derrière la porte menant aux appartements de Gabriel. Andy se coula auprès de Victoria et la dévisagea de ses grands yeux.

— Vous comptez le boire ? demanda-t-il en désignant le verre de gin.

— Non, répondit-elle en poussant le verre vers lui.

Une autre éternité s'écoula avant que des gardes apparaissent, portant le corps de Michael sur une porte en bois de citronnier. Sans dire un mot, ils gravirent les marches de l'escalier garni d'un tapis rouge. Le docteur fermait la marche.

Andy s'était assis en face de Victoria pour siroter son gin.

— Ils ne l'emmèneraient pas à l'étage s'il était mort, dit-il pour la réconforter.

Gabriel entra.

Victoria se leva, le cœur battant.

Il ne croisa pas même son regard et suivit le chemin qu'avaient pris Michael et le médecin.

Victoria se rassit, les pieds sagement serrés l'un contre l'autre, comme il sied à une dame.

Les gardes vêtus de vestes noires et de larges ceintures écarlates redescendirent avec le panneau en bois de citronnier et disparurent derrière la porte menant à la suite de Gabriel.

Un courant d'air agita la flamme des chandelles.

Victoria leva les yeux. Elle n'eut pas besoin d'introduction pour deviner le nom de la femme qui suivait un garçon à peine plus grand qu'Andy.

Peter était allé chercher Mlle Aimes.

Andy glissa de sa chaise et les dépassa pour filer en haut de l'escalier, bientôt suivi par la femme et Peter.

Des larmes brûlèrent les yeux de Victoria, l'étrangère, celle qui ne faisait pas partie de la famille. Sans réfléchir, elle tendit la main et prit le verre de gin. Une gorgée en tapissait encore le fond.

Elle l'avala.

Des larmes inondèrent ses yeux et, pendant plusieurs secondes, elle fut incapable de respirer. Un doux halo de chaleur l'enveloppa.

Mais cette chaleur n'atténua pas son sentiment de solitude. Et n'interrompit pas les pensées qui tournoyaient dans sa tête.

Que faisait Anne Aimes ?

Michael était-il encore en vie ?

Yves avait-il réussi à briser le lien qui unissait les deux anges ?

La lumière changeante des chandelles donnait aux visages des deux hommes qui revinrent des appartements de Gabriel l'aspect de masques de cire. Ils portaient entre eux la porte en bois de citronnier ; des cheveux auburn pendaient par-dessus l'un des bords.

Julien, celui qui avait été chargé de protéger Victoria. Et qui en était mort.

Gaston et un autre homme apparurent derrière eux, chargés d'un ballot de la taille d'un corps humain.

Victoria devina sans peine ce qui se trouvait à l'intérieur.

À leur suite, deux autres serveurs franchirent la porte, porteurs d'une charge identique.

Le va-et-vient d'hommes et de femmes entre l'escalier et la suite de Gabriel s'accentua, puis ralentit progressivement et finit par cesser complètement. Victoria observa tout cela depuis sa chaise – tout comme elle avait regardé évoluer, demeurant perpétuellement en retrait, le monde qui l'entourait pendant dix-huit ans.

Plusieurs heures défilèrent, le crachotement des chandelles en fin de course attestant de leur passage.

Victoria plongea dans son passé.

Le souvenir des froids jugements de son père éveilla l'écho de la voix de sa mère.

Une mère qui avait aimé ses deux enfants. Qui leur avait lu des contes de fées.

Une mère qui s'était flétrie et qui était sans doute morte, loin de l'amour qui lui était nécessaire.

« Je le sais, dit l'ange, parce que… je reconnais bien ma fleur. »

Victoria se leva lentement et gravit l'escalier garni d'un tapis rouge dans un froissement de soie et de satin, la traîne de sa robe caressant les marches derrière elle.

La chambre dans laquelle on avait transféré Michael était facile à trouver. Des seaux d'eau rougie et une pile de linges ensanglantés encadraient la porte sur laquelle étincelait le chiffre 7.

La chambre que Victoria avait visitée quelques heures plus tôt.

Aurait-elle pu empêcher la mort de Julien si elle lui avait parlé de ce qu'elle avait entrevu à travers le miroir sans tain ?

Elle ne le saurait jamais.

Elle fit silencieusement tourner le bouton de porte doré.

L'odeur âcre du phénol heurta ses narines.

Un homme brun et une femme aux cheveux châtains se reflétaient dans le miroir du mur opposé. L'homme reposait, allongé sur le dos, sous une courtepointe de soie jaune ; la femme était assise près du lit dans un fauteuil de velours vert, ses cheveux relevés en un chignon élégant. Sa toilette bleu paon ne pouvait être que le fruit du talent artistique de Mme Renée.

Victoria estima que la femme ne devait guère être plus âgée qu'elle – trente-cinq ou trente-six ans.

Dans le miroir, des yeux bleu pâle croisèrent les siens.

Mlle Aimes étudia sans ciller celle qui se tenait sur le seuil et dont la toilette de soie mordorée rehaussée d'un liseré lie-de-vin reflétait tout autant que la sienne le talent de Mme Renée.

— Elle a jugé mes jambes passables, mais ma poitrine trop étroite et mes hanches trop épaisses.

Victoria battit des cils. La fiancée de Michael s'exprimait comme une lady – voix profonde, mélodieuse, cultivée. Aussi distinguée qu'elle l'était elle-même.

— Mme Renée a jugé ma poitrine passable, mais mes hanches et mon postérieur trop maigres, répondit posément Victoria.

Les yeux bleu pâle soutinrent son regard dans le miroir.

— Mais Gabriel n'a rien trouvé à redire à votre silhouette.

— Non, Gabriel n'a rien trouvé à y redire, admit-elle en battant des cils, troublée. Est-ce qu'il va s'en sortir ? ajouta-t-elle dans la foulée.

— Oui, je vous remercie, répondit Anne, la douce expression de ses traits tirant un nouveau battement de cils à Victoria. Le médecin lui a donné de quoi dormir. Je le ramènerai chez nous demain matin. Je vous remercie de lui avoir sauvé la vie.

— Comment… savez-vous…

Victoria jeta un coup d'œil au visage endormi de Michael. Le sommeil atténuait les cicatrices de sa joue droite.

— Gabriel m'a raconté, répliqua Anne Aimes d'un ton paisible.

Gabriel avait parlé à Mlle Aimes, mais il n'avait pas pris la peine de venir lui parler.

Victoria ne le prendrait pas mal.

— Je ne pouvais pas le laisser mourir, répondit-elle, sincère.

Les yeux bleu pâle de la femme étincelèrent de soulagement.

— Michael et Gabriel sont des êtres à part. Je m'appelle Anne, précisa-t-elle.

— Je m'appelle Victoria.

Où était Gabriel ?

— Gabriel a acheté votre virginité, dit Anne en la scrutant.

Victoria sentit ses joues devenir brûlantes.

— Oui.

— J'ai payé Michael pour qu'il me soulage de ma virginité.

Victoria la dévisagea. Anne Aimes ne pouvait pas avoir dit cela !

Elle prit une longue inspiration avant d'oser parler.

— A-t-il su combler vos espérances ?

— Il a fait bien plus que cela. Il n'y a donc aucune raison pour que nous nous permettions de juger l'autre. C'est un même besoin d'intimité physique qui nous a amenées ici.

Le deuxième homme – Yves – l'avait choisie à cause de ce besoin.

— Oui. Comment avez-vous… rencontré Michael ?

— Ici, répondit Anne avant de laisser fuser un rire discret. Enfin, pas ici même, à dire vrai. J'ai donné rendez-vous à Michael dans l'ancienne Maison de Gabriel. Je me suis toujours demandé à quoi pouvaient bien ressembler les chambres, ici…

Anne Aimes avait encore trouvé le moyen de surprendre Victoria.

— Vous n'en aviez jamais vu aucune ?

— Non, répliqua Anne d'un ton de regret. Michael m'a emmenée chez lui.

Victoria crut apercevoir une chevelure brune dans le miroir sans tain, là où son propre visage aurait dû se trouver. Mais l'apparition disparut aussitôt – le fait de son imagination, sans doute.

À moins que…

Parviendrait-elle un jour à se sentir à l'aise face à un miroir ?

— Les miroirs ne sont pas vraiment des miroirs, lâcha-t-elle, regrettant aussitôt d'avoir dit cela.

Anne scruta avec intérêt le grand miroir au cadre doré.

— Vraiment ?

— Ce sont des miroirs sans tain. Si l'on se tient dans l'ombre de l'autre côté, on peut voir au travers et… observer tout ce qui se passe dans la chambre.

— Avez-vous… observé depuis l'autre côté ? demanda Anne en écarquillant les yeux.

— Une fois, oui, avoua Victoria.

Anne hocha la tête. Puis elle soupira.

— Michael et moi allons nous marier. Il serait… blessé si Gabriel n'assistait pas à notre mariage.

Anne Aimes et Michael.

Gabriel était-il au courant de ce mariage ?

Et Anne savait-elle exactement ce qui se passait la nuit dans La Maison de Gabriel ?

Que savait-elle de Gabriel ?

— Je ne puis pas garantir ce que fera ou ne fera pas Gabriel, répliqua-t-elle honnêtement.

Elle ne savait même pas s'il voulait encore d'elle. Elle ne pouvait que l'espérer.

Anne se leva et gagna la table de chevet.

Victoria la rejoignit. Elle était légèrement plus grande qu'Anne. Des fils d'argent parsemaient sa chevelure.

— Il existe un meilleur moyen de contraception que les préservatifs, dit Anne.

Victoria se souvint des comprimés de sublimé corrosif remis par Dolly. Anne Aimes ne pouvait quand même pas suggérer…

— Cela s'appelle un diaphragme, ajouta Anne. C'est un capuchon de caoutchouc qui se place sur le col de l'utérus. Il offre l'avantage d'être plus agréable et plus stimulant, tant pour l'homme que pour la femme, mais on ne peut l'obtenir que sur ordonnance médicale. Je peux vous donner le nom d'un médecin, si vous voulez.

Les joues d'Anne avaient rosi tandis qu'elle lui fournissait ces explications, mais ses yeux n'avaient pas quitté son regard un seul instant.

Victoria pensa à ce que Gabriel ressentirait s'il la pénétrait sans qu'un étui de caoutchouc enserre son membre. Chair contre chair. Et ses joues rosirent autant que celles d'Anne.

— Avec plaisir, je vous remercie.

Victoria se souvint de la boîte de pastilles de menthe que Julien lui avait conseillé de garder, et constata qu'elle n'avait pas été remplacée sur la table de chevet.

Instinctivement, elle en ouvrit le premier tiroir, désireuse de partager les merveilles de La Maison de Gabriel avec cette femme qui avait eu le courage de suivre sa passion.

Anne contempla silencieusement l'assortiment de phallus artificiels pendant de longues secondes.

— On appelle cela des *godemichés**, lui apprit Victoria.

Anne effleura le plus petit d'entre eux.

— Et Boucle d'Or dit : « Celui-ci est trop petit… »

Elle en effleura un autre.

— « Et celui-ci est trop grand… »

Elle en effleura un troisième.

— « Celui-ci, en revanche, a la taille idéale. »

Victoria tourna vers elle un regard stupéfait.

Une lueur malicieuse dansait dans les pâles yeux bleus.

Un gloussement chatouilla la gorge de Victoria ; le souvenir du visage de Gabriel l'étouffa – souvenir de ses yeux d'argent qui avaient viré au gris terne.

— Je dois partir, dit-elle.

La compassion n'est pas censée être source de souffrance, et pourtant Victoria fut déchirée par celle qu'elle lut dans le regard d'Anne.

— Nous avons tous besoin d'être aimés, Victoria.

Il n'était guère étonnant que Gabriel apprécie Anne Aimes. Victoria l'aimait déjà, elle aussi.

— Je ne sais pas où il est, avoua-t-elle, la gorge nouée.

Victoria n'eut pas besoin de prononcer le nom de Gabriel ; il était au premier plan de leurs pensées.

— Il est juste à côté.

Victoria eut envie de serrer Anne dans ses bras, mais les démonstrations d'affection lui avaient trop longtemps été interdites. Gabriel était le seul être adulte qu'elle ait jamais serré dans ses bras.

— Merci, dit-elle, se sentant affreusement gauche.

Reconnaissante de ne pas la juger. De ne pas juger Gabriel.

Et d'aimer un ange.

Gabriel était allongé sur un couvre-lit de soie bleu, le bras gauche replié sur le visage.

Sa manche était tachée de sang séché, ainsi que le plastron de sa chemise.

Victoria laissa aller son dos contre la porte close, le cœur battant.

Il ne dormait pas ; tous ses muscles étaient tendus.

— Tu n'avais pas fermé la porte, dit-elle en tournant lentement le verrou.

— Tu sais ce que je suis, Victoria, répliqua-t-il, son bras étouffant sa voix.

L'air était chargé de tension.

Gabriel était blessé.

Gabriel était dangereux.

Elle s'écarta de la porte et rapprocha ses mains des minuscules crochets fermant sa robe.

— Je sais ce que tu es, Gabriel, et je ne l'oublierai jamais.

L'infime crissement des crochets métalliques chargea l'atmosphère d'une tension supplémentaire, leur libération successive produisant l'effet d'un coup de feu miniature.

Le regard de Victoria passa de la manche tachée de sang aux yeux gris.

— Je ne suis pas un ange.

Un courant d'air froid s'engouffra sur sa peau quand elle écarta les pans de son bustier de soie.

— Je crois, Gabriel, que les anges ne sont pas tels que nous les imaginons.

Au coin de la bouche de Gabriel, un muscle pulsait au même rythme que le cœur de Victoria.

— Je crois que les anges connaissent la faim ; autrement, ce ne serait pas des êtres sensibles.

Victoria se dégagea de sa robe d'un mouvement d'épaules. La soie glissa sur le corset de satin, en accrocha brièvement le ruché, puis fila le long des jupons.

— Je crois que les anges connaissent le désir ; autrement, ils ne connaîtraient pas l'amour.

La lourde robe de soie qui s'affaissa à ses pieds ne ressemblait en rien à la vilaine robe de lainage brun qu'elle avait un jour ôtée devant lui. Victoria elle-même ne ressemblait en rien à la Victoria Childers qui s'était déshabillée face à lui la première fois.

Victoria était devenue une vraie femme – une femme qui n'avait pas honte de ses désirs.

Les narines de Gabriel palpitèrent à la vue de cette transformation.

Victoria passa les mains dans son dos pour défaire le lacet de sa gaine.

Les traits de Gabriel se durcirent.

— Demande-moi, Victoria.

La gaine de dentelle glissa le long de ses jambes dans un doux murmure, tel un tablier de soubrette.

— Que veux-tu que je te demande, Gabriel ?

— Demande-moi si je désire Michael.

Une corolle de dentelle blanche s'affaissa sur la couronne de soie mordorée. Les doigts de Victoria se rapprochèrent des liens de son jupon.

— Est-ce le cas ?

La lumière électrique tirait des reflets aveuglants de la chevelure de Gabriel ; des ombres dansaient dans ses yeux, toujours gris terne.

— Que se passerait-il si je disais oui ?

Une nouvelle corolle de soie blanche encercla ses chevilles.

Gabriel suivit instinctivement du regard la chute du jupon, puis contempla la culotte de soie retenue par ses hanches… Aussitôt, il redressa la tête et son regard captura celui de Victoria.

— Je ne sais pas.

Le cri d'un ange.

La souffrance que trahissait sa voix serra le cœur de la jeune femme. Elle soutint son regard et délogea de leurs boutonnières les deux petits boutons d'ivoire de la ceinture de sa culotte.

— Michael t'a embrassé.

Gabriel émit un soupir.

— L'as-tu désiré à cet instant, Gabriel ? ajouta Victoria.

La culotte glissa sur ses hanches, le long de ses cuisses, et s'affaissa sur le bouillonnement de soie.

Le corps de Gabriel s'était crispé.

— Tu n'as qu'à me le dire toi-même, Victoria, répondit-il d'une voix rauque.

La montagne de soie qui l'encerclait était haute. Victoria l'enjamba prudemment et franchit l'espace qui les séparait, le doux froissement de ses bas de soie accompagnant ses pas. Elle n'était plus une vierge, mais une femme qui connaissait la douleur et le plaisir d'aimer un ange.

— Ce que je peux te dire, Gabriel, c'est que je suis aussi coupable que toi de la mort de Julien.

Gabriel l'observa en silence, et Victoria sentit la souffrance qui l'étreignait se loger au creux de son ventre.

Elle avait dit à Julien qu'elle ne répéterait pas à Gabriel qu'il l'avait autorisée à quitter ses appartements, mais Julien ne pouvait plus lui en vouloir de rompre sa promesse.

— J'ai dit à Julien que je voulais visiter une des chambres d'hôtes, dans l'espoir d'y trouver quelque chose qui me permettrait de te donner du plaisir. J'ai vu un homme derrière le miroir sans tain – du moins, j'ai cru voir un homme. Mais il a disparu si vite que j'ai pensé l'avoir imaginé. Gaston m'a raccompagnée chez toi. Je n'ai parlé de cette silhouette ni à Julien ni à Gaston. Si je l'avais fait, Julien serait peut-être encore en vie.

Une étincelle de déni farouche passa dans le regard de Gabriel.

— Julien serait allé inspecter la galerie. Et il y aurait trouvé la mort à coup sûr.

— Peut-être, admit-elle. Mais je n'en aurai jamais le cœur net. Je ne saurai jamais si ce n'est pas mon silence qui l'a tué.

La douleur de Victoria se refléta dans les yeux de Gabriel.

— Non, souffla-t-il pour prévenir le geste qu'elle amorçait de déboutonner sa chemise tachée de sang.

— Je le dois, Gabriel. J'ai besoin de te toucher.

Il fallait qu'elle le délivre de son passé.

Des mains fermes enserrèrent ses poignets.

— Si tu me touches, Victoria, je te prendrai.

La puissante étreinte de ses mains ne lui tira pas un battement de cils.

— Je l'espère bien, monsieur Gabriel.

Il voulait qu'elle le repousse ; il voulait qu'elle le serre dans ses bras.

Il était déchiré entre ces deux désirs contradictoires.

Victoria ne l'autoriserait plus à souffrir ainsi.

— Tu sais ce que je suis, dit Gabriel d'une voix sourde.

— Tu es Gabriel, répondit-elle posément.

Un homme qui assurait la survie de ses semblables. De sa famille.

Un mélange de frustration et de perplexité fit briller ses yeux, toujours plus gris qu'argent.

— Tu ne m'as jamais reproché mon passé.

Dix doigts pulsaient contre sa chair ; elle les compta un par un, cinq autour de son poignet gauche, cinq autour de son poignet droit…

— Je suis égoïste, Gabriel.

Ce n'était pas la réponse à laquelle il s'attendait. Elle enchaîna :

— Tu as dit que tu ne pouvais pas changer le passé, et je ne le peux pas plus que toi. J'ai rencontré Anne Aimes. Elle m'a révélé avoir payé Michael pour qu'il prenne sa virginité. J'aurais aimé posséder l'argent et le courage de venir te trouver pour te proposer la même chose.

Il fut tenté de la croire ; il eut peur de la croire.

— Anne préfère les yeux violets, souffla-t-il.

Les yeux d'un homme qui était né avec le nom d'un ange.

— Moi, je préfère les yeux argentés.

Les yeux d'un homme qui avait voulu être un ange.

Victoria serra les jambes pour empêcher ses genoux de trembler.

— Et toi, que préfères-tu ? s'enquit-elle. Les yeux bleu pâle ou les yeux bleu vif ?

Gabriel ne fit pas semblant de ne pas comprendre.

— Ce sont les tiens que je préfère, Victoria.

Elle sourit.

— J'ai faim, *Victoire**, reprit Gabriel. Peux-tu me nourrir ?

Les pupilles de Victoria se dilatèrent.

— *Quand un homme a faim, nourrissez-le.*

Mais elle n'avait rien à lui donner.

Elle baissa les yeux et comprit que ce n'était pas de nourriture terrestre dont il avait envie.

— Je crains fort de n'avoir que... des ananas.

Gabriel libéra ses poignets et se redressa. Le matelas remua, les ressorts grincèrent, des genoux heurtèrent ses cuisses, lui firent écarter les jambes, l'enserrèrent.

— Nourris-moi.

Les mains tremblantes de désir, Victoria libéra un sein de son corset de satin noir. La pointe était dure.

Elle se pencha en avant et offrit son mamelon à Gabriel. Sa passion.

Ses longs cils voilant son regard, Gabriel frotta son visage contre son sein. Ses joues piquaient un peu, ses cheveux étaient plus doux que la soie.

Gabriel avait dit que chaque fois qu'elle avait un orgasme, Victoria créait pour lui un nouveau souvenir. Elle se souviendrait toujours du contact, du parfum et de la saveur de l'homme qui s'était choisi un nom d'ange.

Une langue rugueuse et humide passa sur sa peau.

La sensation presque douloureuse qui la transperça lui tira un long frisson. Elle enveloppa sa tête de sa main gauche et souleva son sein de la droite, les cheveux de Gabriel s'accrochant à ses doigts.

Il ne la repoussa pas.

Ses mains agrippant le haut des cuisses de Victoria, il l'attira vers lui, prit son sein dans sa bouche et le suça comme un affamé.

Victoria réalisa au bout de plusieurs secondes que les doigts qui remuaient sur ses cuisses s'appliquaient à dégrafer les jarretelles reliées à son corset, tandis que Gabriel la régalait des attentions de ses lèvres, de sa langue et de ses dents.

Les bas eurent à peine le temps de glisser le long de ses cuisses que les doigts de Gabriel s'attaquèrent fébrilement au corset. Elle sentit un élancement familier s'élever au creux de son ventre.

Le corset glissa le long de son buste.

La jeune femme dégagea délicatement son sein de la bouche de Gabriel. Il avait les joues rougies, les lèvres humides. Le regard qu'il leva vers elle luisait de désir. Métallique. Argenté.

— Parle-moi des anges, Victoria.

— *Quand il souffre, offrez-lui l'espoir.*

Mais elle ne connaissait rien aux anges. Elle ne connaissait que Gabriel.

« Je le sais, parce que… je reconnais bien ma fleur. »

L'histoire que sa mère lui avait lue quand elle était petite remonta à la surface de sa mémoire. Et soudain, elle sut quels mots redonneraient espoir à Gabriel.

— Chaque fois qu'un bon enfant meurt, dit-elle en reculant pour faire glisser le corset sur ses bras, ses bas s'affaissant autour de ses chevilles, un ange descend du ciel et prend l'enfant dans ses bras.

Son regard d'argent rivé à celui de Victoria, Gabriel défit le premier bouton de sa chemise ensanglantée. C'était le regard d'un homme assoiffé d'espoir. Assoiffé d'amour.

— L'ange déploie ses grandes ailes blanches et vole au-dessus de tous les lieux que l'enfant a aimés durant sa vie.

Gabriel fit passer sa chemise par-dessus sa tête. Sa toison blond sable bouclait autour de ses tétons.

Ses mamelons étaient aussi durs que ceux de Victoria.

Elle tendit la main et effleura doucement son torse.

Gabriel cilla, mais ne recula pas.

Elle se redressa, légèrement haletante.

— Tandis qu'il vole avec lui, l'ange explique à l'enfant qu'il cueille des fleurs pour les apporter au paradis afin qu'elles refleurissent là-haut, plus belles encore que sur la terre.

Gabriel se leva et déboutonna son pantalon.

Victoria humecta ses lèvres qui lui parurent soudain plus charnues, plus pleines.

— Le Tout-Puissant, continua-t-elle, presse les fleurs sur Son cœur et, sur celle qu'Il préfère, Il dépose un baiser. Ce baiser donne une voix à la fleur et l'autorise à se mêler aux chœurs des bienheureux…

La toison pubienne de Gabriel apparut lorsqu'il écarta les pans de son pantalon.

Victoria s'empressa de relever la tête.

— Voilà ce que racontait un ange de Dieu en emmenant l'enfant au ciel…

Gabriel baissa son pantalon, se redressa, l'enjamba et l'écarta d'un coup de pied.

Il était entièrement nu.

Elle se contenta d'admirer ses pieds.

Soudain, il s'agenouilla devant Victoria. Son souffle tiède caressa son ventre.

Gabriel souleva délicatement son pied gauche.

Elle chancela, battit l'air de ses bras et s'agrippa à ses épaules, redoutant l'effet du contact de ses cheveux soyeux.

Elle sentit ses muscles jouer sous sa peau, si douce… sentit les battements de son cœur.

Il renversa la tête en arrière et son haleine effleura ses lèvres.

— Dis-m'en plus, Victoria.

Il voulait qu'elle lui dise comment un conte de fées destiné aux enfants pouvait venir en aide à un homme à qui personne, jamais, n'avait raconté de contes de fées.

Victoria savoura le regard de Gabriel. Le souffle de Gabriel.

S'inclina au-dessus de lui. Captivée par son désir.

— L'ange fit voler l'enfant au-dessus de lieux qu'il connaissait…

Gabriel ôta lentement la pantoufle gauche de Victoria, puis son bas, ses doigts effleurant sa cheville, son cou-de-pied… Elle retint son souffle.

— … des lieux où il avait souvent joué avant sa maladie, des jardins parsemés de fleurs admirables.

Gabriel reposa son pied gauche et lui fit lever l'autre. Les doigts de Victoria s'enfoncèrent dans les muscles de ses épaules.

— « Lesquelles emporterons-nous pour les planter au ciel ? » demanda l'ange à l'enfant.

Gabriel se releva, incitant Victoria à se redresser elle aussi.

La chambre bascula ; d'un seul mouvement, Gabriel l'avait soulevée dans ses bras et déposée au centre du lit.

Il tendit la main vers la petite boîte métallique sur la table de chevet, ses longs cils creusant des ombres sur le haut de ses joues.

— Quelles fleurs choisit l'enfant ?

Gabriel s'attendait à ce qu'il choisisse les plus belles – les seules qui soient dignes du paradis.

— Près d'eux se trouvait un...

Gabriel déroula le fourreau le long de son membre viril, le caoutchouc brun en dévorant l'extrémité pourpre, le relief des veines bleues.

— ... un rosier magnifique, mais une méchante main en avait brisé la tige, de sorte que...

Le fourreau disparut parmi l'épaisse toison de poils blonds et frisés à la base de son pénis.

— ... les branches chargées de boutons à peine éclos pendaient, desséchées.

Gabriel plaça son genou gauche sur le matelas, saisit la taille de Victoria qui s'accrocha instinctivement à lui quand il la fit se redresser à demi.

Buste contre torse. Ventre contre ventre. Cuisses contre cuisses.

L'extrémité du préservatif effleurait son clitoris.

Elle s'agrippa prudemment à sa taille, aussi musclée que ses épaules.

La souffrance ternissait l'éclat argenté de son regard.

Gabriel cueillit le visage de Victoria entre ses mains, le regard intense, son souffle brûlant ses lèvres.

— Prends-moi en toi, Victoria.

Qu'elle le prenne en elle...

— Veux-tu que je finisse d'abord le conte ?

— Non, répondit-il. Je veux que tu le finisses une fois que je serai en toi. J'ai besoin d'être en toi et que tu me serres dans tes bras. Je veux que tu me fasses croire…

Qu'un gamin né dans le ruisseau pouvait devenir un ange.

Son souffle emplit les poumons de Victoria lorsque son membre se fraya un chemin entre ses lèvres moites.

Les mains de Gabriel glissèrent le long de ses joues, de son cou, de ses épaules, de ses bras… attrapèrent ses hanches.

— Lève le genou et pose le pied sur le lit en écartant les jambes.

— Et maintenant ? haleta-t-elle.

— Maintenant, prends-moi en toi, murmura-t-il d'une voix brûlante, et plie le genou pour me serrer très fort en toi. Prends-moi, Victoria. Accueille-moi dans ton corps, et fais de moi un ange.

Victoria se prépara à l'accueillir, ses mamelons pointant contre son torse, sa chair s'ouvrant pour l'engloutir, le gland, la tige épaisse…

Elle laissa échapper un soupir. Les yeux de Gabriel se fermèrent.

Osant à peine respirer, elle replia la jambe. L'air se bloqua dans ses poumons. Gabriel la comblait entièrement…

Il rouvrit les yeux.

— Parle-moi encore de ce rosier.

Quel rosier ?..

Victoria s'agrippa désespérément aux épaules de Gabriel, ses pensées tournoyant, s'éparpillant… À quel moment du conte s'était-elle arrêtée ?

— L'enfant voulut emporter le rosier meurtri pour qu'il refleurisse au paradis.

Chacun des mots qu'elle prononçait la rapprochait de Gabriel ; elle le sentait vibrer en elle, glisser entre ses lèvres.

— L'ange prit le rosier et embrassa l'enfant qui s'était endormi. Il ouvrit à demi les yeux.

Des lèvres chaudes et humides baisèrent les paupières de la jeune femme. Des larmes baignèrent ses yeux, coulèrent de son vagin.

— L'ange rassembla de belles fleurs, sans mépriser le pissenlit, si souvent dédaigné, ni la pensée sauvage.

Gabriel déposa de ses lèvres aussi douces que des pétales de rose un baiser sur sa paupière droite. Ses cils palpitèrent et le baiser fusa en droite ligne jusqu'à son ventre.

— « Nous avons assez de fleurs, maintenant », dit l'enfant. L'ange acquiesça, mais ils ne volèrent pas encore vers le paradis…

Le plaisir lui coupait le souffle. La souffrance qu'elle lut dans le regard de Gabriel le lui rendit.

— Déjà, il faisait nuit, un profond silence régnait sur la ville…

Elle planta ses ongles dans ses épaules et s'efforça de se concentrer sur le conte, et non sur le douloureux plaisir de Gabriel.

— L'ange passa au-dessus d'une ruelle sombre et étroite. Mais l'enfant vit seulement… un tas de paille… des assiettes brisées… des bouts de plâtre, des haillons, de vieux chapeaux et… d'autres déchets.

Le ruisseau dans lequel était né Gabriel se refléta soudain dans ses yeux. Paille… Rebuts… Verre brisé… Haillons… Ordures.

Victoria trouva miraculeusement la force de continuer l'histoire de l'ange, alors qu'elle se sentait sur le point d'exploser.

— L'ange désigna les fragments d'un pot de fleurs à laquelle tenaient encore les racines d'une grande fleur des champs, jetée au rebut.

Tout comme Gabriel avait été contraint de survivre parmi la lie.

Le torse de Gabriel se souleva et s'abaissa, les pointes de ses tétons frôlant ses mamelons, ses poils chatouillant sa poitrine.

Victoria souffrit pour lui. À travers lui.

— « Emportons-la », dit l'ange. Mais l'enfant ne comprit pas pourquoi.

Gabriel comprenait-il ? se demanda-t-elle fugitivement.

— L'ange s'éleva dans les airs… et lui raconta l'histoire d'un pauvre petit garçon… malade et handicapé… qui avait vécu dans cette sombre ruelle… dans une sorte de cave… et qui ne pouvait pas sortir pour admirer les fleurs.

Le regard aveugle de Gabriel était tourné vers le passé. Seuls le corps et les paroles de Victoria l'ancraient au présent.

— En été…

Les ongles de Victoria imprimèrent des quartiers de lune dans sa chair, mais Gabriel ne réagit pas ; sa chair était de marbre alors que celle de la jeune femme hurlait de désir.

— … les rayons du soleil ne venaient éclairer le sol de cette misérable demeure que pendant une demi-heure… L'enfant se réchauffait alors au soleil… et s'imaginait qu'il avait pu sortir.

Les rêves d'enfance de Gabriel illuminèrent son visage. Combien de fois avait-il imaginé qu'il possédait ce que les enfants qu'il voyait passer dans la rue possédaient ? Des souliers, de chauds vêtements…

Combien de temps Victoria parviendrait-elle encore à se concentrer sur une histoire qu'elle n'avait plus entendue depuis vingt-trois ans, au lieu de se concentrer sur le membre qui la caressait de l'intérieur et qui glissait sur son clitoris à chacun de ses souffles, à chacun de ses mots ?

— Un jour… le fils d'un voisin lui rapporta… des fleurs des champs. L'une d'elles… avait encore ses racines. L'enfant la planta dans un pot, et elle grandit.

La plante avait survécu, comme Gabriel avait survécu.

Le corps de Victoria enserra avidement celui de Gabriel tandis qu'elle luttait pour continuer l'histoire de l'ange.

— La plante produisit chaque année de nouvelles fleurs… C'était le jardin de l'enfant malade… Il l'arrosait… et ne lui laissait perdre aucun des rares rayons de soleil qui pénétraient à travers la lucarne... Et quand Dieu rappela l'enfant à lui... l'enfant s'inclina vers la plante avant de mourir. Mais, après sa mort, plus personne ne s'occupa d'elle... et elle fut jetée.

Parmi les immondices.

— « Et c'est pour cette raison, dit l'ange, que nous emporterons cette fleur au paradis... car elle a causé plus de joie... que la plus belle fleur du jardin d'une reine. »

Victoria avait admiré bien des jardins plantés de fleurs d'agrément, mais jamais elle n'avait vu de jardins plantés de fleurs de joie.

— « Mais comment sais-tu tout cela ? » demanda l'enfant.

La voix de Victoria s'était soudain élevée, pleine d'assurance.

— « Je le sais, répondit l'ange, parce que j'étais moi-même ce petit garçon malade qui marchait avec des béquilles, et que je reconnais bien ma fleur. »

Gabriel se concentra soudain sur Victoria plutôt que sur son passé.

— Et moi, Victoria, qui suis-je ? L'enfant mort ou l'ange qui le mène au paradis ?

Elle lutta pour garder le contrôle.

— Tu es l'ange, Gabriel.

Le visage de Gabriel se troubla et le marbre devint chair.

— Pourquoi ?

— Ta maison est ton jardin, Gabriel. Tu recueilles des gens au destin brisé et tu leur offres une nouvelle vie. Sois fier de ton jardin, ajouta-t-elle, se souvenant de la femme d'âge mûr partageant sa passion avec un jeune homme, se souvenant aussi de Julien...

Un son rauque, étranglé, jaillit de la gorge de Gabriel – il renversa la tête en arrière, les yeux clos, les cils soudés.

Victoria vit des larmes rouler le long de ses joues.

Les larmes d'un ange.

Gabriel jouit en silence, ses doigts s'incrustant dans ses hanches, ses mains l'attirant vers lui jusqu'à ce que le visage de Victoria presse contre sa gorge et que ses bras ne puissent rien faire d'autre qu'enlacer ses épaules.

Elle l'enlaçait.

Elle partageait ses larmes.

Et elle s'autorisa enfin à partager sa jouissance.

26

La porte laquée de blanc s'ouvrit brusquement.

Gabriel se figea alors que sa main s'approchait du heurtoir de cuivre.

Un rayon de soleil anémique colora d'ambre un regard brun – le regard de la faim et du froid.

L'écho des sabots d'un cheval s'éloigna sur les pavés de la rue.

— Monsieur Gabriel, dit le majordome en s'inclinant, révélant les fils d'argent de sa chevelure. Mademoiselle Childers, ajouta-t-il.

Gabriel plaça instinctivement la main au creux des reins de Victoria, ses gants de cuir et l'épaisseur de ses vêtements bloquant le contact de sa chair sans en atténuer le réconfort. Il dut fournir un effort pour réprimer son envie de tourner les talons et de héler le cab qui s'éloignait. Mais il se ressaisit et incita la jeune femme à pénétrer dans le hall de la maison de brique.

Trois silhouettes se reflétèrent sur le lambris de chêne verni. Celle du majordome aux cheveux auburn, vêtu d'une redingote noire se terminant en queue-de-pie. Celle d'un homme plus grand que lui, vêtu d'un pardessus de laine gris à double revers et coiffé d'un chapeau melon. Et celle d'une femme, de même taille que le majordome, à la chevelure dissimulée sous un chapeau à voilette noir, le corps enveloppé d'un manteau bleu.

Victoria leva les mains et releva la voilette de son chapeau.

Le lambris de chêne refléta la blancheur de sa peau.

Gabriel en demeura saisi.

C'était lui qui avait apporté ce rayonnement à la chair de Victoria, alors qu'il avait exigé son amour sans lui promettre le sien en retour. Il lui suffisait à présent de croiser son regard pour voir tout ce qui les unissait.

Le vestibule n'avait guère changé depuis la dernière fois qu'il s'y était trouvé, sept mois auparavant. Les mêmes jacinthes bleues s'y épanouissaient et le même plateau d'argent étincelait sur une console de chêne. Le même plancher ciré menait au salon. Le même escalier de marbre, flanqué d'une rampe de fer forgé, s'élançait vers l'étage.

— Vous êtes attendus, fit le majordome, tendant sa main gantée de blanc vers Gabriel. Votre canne, je vous prie, monsieur...

La main gauche de Gabriel se crispa involontairement sur le pommeau d'argent de sa canne. Il ne savait trop à quoi s'attendre...

Victoria chercha son regard. Ses beaux yeux bleus étaient paisibles.

C'était à lui de décider, disaient ces yeux.

Il pouvait choisir de continuer à vivre dans les ténèbres du passé ou s'aventurer dans la clarté de l'avenir.

Gabriel remit sa canne au majordome.

Après quoi, il se tourna vers Victoria et retint l'encolure de son épais manteau de laine bleu tandis qu'elle s'en extirpait, une manche après l'autre. Le majordome récupéra adroitement le manteau des mains de Gabriel, ses doigts gantés évitant d'effleurer les siens.

Gabriel ôta ses gants de cuir noir alors que Victoria levait les mains pour défaire l'épingle de son chapeau. Ce mouvement tendit la soie de son corsage, mettant si bien en valeur le galbe de sa poitrine que Gabriel ne put s'empêcher de songer à quel point celle-ci était sensible – réflexion qui ne manqua pas d'éveiller son désir.

Les cheveux cuivrés de Victoria étaient coiffés en un chignon élégant qu'il se promit de défaire sitôt qu'ils auraient regagné ses appartements, de même qu'il la libérerait de la toilette moulant sa taille à la perfection.

À moins qu'il ne se révèle incapable d'attendre jusque-là.

Peut-être la préparerait-il aux plaisirs à venir en l'incitant à enfourcher ses hanches dans le fiacre qui les ramènerait, les secousses de l'attelage les conduisant tous deux à l'orgasme.

Gabriel retira son chapeau melon et y déposa ses gants, avant de le tendre au majordome.

Il se défit ensuite de son pardessus sans attendre l'aide du domestique.

Puis il offrit sa main gauche à Victoria.

Plus elle le touchait, plus il ressentait le besoin de son contact.

Victoria se défit de ses gants et les rangea dans le réticule qui pendait à son poignet. Une onde de chaleur parcourut Gabriel quand sa chair nue entra en contact avec celle de la jeune femme.

Antoine – le majordome – n'eut pas besoin de lui indiquer le chemin. Le cliquetis des talons de Victoria s'éleva, accompagné par le bruit plus discret des bottines de cuir de Gabriel.

— Monsieur Gabriel, reprit Antoine.

Victoria et Gabriel s'immobilisèrent sur la première marche de l'escalier de marbre.

— *Je suis heureux que vous soyez venus**.

Ce n'était pas le majordome qui s'exprimait, mais l'ancien serveur de La Maison de Gabriel qui n'avait été que trop heureux d'accepter l'offre qui lui avait été faite de devenir majordome sept mois plus tôt.

— J'en suis également heureux, Antoine, répliqua Gabriel, ses doigts étreignant ceux de Victoria.

En réalité, il ne savait pas s'il était heureux ou non.

L'écho de leurs pas s'éleva dans l'escalier tandis qu'il se rapprochait du passé, l'avenir à son côté.

Gabriel franchit silencieusement le plancher du palier... assailli par les souvenirs, tâchant de les refouler...

Au bout du couloir, la porte ouverte révélait des murs tendus de soie bleue... une nouvelle étendue de plancher ciré... un suave parfum de roses.

« Je reconnais bien ma fleur... »

Il prit une profonde inspiration, libéra les doigts de Victoria et plaça sa main au creux de son dos. Elle franchit le seuil de la pièce, Gabriel sur ses talons.

Des yeux violets se rivèrent aux yeux d'argent.

Gabriel retrouva dans le regard de Michael le gamin de treize ans qui lui avait appris à lire, et qui lui avait appris les manières d'un gentleman en échange de leçons de bagarre et de tir.

Mais Gabriel n'avait jamais voulu faire un tueur de Michael.

Et Michael avait fini par tuer pour lui.

La voix du deuxième homme – Yves – résonna à ses oreilles.

— *Tu aimes Gabriel, Michael.*

— *Je l'ai toujours aimé.*

Michael avait cru qu'il s'appelait Gabriel et savait à présent que ce n'était pas son nom.

Michael l'avait cru invulnérable et savait à présent que ce n'était pas le cas.

Gabriel attendit, ayant vaguement conscience d'une voix féminine s'exprimant avec douceur – Anne. La voix s'interrompit au milieu d'une phrase.

— Mademoiselle Aimes ? lança un timbre masculin qu'il ne connaissait pas.

Gabriel ne tourna pas les yeux vers l'inconnu – il ignorait qui était cet homme, mais il connaissait sa profession.

— S'agit-il de l'homme et de la femme que vous attendiez ? s'enquit l'homme.

L'ange avait fait attendre le pasteur.

L'ironie de la situation se refléta dans les yeux violets.

Anne vint au-devant de Victoria, très élégante dans sa toilette de soie bleu ciel.

La vieille fille et la gouvernante.

Deux femmes qui n'avaient jamais connu l'amour et qui irradiaient à présent de l'amour d'un homme.

Victoria sortit de son réticule un petit paquet rectangulaire enveloppé de papier de soie.

— Je vous ai apporté un cadeau de mariage.

Les yeux d'Anne reflétèrent la même surprise que ceux de Gabriel. Il fut secrètement blessé que Victoria n'ait pas jugé bon de l'informer de ce cadeau.

Anne accepta le présent en rosissant de plaisir.

— Ce n'était pas nécessaire. Nous ne souhaitions que votre présence à tous deux.

Les joues de Victoria s'empourprèrent.

— Ce n'est pas grand-chose. Rien de plus qu'un accessoire que vous avez admiré.

Anne se figea.

— Un *godemiché**, chuchota-t-elle.

— De la taille idéale, précisa Victoria sur le même ton.

Toutes deux éclatèrent de rire.

Leur rire chatouilla la poitrine de Gabriel, puis jaillit de sa gorge.

Et le rire déclencha son désir.

Il tendit les mains vers Victoria et l'attira contre lui. Elle se pétrifia de surprise, le dos raidi, quand elle sentit ses fesses se loger au creux de l'aine de Gabriel. Il enlaça de ses bras la femme qui lui avait fait le don du toucher et qui lui offrait à présent le don du rire. Instantanément, Victoria fondit.

Les yeux violets croisèrent les yeux d'argent.

Et Gabriel se souvint…

— *Tout va bien*, Gabriel…*

Le rire mourut aussi soudainement qu'il avait fusé.

Oui, tout allait bien.

Gabriel tourna la tête, humant le parfum tiède de la peau de la jeune femme, et murmura les mots qu'il ne pouvait plus retenir.

— *Je t'aime**, Victoria.

AVENTURES & PASSIONS

6 mai

Caroline Linden

Scandales - Un ténébreux voisin

Abigail a tout pour elle : beauté, intelligence, richesse. Elle aspire à l'amour, mais l'argent semble aveugler tous les hommes, sauf un. Sebastian Vane n'a rien. Son seul rayon d'espoir, c'est Abigail. L'histoire aurait pu bien se terminer si Benedict Lennox, le gendre idéal, n'avait commencé à courtiser Abigail…

✦

Sabrina Jeffries

Les hussards de Halstead Hall - 4 - Le défi

Inédit

Le tristement célèbre Gabriel Sharpe est connu pour relever tous les défis. Mais lorsque Virginia Waverly, la sœur de son ami défunt, l'affronte, il contre-attaque par une demande de mariage. Et, si elle accepte, il en terminera avec l'ultimatum posé par sa redoutable grand-mère. Il n'avait pas envisagé qu'il aurait aussi besoin d'amour.

✦

Brenda Joyce

Une enquête de Francesca Cahill - 5 - Caresse mortelle

Sarah, l'amie de Francesca, est menacée par un fou et une jeune actrice est assassinée. Entre ces deux affaires, un seul point commun : Evan, le frère de Francesca. Afin de l'innocenter, notre détective en jupon se lance sur la piste de l'Étrangleur.

✦

Sylvia Day

Sept ans de désir

Un soir, alors qu'elle se promène dans le parc, Jessica Sheffield surprend les ébats d'Alistair Caulfield et de lady Trent. Elle observe la scène avec un mélange d'embarras et de fascination. Alistair l'aperçoit. Ils échangent un long regard. Entre ces deux mal-aimés, le désir est immédiat. Sept ans s'écouleront avant qu'ils ne puissent l'assouvir.

20 mai

Mary Balogh

Le club des survivants - 2 - Un mariage surprise

Inédit

Vincent Hunt ne veut pas se marier et fuit à la campagne. Là non plus, il n'est pas à l'abri des projets matrimoniaux de sa famille. Orpheline désargentée, Sophia Fry va l'aider et être jetée à la rue. Vincent pense avoir trouvé la solution idéale pour tous les deux. S'ils se marient, il sera à l'abri de sa famille et elle à l'abri du besoin. Mais l'amour, qui n'était pas prévu dans leur accord, viendra-t-il bouleverser leur arrangement ?

✦

Monica McCarty

Les chevaliers des Highlands - 9 - La Flèche

Inédit

Pour reconquérir ses terres, Robert de Bruce a besoin des talents du légendaire Gregor MacGregor dit « la Flèche ». Considéré comme le plus bel homme d'Écosse, ses talents d'archer rivalisent avec sa réputation de bourreau des cœurs. Lorsqu'il est obligé de se réfugier sur ses terres, c'est pour y livrer une tout autre bataille : résister au charme de sa pupille Cate de Lochmaben, bien décidée à le séduire.

✦

Danelle Harmon

La saga des Montforte - 1 - L'indomptable

Juliet Paige débarque d'Amérique avec sa fille Charlotte. Le fiacre qui la conduit jusqu'au château de son beau-frère, Lucien de Montforte, duc de Blackheath est attaqué par des bandits. Lord Gareth de Montforte, le mouton noir de la famille, sauve les passagers, et sans le savoir la femme de son frère mort sur le champ de bataille.

CRÉPUSCULE

20 mai

Sherrilyn Kenyon

Dream-Hunters - 5 - Le Gardien d'Azmodea

Inédit

Pour retrouver Solin, son ex-mentor, la Dream-Hunter Lydia Tsalaki, courageuse guerrière, se rend à Azmodea, un lieu terriblement dangereux. D'ailleurs, à peine a-t-elle retrouvé Solin qu'elle est faite prisonnière par un effrayant démon : le Gardien. Ce dernier ne la libérera que si Solin lui rapporte un objet précieux. Captive, Lydia est aussi intriguée par le bel immortel, en réalité lui-même esclave de deux êtres maléfiques...

Romantic Suspense

20 mai

Laura Griffin

Secrets en cascade

Inédit

Par un accablant après-midi d'été, un fou furieux ouvre le feu sur un campus. À la fin du carnage, on dénombre trois morts, dont l'assassin, et une douzaine de blessés.
Sophie Barrett, employée dans un laboratoire médical alors venue suivre un cours, s'en sort quasi-indemne. Une enquête est lancée mais, alors que certains détails émergent, la jeune femme est convaincue que le meurtrier n'a pas agi par pur hasard. Personne ne la croit, et encore moins Jonah Macon, le détective qui lui a autrefois sauvé la vie…

PROMESSES

6 mai

Robyn Carr

Les chroniques de Virgin River - 7 - Révélations

Inédit

Le révérend Noah Kincaid, veuf et sans attaches familiales, décide d'acheter sur eBay et de rénover l'église en ruine de Virgin River pour y fonder une congrégation presbytérienne. Pour cela, il a besoin d'aide et passe une annonce. Lorsqu'Ellie Baldwin se présente, ravissante et court vêtue, Noah se dit qu'elle ne peut être celle qui lui faut. Mais Ellie, qui a besoin de ce travail respectable pour récupérer la garde de ses enfants, sait se montrer convaincante…

Passion intense

6 mai

Lori Foster - Erin McCarthy - Sylvia Day - Jamie Denton - Kate Douglas - Kathy Love

Incitations au plaisir

Inédit

Pour oublier ses démons du passé, Sabrina a toujours pu compter sur la présence de Roy. Mais de l'amitié à la sensualité, il n'y a qu'un pas… Travis a toujours aimé Sara, qui le voit comme son meilleur ami. Comment lui prouver qu'il est bien plus que cela ? Burnett part s'installer à La Nouvelle-Orléans pour refaire sa vie. La séduisante Maya en fera-t-elle partie ? Au cœur du Colorado, Betsy Mae se prend d'affection pour le beau Mark, de passage. Pourrait-elle envisager avec lui une relation… longue durée ? Pour son travail, Rocco retrouve Franny, une ancienne copine de classe. Si les années ont passé, la passion, elle, se vit au présent… Jack est fou de désir pour Rachel, la femme de son défunt meilleur ami. Saura-t-il voler son cœur ?

20 mai

Shannon McKenna

Les frères McCloud - 7 - Suprême obsession

Inédit

Battu, torturé à mort, Kev Larsen a été trouvé à l'adolescence dans une ruelle. S'il a survécu, plus aucun souvenir ne lui reste de sa vie d'autrefois. Avec seulement quelques bribes du passé en tête et le nom de son tortionnaire, il est déterminé à se venger. Et, lorsqu'il croise le chemin de la douce, timide et sublime Edie Parrish, à la haine qui l'habite se joint une passion… obsédante.

Et toujours la reine du roman sentimental :

Barbara Cartland

« Les romans de Barbara Cartland nous transportent dans un monde passé, mais si proche de nous en ce qui concerne les sentiments. L'amour y est un protagoniste à part entière : un amour parfois contrarié, qui souvent arrive de façon imprévue.
Grâce à son style, Barbara Cartland nous apprend que les rêves peuvent toujours se réaliser et qu'il ne faut jamais désespérer. »

Angela Fracchiolla, lectrice, Italie

Le 6 mai
Cynthia, en quête de l'amour

11082

Composition
FACOMPO

Achevé d'imprimer en Italie
par GRAFICA VENETA
Le 2 mars 2015.

Dépôt légal : mars 2015.
EAN 9782290083000
OTP L21EPSN001206N001

ÉDITIONS J'AI LU
87, quai Panhard-et-Levassor, 75013 Paris

Diffusion France et étranger : Flammarion